JN113011

花村萬月
Hanamura Mangetsu
光文社

姫

装画　皐月　恵
装幀　坂野公一＋吉田友美（welle design）

01

御神木が哭（な）いていた。

強風に、樹齢千年ともいわれる御神木が軋（きし）み、哭いていた。

海からは、それを凌駕（りょうが）する竜笛（りゅうてき）の音。

弥増（いやま）すばかりである。

鋭く、甲高（かんだか）く、剔（えぐ）り抜くような容赦（ようしゃ）ない音色が鼓膜に刺さる。

壱岐（いき）属島、儺島（おにやらいじま）、支倉（はせくら）。

沖合には哭き岩と称される奇巌（きがん）の群れがある。海の底から苦痛に喘（あえ）ぐ節榑（ふしくれ）立った黒い無数の手指が天にむかって差しのべられているがごとくの姿である。

並の風ならば、その黒々とした障壁を抜けても別段音を発することはない。

けれど大嵐ともなれば、竜笛の音が響く。竜笛は管内に黒漆（くろうるし）を塗りこめてある。息が滑らかに抜けるための工夫である。

きつく尖（とが）ってごつごつと、滑らかさと無縁の哭き岩から竜笛の音がするのも不思議なことである。

だが、慥（たし）かに強風が哭き岩を抜けると竜笛ならではの低音である和（ふくら）、高音である責（せめ）が同時に鳴り響く。

嵐の晩は物悲しくも荒々しい音色が突き抜け、支倉の者たちを苛(さいな)み、傷(いた)めつける。
が、この夜の哭き岩から放たれる竜笛の音は、異様だった。鼓膜に痛みを覚えるほどの尋常ならざる威圧と圧迫があった。

誰もが耳をふさいでいる。

顫(ふる)えている。

四つん這(ば)いになって顫えている。

頭上で両手を合わせて念仏を唱えるしかない。

あまりにも風哭きが強い。烈(はげ)しい。耐えがたい。

浜暮らしである。漁師の棲処(すみか)である。荒(あば)ら屋ながらも籬(まがき)など巡らせ、暴風には耐えられるよう一応の対処はしてある。

だが、ここまで風が強いと持ちこたえられるかどうか心許(こころもと)ない。

しかも浜方(はまかた)として皆、これが常軌を逸した颱風(たいふう)であることを直感している。屋根や壁で爆(は)ぜているのは雨水ではない。風に引き千切(ちぎ)られた海水だ。

波濤(はとう)だ。

怒濤(どとう)だ。

荒ぶる海鳴と竜笛の音色が重なり、絡みあって浜に叩(たた)きつけられる。

寒村を蹂躙(じゅうりん)する。

ますます念仏の声が高まるが、すべては強風に掻(か)き消されてしまう。

沖と裏山の神社、双方に耳を欹(そばだ)てていた利兵衞(りへえ)がふと息をついた瞬間だ。御神木の軋みが消えた。

この荒天である。奇妙なまでに沖の哭き岩が気になるが、いかに海を知り尽くした網元とはいえ、いま浜に出るのは波に攫(さら)われに出るようなものである。

それに哭き叫ぶ沖合の岩のことよりも、支倉の守神(まもりがみ)である御神木の気配が消えたことに言いようのない不安を覚えた。

そもそも網子(あご)にあれこれ命じてやらせるよりも、自ら動く性分である。

荏油(じんゆ)と柿渋の臭(にお)いがきつい油単(ゆたん)を着込み、さらにその上に蓑(みの)をまとい、飛ばされぬよう荒縄を襷(たすき)掛けにし、さらに胴にぎりぎり巻き付けていると、老母が縋(すが)りついた。

「外に出るなど、いかになんでも茶茶無茶じゃ！」

「笠(かさ)はどうせ飛ばされるわな。これでよい」

母を無視して赤銅色(しゃくどういろ)の顔をほころばせたつもりだが、引き攣(つ)っただけだった。

息を整え、このような暴虐の夜に備えて諏訪大社(すわたいしゃ)から取り寄せた薙鎌(なぎかま)を手にする。暴風を凪(な)ぎるから薙鎌である。嵐を鎮める神事に用いる。鎌を竿(さお)の先に括(くく)りつけ、風の方向に立て、嵐をなだめる。

「おれを独りにする気か！」

「大仰(おおぎょう)な。村の大切な御神木だ」

言い棄(す)てるようにして、外に出た。

吹きこんだ強風に老母が背後に転がった。

前屈(かが)みになって風に耐え、どうにか踏みだした利兵衛は母の顚倒(てんとう)に気付かなかった。たとえ気付いたとしても、冷たく一瞥(いちべつ)しただけであろう。

髷(まげ)もまともに結えぬ禿頭(はげあたま)を多少は気にしていたが、ここまで風が猛(たけ)っていると、まとわりつかぬぶん、髪などないほうがよい。

利兵衛はつるりと頭を撫(な)で、そんなことをしている場合ではないと慌てて口許を押さえた。前後左右からぶち当たってくる風が口中で炸裂すると、頬が膨らむばかりで息ができなくなるからだ。黒く沈んだ集落を抜けた。家々は固く戸を閉ざし、息を潜めている。まだ吹きとばされた家はないが、おっつけ強風に耐えられずに崩壊する家屋が続出するだろう。

なんとか防がねばならぬ。

利兵衛は大きく首を反らし、天に通じる階段のごとき急勾配の石段を見あげ、薙鎌を高く掲げ、支倉の集落の無事を強く念じ、決意を新たにした。

前屈みになって一歩一歩踏み締めて、御諏訪様の石段を登っていく。

海から一気にそそり立つ岩石まじりの裏山である。石段が設えてあるとはいえ、ほとんど崖である。

急峻なのと、そのまま海抜といっていい高さが応え、好天の日であっても諏訪神社にまで登るのは一苦労である。頂上に向けて一直線に刻まれた急な石段が太腿をいたぶる。

折れた枝が矢のように飛んでくる。無数の葉の類いが利兵衛の頬を打つ。

葉は避けようがないが、大小の枝は洋上で鍛えた勘がこんなところでも働いて、なにげなくよけて傷を負うこともない。

強風に煽られて濡れた石段を踏み外せば簡単に死ねる高さにまで到った。

いやな予感がした。

頭上に覆いかぶさるように迫りくる御神木の影がない。

いつもなら夜間であっても、黒々とし、鬱々とした気配に利兵衛の首をすくめさせるほどであるのだが——。

目の上に庇をつくって風を除け、かろうじて上方を仰ぐ。

ない。

御神木が、ない。

　儺島は平坦な壱岐諸島のなかでは、例外的に海岸線のほとんどが険しい岩場にかこまれていることもあって、もっとも難儀な島といわれている。

　それでも儺島南側に拓（ひら）けた底倉（そこくら）の澗（ま）は、海藻が枯れ死する忌（い）むべき磯焼けが逆に幸いして、漁舟（いさりぶね）の往来に不自由しない。沖合に出て平磯と呼ばれる大陸棚のあたりまで舟を漕（こ）げば、暖流である対馬（つしま）海流と寒流のリマン海流がぶつかりあう絶好の漁場が拡（ひろ）がる。

　北側の支倉は磯焼けと無縁なのはいいが、ここ数十年、繁茂する海藻が常軌を逸し、海中一面に濁った黒緑が拡がり、底意地の悪い海中林と化していた。

　満潮のときはかろうじて沖合に出ることもできるが、潮が引けば帰りが危うい。反子（そりこ）と称する舳（じく）が著しく反ったこのあたり独特の漁舟であっても藻が絡み、まともに操れぬ有様であった。これではまともな漁などできぬ。

　しかも支倉は海に面して、三方を急峻な山に囲まれ、集落に到るには海路、あるいは諏訪神社の背後に続く獣道を辿（たど）るしかない。

　貧困ゆえに、やたらと首吊（つ）りの多い支倉である。見棄てられた土地であると漁民たちは虚（うつ）ろに自嘲する。

　なぜ斯様（かよう）な土地に生まれてしまったのか。網元とは名ばかりではないか。

　利兵衛は御神木の消滅に落胆し、強風に翻弄（ほんろう）されつつ、常に生き死にがついてまわる支倉の惨状に打ちひしがれた。

　それでも、薙鎌を立てねばならぬ。

気を取りなおし、顔をあげた利兵衛は、間の抜けた声をあげた。

「あ――」

一年ほど前に、海藻退散および豊漁祈願で有志が爪に火をともして蓄えた銭で丹を塗り直した鳥居が、消えていた。

夜目にも鮮やかだった朱色が、忽然と失せていた。

利兵衛は目を凝らす。

鳥居は真ん中から断ち割られていた。

「なんということだ」

鳥居を破壊したのは、御神木であった。

狙い澄ましたかのように鳥居の上に倒壊して木端微塵に毀損し、石段の傾斜にもたれかかっている。

見るからに不安定な御神木の姿だが、大きく張り出した無数の枝々が周囲の木々にかろうじて引っかかり、どうにか均衡を保ち、落下をまぬがれている。

御神木は勇魚さえもが小さく見えるほどの巨体を軋ませて、鳥居だけでなく、石段の最上段あたりを完全に崩壊させて不気味に、不規則に揺れている。

しばし呆然と見あげていたが、御神木が石段の傾斜に沿ってじわりと動いて、大きく頭を垂れたのを見てとって、利兵衛は反射的に石段を外れ、目星をつけた杉の木に飛びつくようにして斜面に逃げた。

大人が腕をまわして七人がかりもの太さのある幹の根元だったが、こうしてずり落ちてくると、太さだけでなく長さも含めてその全容が利兵衛と並行するかの位置にきて、あらためて樹齢千年が実感された。

元寇（げんこう）のときは、元軍が腕よりも太い綱を張り巡らせて無数の巨船をつないだという言い伝えがある御神木である。

哭き岩は思いのほか脆（もろ）く、他に大船団を係留する術（すべ）がなかったとのことだが、なんとも罰当たりなものである。

それにしても、よくぞこの斜面から綱を垂らしたものである。

嘘（うそ）か真（まこと）か、御神木から洋上まで届くほどの長さの綱を積んできたというのだから、元と高麗（こうらい）の船がどれほど巨大だったことかを思い描くと、利兵衛は気が遠くなる。

が――。

元の船団は、御神木を係留に用いたことにより、唐突に洋上を疾（はし）りはじめた神風に煽られ、身動きがとれず、お互いに激突しあい、支倉沖に沈んだという。

倒木となってじわじわと石段を滑り落ちていく巨大楠（くすのき）は、徐々に勢いを増し、その重量で石段そのものを崩壊させつつ下界に落下していく。

利兵衛は草木が流された泥濘（ぬかるみ）の斜面でかろうじて平衡を保ち、ゆったりとではあるが徐々に勢いを増して落下していく御神木の姿を呆然と追った。

支倉の諏訪神社は、信濃（しなの）は諏訪大社の末社である。

海のない信濃の神社がなぜ壱岐支倉にあるかといえば、祀（まつ）られている八坂刀売神（やさかとめのかみ）は水と風の神で狩猟と漁業の守り神にして、諏訪大社は狩猟神事を執（と）り行うからだ。

また御神木である大楠の木に元の船舶を係留したという言い伝えからもわかるとおり、壱岐は対馬を経て襲来した元寇に直（じか）に曝（さら）されたあげく、周辺諸島の島民は大虐殺にあっていた。

とりわけ支倉は村民全員が殺されたと伝えられる。

その仇(かたき)を討ってくれたのが、御諏訪様である。諏訪大社の主祭神(しゅさいじん)である建御名方神(たけみなかたのかみ)が、神風を起こして元と高麗の大船団を壊滅させたのである。

そんな縁起もあって壱岐の漁民たちの諏訪神社に対する信仰はじつに篤(あつ)かった。

だが、このとき利兵衛の頭にあったのは、八坂刀売神と建御名方神はまことに支倉の守神であろうかという疑念であった。

というのも石段を滑り下り、徐々に勢いを増して枝々をその幹から切り離して、一本ののっぺりした超巨大な柱と化していく御神木が、噂(うわさ)に聞いた諏訪大社で執り行われる御柱祭(おんばしらさい)の御柱に見えてきたからである。

「おぞましや！　御柱」

このまま御神木が落下し加速していけば、神社の真下の集落は、神の木に、神に破壊されてしまうだろう。

利兵衛は後生大事に手にしている薙鎌を投げ棄てたい衝動に駆られた。

石段は完全に破壊されている。ただでさえ登るのに難儀する急峻さだ。

この有様だと社(やしろ)などもう存在しないのではないか。社のある上方と薙鎌を交互に見て、利兵衛は大きく首を左右に振る。

ここで挫(くじ)けてはならぬ。九割方登ってきているのである。

いま駆けくだったとしても集落の者たちに逃げろと伝える余地などないし、足を滑らせて死ぬのがおちだ。

真下の集落を救うためにも、社に薙鎌を打ち立てねばならぬ。

いまさらながらに神頼みか——と自嘲気味に、どんどん速度を増して落下していく御柱から、ぎこちなく視線をはずした。荒れ狂う沖に眼差しを投げた。

！

利兵衛の目は完全に御神木から離れ、乱れに乱れる沖合に据えられた。

雷鳴は聞こえぬが、青白い稲妻が洋上を疾り、稲光に浮かびあがる夜空はまるで怒濤に攪拌されているがごとくだ。

夜目の利く利兵衛は、不規則に明滅する雷光の助けもあり、沖合で揺れる巨大な帆船を捉えた。

もちろん帆はすべて下ろしてあるが、大小問わず、帆掛け船はどうしても重心が高い。嵐には弱い。まして常軌を逸した巨大な船体である。潮の流れからいっても、哭き岩周辺の岩礁に引き寄せられかねず、座礁しかねない。

「南蛮船か――」

断定はできぬが、和船ではない。そもそもこのような砦のごとき巨船は、和船では有り得ぬ。

いや、近ごろ織田信長様が鋼鉄の巨船を拵えているという噂は聞いたことがある。

されど壱岐諸島でも忘れ去られた僻島の隔絶した寒村である。たまたま壱岐本島の漁師との洋上での遣り取りで鉄甲船のことは耳にはしたが、真偽は定かではない。

想像もつかぬ鉄甲船を思い泛べつつ、風雨に翻弄される南蛮船から視線を剝がすことができない。

利兵衛が生まれてこの方、目の当たりにしたこともない超越的な巨船は、舳先を天に向けたかと思うと、一気に反転して暗黒の海中に没し、船体に大量の海水をまとわりつかせて船底も見えんばかりに持ちあげられ、一息に斜め横に傾いだかと思うと、逆巻く波濤に没し、暗い銀色に覆いつくされる。

海とは恐ろしいものである。

軽々と死の舞踏を踊らされる巨大南蛮船を利兵衞は惚けた表情で見おろしていた。沈没するのは時間の問題だ。

嵐の猛りを凌駕する衝撃音に、利兵衞は我に返った。

途轍もない加速度がついていたのだろう、御柱と化した御神木が神社下の集落を直撃し蹂躙していた。

利兵衞の目には、死する龍が道連れを求めて集落を這いまわり、のたうちまわっているように見えた。

幾人が潰されたことだろうか。

頭を抱えて見つめていると、ぼっと火の手があがった。

ぼっという音など聴こえるはずもないが、利兵衞には聴こえた。慥かに聴こえた。

愚かな――。

このような嵐の晩に、なぜ火を灯すか。

おそらくは神棚の蠟燭であろう。

野分退散を祈っていたのだ。

暴風が鎮まることを、祈願していたのだ。

「愚かなり」

声にだして言うと、利兵衞は薙鎌を投げ棄てた。

いまさらこのようなものをおっ立てても、意味がない。

だが、利兵衞は力なく首を左右に振ると腰を屈め、斜面に突き立った薙鎌を刃が軀に触れぬよう気配りして、腰に差した。

風に煽られ、燃えひろがる焔を俯瞰しながら、利兵衛はその場に座りこんだ。

頬に熱を感じた。舞いあがった火の粉だった。焔は飛び火して支倉の集落を舐め尽くしていく。

＊

腑抜けとなってしまった利兵衛は、その場にへたりこんだまま朝を迎えた。

嵐は去っていた。信じ難い強さではあったが、徒に足の速い暴風だった。

空を仰ぐ。

抜けるような青空が拡がっていて、小莫迦にされたかの気分になった。鼻腔に集落の残り香とでもいうべき焦臭いものが充ちた。

利兵衛は力なく下界を憶かめた。

「おお、無事であったか」

南蛮船は凪いで鏡のごとく平板な海に静かに浮かんでいた。

「なんと、無事だったか」

似たような科白を繰り返したが、南蛮船に向けた呟きではない。

もうひとつ無事だったのは、利兵衛の家であった。なにやらそこだけ焔が籬に遮断されたがごとく焼けのこっていた。

他は全滅である。焦土とはよくいったもので、支倉は利兵衛の屋敷だけ残して黒焦げになっていた。

燃えのこった家にちんまり座りこんで、あれこれ偉そうに利兵衛に指図する老母の姿が泛んだ。

「母など、生きていてもしかたない。いっそのこと蒸し焼きになってくれていればせいせいするわ」

利兵衛は本音を吐き、己の頬が笑みに似た歪みをつくっていることに気付いた。

いくら悪態をつこうが、気がおさまらないことは自覚している。あの薄汚い老婆には心底辟易している。

「さき――」

支倉のような寒村に嫁ぐ女など、まずいない。結果、集落内で混淆することもあり、支倉の住民は血が濃く、種々の差し障りがあらわれていた。

さきは網元という言葉にだまされたのだろう。儺島と同様、壱岐諸島では忘れ去られた永瀬島から利兵衛のもとに嫁いできた。

痩せ細っていた。尋常ならざる海藻繁茂にて漁に出られぬ儺島は、永瀬島よりも食糧事情が悪いことを知り、蟀谷のあたりに手をあてて、深く長い溜息をついていた。

そのあまりの失望ぶりに、磯菜だけは喰い放題――という喉まで出かかった戯れ言をかろうじて呑みこんだものだ。

それでもさきは二廻り以上も年上の利兵衛に父親を見たのか、よく懐いた。

しかも、利兵衛とはじつに相性がよく、すぐに孕んだ。利兵衛はさきを掌中の珠のごとく大切にした。

それを踏みにじったのが、老母であった。母はさきを単なる人手としか見ておらず、すっかり腹が迫りだしたころでも力仕事を含めてあれこれ命じ、働かせた。

これだけ腹が大きくなれば、もはや仔が流れることもない――というのが老母の言い分だった。

利兵衛は初めのうちは怒りも込めて老母を制止し、されど漁に出ねばならぬから、留守の間は老母がさきにどのような仕打ちをしているのか判然とせず、結局は不安のあまり老母にさきをぞんざいに扱うな、せめて力仕事をさせるなと哀願するばかりであった。

産み月であった。めずらしく鯣烏賊(するめいか)が大量にあがって、これは御諏訪様に言祝(ことほ)がれているのだと意気揚々(ようよう)と支倉にもどったら、さきは腹が大きなまま死していて、利兵衞は半狂乱となった。

「——斯様な弱い女は、嬰児(みどりご)も含めてこの支倉の網元にはいらぬわ」

利兵衞は母が吐いた棄て科白を口にして、際限のない溜息をつきながら、完全に破壊された石段を下っていった。

腰の薙鎌がじゃまだ。されど、これを棄ててしまえば、いまさらながらに人として終わりだという気がした。

「なんと！」

利兵衞は目を疑った。

業火(ごうか)に包まれたにもかかわらず、御神木はまったく焼け焦(こ)げておらず、石段を滑り落ちたときに木膚を剝(む)かれて、のっぺりとした薄黄色(うすきいろ)のぬめる体軀(たいく)を曝していた。

焦土の臭いを凌駕する、肌を剝かれた御神木の滑らかな幹から漂(ただよ)う芳香に、利兵衞は目眩(めまい)を覚えた。御神木を見ないようにして、先を急ぐ。

御神木に蹂躙された真下の集落は擂(す)り粉木(こぎ)で潰されたようなもので、さほど目立たなかったが、御神木が到らなかった海側に向かうに従って燃え落ちた荒ら屋に添うように人のかたちをした炭が目立つ。

両手を掲げるようにした炭からは、まだぶすぶす青白い煙があがっている。炭の裂けめから覗(のぞ)ける火のとおった肉の赤さを見ぬようにして、呟く。

「よう燃えたもんじゃ」

利兵衛の頬に引き攣れた笑みが泛ぶ。恐ろしいことにというべきか、悲しむべきというべきか、三方を山に囲まれた支倉炎上は誰にも気付かれていない。

その証拠に夜も明けてずいぶんたつが、儺島南側の底倉から人一人やってこないではないか。

なんとも億劫な気分だが、唯一焼けのこった網元屋敷に向かう。

屋敷？　少しだけ大きな荒ら屋にすぎぬ。お笑いだ——。

自嘲しつつ傍らで揺れる網に触れたら、即座に灰と化して風に流れた。

それにしても、なぜ俺の家だけが燃えのこったのか。丹念に焼き尽くされた周辺の家屋の状態からすると、じつに不可解だ。

またあの因業婆との暮らしが続くのかと思うと、気落ちが迫りあがる。がっくり俯いてしまい、開きっぱなしの引き戸に手をかけたまま、一歩踏み出す気力が湧かぬ。

なにせ無人となってしまった支倉の集落である。そこにあの因業との日々が繰り返されるのだ。これほど居たたまれぬことがあろうか。

利兵衛は奥歯を嚙みしめて土間に入った。老母が仰向けに転がっていた。風に煽られて放射状に散った、見方によっては総毛立った白髪を邪険に摑んで持ちあげる。後頭部が割れていた。

吹きこむ風に顚倒して、框に頭の後ろを強か打ちつけたようだ。

夜半、利兵衛が扉を開いて颱風の渦中に踏みだした瞬間、老母は容赦なく嵐に蹴倒されたのだ。

漠然と、それを悟って、利兵衛は薄笑いを泛べる。因業にふさわしい死に様だ。

安堵の吐息が洩れた。一人のほうがなんぼかましだ。そっと腰の薙鎌に触れた。御諏訪様はまだ俺を見放していなかった。

流れこんできた秋風に顫えがきた。

颱風一過だが、南の風の気配はかけらもない。初冬の魁が利兵衛にまとわりつく。

寝床でくたっとなっている褞袍を着込み、老母の足に手をかけ、外に引っ張りだす。海に抛り込めば一件落着だ。

「網元、網元」

「ん、権蔵か」

「よう御無事で」

「おまえこそ、よう生きとったな」

「おらだけです。あとは皆――」

頭髪が焼け焦げてちりちりになっている権蔵の頭に手をのばす。先ほどの漁網と同様、権蔵の髪は灰となって風に散った。その黒く汚れた邪鬼のような姿は、とても十代とは思えぬ。

「婆が死んでいた。足を滑らせて転んだか」

「不憫な」

「本気で言ってるか」

「いえ、その」

「このような因業、なにがあったか知らぬが死ぬのが遅すぎたわ」

「また、そのようなことを」

咎める眼差しを無視して、利兵衛は念押しした。

「おまえの他に」

「誰も――」

「そうか」

利兵衛は蒼穹にくっきり区切られた御諏訪様の山を見あげた。

「夜半、社に薙鎌をおっ立てようとな。必死の思いで石段を登った。したら根元から折れた御神木のおかげで下界は火の海よ」

髪も肌も焼け焦げていない利兵衛の姿に得心がいった権藏は、小声で嘆いた。

「まさか御神木に潰されるとは」

「神も仏もないなあ」

「まったく」

権藏は啜り泣く。利兵衛は顎をしゃくる。

「この因業を海に流す。手伝え」

老母は引き波に誘いこまれて、すぐに姿が見えなくなった。枯れ木はもっと浮いているものと思っていた——と利兵衛は胸中で吐き棄てた。

利兵衛はいい加減に、権藏は叮嚀に手を合わせた。

腕組みして沖に浮かぶ南蛮船を見た。威容である。

——俺も網元ならば、斯様な船までとはいかずとも、小舟を漕いで穴のあいた網を垂らす惨めな漁から抜けだしたいものだ。

——いや、これほどの大きさはいらぬ。さすがに大きすぎる。釣り糸が海に届かぬわ。だが、勇魚があらわれても臆することなく銛を打ち込める船がほしい。

ふと気付くと、権藏は反対を見ていた。すっかり見通しのよくなった支倉の集落を瞬きせずに見つめていた。

そうだ。支倉は、誰もいなくなってしまったのだ。

利兵衛は南蛮船に視線をもどした。

沖に浮かんで微動だにせぬ南蛮船だけが救いに感じられた。

俯瞰していたときよりも、さらに巨大な船である。

これほどの巨船をつくりあげることのできる国というものは、いったいどのような国なのであろうか。

いまにも小舟を漕いで乗員たちが上陸してくるのではないかと意識を集中しているが、南蛮船は、静まりかえっている。

「権藏。南蛮船にわたるぞ」

無謀な、と権藏の目が告げている。利兵衛はかまわず舟を舫（もや）ってある曳揚場（ひきあげば）に向かう。

「網元の舟だけが――」

「まことだ！　なんなのだ、俺の屋敷だけが燃えのこり、俺の舟だけが無事とは」

権藏と顔を見合わせる。権藏の視線が、利兵衛の腰の薙鎌に注がれた。

「網元が命がけで石段を登ったから、御諏訪様の御加護がありもうした」

「だがな」

「はい」

「御加護というが、おそらくは神仏に祈っていた者の火が、御神木に直撃されて燃えひろがったのだ」

「かもしれん。だが、網元はまちがいなく御諏訪様に好かれております」

「俺は、それほどまでに神仏に好かれておるのか」

「功徳でございます。身を粉にして支倉のために尽くしてくださった網元の功徳にございます」

どうでもいいと投げ遣りな気分で、舟を出す。肚を決めた権藏が巧みに櫓を操る。

そのギッシギッシという心地好い律動を聞きながら、あと五年もたてば、この若僧はよい漁師になり、皆を先導する役となるだろうと利兵衛は胸中で頷いた。

惜しむらくは、支倉は壊滅し、権藏が先導すべき者が消滅してしまったことだ。

「さてと、権藏は、どうする？」

「父も母も弟たちも焼け死にました。行き場もございません。なんでも致しますから、どうか網元のもとにおいてください」

「うん。俺もさすがに一人では、やっていくのがつらい」

親密な遣り取りの直後、権藏の眉間に、少年らしくない狼狽の縦皺が刻まれた。利兵衛はニヤリと笑う。

案の定、海藻に櫓をとられて二進も三進もいかなくなっていたのである。

櫂を替わった利兵衛は絡みつく海藻に逆らわず、ごく控えめに上下に揺すり、濃緑の触手をほどいていく。

舳先に座る権藏を手招きして、できうる限り後ろに座れと命じる。反子の舳先がぐいと天を向き、利兵衛はごくごく浅く櫓を操り、海中林を抜けた。

頬に尊敬の眼差しが熱い。

多少潮が満ちてきているから、こうして抜けられたが——そう利兵衛は呟いて、もう支倉における漁は駄目だろうと目を伏せる。

海藻の地獄を抜けた。

水深が深くなれば、凪（なぎ）の海である。反子はすばらしい勢いで南蛮船に接近していく。利兵衛と権蔵は同時に哭き岩に視線を投げた。

天に向けて突きだされるがごとくの無数の黒岩だったが、暴風に打ち折られ、ずいぶん減ってしまっていた。これほど疎（まば）らになってしまうと今後、哭くこともないのではないか。

南蛮船が元や高麗の船団と同様、哭き岩を舫い杭（ぐい）にしなかったのは卓見である。

「よくぞ、あの波浪に嬲（なぶ）られて、持ちこたえたものよ」

「まったく、大きさだけでなく、斯様な大風に耐え抜いたこと、その堅牢（けんろう）、信じ難いことでございます」

見あげる船体の、どこにも損壊はみられない。傷ひとつ、ついていない。

ゆっくり櫂を扱って、南蛮船の船首に向かう。見あげた舳先には口の裂けた女と思われる船首像が設えてあった。象牙でつくられたと思われる牙（きば）が生えている。

「南蛮の般若（はんにゃ）かのう」

「もっと、おぞましげなものが漂っております」

「うーむ。この恐ろしげな女の貌（かお）が、この颶風にも持ちこたえることができた秘密かもしれぬぞ」

「嵐さえも遠ざける魔でございますな」

船腹に血の赤でＶＥＳＴＡＬと船名が書かれている。純潔に固執する女、とりわけ尼僧（にそう）などの処女を貶（けな）し嘲（あざけ）る言葉だが、あまりに貞淑が過ぎて色気のない女を嗤（わら）う言葉でもある。

また遠い羅馬（ローマ）国の円形神殿には、国家永続を象徴する聖火が燃え盛り、ＶＥＳＴＡＬＩＳと称される六歳から十歳までの女司祭がこれを見守ったとされる。この間、万が一にも純潔を損（そこ）なうことがあると、容赦なく生き埋めにされたという。

もちろん利兵衛たちに船名を解読できるはずもなく、漠然と血文字を見あげるばかりである。

権藏の尻を叩く。我に返った権藏は、上体を反らせて船上に向けて声を張りあげる。

「おーい、おーい、南蛮船の方々よ、助けにまいりましたぞ。助けにきましたぞ」

もともと人助けなど叶わぬ支倉だったが、いまや完全に焼け爛れてしまった。どうやって助けるのだ？　利兵衛は苦く笑った。

まったく反応がない。権藏と利兵衛は顔を見合わせた。乗り込みたいが、この巨大な船体をよじ登ることはできぬ。

利兵衛は顎をしゃくって権藏に漕がせ、船の反対側にまわった。

船にあがるためのものだろうか。もっと別の役目があるのか。網目状に編まれた縄梯子らしきものが横拡がりに垂れさがって、その一番下は海面に接してふわふわ揺れていた。

利兵衛は網目を摑み、強度を慥かめ、権藏にこの網目に舟を舫いでおけと命じ、手をかけ、足をかけ、よじ登っていった。

「網元、おらを一人にしねえでください」

中途まで登ったあたりで声が追いかけてきて、利兵衛は下方を振りかえり、片手をはずして手招きした。

思わず権藏と顔を見合わせるほどに、甲板の広さは尋常でなかった。しかもそのすべてになんらかの油脂であろうか、薄茶色の海水を弾くものが塗り込められていて、水滴が玉のごとく丸まって幽かに揺れている。

顔を近づけると、水滴の表面にひどく歪んだ利兵衛の貌が映じた。水滴に浮かんだ利兵衛は苦笑いを泛べていた。

「網元。誰もおらぬようです」

「うーむ。だが、船自体の手入れは、見事なものだぞ」

見あげるような高さの無数の帆柱（ほばしら）に視線を投げる。分厚い帆布（ほぬの）は綺麗（きれい）に畳まれていて、颱風の暴虐からすると首を傾（かし）げたくなるほどにすべてが整然としている。

誰かおりませぬか――と、思い出したように権藏が声を投げるが、権藏自身が感じとっているように、この船は完全に無人だ。

「これだけの船だ。なにも積んでおらぬということもないだろう。お宝でもあったら、持ち帰ろう。支倉再興の足しにする」

真意をはかりかねるといった眼差しで権藏が見つめてきた。利兵衛は雑に肩をすくめてやり過ごした。

船内に降りる。階段手摺（てすり）には蔦（つた）の模様と無数の魔物の貌が刻まれていた。

どうやら南蛮船は我々とちがって御諏訪様に神頼みするのではなく、魔物を守神とするらしいと利兵衛は判じ、階段を下りながら指先で魔物の尖った嘴（くちばし）のような口を撫でた。

船というものは、船底に近いあたりに重量物を積むものである。船の重心を低く安定させるためだ。錘（おもり）として大量の金貨銀貨を積んだ南蛮船の噂を聞いたことがある。

幾層にもなった船室を調べ、日誌の類いを見つけもしたが、もとより判読できる文字ではない。完全に無人であることを悟り、利兵衛は最下層の船艙（せんそう）に向かう。

「網元、おかしい。こんなに巨大な船に誰もおらぬのは、おかしい」

「屍体（したい）のひとつも見つからぬのは、慥かにおかしい。が、詮（せん）じようもないことだ」

臆病風に吹かれだした権藏を一瞥する。

「それにしても、今日は冷えるのう」

「網元。この船はどれだけ底が深いのか。下りるにつれて冷たい気が充ちてきます。たまらん」

権藏は自分を抱くように剝きだしの両腕をまわし、身震いした。縕袍を着込んできた利兵衞も吐く息が白く染まっていることに気付き、眉を顰めた。

下方からざわめきが聞こえる。

何事か。

耳を澄ます。人ではない。もっと小さな何物かだ。

禍々しい気配に、権藏に脇によけるように命じた瞬間だ。黒灰色の帯が凄まじい勢いで迫りあがってきた。

「鼠！」

無数の鼠が最下層と思われる船艙から一気に駆け上がってきたのである。先を争って逃げ惑う鼠の尋常ならざる大群を、利兵衞と権藏は壁に貼りついて見送った。

「網元。もう、もどろう」

「怯懦な。俺は一人でも下りるぞ」

利兵衞は鼠が消え去った上方を一瞥し、下部船艙の階段を睨み据え、呼吸を整え、一歩一歩注意深く下った。

目が異な物を捉えた。船艙の天井に暗黒が無数にさがっていた。

何物か。目を凝らす。

背後で権藏が歯を鳴らしている。顫えているのだ。気合いを入れようと振りかえる。権藏は泣き顔で天井を指差した。

「網元。蝙蝠（こうもり）だ。凄まじくでかい蝙蝠だ。途轍もない数だ。信じられん」

言われてみれば、それはまちがいなく蝙蝠だった。ただし利兵衛の顔の倍ほどもある法外な大きさである。

逆さ吊りになった無数のそれらは、目を血の朱に光らせて、利兵衛と権藏を注視している。中空に無限に続くがごとく血の目が連なっている。

利兵衛の間近の蝙蝠が口をひらいた。鋭い牙が生えていた。歯茎まで剝きだしにして無数の黄ばんだ牙を誇示する。咬まれかねぬ不安に、息を詰める。

「網元。これは、なんじゃろう」

蝙蝠から視線を引き剝がし、船艙の床を注視する。薄暗いなか、無数の人の大きさほどの何物かが安置されている。

棺桶（かんおけ）といえば、まさに膝を抱えたかたちで死者を収める桶状の棺（ひつぎ）しか知らぬ利兵衛と権藏である。これらが寝棺（ねかん）と称される棺であることなどわかりようもない。

奇妙なのは床一面に腐葉土らしきものが敷き詰められていることである。その上に整然と幾千もの棺が並べられているのである。

寝棺は細長い六角形で、人の肩にあたる部分がいちばん幅広だ。棺の蓋（ふた）には十字架が打ちつけられている。

壱岐水道（すいどう）をはさんで平戸（ひらど）や五島（ごとう）列島などに近いこともあり、利兵衛は吉利支丹（キリシタン）共の崇（あが）める十字架（クルス）なるものを見知っていた。だが、どこかおかしい。小首を傾げつつ整列する棺の蓋を見やって思い巡らす。

「逆だ！　十字架の向きが逆だ。逆十字だ」

「網元、どういうことです」

「おそらくは——冒瀆（ぼうとく）」

「わけがわからん。どうしましょう」

どうもこうもない。このようなおぞましいところにまで下りてきたのだ。多少なりともお宝を見つけだし、持ち帰らねば徒労に苛まれるにきまっている。首を左右に振りつつ、無数の寝棺に改めて視線を投げる。

「網元、やめてくれ！」

利兵衛は委細構（いさいかま）わず寝棺の蓋に手をかけ、指先に力を込めた。釘（くぎ）を打ちつけてあるわけでもなく、棺の蓋は幽かな軋みとともに開いた。そっと覗きこむ。

深紅の絹に覆われて眠る紅毛碧眼（こうもうへきがん）の男であった。異様なまでに尖った鼻が目立つ。首の金鎖（かなぐさり）を引き千切る。

隣の棺の蓋も開く。やはり紅毛碧眼の女だった。男よりもたくさんの装身具を身につけている。遠慮会釈（えしゃく）なしに引き剝がす。

「網元。死んでるのか」

「死んでる。が、まったく腐っておらぬ」

「おかしい。屍（かばね）は腐るものです」

おまえも手伝えと、利兵衛は手一杯のお宝を権藏の眼前に突きだす。権藏はぎこちなく頷き、寝棺に敷き詰められた血の色の絹地を引き千切り、そこに利兵衛が集めたお宝を収める。蝙蝠がじっと見おろしている。

お宝蒐集（しゅうしゅう）に夢中になっている二人には、金銀財宝のうち、銀が一切ないことに気付く余地もなく、あまりに大量の棺に、男の屍体は放置し、女の遺骸のみに集中した。

たいしてたたぬうちに権藏の絹の風呂敷は肩に担がねばならぬほどに膨らんだ。

「網元。道具を持って出直しましょう」

「そうだな」

と肯いつつ、利兵衞の目は一番奥に安置されているごく小さな棺に据えられていた。寝棺は金で眩く輝いていた。重すぎてもう持てません——と権藏が情けない声をあげる。

持ち帰ることができるならば、黄金の寝棺を担ぐつもりだ。が、この小ささでも金であるがゆえに、相当な重量であろう。

「網元、やめてください。上座です。別誂えです。触らぬほうがいい！」

無視して、棺の中を検めた。

金色の髪をした全裸のあどけない乳児が横たわっていた。

利兵衞の心がぎしりと軋んだ。

さき——と名を呼んだ。死した腹の仔に、この波打つ金色の髪の女児を重ねた。

血の濃い支倉では、髪や瞳、肌の色素が喪われた子供が生まれることがままあった。

「金の髪ならば、言い訳が立つ」

権藏が聞き咎める。

「死しておるのでしょう」

「いや。俺を見て、笑んだ。目を開いた。なんと青い目だ」

「嘘だ！　胸が、胸が動いておらん」

利兵衞は醒めた眼差しで権藏を一瞥し、両掌に載ってしまう程度の小さな小さな裸の女児を抱きあげ、褞袍の胸の中に収め、きつく帯を締めなおした。

女児はまったく体温が感じられなかった。屍体の冷たさである。

されど、利兵衛の胸の中で、そっと指先をのばし、偶然か利兵衛の乳首に触れた。頬擦り（ほおず）する気配もあった。

ぞくっときて、利兵衛は褞袍の上からきつく女児を押さえた。

「さて、と――」

利兵衛は独りごち、腰の薙鎌を手にした。

鼠が逃げだしていなかったなら、四散した権藏の屍肉に一斉に群がったことであろう。

利兵衛は懐（ふところ）のなかの女児を覗きこんだ。

目と目が合った。

女児は機嫌がよかった。歯のない口をひらいて笑い声をあげ、冷たい頬を利兵衛の胸に密着させた。

利兵衛は手を挿（さ）しいれて、そっとその金の頭を撫でた。

散乱したお宝など、もはやどうでもいい。権藏の流した血に、頭上の蝙蝠が落ち着きを喪っている。

と、女児が利兵衛の胸から天に向けて指を差しあげた。

蝙蝠どもが弾かれたように宙に浮き、一気に暗黒の塊（かたまり）となって羽音も囂（かしま）しく飛び去っていった。

利兵衛が甲板にいたならば、御諏訪様の山の頂に向けて飛翔する無数の蝙蝠の姿を追うことができたであろう。

利兵衛は首を曲げて、女児を見つめた。息をしていない。けれど生きている。

息など、どうでもよいわ――と利兵衛は呟き、なんと名付けようか思案した。

女児の口が動いた。

ひめと、動いた。

「姫か。姫だ。おまえは、姫だ」

連呼する利兵衞に、姫は褞袍から顔だけだして、その首筋にそっと唇を当てた。歯がないので、ただ吸いついただけであった。

さらに利兵衞を視線で誘った。姫の視線の先には油の樽が無数に並んでいた。

利兵衞は頷き、樽を蹴倒し、床に敷き詰められた腐葉土に油が沁み入るのを見計らい、素早く船艙の階段に向かい、腰を屈め、燧袋の燧石と鉄片を打ち合わせた。

一気に燃えひろがった。

利兵衞は褞袍の中の姫を掻き抱きつつ、全力で階段を駆けあがった。

漁舟にもどると、あとも見ずに櫂を扱って巨船沈没のときに起きるであろう大渦に巻き込まれぬよう必死で漕いだ。

背に感じていた焔の熱が、ずいぶん穏やかになってきた。

もういいだろう、と、そっと振り返ると、洋上に紅蓮が拡がり、長大な帆柱がゆっくり海中に没していく。

不可解なことに地獄の海藻が漁舟の動きに合わせて拡がって水路をつくっていた。だが姫と沈みゆく南蛮船に夢中な利兵衞はそれに気付かなかった。

姫は陽射しを嫌いつつも褞袍に潜りこむことをせず、照りかえしで頬を染め、うっとり焔を見つめる。

02

曳揚場に舟を舫い、利兵衛は懐の姫を見やる。支倉の壊滅と引き替えに得た宝物だ。姫と利兵衛の視線が絡んだ。利兵衛の満面の笑みに抗い、姫はちいさくむずかった。

「腹が空いたか？」

小声で訊くと、姫は素直に頷いた。新生児程度の大きさなれど、利兵衛の言っていることがわかるようだ。

「聡いのう。も少し我慢しろ」

足早に利兵衛は網元屋敷にもどった。腐っても網元。たいした量ではないが、いざというときのための備蓄がある。

利兵衛の心積もりでは素早く粥をつくり、それをさらに口中にてとことん咀嚼し、姫に乳を吸わせるように口移しで与える。

父性と母性が綯いまぜになったかの衝動に突き動かされて、利兵衛は別棟の貯蔵倉に向かう。

扉に鍵はかかったままだったが、粟や稗を入れた素焼きの大きな壺の紙蓋が破片となって土間に転がっていた。いやな予感にぎこちなく覗きこむ。

消滅していた。

一粒たりとも残っていない。やたらと舌の長いなにものかが、壺の奥底まで綺麗に舐めまわしたがごとくである。

姫の眉間に、幼子とかけ離れた険悪な縦皺が刻まれた。

それは利兵衛に対するものではなく、利兵衛の食糧をすべて食い尽くしたなにものかに対するもので、姫はその犯人を知っているのだった。

利兵衛の落胆は、尋常でない。粟や稗だけでなく諸々の糧食の備蓄のすべてが消滅していたのだ。その場にへたり込んだ。

己が食えないからではない。姫に滋養を与えられないことからくる失望が、利兵衛の腰を砕いたのだ。

そんな利兵衛を姫はじっと見つめ、やがて薄く目を閉じ、何処かに念をおくった。

利兵衛はしばし額に手をやって俯き加減で落ち込んでいたが、姫を見つめて柔らかく笑んだ。

「案ずるな。いいことを思いついた。すぐに腹を充たしてやるぞ」

利兵衛は燧袋に入れている小刀をとりだすと、一切の躊躇いなしに左手小指の先を切開した。

「おっとっと――」

やや剽軽な声をあげ、血が地面に滴りおちる前に、姫の口に小指の先を挿しいれた。

おちょぼ口で利兵衛の小指を受け容れた姫は、静かに利兵衛を見あげている。

「さ、吸え。遠慮なく吸え。乳の代わりだ。父は乳が出んが、血なら出る」

姫は心の中で打ち顫えた。私がこれをさせたのではない。いま私は、蝙蝠共に念をおくったのだ。どこぞで血を吸って、たっぷり口に含んでもどれ――と。

姫はごく控えめに利兵衛の血を吸った。

利兵衛は姫から立ち昇る感謝の念に、目許を潤ませた。

「たんと吸え。俺の命は、おまえに呉れた。おまえに吸われて干涸らびたら、本望だ。おっと、干涸らびちまったらおまえの面倒を見ることができぬな。せいぜい滋養をつけて、血を濃くしよう」

姫はすっと利兵衛の小指から唇を離した。節榑立った利兵衛の小指を、蠟細工のような小さな拇（おや）指と食指で抓（つま）む。

利兵衛は目を瞠（みは）った。

傷口がふさがっていた。思わず驚愕（きょうがく）の声が洩れた。

「なんと――」

「すまぬことをした」

「え――」

「これから先、永久（とわ）に父上といっしょだ。父上の迷惑であろうとも、父上の恙（つつが）なきに尽力しようぞ」

「喋（しゃべ）れ、る、のか」

歯さえない口が、滑らかに動く。

「も少し時はかかるが、いずれ身の丈も自在である。いまの幼き姿から、臈長（ろうた）けた父上の妻女のごとくまで」

言葉を喪った利兵衛のごつごつした手に、そっと白くちいさな手を添え、囁（ささや）く。

「いましばし、父上の赤子でいてよいか」

「――もちろんだ。いつまでも、俺の赤子でいてくれ」

「妻女にもなれるぞ」

「いや、それは嬉しすぎて狂いかねぬ」

姫が笑う。

「正直な父上だ」

「正直なものか。俺はなんの役にも立たぬ汚塵（おじん）だ。身勝手な欺罔（きぼう）の塊だ。大切な者を守ることもできぬ腑抜けだ。だからこそ、おまえを――」

「ちがう。初めて懐に抱きこまれたとき、尋常ならざる悲しみが伝わってきた。父上の悲しみだ。私と父上の心が、重なった」

姫は彼方を見やる眼差しで、続ける。

「長い、長い流浪であった。どこに辿り着くかもわからぬ流離の果て、父上に出逢った」

「よくぞ、訪れてくれた」

「よくぞ私を抱きこんでくれた」

「姫のような愛くるしき赤子を無下にできようか。一目見て、胸が軋んだぞ」

「いざというときに葬り去られぬよう、あえて生まれたばかりの赤子のかたちをとった」

利兵衛は感に堪えぬ面持ちで、大きく頷いた。姫は利兵衛を一瞥し、すぐに眼差しを伏せた。

「父上の体温がな」

「うん」

「じつに心地好い。が、父上が凍えてしまわぬか、心配だ」

「頼む。いつまでも縛りつけてはおけぬだろうが、しばらくは胸のうちにあってくれ」

「嬉しい」

姫は利兵衛の胸板に頬擦りしたが、ふと我に返る。

「父上の食糧を食い尽くした奴儕、どうしてくれよう」

「案ずるな。とりあえずは、磯菜でも喰う。――奴儕とは誰のことだ？」

「鼠だ」

利兵衛の脳裏に、船艙から駆けあがってきた無数の鼠の姿が泛んだ。まるで鼠の敷物だった。無量大数（りょうたいすう）という言葉が泛んだ。あの鼠が海を泳ぎ渡り、支倉に上陸し、食糧を余さず食い尽くしたというのだ。

「ま、許してやれ」

「なぜ、父上はそこまで優しい？」

「俺は人以外のものには、優しいようだ」

くくっ、と姫は赤子らしくない笑い声をあげた。利兵衛は目を細めて姫の頭を撫でる。姫はさりげなく貯蔵倉の鉄格子の嵌（は）まった窓に下がっている蝙蝠に視線を投げた。

暮れはじめていたので、蝙蝠は夜の気配と一体化していた。

蝙蝠は一匹ではない。貯蔵倉の軒（のき）にも幾匹も下がっていた。それぞれが口一杯に血を溜（た）めていた。

姫の念を受けて、どこぞから吸血し飛翔してきたのである。

血は不要であると悟って、幽かに咽（のど）を鳴らして一斉に血を飲みこみ、ふわりと飛び去った。

＊

すっかり暮れた。大嵐で傷つけられた住居の修繕に励んでいた儺島の南側、底倉の集落の住人も、今日はここまでと、なかば打ち毀（こわ）された室内に籠（こ）もった。

戌亥（いぬい）の風をまともに受けたであろう支倉の惨状が脳裏を掠（かす）めるが、余所（よそ）のことをかまっている余地はない。疲れ果てて横たわった軀を隙間（すきま）風がいたぶる。

「なぜだ。今朝から、一気に風が冷たくなった」

「息が白い。霜が降りたら、畑（はた）が死ぬる」

「藁苞（わらづと）でもかぶせるか」

「もう、身動きできぬ。昨夜は一睡もできなかった」

朦朧（もうろう）としながら、遣り取りしつつ寝息をたてている始末である。

が――。

足先がチクリとして、苛立（いらだ）ちの呻（うめ）きが洩れた。寝かせてくれとなにものかに訴えた。じわりと眠りに引きこまれた。

こりこり、こりこりこりこりこり――。

激痛に跳（は）ね起きた。

足指がすべて欠損していた。

「なんだ！」

「ひえぇ、こりゃあ――」

「鼠だ！」

土間も寝床も鼠で覆いつくされていた。鼠は苦痛を斟酌（しんしゃく）してくれない。我先に群がって、結果、意外な早さで足指どころか踝（くるぶし）あたりまで肉が消滅していく。噴く血が敷物のごとく密集している鼠に朱の化粧を施（ほどこ）していく。

やがて底倉の老若男女問わず、鼠が群れ、その軀を囓（かじ）りはじめた。四肢から始まり、腹を食い破ったとたんに一塊となった鼠の帯が凄まじい勢いで体内に消え去っていく。

しばし間をおいて、臓物を食い尽くした鼠の魁が血と粘液に艶（つや）めいた暗黒色の体毛をひけらかすように口から姿をあらわし、口から目に移り、目から脳に潜りこむ。

十も息をする間もなく肉という肉を食い尽くされた底倉の住民たちは骨と化す。

飽くことを知らぬ鼠は、底倉の住民すべてを白骨にし、一気に海に向かう。

洋上に黒灰(くろはい)の帯が拡がる。

近寄れば、小刻みに潜(もぐ)り浮かびを繰り返しつつ、くねりながら器用に泳ぐおぞましき群れ、引いて見おろせば赤潮ならぬ黒灰潮とでもいうべき尋常ならざる禍々しき広がりが、意外な速さで壱岐本島に向かう。

その上空を、鼠に負けぬ数の蝙蝠が飛翔していく。やはり目指すは壱岐本島であった。

＊

儺島底倉の住民すべてを食い尽くし、たっぷり腹を充たした鼠の大群は、壱岐本島に泳ぎ着くと、樹木生い茂る島内に身を潜めて、微動だにせず軀を休めた。

鼠たちがわざわざ腹を食い破って体内に潜りこんだのは、じつは全身に人脂をまとわりつかせて海水から奪われる体温を保持し、なおかつ水の抵抗を減じるためであった。南蛮船から儺島に泳ぎ渡るのとは距離がまったくちがうということだ。

鼠たちは、儺島から壱岐までは泳ぎ切ったが、この季節、いよいよ波浪の烈しさを増す玄界灘(げんかいなだ)を泳ぎ渡るという愚は犯さない。

本土からの船が着岸すると、選ばれた群れが夜半、船に忍びこむ。船の大きさに合わせて群れの数は巧みに調整され、船乗りに見つからぬ程度の一群が船内に潜りこんで、息を殺す。

鼠は見えない指揮系統に従って整然と動いていた。すべては姫の指図に従って本土に渡るためである。

一方で、鼠たちは怯(おび)え、緊張していた。

利兵衛の食糧を食い尽くしてしまい、姫の怒りを買ったのを波動として感じとっていたからである。が、どうやらその怒りの強さにもかかわらず、罰は与えられぬようであった。なんとなく利兵衛なる網元が執りなしてくれたということも伝わっていた。

鼠に同行するかのごとく壱岐に辿り着いた蝙蝠は、やはり森や海蝕洞(かいしょくどう)で逆さにぶらさがってしばし翼を休め、数日後には一斉に飛びたって、本土各地に姿を消した。

利兵衛は底倉の壊滅も知らずに、姫とひっそり支倉で暮らしていた。

選び抜かれた数十匹の蝙蝠が傅(かしず)くがごとく姫の身辺に潜んで、時折、壱岐本島から人血(じんけつ)を運んでいた。

利兵衛はそれらの存在に気付いてはいなかったが、ものを一切口にしない姫が、唯一吸ったのが己の血であったことから、姫がなんらかのかたちで生き血を嗜(たしな)んでいるであろうと推察していた。

儺島では山中に分け入って蛭(ひる)に血を吸われたとき、引き剝がした蛭を咥(くわ)えて搾(しぼ)って我が身に血をもどし、さらに口に抛り込んで咀嚼してしまうのが当たり前であった。

吸血に関しては、刺身を食うのとどれほどの差があるか、というのが利兵衛の率直な気持ちだった。

余裕のあるときは魚の血抜きもするが、飢餓状態にあれば、まずは魚の生き血を貪(むさぼ)るがごとく啜り、すべてを吸い尽くしてから捌(さば)くのが当然であった。

生き物の命を屠(ほふ)る漁師という生業(なりわい)、殺生で己の生をつなぐ利兵衛にとって、血とは滋養の詰まった大切な液体である。そこに仏教的な軽薄な汚穢(おわい)の観念など一切なかった。

血とは大切なものである。

血の一滴は、命の一滴である。徒疎(あだおろそ)かにしてはならぬ。

なにしろ息をしていない姫である。

利兵衞は、かたちこそ同じであっても、姫が人でないなにものかであることを疾うに悟っていたから、なにがしかの手段で血を啜って生き存えていると結論したのである。

血を飲むたびに、姫は活性化していく。姫の軀の中で眠りについていた酵素前駆体が、生き血により酵素作用を発現するのだ。

それにより体内におけるすべての化学反応の触媒となる高分子化合物が、赤子の軀から盛りの女体にまで対応するようになり、望むがままの年頃に姿かたちを変えられる柔軟と勁さを獲得していた。

結果、十日ほどたった朝、抱きこむようにして眠っていた赤子が、そろそろ初潮が訪れる年頃の娘に一息に変貌していて、利兵衞は大きく狼狽えた。

「父上、姫はもう赤子に厭き果てました」

そっと利兵衞の顔色を窺う。いままでとは言葉付きもちがう。

「赤子の方がよろしければ、赤子にもどります」

「いや、まあ、その、眩しくてな」

「ふふふ。父上。姫はその気になれば、父上の夜伽も――」

すべてを言わずに、じっと利兵衞の目の奥を覗きこむ。どぎまぎしながらも利兵衞は俯き加減で訊く。

「紅潮は?」

「そのような無粋なものは、私にはございませぬ」

月経はないと言うのだ。

「ならば、その」

「はい。思いの丈を遂げていただけます。父上も、姫と父上のあいだに子などのよけいなものが挟まることは耐え難いのではありませぬか」

「すべて読まれておる」

利兵衛は泣き顔に近い苦笑を泛べる。

姫を懐に抱いてから、すべてが好転している。ひもじい思いをすることがなくなった。得体の知れぬ気鬱も失せた。

姫に小指を切って血を吸わせた晩、空腹を抱え、これから先どう食い物を入手するか思案しつつ天井に視線を投げていたら、浜が妙に騒がしく、鴨居が振動し戸板が外れた。

息を殺して様子見に出たら、勇魚が砂の上で烈しく悶えていた。

鯨はこのあたりではめずらしい沖巨頭であった。

波打ち際である。大きく身をよじれば海にもどれるにもかかわらず、海の方向がわからぬようで、まだ洋上にあるかのように噴気孔から弱々しく霧状の潮を吹く。

海獣と目が合った。

とても引きずって海にもどすなど叶わぬ巨体である。

利兵衛は沖巨頭の瞳を覗きこみながらそっと腰を屈め、白くふやけた傷だらけの軀をいたわるように撫で、海の方向を目で示す。

沖巨頭はすっと目を閉じ、微動だにしなくなった。

姫からの贈り物であることを直感した。

即座に引きかえし、手形銛と長柄を抱えてもどり、沖巨頭の上に飛び乗り、噴気孔から拳三つ分下がった急所に銛を打ちこんで、瞬時に息を止めた。

長柄は大庖丁（おおぼうちょう）とも呼ばれ、三日月様（よう）の長大な刃をもつ薙刀（なぎなた）形状の、鯨解体における最重要な刃物である。

利兵衛はそれを垂直に掲げて巨大な沖巨頭に敬意を示し、鰭（ひれ）状の前肢下部に長柄の切先を挿しいれ、分厚い脂の層を突き抜いて、静脈を切断して血を抜いた。

鯨血の煮凝（にこご）りは臭気こそきついが、大層旨（うま）く滋養に富む。だが、なにせ利兵衛一人である。姫は沖巨頭の血を吸うだろうかとの思いが頭を掠めたが、どこか違うというか、ずれているような気がした。吸いきれぬ血は、海に帰す。満潮になれば砂に沁み込んだ血を波が攫ってくれる。

さらにあちこちに切れ目を入れ、血を抜きつつ、解体しやすいように腱（けん）や軟骨を切断していく。夜目にも分厚い脂肪層の薄黄色が鮮やかである。

なにせ巨体である。完全に解体するには徹夜作業でも終わらぬであろう。さすがに昨日の今日で体力がもたぬ。海鳥たちにも裾分けということで、残りの作業は、明日にすることにした。

それでも尾だけは切断した。まずは霜降った尾肉を貪りたかったからである。醤（ひしお）などと贅沢（ぜいたく）を言わず、海水につけて塩味をまぶしつつ過剰な脂を流し、手摑みで口に運ぶ。新鮮な尾の身の旨味が口中に拡がり、陶然（とうぜん）とした。

解体した鯨肉は数日海水に漬け、籬に括りつけて干し肉にしている。乾ききった晴天の日々が続き、いまだかつてないほど見事な大量の干し肉が出来つつある。

勇魚だけでなく、朝になると舫いである利兵衛の舟いっぱいに魚や蟹（かに）、烏賊蛸（たこ）貝が充ちて、これに浜に流れ着く海藻を合わせれば滋養も充分であり、漁に出ずとも食うに困らぬ状態であった。すべての魚や貝はまだ生きているので、不要なぶんは海にもどす。

それでも姫は、お米を食べさせてあげられなくて申し訳なく思っております。いましばらく御辛抱を――と、すまなそうに頭をさげる。

「なぜ、そこまでよくしてくれる？」

「それは私の科白。父上は、なぜ、指を切ってまで私に血を与えてくれた？」

「乳が出ぬから――」

「無窮の刻を生きてまいりましたが、自ら血を与えてくれた方はございませぬ。なんら下心なしに私を生かそうとしてくれた御方は、父上だけでした」

「大仰な」

「なんの。私は父上にだけは、誠を、真心を尽くしましょうぞ」

そっと手を差しのべ、控えめにすりよってくる。

誘われているのは当然わかっていたが、利兵衛は添い寝するばかりで、あえて姫の軀に触れようとはしなかった。

姫はそれを素直に受け容れ、ただ、眠るのは昼間にしてくれと利兵衛に懇願して、室内を真っ暗にして利兵衛に密着する。

昼夜逆転し、利兵衛は姫を連れて夜の浜に出て、蒼紫の月の光を浴びながら子供の頃のとりとめもない話をしたりする。

姫も利兵衛の知らぬ遠い異国のあれこれを衒いなく語る。

浜の流木に肩を寄せあって座し、黙って打ち寄せる波を見る。

背後の樹木には蝙蝠たちが下がっているのだが、完全に気配を消して姫と利兵衛のじゃまをすることはない。

私はもともと冷え切っておりますがゆえ、寒さは感じませぬが、父上は生身。さ、もどりましょう

——と姫に手を引かれて部屋に落ち着いた。

「なぜ、そのように濃やかに気遣いする？」

「なぜ？　私の父上ですから」

「信じ難い」

「と、申されますと？」

口にするまではやや臆していたが、言葉を放ったとたんに奇妙なまでにすらすらと、なんの拘りもなく言えた。

「正直に言おう。姫は魔の類い。俺を取って食うのが道」

「取って食うのが道。ふふ、まさにそのとおりでございますが、では父上は姫を退治なされますか」

「滅相もない。この命、いつでも姫に差しだそう」

「同じことで、ございます。姫もこの命、いつでも父上に差しだしましょう。とはいえ、私には差しだす命がございませぬが」

「すまぬ。魔などと」

「いいえ。父上はその魔を受け容れてくださった。それも恐れからではなく、父としての慈愛をもって、姫を受け容れてくれた」

恐れ。この美しき姫を、しかも魔とはいえ性格順良なる姫を、なぜ恐れるのか。なぜ、怖がるのか。利兵衛には見せぬ別の一面があるのか。

「——それほど、その、なんと言えばよいのか、忌まれておったのか？」

「はい。もちろん委細を知らぬ者たちは、私たちを高貴なる者として接しましたが、私たちがじゃまな後ろ暗い者たちからは、とことん忌み嫌われておりました。偽善の塊である聖職者たちは慾情を抑えこんで顔をそむけつつも、教義により自らの慾望が達せられぬことを憾（うら）んで、折りあらば姫をはじめ一族を灰にする算段（さんだん）を致しました」

それは忌まれているのではない。超越した存在を前にして、自身の劣等と不備を思い知らされ、権威を崩壊させられそうな者共の強圧的な悪足掻（わるあが）きなのだ。

うまく言葉にはできないが、利兵衛は直観的にそのようなことを摑み取っていた。

「そうでないほとんどの男は、狂的に姫をはじめ一族の女を慾（ほっ）し、女は一族の男を慾したものでございます。が、この者たちも己の思い通りにならぬと掌（てのひら）を返し、この魔性を灰にせよと声高に叫びました」

この美しき魔を灰にするなど――。

利兵衛にとっては魔性のほうが、よほど近しく、親しみ深い。

支倉では荒天続きで漁に出られぬとき、飢餓の果てに、ときに食人（しょくじん）がおきた。

我が子の脳天蓋に穴を穿（うが）ち、木杓文字（しゃもじ）を挿しいれて脳味噌を啜る親の奇妙に光る瞳の悍（おぞ）ましさは、利兵衛の眼球の芯にこびりついて離れない。

「脳味噌は腐らぬから、墓曝（あば）きもよく起きたわ。まったく、腹がくちく、余裕があるときは人間面（づら）もできるが――」

利兵衛は人と魔が逆転していることを姫に伝えたかったのだが、己の語彙（ごい）の乏しさに溜息をついた。

「いかん。おまえが魔であり、忌まれておったとしても、おまえは我が娘である。口にすべきではなかった」

「なんの。姫のいちばん嫌いなものは、偽善でございます。父上は私の機嫌など忖度（そんたく）せずに、好きなように語ってくださいませ」

姫は静かに利兵衛を抱き寄せた。

「この冷たい軀なれど、こうして父上と触れあえば、心の奥底で沸々と熱く滾るものがございます。生まれて初めての心持ちにございます」

「俺は姫に嘉されたのであろうか」

「嘉するは、高みから見おろすばかりの薄汚き神の遣り口。姫はそこまで堕落するのは御免です」

「すまぬ。先ほどからおまえを傷つけることばかり口にしている」

「ところが姫は、まったく傷ついておりませぬ。姫にとって最上の御方である目上の方、父上に囁く言葉ではございませぬが、姫は父上の飾りなき率直に大層心地好い思いでございます」

まだ硬い乳房に、ぎゅっと抱きこむ。

「慥かに姫の奥底は熱くなっております。されど、それはどうでもよいこと。姫は父上に心地好くなっていただきたいのです」

「たかが小指から血を飲ませただけだ」

「その、たかが、が、姫にとってはじつに大きなことでございました。誰もが私の念を受けとってから、抗いがたく首筋を差しだしたものです。されど父上は自ら小指を切った。それ以前に――」

「それ以前に？」

「はい。それ以前に、父上が棺をひらき、私を救い出してくださったとき、父上からたとえようもない悲哀が伝わってきたのです」

「俺は悲しい男か？」

「どうでしょう。悲しみ。苦しみ。憎しみ。私はそれらを糧に永久の命を得てまいりました。ですから悲哀は好物でございます。私たちの一族がなによりも嫌われる理由が、そこにあります」

姫は利兵衛をさらにきつく胸に抱きこみ、その禿げあがった頭頂部に頬擦りした。

「まさかこの私が、人の生身の男とこうすることなど思いも致さぬことでございました。されど、不可解なる相性とでも申しましょうか。死ねない私が、父上に命を差し上げたくなったのでございます」

冷たく匂いたつ姫の女に、さすがに利兵衛は抑えがきかなくなってきた。だが、それよりも、もっと姫のことが知りたい。

姫はそれを悟って腕の力をゆるめ、それでも利兵衛を母のごとく抱きこんで、囁くのであった。

「あの船に封印され、長い長い流浪の刻を経て、ここに流れ着きました」

「封印！　閉じこめられていたのか」

「然様(さよう)でございます。私は一族の王のたった一人の姫として、さらに念入りに、黄金の棺にて封印されておりました」

姫は下唇を咬んだ。

「王である私の父は、策略により灰にされてしまいました。者共は五百年ほどにもわたって、私たち一族を抑えこむ方策を探し、練ってきたのでございます。そして漸(ようよ)う銀が私たちにとって禁忌(きんき)であること、十字架をあてがわれると、身動きが取れなくなること、さらには聖水なる汚水が私たちの肌を焼くこと、全裸に剝かれて陽射しを浴びれば、やはり焼け爛れてしまうこと。それらを焚書(ふんしょ)にしかけた我律洛埜(ガリラヤ)の古文書より悟りました。ただし十字架も汚水も陽射しも完全に私たちを殺すことはできませぬ。苦しめるだけにすぎません」

平然と弱点を明かす姫の信憑(しんぴょう)に、利兵衛は痛ましさと同時に、得も言われぬ満足を覚えた。

「ところが、私たちを灰に帰することは、じつは穢(けが)れたる人間共の男と女が交わって子を生(な)すがごとくであることに気付いて、人間共は途方に暮れたのでございます」

　姫の言葉の意を摑めぬままに、利兵衛の脳裏に、船艙にずらりと並んでいた数えきれぬ寝棺の群れが泛んだ。

　あれらは姫の配下たちであろう。姫はまさに一族の王の娘であったのだ。

「私たちは陽射しを好みませぬが、肌を隠せば対処できます。が、真の苦手は銀でございます。銀の棺は私たちをじわじわ侵蝕(しんしょく)して灰にしてしまいます。それを懼(おそ)れて、者共には木棺(もっかん)を。私にはあえて呪詛(じゅそ)を込めた黄金の棺を用いたのでございます」

　どういうことだと問うと、灰は風に流れて地に落ちて、蘇(よみがえ)るのだという。灰のひとかけらから、新たに完璧な者が蘇る。

　つまり姫を打ち殺すために銀を用いて灰にしてしまえば、それは無数の姫の種子をつくりあげることとなってしまうのだ。

「私たちの中でも超越的な力をもつ我が父と加特力(カトリック)の教会の者たちのあいだにて、長い長い戦いがございました」

「さもあらん。姫の父ならば途轍もない力をもっていたであろう」

「はい。けれど、父は野望と無縁、あえて北の果ての荒涼とした地に城を築き、配下と共に隠棲(いんせい)し、詩や音楽、加特力(カトリック)教会が焼き払った亜歴山特(アレキサンドリア)図書館の、わずかに焼け残った古書の研究に日々を傾けておりました」

　亜歴山特(アレキサンドリア)図書館なるものは、書物を七十万巻も収蔵していたという。埃及(エジプト)なる国の王が蒐集した二十七万巻にもおよぶ貴重な古文書も、自分たちの教義にとって都合が悪いとすべて焼き払ったという。そして焚書はいまでも続いているとのことである。

利兵衛には七十万、二十七万といった数がうまく摑めなかったが、尋常でない数であることだけは理解でき、加特力（カトリック）なる教団が自分たちと考えの違うものを平然と破壊することだけは伝わった。

姫は血の色の唇をひらき、やや尖った糸切歯を見せた。利兵衛はそっと指先で触れた。肌を切り裂き肉を貫くかの剣呑（けんのん）なものは一切感じられない。

「私たちが活動するためには、血が必要なのです。ゆえに父は家臣のほとんどを寝棺に横たわらせて眠らせておりました。さすれば血を必要としませぬがゆえ」

「――その力にして、ずいぶん譲歩したものだな。それなのに、何故、加特力（カトリック）なる者たちは、姫の一族を迫害したのか」

「加特力（カトリック）の教義に、復活、そして永遠の命というものがございます。人は死するが、復活の日に永遠の命を得るというものでございます。が――」

「が？」

「人と寸分違（たが）わぬ私たちが永久の命を得ていることに、加特力（カトリック）の者たちは危機を覚えたのでございます」

「教義が、破綻してしまう」

「はい。しかも私たちに血を吸われれば、永久の命を得られるという噂が拡がりました」

「まことに永久の命を？」

「まさか。人は人でございます。けれど噂だけでも、まずい。すなわち加特力（カトリック）のまやかしの教義がますます成り立たなくなってしまいます」

利兵衛の脳裏には、仏の道を説く坊主の嘘くさい鷹揚（おうよう）さが泛んでいた。奴らは上辺だけの善人である。

「よく、わかった。加特力（カトリック）なる卑（いや）しき者たちは、飯の種をなくしてしまう」

「まさに、まやかしの教義こそが飯の種。加特力（カトリック）の奴儕は、己に都合の悪いものを次々に葬り去ってきたのです。なにせ加特力（カトリック）とは普遍という意にございます。自ら普遍を称する悍ましき傲岸（ごうがん）ぶりは、種々の厄災（やくさい）を撒（ま）き散らしてまいりました」

　五百年ほど前のこと、加特力（カトリック）の意に沿って十字軍なる軍隊が編成され、加特力（カトリック）の主神である契利斯督（キリスト）の聖墳墓参りと称し、延々二百年近くもの歳月、異教徒の国を攻め、残虐の限りを尽くしたという。

　これを聖戦と自ら称したのであるが、聖に対立する概念は、俗であり穢れだ。自分たちと考えの違う異国の者たちは俗であり、穢れなのだ。浄（きよ）めなければならぬ＝排除せねばならぬ存在なのだ。

　普遍を教団名に据えたことといい、高慢傲慢極まる加特力（カトリック）である。神に選ばれたという証しようのない空手形を掲げて、暴虐の限りを尽くすのである。

　肌の生（なま）っ白（ちろ）い猩々（オランウータン）に似た普遍の輩（やから）は異教徒は俗にして穢れであると決めつけて、帰依（きえ）する白く野蛮な猩々（オランウータン）たちに聖なる者はなにをしてもよいという墨付きを与え、穢れたる民である異教徒＝じつは加特力（カトリック）の諸国をはるかに超える文明を誇っていた国々を強姦略奪のあげく虐殺せよと、獰猛（どうもう）極まりない大金毛猿共に命じたのである。

「だが、姫も肌白く、髪は金」

「数日かかりましょうが、父上と同じ肌に、父上と同じ髪になりましょう」

「いや、俺と同じ肌や髪は、まずい。も少し嫋（たお）やかにして艶（あで）やかな、あえかな気配がよいのでは」

姫は笑いをこらえてちいさく肩をすくめ、悍ましき加特力（カトリック）のことを続ける。

加特力（カトリック）教団の初期、クレメンス一世なる第四代教皇は、自らを神が定めた最高権威者と自任したあげく、余（よ）に逆らう者はそれが誰であろうと死の罰を被（こうむ）ると宣言し、以降、加特力（カトリック）の暴虐の裏付けとなった。

　この野蛮なる加特力（カトリック）教団の数々の悪行を聞いているうちに、利兵衛は姫の迫害者というだけでなく、加特力（カトリック）の神とはじつに恐ろしいものだと確信した。姫はさらにそれを裏付けることを口にした。

「いま、この日本にも許多（あまた）の加特力（カトリック）の宣教師なる猩々擬き（オランウータンもど）が押し寄せております。耶蘇（ヤソ）と呼ばれ、伴天連（バテレン）と称されるこの白き猿たちは柔和な笑みと慇懃（いんぎん）なる風情（ふぜい）にて、この国に加特力（カトリック）を根付かせようと画策しております。結果、なにが起こるか」

「なにが起こる？」

「侵略でございます。二百年もの年月をかけた十字軍の失敗で加特力（カトリック）は気付いたのでございます。武威をもって征服しようとするのは効率が悪いと。ならば教えをもって教化する。人々を羊にして、頭を垂れるのみの無力な者に変える。武威を発揮するのは、その後ということでございます。日本は加特力（カトリック）の属国にして、隷属を強制されます。父上も奴隷の境遇に落とされます」

「この支倉は、漁もまともにできず、地獄のごとしであった。それが、さらに非道（ひど）くなると？」

「然様でございます。植民と申すのですが、猩々（オランウータン）擬きに支配され、猩々（オランウータン）擬きに過大なる年貢を差しださねばなりませぬ」

　姫に抱きこまれたまま、うーむと考えこんでしまった利兵衛であった。

　なんとかせねばならぬ。だが、それは高邁（こうまい）な使命感からではなく、姫に迫害を加える者を許せぬという父性からもたらされた感情であり、衝動であった。

「姫よ」

「はい」

「灰にされてしまったという父上のことが聞きたい」

姫の瞳に翳(かげ)が射した。語らずともよいと、あわてて執りなした。けれど姫は訥々(とつとつ)と語り続けた。

「十字軍の聖墳墓参りの大義名分となった契利斯督(キリスト)なる聖者は猶太(ユダヤ)の地にて悟りをひらきました。加特力(カトリック)なる者たちは、この契利斯督(キリスト)の教えを盗んで己等の神としたのです」

「なんと！　神まで盗んだのか」

「はい。その教えに、右の頬を打たれたら、左の頬を差しだせ——というものがございます」

利兵衛はなかば呆気(あっけ)にとられて、右頬と左頬に、交互に掌をあてがった。

「契利斯督(キリスト)なる聖者の教えを要領よく抓み、己等の暴虐を正当化していったのです。そもそも契利斯督(キリスト)の教えは、それが契利斯督(キリスト)の本意ではなかったにせよ民草(たみくさ)を抑えつけるのにじつに都合のよいものでありました。なにせ自身をか弱き羊、命までをも握られたみじめな家畜になぞらえるのですから。牧者(ぼくしゃ)＝支配者にとって、その本質を歪曲(わいきょく)しさえすれば、じつに具合のよい教えでした」

「仏を奉じる坊主共も似たようなものだ。念仏だけ唱えて耐えよ——とな」

「宗教なるもの、畢竟(ひっきょう)、ただ耐えよ——と言い続けているだけでございます」

「刃向かうな、ともな」

「はい。父上は鋭い。すべてをすっと捉え、真に到る」

「やれやれ、気恥ずかしいかぎりだ」

「契利斯督(キリスト)は罪人として十字架にかけられて死にました」

「十字架。平戸や五島列島では、墓に十字架を立てておる。姫の棺にも逆十字が」

「はい。契利斯督(キリスト)なる聖人、常日頃から永遠の命、あるいは命の復活について思い巡らせておりまして、遠い地にある私たちの一族にも通じておりました。十二人いたとされる契利斯督(キリスト)の弟子にも、ユダ・イスカリオテという名の我が一族の者がおりました」

「なぜ、姫の一族の者が契利斯督(キリスト)に？」

「おそらくユダは、人間と私たちの融和を模索していたのでしょう。けれど、契利斯督(キリスト)が十字架刑に処されることとなったとき、契利斯督(キリスト)を売ったと断じられ、裏切り者の悪魔とされました」

「それは加特力(カトリック)が捏(でっ)ちあげたのであろう」

「はい。契利斯督(キリスト)には大層な魅力があったそうで、ちょうど私が父上に夢中であるのと同様、ユダは種を超えて契利斯督(キリスト)に心酔したと伝えられております。契利斯督(キリスト)の求める永遠の命について、種々の深遠なる示唆(しさ)を与えたようでございます。あげく契利斯督(キリスト)は、ユダに血を吸うように命じたのです」

　ユダは契利斯督(キリスト)の首筋から血を吸い、かわりに己の唾液を注入したのである。

「以降、まさに契利斯督(キリスト)は神懸ったといいます。死者を蘇らせるなど種々の奇蹟(きせき)を行い、信者が群れるようになり、無視できぬ勢力となってきたのです。それを懼れた既存の宗教で飯を喰う者たちが罪を捏造(ねつぞう)し、契利斯督(キリスト)を十字架にて殺したというわけです」

「だが、契利斯督(キリスト)は死ななかった」

「はい。死にはしましたが、死して三日後、復活を遂げたということでございます」

「――復活して、いまはどうしておる？」

「とんと。なにせ人。復活したかどうか、微妙でございます。けれど私は、復活したと思っております。ただし、永続しなかった。あくまでも人ですから、永久の命はもたらされなかった。あるいはいまでも人の血を吸って存命かもしれませぬが」

　ふーむと声をあげつつ、利兵衛は顎の先を弄(いじ)くりまわす。無精髭(ひげ)がざらついた音を立てる。姫は心地好さ気に耳を傾ける。

「いまは契利斯督（キリスト）を信じ奉じている者たち、その実、先祖は羅馬（ローマ）なる国から我律洛埜（ガリラヤ）に植民していた者たちであり、契利斯督（キリスト）を羅馬（ローマ）に対する反逆者として磔（はりつけ）にした張本人という大顚倒。加特力（カトリック）の外道共は、契利斯督（キリスト）が人の首に犬歯を立て、血を吸っていまも存えているとは思いたくないはず」

「なるほど」

「ユダが使徒となったこと、とやかく言うつもりはありませぬが、たったひとつ、してはならぬことをしてしまいました」

「それは？」

「我が一族の弱点、十字のかたちに耐性がないこと、同じく十字を切って呪詛を込めた聖水なる汚水が肌を焼くこと、太陽の光に弱いこと、あろうことか銀が私たちを灰にするといったことまで、契利斯督（キリスト）に教えてしまったのです」

　姫は笑んだ。奇妙なことに苦笑の類いではなく、どこか愉快そうにも感じられる頬笑（ほほえ）みであった。

「契利斯督（キリスト）が十字架に架けられたのは、まさに当時の猶太（ユダヤ）の他教団の者が、契利斯督（キリスト）を我々と同一視し、処刑に際し、契利斯督（キリスト）がもっとも苦しむであろう十字架を用いた、ということです」

　姫はわずかに首を傾げ、考えこむ。

「これはあくまでも私の思いにすぎませぬ。ユダが契利斯督（キリスト）にあえて私たちの弱点を吹きこんだのは、あるいは逆に契利斯督（キリスト）の入れ知恵かもしれませぬが、私たちの一族をこの世界に満遍（まんべん）なく拡げるためだったのではないでしょうか」

「つまり、あえて灰にする――と」

「はい。灰にするということは、私たちを滅ぼしたということにはならぬということでございます」

姫の父は、和議を申し入れてきた羅馬（ローマ）の教皇なる虚ろな王のもとにむざむざ出向き、十字架と聖水にて動けなくされて、その心臓に銀の杭を打ちこまれて灰となったという。

灰となった姫の父は、一片のかけらも残さず無数の十字架が刻まれた波斯（ペルシャ）の青み硝子（ガラス）でつくられた瓶（びん）に詰められたという。

姫の父が灰にされたのは、巴勒斯且（バチカン）なる加特力（カトリック）の本尊を統（す）べる王宮の内側に拵えられた迎賓の間に見せかけた巨大な銀の聖櫃（せいひつ）なる代物（しろもの）で、蜜蠟（みつろう）その他によって完全に封印できる仕掛けになっていたという。

「されど私たち一族すべてを、父のごとく灰にして完璧に封印するのは叶わぬこと。万が一、封印し損ね、ひとかけらでも灰が飛べば際限のない勢いで復活致します。そこで兵の全身に聖水を浴びせかけ、剣の代わりに銀の十字架を持たせ、一族を封印するためにつくられた超巨船に生かさず殺さずの態（てい）にて押し込め、封印し、流したのでございます」

利兵衛は目を見ひらいた。

姫は、笑んだ。

「そのとおりでございます。父上が船に火を放ってくださいました。あの油は封印される直前に、私が船員たちを誑（たぶら）かせて積ませたもの。私の配下たちは灰となり、風に乗り、あちこちに飛び去っていきました」

「海に落ちた灰は？」

「ほんの一片でよいのです。ですから風だけでなく潮の流れにて、どこぞに辿り着きましょうが、あえてこの国には到らぬように致しました」

「なぜ」

「なぜと申されますか。臣下とは煩(うるさ)いもの。姫は父上と水入らずで過ごしたいのでございます。姫は父上をこの国の国主として遇したいのでございます」

「——大きくでたな」

「なんの。表立つことは好みませぬがゆえ、父上はこの日本なる国の影の国主となり、未来永劫(えいごう)まで統べることとなります」

「俺のような卑しき者がか？」

「父上のどこが卑しいか。世の中、力をもっていても、卑しき愚者に満ちあふれております。己が愚者であるという自覚もない膿(うみ)にまみれた蛆(うじ)のような輩ばかりです」

されど、影の国主なる面倒を引き受けたくはない。利兵衛は食うに齷齪(あくせく)せずにすむいまの生活を最上のものとしていた。

「影の国主となり、未来永劫まで統べる。それはなかなかであるが、未来永劫まで俺は生きることができるのか？　契利斯督(キリスト)のごとく復活したはいいが、その後の足取りがわからぬということになりはせぬか」

どこか、揶揄(やゆ)するかの利兵衛の口ぶりであった。

「私が生き存えさせましょう」

利兵衛は首筋を撫でた。

「だが、俺は姫に血を吸われておらぬ。それに血を吸われたからといって、永久の命を人間が得ることはできぬと姫が明言していたではないか」

「お忘れですか。父上は小指を切って、私に血を吸わせてくださいました」

「うむ。忘れていた」

「なんと！　お忘れでしたか」

「なにやら決まりが悪い」

「あのとき、私は吸った血に倍する唾を父上にもどしました」

目を丸くした利兵衛に、姫はにこやかに頷く。

「唾をもどすなど、まったくもって無作法の極みでございますが、そうせずにはいられませんでした。父上。重くきつく耐え難き腰の痛みは？　あちこち関節が痛んでおりましたはず。漁で受けた古傷も、この冷気にしくしく痛みはじめていたはず」

「――すべて、治っておる！」

「父上は姫と同衾（どうきん）なされば、そのときは、まことに無礼ではありまするが、姫は父上と、きつく舌を絡ませ合いとう存じます。姫は必ずや誤って父上の舌先にごく小さな傷を付けてしまうことでしょう」

姫は俯いて、白い頬を幽かに染めた。利兵衛はその気配に、まさか！　と息を呑んだ。

「驚きました。血が昇ってきたのは、生まれて初めてのことでございます」

利兵衛は怺（こら）えきれなくなった。姫を組み伏せ、加減せずに重みをかけ、没した。

姫は四肢を柔らかく絡みつかせ、早くも眉間に快のしるしを刻み、低く喘いだ。利兵衛に接吻（せっぷん）を求めた。

慥かに舌先にちくりとした痛みを感じはしたが、それさえもが心地好く、しかも利兵衛一人烈しく汗ばんで荒い息のまま姫から離れたときは、いくらさぐっても舌先に傷はなかった。

「いかん。ますます離れがたくなった。が、影の国主はちょいと遠慮したい」

「申し訳ありません。父上のお気持ちも悟れず、図に乗り、影の国主などと」

「うん。俺は姫が成そうとすることを全力で支えよう。ま、力足らずは自覚しておるが」

姫は利兵衛の無私の笑顔を凝視した。父上には不可思議な力がある。封印船が父上のところに漂着したのは、偶然ではない。

「聖水なる汚水にて封印され、呪詛の呪文（じゅもん）にて雁字搦（がんじがら）めに封印された黄金の棺でございます。私たちの一族は当然のこととして、人間にも、私が閉じこめられたあの黄金の棺を開けることはできぬはずでございました。ところが――」

「さすがに金。重い棺蓋ではあったが、労せず開いたぞ」

「はい。棺の蓋が開いたときは、私も驚きました。超越した御方があらわれた！　と」

感極まった面差しで続ける。

「けれど、父上が慈愛に充ちた眼差しで私を見つめていることに、さらに驚きました」

小声で付け足す。

「人は、私たちに対すると、死の気配を感じとり、まずは悍ましきものと感じ、顔をそむけるのが常でございます。それが慈愛――」

「愛（いと）おしかった。この手に、そっと抱きあげたかった」

「棺蓋が開かれた驚きに、私は父上に念を発することができなかったのです。露骨なことを申せば、父上を操る余地などなかった。ところが、父上は私を気味悪がることもなく頬笑みを泛べ、壊れ物を扱うがごとく抱きあげてくださったばかりか、屍肉（しにく）の冷たさも厭（いと）わずその懐におさめてくださった」

沈黙が訪れた。利兵衛はまだ激烈な快に腰が痺れたまま惚けていたが、ふと姫が中指をそのごく控えめなちいさな唇に運んでいることに気付いた。

「なにを、舐めておる」

「――見つかってしまいましたか」

「まるで赤子よ」

「――父上の、父上の汗を」

「舐めていたのか」

「はい。私は汗をかかぬゆえ、父上が大量に発汗なされて私を濡らしてくださいました。惜しいと申したら、叱られますか」

姫は羞恥に顔をそむけ、背を向けてしまった。利兵衞はたまらなくなり、背後からそっと姫を抱いた。静かに、秘めやかに夜は更けていく。

03

松浦党は、海賊である。鎌倉時代初期より朝鮮半島を襲い、倭寇の魁となった。

源平合戦の当初は平家水軍として従軍していたが、長門は壇ノ浦における源平最後の合戦では寝返って源氏につき、幕府西国御家人となった。

海賊ならではの機を見るに敏な松浦党が、源氏の血筋であると吹聴するようになったのは、このころからである。

新田および楠両氏に京を追われた足利尊氏は西走、九州に逃れた。当初、松浦党は尊氏を迎え撃つ菊池武敏についていたが、筑前多々良浜の戦いで尊氏が破竹の勢いで菊池、および阿蘇勢を打ち破り、尊氏の勝利が揺るがぬと見るや、またもや即座に寝返った。

このときも松浦党は裏切りを正当化するべく、足利氏と同じ源氏の一族であると、以前にもまして声高に主張しはじめた。

嵯峨天皇の庶皇子にして、源氏姓を賜って臣下となった者の子孫＝嵯峨源氏であるともっともらしく構え、居直ったのである。

結果、松浦党とは無関係の松浦地方の氏族までもがこぞって婚姻による縁戚関係構築に夢中になり、松浦一族＝源氏の血筋を公称するようになって続々と支流が増えた。松浦四十八党と称される由縁である。

〈魏志〉に『末羅国』と記された古い多島地域である。松浦党と海賊行為、水軍等々、深入りすると筋道から外れて終わらない。程々にしておこう。

このころ儺島を含む壱岐は松浦氏二十五代松浦隆信の嫡男鎮信の支配下にあった。もっとも鎮信は傀儡にすぎず、引退は名ばかり、肥前守隆信の力は相当なものであった。

というのも鹿児島における布教を断られたザビエルを迎えいれ、布教を許し、次々と葡萄牙船を来航させ、まずは鉄砲大砲といった武器を入手して己の武威を高め、さらに交易によって巨万の財力を得たのである。

ただし肥前守隆信自身は熱烈なる曹洞宗信者であり、己の蓄えが充分になるまでは柔らかな笑みで宣教師を迎えて布教を容認し、そして掌返しで追放した。

南蛮人追放は、領内における鉄砲製造の目処がついたことが大きかった。

圧倒的な軍備を得た肥前守隆信は、もはや海賊行為にて口凌ぎする時代ではないと倭寇の拠点を一斉攻撃し、配下に組み込み、戦国大名として着々と支配地を拡げていったのである。

強力な暴力の裏付けのある山賊海賊の類いは、それによって抽んでた経済力を得るようになると、賊称に飽き足らなくなり、武威のみで圧迫する不安定さから抜けだすために、源氏の血筋であるといった虚構を採用し、権威を模索する。
その権威の最頂点に立つのが、いまや昔日の栄華など見る影もない天皇家や公家の類いであった。このころの天皇は、寄進する額に応じて暴力でのしあがった破落戸に官位を授け、源だ藤原だと虚構の権威を附与して自らの神授的立場を保ち、生き存える存在であった。

姫と利兵衛は恙なく暮らしていた。あの難儀な海藻が一気に消滅し、日除けのかぶり物をまとった姫を乗せた反子を利兵衛は自在に操り、己の食べる分だけ網を投げ、釣り糸を垂れる。どこまでいっても利兵衛は漁師なのだ。姫が朝早く利兵衛の舟いっぱいに魚を充たしてやっていたが、すぐにそれに飽き足らなくなり、自ら漁に出たがったのである。陽射しの許に出ずともよいと押しとどめるのだが、姫は自ら端布をつないで肌の一切でぬ、まるで貴人のごとき装束をつくりあげ、常に利兵衛と行動する。

自足していた。

舳先につくってやった鳥居に逆さ吊りになって翅を休めている三匹の蝙蝠も気にならぬどころか、いざというときの守神のように感じられる利兵衛であった。

ほぼ晴れ渡っているが、ときにはらはらと白いものが舞う。白い息を吐いて櫓をあやつる利兵衛を見あげて、姫が問う。

「ずいぶん冷え込んでまいりました。寒くはないですか」

「舟を漕ぐには、これくらいがよい」

「あまり張り切りすぎぬよう」

そうなのだ。姫にいいところを見せようとして、いつだってやりすぎる。まあ、筋肉痛程度だが。槍烏賊の時期は終わってしまい、肉厚な障泥烏賊があがる。平政は一年中あがり、夏が旬とされるが、壱岐周辺では海が凍える冷たさとなるいまごろがいちばん旨い。鯛や鮃や鯥はいまが旬だ。海の幸を程よく満載して支倉にもどる。

目を凝らす。

和船が着岸していた。帆に黒丸三つ、その下を二本線で区切って五葉の平戸梶、松浦隆信配下の船である。

「いつ見てもくどい。黒丸、梶、どっちかにしろ。はったりが過ぎて、貧乏臭くて反吐がでる」

利兵衛は吐き棄てた。けれど肥前守隆信の差し向けた検視と思われる船の水夫たちも利兵衛の反子に気付いてしまっているから、支倉にもどらざるをえない。

面倒はとっとと終わらせようと櫂を素早く扱い、ぐいぐい陸に向かう。

途中で鳥居に逆さ吊りになっている蝙蝠たちに目配せする。蝙蝠は頷き、ふわりと水面ぎりぎりを飛び去った。

「案ずることはありませぬ」

「そうかなあ。支倉のことなど失念しておったくせに、いまさら。だいたい支倉壊滅のことなど、あれこれ語るのが鬱陶しい」

紗の前垂れの奥の黒い瞳を悪戯っぽく光らせて姫が言う。

「すべては父上にまかせましょう。私には語る言葉がございませぬ」

「やれやれ。おまえとの営み、誰にも邪魔されたくなかったが――」

もともとは海賊どもである。いかに源氏を吹聴しようが、武人の紀律や潔さなどは期待できぬ。利に敏く、情況に応じていかようにも変心する。

もっとも以前は利兵衛も、その変わり身を好ましく思っていた。生きるということは、所詮そういうことであるという割り切りも抱いていた。

だが岸で待つ肥前守隆信配下からは、人間ならではの狡知かつ御都合的な不純の気配が強い。こすっからく猿賢い奴儕だ。

「気配がよくない」

あえて言ってしまえば、せっかくの水揚げを満載した舟が沖で群れなす鱶に囲まれ、無事に岸にもどるには、獲った魚を海中に投げ入れて鱶の気をそらして逃げねばならぬときに感じる不条理と同様の、剣呑なものが漂っている。

「姫を目の当たりにしたら、あの貧相な鱶どもは――」

「父上は陸で待つ者共とは格が違いますがゆえ、泰然自若がよろしいかと」

「うーん。だが、姫の見目麗しきさまに気付いたときに、あの者たちがどうでるか」

「ふふ。私のことを心配なされているのですね」

「そうだ。取り越し苦労かもしれぬ。が、俺は心配でならぬ。不安でならぬ」

「そのわりに漕ぐ速さは、尋常でございませぬが」

「などと言い交わしているうちに、ほれ、もう浜だ。俺は危難のとき、なぜか急ぐ癖がある。はて、どうしよう?」

「南蛮船のことは、語ってかまいませぬ」

「いいのか?」

「あえて語ってくださいませ。ただし私は南蛮船と無関係。父上の娘でございます」

図々しくも利兵衛の曳揚場に船を舫っている。その傍らに反子を着ける。

「検分である」

いまさら——と不敵に笑い、利兵衛は小男を見おろす。反射的に小男は刀の把（つか）に手をかけた。それほどに尋常ならざる威圧と不穏を感じたのだ。

利兵衛が把をきつく握った手に視線を据えると、小男は我に返った。

どうやらこの父子のみが生き残りであるようだ。肥前守隆信直属とはいえ、一面焼け野原と化した支倉の惨状を調べぬまま斬って棄ててしまうのはまずい。

配下共もなにを熱（いき）っておるのかといった怪訝（けげん）そうな眼差しである。

利兵衛は笑んだままだ。

小男は素早く笑みを返す。笑いには、笑いだ。真顔になったほうが不利なことは充分に承知している。

小男は荒縄で結った髷を雑に整えながら、黒焦げの荒れ野といった支倉の成れの果ての漠とした拡がりを見やる。

「見事に焼けたものだな」

利兵衛は雑に肩をすくめ、小男を見下したまま、御神木が落下し、出火し、集落すべてが灰燼（かいじん）と帰したありのままを語った。

者共は、実際に支倉の中心部にその巨体を横たえている神木を目の当たりにしているので、頷くばかりである。

「悲惨だな」

利兵衛は黙っている。姫と出逢えたのである。けれど検視は気をまわして続けた。

「御神木に潰され、火が出たのだからな。神も仏もない。だが——」

「なぜ俺と娘が生き残っているか」

「そうだ。見たところ、おまえの屋敷だけが燃え残っている。籬さえも焦げてもおらぬ」

「知ったことか」

「これ、口の利き方を」

「よいよい。何故、燃え残り、生き残ったのか、じっくり聞かせてもらおう」

小男は、唇をいやらしく捻(ね)じ曲げて上目遣いだ。

やっかいだな――と利兵衛は息をついた。娘共々御神木に願掛けに登り、下界の惨状を呆然と見おろして生き残ったと強弁(きょうべん)できる。だが籬さえも焦げていないことを説明することなどできぬ。もちろん姫との邂逅(かいこう)のために屋敷が燃え残ったのであり、大嵐や御神木も含めてなんらかの力が働いたのであろう。だが、それを口にすることは憚(はばか)られる。

利兵衛は脱力した。漁で生き死にに関わる難事に出くわしたときは、必ず肩から力を抜いた。浅い呼吸から抜けだす算段をした。それが生き残る秘訣だ。顎をしゃくって、沖を指し示す。

「哭き岩がほぼ消え去っているであろう」

「うむ。そういえばあの悍ましい気配の岩が見当たらぬのう」

「南蛮船が薙(な)ぎ倒した」

「南蛮船！」

「常軌を逸した巨船であった」

「どれくらい？」

比較するべき対象が見つからぬので、利兵衛は肩をすくめて、はぐらかした。

「あの岩を消し去ったのだな？」

「同じことを言わせるな。見ればわかるであろうが」

「いまや南蛮船来港は御法度（ごはっと）」

「知ったことか」

それは、そうだ——と配下が頷いてしまって、慌てて表情をつくろった。

「で、南蛮船は立ち去ったのか」

「いや、嵐に嬲られ、あげく哭き岩を亡きものにして、やや沖に流され、いきなり火が出た。あの大風だ。紅蓮の焔が一気に燃え盛ったあげく、沈んだ」

喋りがやや調子に乗りすぎていると利兵衞は己を戒めた。が、小男は配下共と輪になって、なにやら密談している。

「南蛮船が沈んだ場所に案内（あない）せい」

「かまわぬが、娘は陽射しに弱い」

「ん。屋敷にもどっておれ」

支倉に限らず、島嶼（とうしょ）における血の濃さは小男も熟知している。ときに肌が白く弱々しい子供が生まれることも——。

「父上。私も御一緒します」

利兵衞は頷いた。姫の声を聞いた男たちの喉仏が申し合わせたように動いた。紗で貌を隠している姫に視線が集中する。

「無体（むたい）なことはするなよ。陽射しに弱いからこそ顔を隠しておる。姫になにかあれば、おまえたちの幾人かは海に沈む」

「姫——」

「俺の娘の名だ。なにか不服か？」

利兵衛に睨(ね)めまわされて、者共は黙りこくっている。

「洋上で姫に事あらば、おまえらは赤撞木(あかしゅもく)の餌(えさ)だ。俺を斬りたくば斬ればよい。その血を海に滴らせてやろう。あるいは、おまえたちの誰かの血が海を染めるやもしれぬ」

不敵に笑う。

「たぶん、海に流れこむのはおまえたちの血だ。俺は残ったおまえらを加減なく海に叩き込んでやろう。ちょうど中潮(なかしお)だ。おまえたちの血が海に流れれば、集まる群れは百ではきかんな」

赤撞木とは、アカシュモクザメのことである。わりと岸に近いあたりに群れている。体長は畳を縦に二枚並べたほどだ。

百匹の群れというのはけっして大仰ではない。大物に襲われれば、胴体を真っ二つにされることもある。そのあたりはもとが海賊である検視たちも熟知している。

網元とはいえ、たかが漁師風情に偉そうに振る舞われ、脅されて、検視一行は微妙な表情だ。けれども刀の把に手をかけることもしない。曖昧(あいまい)に頷き、船をだす。

肥前守隆信水軍の用いる船は種々あるが、検視が乗ってきたのは小型の阿武(あたけ)船で、数十人を乗せて櫓を用いることもできれば帆走も可能な理に適(かな)ったつくりである。おそらくは朝鮮に近いことが、このころの脆弱(ぜいじゃく)な和船の流れから頭ひとつ抜けだすことができた理由であろう。

ほぼ凪の洋上である。柔らかなうねりに身をあずけて姫は微睡(まどろ)んでいるかのようだ。利兵衛は横目で哭き岩のあったあたりを捉えつつ、的確に針路を指示する。

「このあたりか」

「うむ。が、強風に見事に燃えあがっておったからな」

ほんのわずかの残骸も残っておるまいと暗に仄(ほの)めかしたのだが、小者(こもの)が素早く褌(ふんどし)一丁になり、全身に凍え止めの鯨油を塗りたくって藍色に染まった海に飛びこんだ。

なにも出ぬであろうと利兵衛は判じ、これから先、どのように検分を遣り過ごすか思案していた矢先であった。

潜った小者が一気に浮上し、白く靄った息と共に、昂ぶった大声をあげた。

「この船よりも大きな錨が、すぐ近くの岩礁に引っかかっております！」

「この船よりも大きいだ？　そんなものがあってたまるか」

「お頭も潜ってみてくれ！　肝が潰れるぞ」

検視は即座に着衣を脱ぎ棄て、鯨油も塗らずに飛びこんだ。このあたり、海賊あがりは素早い。陸よりも海中が棲処である。

いまだに鮫除けの長尺褌を締めている。背丈よりも長い白布を海中に揺らめかせ、小者に従ってぐいぐい潜る。

目を剝いた。

驚愕した拍子に、思わず肺にためた息を口から逃してしまったほどである。

検視は海中で立ち泳ぎの体勢を保ち、その巨大なる白銀を凝視した。

黒々として棘々しい岩礁にかろうじて引っかかっていたのは、壱岐にあるもっとも大きな土蔵ほどもある錨であった。

船の錨には有り得ぬことではあるが、おそらくは純銀であろう。

銀ゆえに藻が覆いつくすわけでもなく、海藻や富士壺の類いも固着しておらず、海面から射しこむ西日を浴びて眩いばかりに燦めいている。

検視も小者も、銀細工が海水中で藻の発生などを強く抑制することを、経験的に知っていた。

時代が前後するが、銀座が地名として残っているほどだ。銀の価値は計り知れない。灰吹銀を拵える手間を慮れば、これは途轍もないお宝である。

もちろん海中とはいえ、この重量を引きあげられればの話ではあるが。

さらに蛇足ではあるが、銀イオンがウイルスや細菌、真菌の類いを即効で駆逐し、死滅させることは周知の事実である。

以前、酵素前駆体が、生き血により酵素作用を発現することを記した。

一説に銀イオンは酵素前駆体を変形させるそうだ。姫の一族に銀が禁忌なのは、このあたりに理由がありそうだ。

話をもどす。

検視と小者は水中で見交わした。

常軌を逸した南蛮船が難船し、焼失したことは間違いない。二人は褌を海中に翻して、周辺を徹底的に当たった。錨以外になにも見つからなかった。

数分後にぽっかり浮かびあがったお頭は、洋上から首だけだして利兵衛を見あげ、大きく頷いた。

利兵衛は身を乗りだして勢いこんで捲したてる小男に耳を貸してやる。

「この船の数倍、いや、もっと大きかった」

「うむ。然為れば、いかなる巨船か、想像が付いたであろう」

「――葡萄牙船も巨大である。が、錨はせいぜいこれの十分の一ほどか」

船上で検視は烈しく胴震いした。冷えただけでなく、見てはならぬものを見てしまったことからくる不安に、鳥肌を立てていた。

「しかし時節柄、赤撞木が跋扈するころだ。しかも中潮。よく潜ったな」

「倭寇の血よ」

「うむ。感服した」

利兵衛と小男は見交わした。小男は俯き加減でちいさく笑いだした。

「網元よ。おそらくは肥前守隆信様に召されることとなる。俺は是非とも網元を推挙するつもりだ。も少し言葉遣いに気配りせよ」

召される？

利兵衛は首をかしげた。

「巨船に詳しい者がおらぬか、あちこち島を当たっておった」

「支倉の惨状を調べにきたのではないのか」

「それも、ある」

「それもある。序でか」

「気を悪くするな。支倉も悲惨だが、底倉がどうなっておるか知らぬようだな」

「底倉。奴ら、支倉壊滅にも頬被りだ」

「頬被りせねばならぬわけがあってな」

「どのような？」

「――底倉の者共、全員、白骨と化しておった。骨の乾き具合からして、あの大風の前後であろう」

白骨――と利兵衛は胸中で呟いた。鼠の大群が底倉の者を食いつくす鮮やかな絵が見えたのである。

さりげなく姫を窺う。

凄まじいものだ。

が、それよりも西日が強い。姫の肌が心配だ。検視が利兵衛の視線を追った。

「肌のこと、重々わかっておる。が、このまま平戸に向かう」

「なに」

「すまぬ。取る物も取り敢えずとはこのことだ。だが猶予ならぬのだ。あの錨を見てしまったのだ」

検視は蜂谷に指先をあてがった。目がすっかり細まっている。裡なる声と遣り取りをしているような気配だ。

「なにかに急かされておる。なんとも居たたまれぬ心持ちだ。早く平戸にもどれ、と」

利兵衛は姫のなんらかの力が働いていることを悟り、けれど渋面をつくって支倉を眺めやる。検視が利兵衛の視線を追う。

「あんなところでも、お主は網元を張っておったのだもんな」

「あんなところ？」

「いや、相済まぬ。怒るな。頼む。いまになって、赤撞木が怖い。お主が並でないのは悟っておる。暴れると、事だ」

「姫を船の中に」

「おお、そうであった。陽射しが毒であったものな」

本来ならば乱暴狼藉お構いなしの連中である。それが姫に対しては叩頭しかねぬ様子である。利兵衛はすっかり緊張が失せて、潮時であったのだ――と独り頷いた。

04

肥前守隆信は目を瞠った。いや、目を剥いたというのが正しい。途方もなく巨大な銀の錨を発見したという報せ（しら）など飛び去り、消え去って、ただただ凝視する。

真っ直ぐ流れる漆黒の、けれど不思議な軽みのある髪。

くっきりした睫毛（まつげ）に彩られた濁りの一切ない透き徹（とお）った黒い瞳。

ごく小づくりな血の色をたたえた艶やかな唇。

おそらくはその軀の内奥の複雑さと狭小さをそのまま顕（あらわ）しているであろう、じつにかたちのよい耳。

そして驕慢（きょうまん）一歩手前で抑えられた、すっと尖った鼻。

それらが瓜核顔（うりざねがお）のあるべきところに柔らかくおさまって、一切の破綻がない。

肥前守隆信は抜けるような肌の白さに圧倒され、燦々（さんさん）たる銀の輝きを姫に見た。

控えめに重なって揃（そろ）えられたその指を一瞥し、桜色の爪にぎこちなく喉仏を鳴らした。その指が己に触れることを妄想してしまったのである。

肥前守隆信だけでなく、家臣たちも凝固している。天女であろうかと姫を盗み見て、慌てて顔を伏せる。

肥前守隆信はようやく我に返り、利兵衛と姫を交互に見た。

どのように思い巡らせても利兵衛と姫が結びつかぬからである。

ならばと黒眼をあげて利兵衛の妻女の美しさに思いを馳（は）せるが、この世のものとも思われぬ娘を産む女の姿は想像の埒外（らちがい）だ。

「まこと、利兵衛の娘か」

「なにかおかしなところでも？」

「いや、まあ、なんというか」

「鳶(とんび)が鷹(たか)どころではないと常々思ってはおりますが、紛うことなき我が娘」

利兵衛自身、金の髪と青い瞳が数日のうちにいまの状態に変貌したことが、いまだに信じられないのだ。黒髪と黒い瞳となった姫はいよいよ冒(おか)しがたい美しさである。

「利兵衛」

「はい」

「娘の名は？」

「姫、と申します」

「うーむ。松浦佐用(さよ)姫の生まれ変わりか」

「生憎(あいにく)、あくまでも私の娘でございます」

松浦佐用姫とは、万葉集や肥前国風土記に遺(のこ)されている肥前松浦東方に棲(す)んでいたとされる絶世の美女である。大伴金村(おおとものかなむら)の子である紗手比古(さてひこ)こそが佐用姫と番(つが)うことのできた最高の果報者(かほうもの)とされている。

「このような女に領巾(ひれ)を振ってもらって別れを惜しまれたいものよ」

すっかり佐用姫伝説に取りこまれてしまっている肥前守隆信に、利兵衛はかろうじて苦笑を呑みこむ。

どうしたことか肚が据わって、肥前守隆信の前であってもまったく臆することがない。それが肥前守隆信にも伝わっているのであろう、ぞんざいな口をきく利兵衛であるが、不問に附されている。

「利兵衛よ、姫をあずけぬか」

「病弱ゆえお断り致します」

「大切に致す」

「なにより当人の心持ちこそが要でございます」

「うむ。もっともだ。どうだ？」

まともにその顔も見られぬくせに、あらぬ彼方に視線を投げて、居丈高に問いかける肥前守隆信である。姫はすっと顔をあげた。

「今宵一夜のお相手を。それから身の振り方を決めさせて戴きます」

利兵衛が慌てて姫を見つめる。姫は柔らかく笑んだ。その瞳の奥に、なんらかの思惑の影が流れた。それを見てとった利兵衛は、動揺の欠片もあらわさずに、居丈高に反って訊いた。

「それよりも肥前守隆信様。わざわざ平戸までのお招き、何用でございます」

「おお、それだ。見目麗しき姫に心奪われ、失念しておった」

「お戯れを。しがない網元とその娘でございます」

「いや、おまえたち、まちがいなく高貴な血筋である。見れば、わかる。まちがいない」

利兵衛は嵯峨源氏を僭称する肥前守隆信の血筋に対する劣等の心を見抜いていた。慇懃に告げる。

「慥かに姫は高貴な血筋でございます」

「で、あろう！　一目見たときから、そう思っていた」

「差し出がましい物言いになりますが、肥前守隆信様。くれぐれも姫に対して粗相のなきよう。姫という名の由来、血筋。詳しくは申しあげられませぬが、はったりではございませせぬ」

「わかった！　わかっておる。案ずるな。この肥前守、高貴なる姫に礼節を欠くような接し方、できるはずもない」

家臣の中には平伏を装いつつ、主君がどうも利兵衛と姫の父娘に骨抜きにされ、それどころか微妙に操られているのではないかという疑念を抱く鋭き者もあった。

けれど、そんな家臣に姫がごくさりげない一瞥と笑みを向けると、とたんに肥前守隆信ではなく、姫と利兵衛に仕えているかの心持ちになってしまい、その目をぎこちなく動かして狼狽するのであった。

利兵衛はふたたび話が姫にもどってしまったことに対する苦笑を隠しもせず、真正面から肥前守隆信を見据えた。

「で、お召しのこと、聢(しか)とお話しくだされ」

「おお、また逸(そ)れてしもうたわ。いかん、いかん。じつはな」

「はい」

「織田信長が、巨船を拵えることのできる者を探しておる」

「鉄甲船でございますな」

「知っておるか。さすが。じつはな」

「はい」

「九鬼嘉隆(くきよしたか)に命じて造らせておる鉄甲船、うまくいっておらぬ」

「はて、鋼鉄の巨船、見事に浮かんだと」

「じつは強がりの調略(ちょうりゃく)、いや吹聴にすぎぬ。かろうじて浮いても鈍重すぎて、実戦には無理無体な代物」

ふうむ、と利兵衛は顎の先を翫(もてあそ)び、姫を閉じこめていた南蛮船を脳裏で反芻(はんすう)する。その構造を素早く描く。おそらく南蛮船とちがって鉄甲船は平たい舳先なのではないか。

「村上(むらかみ)水軍にいいようにあしらわれている信長、恥も外聞もなく、ただし極秘に縋ってきおった」

「だいたいのところは飲み込めました」

「ここは信長に恩を売りたい」

「信長という男、恩を売る価値のある男でございますか」

「それだ。本願寺を攻めあぐね、毛利水軍に叩かれ――と、まさに最悪の情況である。消耗し、自滅するのではないかとも思う」

「そのような男を手助けなさるおつもりか」

「うむ。利を勘案すれば、触れずにすませても一向にかまわぬわけだが、なんとなく、ここは信長に恩を売っておけという、う〜ん、うまく言えぬが心の囁きがな、その、なんというか――」

腕組みして唸っている肥前守隆信をさておき、利兵衛は横目で姫を一瞥した。姫はすました貌である。助け船を出してやる。

「わざわざ遠く離れた松浦党を頼ってきた信長です。無下に扱えぬということでございましょう」

「それだ！　そのとおりだ。鋭いのう、利兵衛は」

面映ゆいこと、この上ない。姫が利兵衛を見つめて柔らかく笑んだ。利兵衛は悪戯っぽく唇を尖らせ、肥前守隆信に向きなおった。

「さすれば鉄甲船のこと、多少の勘案もございますれば、織田信長の許に伺候致してもよろしゅうございます。が」

「が？」

「儺島は俺と姫が離れてしまってもはや無人島でございます。どのみち肥前守隆信様にとって儺島のごときは芥子粒。移住移島する物好きもおりますまいが、入植その他は一切止めませぬ。されど未来永劫、儺島は支倉網元利兵衛のものであると、一筆戴きとうございます」

そこは南蛮人を手玉にとるほどに利に敏い肥前守隆信である。側近に儺島とはどのような島であるかを、じっくり訊いた。

「利兵衞」

「はい」

「慾がないの。もっとよい島でも土地でも、望むがままであるぞ」

その眼差しが一瞬、姫に投げられたことに気付かぬふりをして、利兵衞は応じた。

「ま、人は生まれ育った地が一番であるということで」

「儺島は支倉網元利兵衞の島である。誰にも侵せぬよう、計らっておく」

利兵衞は雑に頭をさげた。姫が横を向いて笑みを怺えていた。

＊

案内された部屋は、利兵衞にとって当然ながら知るよしもなかった最上にして心地好い空間であった。

床の間という言葉は知っていたが、おそらくそれであろうと当たりを付け、なんとも無意味なものであると喝破(かっぱ)して、夜具にどさりと腰をおろしていると、女たちが次から次に膳を運んでくる。

その料理もさることながら、なみなみと注がれる酒と、それを勧める女たちの嬌態(きょうたい)が尋常でない。酒の香り漂う中、香(こう)を薫(た)き込めた女たちが密着してくる。その芳香の重ね合わせが、利兵衞を惑わせる。

支倉では貧困からまともに酒も呑めなかったので、酔っ払ってしまうのではないかと若干危惧(きぐ)したが、なんのことはない、朗らかな気分になるだけで、酔いらしい酔いもまわってこない。

「お強い」

「水のごとくお口にされます」

「水のようだ。じつに口当たりのよい酒だ」

当然のごとく女たちは肌を露わにし、利兵衛にしなだれかかってきた。そそられぬわけではないが、姫を知っている利兵衛である。つい較べてしまう。

女たちは手足のついた魚に見える。それも深い海の底で泥にまみれている異形の魚たちだ。さて、どうしたものかと利兵衛は思案を重ね、ふと気付く。

触れてならぬものであれば、姫が制止するであろう。すなわち男として役に立たず、みじめな思いをするはずだ。

都合のよい思い込みであろうか。利兵衛は試みてみることにした。

醒めきった心持ちで触れる女たちの狂態は尋常でなく、警護の者が耳をふさぐほどであった。

四人目を組み伏せ、その女の剝く白眼と唇の両端から、はしたなく流れ落ちた涎を見やり、さてどうしたものかと動きを止めると、姫の気配がして、背筋を撫でられた。利兵衛は烈しく爆ぜ、凄まじく迸らせた。

やれやれ、きんたままで姫に握られておるわ——と利兵衛は白木の天井を眺めやり、独りごちる。しどけない恰好で転がっている女共が、目障りだ。

「おい、寝る。立ち去れ」

荒々しく声をかける。女たちは着衣を抱えてふらつきながら部屋を出ていった。

相変わらず天井を眺めてぼんやりしていると、利兵衛の掌を擽るものがある。

鼠であった。

利兵衛の掌で軀を丸め、動かなくなった。まだ子鼠かもしれぬ。

ふむ――と、利兵衛は鼠を載せた掌を胸の上にやり、もう片方の掌でそっと鼠の軀を覆ってやった。

どうやら姫が遣わしたようだ。

「案ずるな――か」

利兵衛は微睡みはじめ、すぐに規則正しい寝息をたてはじめた。

同じころ、肥前守隆信はついに抑制を喪って姫に躙(にじ)り寄っていた。

利兵衛が四人の女中を腰も立たなくしてしまって深く寝入ってしまっているにもかかわらず、ひたすら添い寝し続け、姫に手を出せずにいたのである。

「奥床(おくゆか)しい殿であるな」

「――どうにも触れようがなかった」

「よくぞ耐えた。褒美(ほうび)を与えよう」

「褒美」

「首筋をあらわにせよ」

「――こうで、よいか?」

「よい。身動きするでないぞ」

姫は仰向けの肥前守隆信の軀の上をすっと這いあがった。手をのばし、肥前守隆信の目蓋に触れ、柔らかく愛撫して完全に目がひらかぬようにし、肥前守隆信の首筋を叮嚀に、執拗に上下にさすりはじめた。

青黒い静脈が浮かびあがって姫の指先に引っかかりをもたらすようになった。

姫は肥前守隆信に密着し、大きく息を吸いこんだ。

しばし息を止め、一気に顔を寄せる。

姫の貌が最高度に精製された蜜蠟のごとき透き徹った純白と化した。

鋭い硝子細工のような、けれどごく小さい半透明の牙が、肥前守隆信の静脈に突き立てられた。

すぐに牙を抜き、いつもの貌にもどった姫は、唇をすぼめて、静かに肥前守隆信の血を吸いはじめた。

肥前守隆信はちいさく呻いて、全身を痙攣(けいれん)させている。姫に抱き締められて際限なく男を極めている幻覚の渦中にあった。

姫は吸血に飽いて、欄間に下がった蝙蝠に視線を投げる。

蝙蝠はふわと舞い降り、肥前守隆信の静脈にひらいた小穴にひしゃげた子豚の鼻に似た鼻梁(びりょう)をめり込ませ、軽く吸血すると同時に口中の体液を流し込んだ。

姫は、肥前守隆信には蝙蝠に体液を押しこませはしても、利兵衞にしたように自らの唾を与えることはしない。

「これ、隆信」

「──はい」

「おまえは長生きする」

「──有り難きこと、信じ難き心持ちにございます」

「おまえは父上の配下である」

「──はい。この肥前守隆信、利兵衞様の配下でございます」

「嫡男(ちゃくなん)鎮信を抑えよ。それとも姫がおまえにしてあげたように鎮信に接しようか」

「──我が倅(せがれ)とはいえ、それは耐え難きことにございます。姫よ、この隆信の目の黒いうちはあのような餓鬼には、なにもさせませぬがゆえ、どうか」

「よろしい。おまえのこれからの生涯は、利兵衛様に捧げよ」

「――聢と承りましてございます」

「よし。それがおまえの身のためでもある」

姫は肥前守隆信から離れた。とたんに肥前守隆信は意識を喪った。

利兵衛は鼾がひどかった。ときに息が止まり、溺れてかろうじて海面に浮かびあがったときのような息をついて、目が覚めることがあった。

けれど姫と暮らすようになって、呼吸がじつに慥かになって、鼾とも無縁で熟睡するようになっていた。

ふと気付くと、姫が腋窩に鼻先を突っこむようにして眠っていた。利兵衛には姫が本当に眠っているのかどうか、判断がつかぬ。はて、あの鼠はどこに消えた?

姫の反対側に視線を投げると、青畳の上に畏まるようにして丸く小さな赤い眼を利兵衛に向けていた。

利兵衛はしばらく子鼠を見つめ、大欠伸をして姫の首筋に腕を挿しいれ、ぐいと引き寄せた。姫はなんとも和らいだ笑みを泛べて利兵衛の腕枕で休む。

鼓動は伝わってくるし胸も上下するが、姫は息をしていない。

すなわち姫は死なぬ。

利兵衛にとって、それが何よりも大切なことである。ひんやりした姫に己の体温を与える。利兵衛と接した姫の肌が温まるのが最上の歓びである。

05

瀬戸内の航路を伊勢に向かう。天候や風向きにも恵まれ、船は滑るように洋上を疾る。利兵衛から見ても船頭の伎倆はたいしたものである。

肥前守隆信の墨付きもあって、船内では下にも置かぬもてなしである。利兵衛は生まれて初めて儺島の外に出たわけだが、存外適応して力むことがない。皆が謙って接するので自尊の心も充たされている。

昼間は船内で休んでいるが、夜になると姫は利兵衛と艫に座って秋の名残の海蛍の青褪めた光を見つめる。もうじき海蛍も終わると呟いたきり、利兵衛はなにも言わない。

「父上。なにを思う」

「べつに」

「儺島のことですか？」

「まあな」

「永久に儺島にいたかった？」

「そうもいかんだろう」

「父上は、儺島に籠もっていることが叶わぬ定め」

「定め、なのか」

「定めでございます」

「ならば、逆らえんな」

「けれど父上が寂しいなら、私も寂しい。父上が悲しいなら、私も悲しい」

「悲しんでなどおらぬ。漁のさなか、底倉の漁師が大声で教え伝えてくれた。なんでも織田信長という男が鋼鉄の巨船を拵えているそうな――と、な」

「いまや、父上がそれを輔(たす)けに」

「うむ。俺が関われば、うまくいく。伝え聞くに、おそらく九鬼の船は、卵の殻のようなものだ。それは、うまくない」

言うか言うまいか思案して一呼吸おく。

「おまえが閉じこめられていた巨船の姿が、そして巨大な龍の骨のような船の骨格が脳裏にこびりついておる」

「はい。父上の力なくば、鉄甲船はまともに働きませぬ」

健気(けなげ)である。姫のこの嫋やかな健気さは、いったいなにからもたらされているのだろうか。利兵衛は傍らに転がっている貝殻を洋上に投げた。

海蛍が揺らめき、乱れ、そして恐るおそるといった様子で青白い光が集まって、いよいよその冷たい光が強まるのを姫は幼子のような眼差しで見つめる。

「織田信長という男は、どのような男だ？」

「父上にとって大切な踏み台でございます。もっとも重要な足掛かりでございます」

「踏み台か。大名を踏み台。俺も出世したものよ」

ぼやき声の利兵衛に姫は頬笑み、そっと唇を近づけてきた。姫の国の挨拶であったそうだが、他の女とはしたくもない。

けれど姫の唇が触れると、狂おしいまでに吸いたくなる。

海蛍の淡く仄かで清浄な光の幽かな照り映えを浴び、父娘はきつく唇を合わせた。

＊

利兵衛は崖下から吹きあがる潮風に髪を乱しつつ、目の上に庇をつくって独りごちた。

「明るいな。燦めいておる」

複雑に入り組んだ半島の志摩国(しまのくに)英虞郡(あごぐん)の海は、儺島周辺海域とは鮮やかさがちがう。陽射しの強さもちがう。

海賊大名の異名をもつ九鬼嘉隆である。初対面こそ松浦党の大物か、と構えていたが、当人はただの網元、いや網子もなにもかも喪った元網元だと笑う。

だが身なりも、立居振舞も並でない。恰好は肥前守隆信が整えてくれたもので、よい装束に着替えさせられた案山子(かかし)のようなものと照れるが、鷹揚として何事にも動じぬ。それをさりげなく指摘すると、俺は世の中を知らぬからなと真顔で返す。

九鬼水軍の自負と威信もあり、たとえ信長の命であろうとも、人物をじっくり吟味してからすべてを決めたい。そう心してかかってはいるが、九鬼嘉隆は利兵衛を理窟(りくつ)なしに好ましく感じつつあった。

伊勢大湊(おおみなと)で造船しているまともに動かぬ鉄甲船六隻のうちの、最初の一隻を波切(なきり)城西側の浅場に曳航(えいこう)し、舫ってある。

利兵衛は赤錆(あかさび)だらけの鉄甲船をぼんやり見やるだけで、九鬼嘉隆が水を向けても笑むだけで、なにも言わない。波切城にやってきて四日ほどたつが、とにかく摑み所がない。

姫と称する途方もない麗人、いや娘を連れてきて、城の最奥、まったく日の入らぬ物置を所望し、あとはなにも要求しない。一切求めない。病弱な姫は、垂れこめる暗がりの中で静かに眠っているようだ。

姫の姿を一瞥して、驚愕した。海賊あがりの自分など手を出してよい御方ではないと九鬼嘉隆は即座に自重し、口をきくのにも躊躇いを覚えた。途轍もない由緒のある方であると直感したのである。

今日も利兵衛は波切城の突端、海食崖ぎりぎりに立ち、鋼鉄の巨船を眺めている。九鬼嘉隆は横目でちらりと利兵衛の肩の子鼠を見やる。利兵衛が顔を向けた。

「こいつか?」

「あ、いや」

「なぜか懐きおってな。いつも俺の肩に乗っかって、もはや己の足で駆けることを忘れてしまったようだ」

「鼠もそれくらい小さいと、可愛らしいものだな」

「九鬼殿」

「ん」

改まった眼差しの利兵衛に、九鬼嘉隆は若干構えた。

「九鬼殿は好いお人だ。だからな、悩んでおる」

「なにを――」

「うん。この鉄甲船、あと一年ほどでまともに動くものにせねばならぬと聞いた。六艘。懸命に拵えたのはわかるが、これをまともなものにするのは、大変なことだぞ」

巨大な船である。艘ではなく、隻であろうと見つめかえし、もとは漁師だったのだと、なんとなく得心する。

「殿の御命令だ」

「銭は、足りてるのか？」

「――銭。案ずるな。殿は、金と運をしこたまもっている」

「そっちの心配はないのだな。が、俺は九鬼殿になにがしかのものを遺したい」

「なにがしかの、もの」

「鉄甲船、銭を注ぎこんでまともな物に仕立てあげれば、信長に召し上げられてしまうのであろう？」

呼び棄てである。従う家臣たちは聞こえぬふりをして、より神妙な顔つきである。

「まあ、なんというか。そういうことだな」

「ならば、こういう手もある」

「どういう手だ」

「毛利水軍に勝てばよいのであろう？」

「もちろんだ」

「鉄で覆う船は、錆びるにきまっている。長持ちはせんよ」

「わかっておる。が、鍋釜が池に浮かぶのを見たそうな」

なにを言っているのか。利兵衛はじっと九鬼嘉隆を見つめる。子鼠の赤い眼も、嘉隆を凝視している。

「いやな、殿の石斎なるお抱え庖丁人がな、毛利水軍にいいようにあしらわれて腐っておった殿に、沈まぬ船を造ればよいのだろうと吐かしたらしくてな、鍋釜を池に浮かべて見せたそうな」

「それで鉄甲船」

「然様。殿は新奇な思いつきに即座に乗ってしまうところがある。正直、参っておる」

「いや、長持ちを棄てさされれば鉄甲船は無敵だ。だから九鬼殿には、こう囁きたい」

「なんと？」

「運をもっているかどうかは、死ぬ間際までわからぬが、どうやら殿は銭をたんまりもっている。ならば幾度もの海戦に耐えられるような代物ではなく、せいぜい数度、ただし必ず勝てる船を拵える。で、あまった銭は、九鬼殿の懐に入る」

囁きたい――と言いながら、あたり憚らぬ大声である。どこが囁きだ！　と九鬼嘉隆は目を剝き、そして笑いだしてしまった。家臣たちもたまらず、笑いだした。利兵衛はあくまでも真顔である。

「さすがに見飽きたな。が、おかげで大まかな手立てもできた。九鬼殿。案内(あない)を」

ようやく利兵衛は眺めているだけでなく、九鬼嘉隆に先導されて、実際に鉄甲船に乗り込んだ。内部を見あげて、渋面をつくる。

「九鬼殿ともあろう方が、なぜ、こんな卵の殻を半分に割って浮かべたような船を」

「いや、殿が鍋釜のような船を造れと申されたのでな。俺は鍋釜のつもりだったが、いやはや卵の殻であったか」

利兵衛は船内を見まわしながら、考えこんだ。どうやら織田信長は家臣に対して有無を言わせぬ男らしい。

「なあ、九鬼殿。先ほども申したとおり、要は毛利の水軍に勝てばいいわけだ。ならば、この有り物を大きく造作を変えて本物の軍船に仕立ててあげよう。ゆえに、どんどん、際限なく銭を要求しろ」

一呼吸おいて、付け加える。

「あまってしまうくらいに、な」

「しかし――」

「鍋釜などと吐かす男だぞ。船のことなど欠片もわかっておらぬ。ちゃんと浮かんで、ちゃんと戦いに勝てばよいだけだ。それで信長は文句を言わんよ。いや、九鬼殿の手柄であると褒め称えるにきまっている」

「なぜ、そんなことがわかる。叱責されるやもしれぬぞ」

「いや、なんとなく、見える」

「見えるか？」

「見える」

「なんとなくだろう？」

「なんとなくだ」

九鬼嘉隆は腕組みして唸る。

「うーん。なんとなく」

「なんとなく。それでいいではないか」

「まあ、それでいいか」

九鬼嘉隆がなんとなく納得した瞬間、利兵衛がその背をどんと叩いた。家臣共々呆気にとられていると、利兵衛は船内で手持ち無沙汰にしていた船大工たちに近寄り、あれこれ指図をはじめた。

太く無骨な指先をくるくる器用に動かして筆を操り、鉄甲船の補強に用いるらしい骨格らしきものを描き、船大工たちに、それがどのような役目をもっているかを理詰めで教え込む。

竜骨、肋骨、縦通梁、横通梁よりなる骨格云々と口にする利兵衛自身、それらは生まれてはじめて口にした言葉であった。

鉄で覆ってあるとはいえ、いかにも脆弱な卵の殻の内側を、あらためて精緻なる骨組みで補強して歪みをなくす。波浪に対する耐久力も確保する。幾度もの嵐に耐えなくともよいから、一日二日の強風にも負けぬ程度の強度をつくりあげる。

さらには舳先を尖らせて機動力を持たせること、加えて船底中央に縦長の錘を取り付けて重心を下げ、多少のことで傾かぬ、つまり沈潜せぬ巨船をつくりあげることなど、これからの造船の概略を、まったく閊えることなく解説していく。

慥かに脳裏には、あの巨大南蛮船があるのだが、その構造の詳細を参考に、巨船の成り立ちについてまで、よどみなく語り、的確に説くことができる。

まさに姫の力であろうが、一方で南蛮船に乗り込んだときに、その構造をじっくり脳裏に叩き込んだという自負もある。利兵衛は程よい知的陶酔にあった。

船大工たちは利兵衛から智識を得れば、先々己の仕事が大きく飛躍することを悟って、先ほどまでのだらけた態度とは打って変わって、利兵衛の言葉をすべて記憶しようと目の色を変えて集中し、なかには筆を走らせている者もある。

利兵衛の凄いところは、銭金にあかせるのではなく、有り物まで含めていかに節約するかということを念頭に、費用と成果の最上の結果を考えていることである。操船に不安があってはならぬが、かといって過剰品質は意味がない。利兵衛は信長からさんざんふんだくって、九鬼嘉隆になにがしかのものを遺してやりたい一心なのだ。

瞬きを忘れて集中している船大工たちであったが、脇から利兵衛が描きあげた補強骨格の実体図をのぞきこんでいた九鬼嘉隆も、息を呑んでいた。それは水軍を率いて暴れまわってきた九鬼嘉隆が、まったく知らない船の構造だった。

人を斬るとき、胸を削ぐと肋の骨が露出することがある。それに似ていた。船底に背骨を通し、そこから船体を無数の肋骨で囲む。家臣たちも利兵衛の教示する造船について耳を傾け、感極まる面持ちであった。

06

幾度もの海戦に耐えられるような代物ではなく、せいぜい数度、ただし必ず勝てる船という利兵衛の進言に納得した九鬼嘉隆だが、一応、信長にお伺いを立てた。

もちろん数度の海戦程度の耐久性でかまいませぬか？　とは言わない。

遠回しに錆びると船が持ちませせぬがゆえ、鍍金するか多少は錆びにましと思われる銅板張りはいかがでしょう？　と、する気もない方策を提言し、信長の鉄甲船に対する思いをさぐったのである。

「返ってきた御言葉がな、塩水に浸ければ錆びて当然、使い棄ててかまわぬ。戦に使う船など後生大事に末代まで残す必要なし」

「ほう。鍋釜と聞いたときは少々足りないかと呆れたが、いやいや、なかなか」

九鬼嘉隆も利兵衛といると、ついつい本音を口にしてしまう。

「殿に足りないのは知慧ではなくてな、もっと別のものだ」

「やはり足りないのか」

「うむ。大きな声では言えぬが、いや、うまく言えぬが、人としての、大きなもの、とにかくなにか大きなものが足りぬ」

すっと姫が割り込んだ。

「だからこそ、信長様は階段を一気に駆けあがられるのです」

九鬼嘉隆は軽い上目遣いで、顎の無精髭を撫ではじめた。小声で訊く。

「姫は、この先、殿がどのように――」

「どのように伸しあがっていくか。この海戦で本願寺顕如を抑えこめば、天下が疑と見えてくるでしょう」

九鬼嘉隆は姫を凝視する。

「武威も怖いが、信心はもっと怖いもの。されど信長様は信心を超えようとなされております。あるいは神も仏もございませぬ。それは、松永弾正久秀様から学んだこと」

九鬼嘉隆は目を剝いた。じつは先年、松永久秀は上杉謙信、そしていま現在苦労させられている本願寺顕如と通じ、信長に対して二度目の謀叛のあげく、信貴山城天主にて自爆という壮絶な死を遂げていたのだ。

姫はなにか知っている――九鬼嘉隆は直感した。

というのも信長は最初の謀叛も赦し、二度目の謀叛も古天明平蜘蛛の茶釜を献上すれば許すと、周囲があまりの怪訝さに首を傾げるほどの寛大な譲歩をし、けれど松永久秀はそれを平然と蹴ったあげく、徹底的に戦い、自爆したのだ。

家臣に対して苛烈極まりない処分を平然と行う信長である。それが、なぜか松永久秀に対しては頭のあがらぬ岳父に対するかのように常に譲歩してきた。

いったいどのような繋がりがあったのであろうか。九鬼嘉隆の知るところ、信長と松永久秀の接点は、ほとんどないと言ってよい。なにしろ信長は松永久秀に無視されているという噂さえ立っていたほどである。せいぜい金ヶ崎の戦いにおいて、勢いこむ信長に平然と撤退を進言したことくらいか。

とにかく周囲の評判からすれば、信長に真っ先に斬り棄てられている相手なのである。

「殿が神も仏もないことを松永久秀から学んだ――。どこで、それをお知りになった？」

「さあ。風の便り」

九鬼嘉隆の頬が苦笑に覆われた。今の今まで、斯様な噂など耳にしたことがない。松永弾正のこと、一段落したら調べてみよう。

「松永弾正久秀様でもよかったのですが、間に合いませんでした。まあ、お歳を召されておりましたし、若く勢いがあって御しやすい信長様に乗り換えたということで」

なんと恐ろしげなことを平然と――。松永久秀には間に合わなかったとは、どういうことか。信長に乗り換える。なにをどう乗り換えるのか。縋るように利兵衛に顔を向ける。利兵衛は肩をすくめただけで、無言だ。

沈黙が拡がると、鋼鉄張りの巨船の船艙奥底であっても、擽るような波の囁きが聞こえてくる。けれど船底に設えた細長い錘のせいか、揺れは信じ難いほどに少ない。

姫は薄絹をかけて横になってしまった。九鬼嘉隆は話題を海戦に変える。

「村上水軍の火生輪、御存じか」

「知らぬ。海戦のこと、とんと疎い。恥ずかしながら漁しか知らぬ」

「火生輪。名は仰々しいが、たかが火をつけた干し草である」

「わかった。それを風を読んで洋上に流すわけだな」

「その通り。前回の海戦では、村上水軍は、折からの南風を巧みに読み、干し草で我が軍船を次々に延焼させ、沈めた」

「金をかければ、この鉄甲船のように大砲まで積むこともできる。が、干し草か」

「然様。あるいは鑿（のみ）を咥えて水中に潜み、船底を穿って沈めるといった技に熟達している者も許多抱えておってな」

「なるほど。村上水軍の強さの秘密がわかったわ」

「もちろん投炮烙（なげほうろく）なる手投げ弾、火鞠（ひまり）といった爆裂弾。火桶（ひおけ）、大黒火箭（かせん）、投松明（なげたいまつ）――これらは火付け延焼をもたらす。肉弾戦となれば水弾（みずはじき）、飛槍、投鉤（なげかぎ）と船上の戦いに適したあれこれを次々に繰りだす。あるいは藻切鎌（もきりがま）」

「柄藻刈鎌のことか？　漁師には馴染（なじ）みの鎌だ」

「それだ。だが戦闘用だ。長大だ。それで帆綱（ほづな）や碇綱（いかりづな）を切断する」

「そういう使い途（みち）があったか」

「恐ろしいぞ。操船不能になって流されるばかりのところに、胴突船（どうづきぶね）なる船体横腹を破壊するためだけに拵えられた尖りを設えた船が突っこんでくる。」

「加敷通（かじきとお）しが、その牙で船腹に穴を開けるようなものだな」

カジキの由来は、船の船底に接して左右に回された加敷と称される最下部の棚板を、その牙で突きとおすことからきている。

もちろん牙ではなく、上顎から鋭く長く突き出た吻（ふん）である。が、利兵衛は牙であると称しているのでそれに従う。突き抜かれれば、沈潜の憂き目にあう。漁師たちのあいだでは加敷と略さず、加敷通しと畏怖（いふ）を込めて呼ばれている。

九鬼嘉隆は静かに眠る姫をちらと一瞥し、囁き声で言う。

「加敷通しは雌が雄の五倍ほどもあるか」

「うむ。加敷通しの雌は、恐ろしきものよ」

「姫は小柄だが」

「いや、立ちあがれば俺の耳の上あたりまで背丈がある。それなのに、こぢんまりしているといつも感じておる。九鬼殿も、姫が大柄には見えぬようだな」

「うーむ。不思議な方である。が、まごうことなき高貴の血筋」

「わかるか？」

「いまだに正視できぬ。斯様な美しさ、人を超えておる。付け足しではなく、利兵衞殿も含めて並ではない」

「いや、俺は船板に這いつくばってきた漁師にすぎぬ」

「御謙遜めされるな」

利兵衞が大いに照れて、顔を背けるようにして頭を掻いた瞬間だ。頭上から伝令の声が降ってきた。

「西国毛利方軍船、六百余隻、木津川口(きづがわぐち)沖合に侵攻、水平線が見えぬほどでございます」

九鬼嘉隆が抑えた声で出港を命じ、六隻の鉄甲船は朝靄漂う堺(さかい)を離れた。

舳先に立つ九鬼嘉隆の傍らに、利兵衞がやってきた。沖を透かし見る。大小船舶、まさに雲霞(うんか)のごとくである。西洋暦になおせば十二月の初旬、晴れ渡った冷たい朝だった。息が白い。

「こんな季節に海に沈みたくはないよのう」

「利兵衞殿、そのような冗談は控えてくれ」

「九鬼殿が柄にもなく強(こわ)ばっておるのでな。失敗したくない、負けたくないという思いを抱いた瞬間、もう、負けておる」

九鬼嘉隆は口をすぼめ、頬をさすり、利兵衞をじっと見つめた。

「利兵衞殿は、この海戦が終わったら、どこぞに行かれてしまうのであろう」

「うむ。どこに行くかは姫次第」

「姫次第。またお会いできるであろうか」

「うむ。俺は儺島しか知らぬせまい男。ここしばらくで随分習った。学んだ。恥ずかしいくらいに小さい男であることを知った」

「利兵衛殿が小さいならば、この嘉隆など」

九鬼嘉隆は利兵衛の肩の小鼠を見やった。冷たい潮風に身を縮こめている。

「なあ、九鬼殿。瀬戸内の狭隘(きょうあい)なる航路、そこを一切の迷いなしに疾る船頭に、まずは感服した。同じ海の男として、俺はなんと小さかったかと。なにせ櫓を操ることを自慢していたのだからな。で、船頭について風を読むこと、とことん習った」

「いまや、この嘉隆、櫓もまともに操れぬ」

「それでよい。頭領が扱うのは櫓ではなく、舵(かじ)。俺は九鬼殿からそれを学んだ」

感極まった九鬼嘉隆の肩をポンと叩き、顎をしゃくって陸を示す。

物見高い大坂(おおさか)の者たちが群れなして、いまかいまかと開戦を見守って洋上に集中していた。風に乗って、超越的巨大さの鉄甲船に感嘆している気配も流れてきた。

「さ、九鬼殿、そろそろ射程であろう。野次馬共に大きな花火を見せてやれ」

小声で付け加える。

「俺は花火なるもの見たことがないがな」

九鬼嘉隆は拳を咬むようにして笑いを怺えると、艦砲射撃の用意を命じた。

手順が行き渡っていることもあり、配下(かえん)がすべてを滞りなくこなし、六隻の鉄甲船に据えられた大砲が一斉に、あたりを朱に染めあげる火焰を吐いた。狙いは九鬼嘉隆の命により、ただ一つの艦船に定められていた。

九鬼嘉隆と利兵衞は耳の穴に指先を突っこんでいるが、巨大な鉄甲船は、大砲の反動をも吸収し、揺れもしない。

あたり一面に潮の香を凌駕する煙硝の臭いが立ちこめる。縺れあい、やがて一つに絡まりあったかの勢いで飛翔していく六つの鉛玉の行方を鼻をひくつかせて見守る。

完全に一つにまとまったかの精確な弧を描く弾群は村上水軍、いや毛利の旗艦と思われる旗指物の赤や黄も鮮やかな巨船に吸いこまれ、次の瞬間、旗艦は爆煙と木片を捲きあげて消滅した。

六隻の鉄甲船に加えて滝川一益が拵えた巨大なる白船一隻から、次々に大砲の弾が飛翔していく。毛利の軍船は、なにもせぬうちに海の藻屑となる。

もちろん七隻対六百隻、大雑把な大砲の弾が撃ちもらした小早の類いが迫りくるが、鉄甲船からすると蟻のようなもの。委細構わず舳先で潰し、沈めていく。

ただし戦船は己の水軍に転用できる。利兵衞の助言により、もう充分に威力を見せつけたのだからと、あえて砲火を浴びせずに数百隻の敵船を木津浦に追い込んで捕獲した。

さらに利兵衞が囁く。

「あれらは兵糧米を運ぶ船であろう。巨大長大ではあるが鈍重である。しかも積載過多。慾張りすぎだ。船足ぎりぎり、あるいは超えておる」

船足とは吃水線のことである。

「陸地三方を信長に囲まれた本願寺。唯一残された海路を断たれて補給が途絶えれば、それで仕舞いだ。一隻たりとも陸に近づけるな。すべて沈めてしまえ」

荷を満載した輸送船を沈めるのは赤子の手をひねるようなものだった。さほど激烈な攻撃をしかけなくともあっさり沈んでいった。船足をはるかに超えて荷を満載した輸送船など、鉄甲船が傍らを抜けただけで、その波浪にて沈没する始末であった。

九鬼嘉隆は圧倒的勝利にかつての大敗戦を重ね、静かに天を仰いだ。利兵衛がぼそりと言葉を連ねた。

「なあ、九鬼殿。もはや火生輪も、鑿を咥えて水中に潜んで船底を穿つのも、冴えない爆裂弾や放火の海戦の時代は終わったよ。もはや海戦、ついこのあいだまでの遣り口は通用せぬ時代となった。呆れたことに、鍋釜の時代と相成った」

「うむ。決死の勢いで突っこんできた胴突船も、この鉄甲船には役に立たなかったからなあ」

「哀れなものだな」

「うむ。本音を申せば、先般の大敗が夢にまで出てきて、強い畏れを抱いていた村上水軍だが、まさに哀れ」

「鍋釜は沈まぬ、か。信長という男、じつは底しれぬかもしれぬな」

「それだ。底しれぬのだ。なにを吐かしておるのかと怪訝になるが、いつだってそのとおりになる。言われたとおりせざるを得ない」

頷きつつ、利兵衛が海面に視線を投げる。

「それはそうと、この冷たい海に投げだされた村上水軍の者たち、できうる限りすくいあげてやってくれぬか」

「――わかった。殿に叱責されるかもしれぬが」

「叱責?」

「すべて殺し尽くすのが殿の遣り口だ。苛烈峻厳に敵味方を区別し、敵は小兵雑兵に到るまで完全に殲滅する」

「なるほど。俺は甘いな」

「いや、この嘉隆も海の男」

「すまぬ。よけいなことを言った。近ごろ俺は出すぎているようだ。九鬼殿の指図を待たずにあれこれ口出しさえした。許してくれ」

なにを言っているのか。こんどは九鬼嘉隆が利兵衛の背をぽんと叩く番であった。

風に乗って大歓声が届く。洋上における戦いは陸から見物しているかぎり、流れ弾に当たる恐れもなく、さぞや愉しい見物であっただろう。

この木津川沖海戦のあらましが報告されたとき、陸の見物人の間から『九鬼右馬允の大手柄だ』との大拍手と歓声があがったと知った信長はいたく感心したという。

同時に、この勝利により大坂湾の制海権を掌握した信長は、信心する者たちがそうそう簡単に心を折らぬことは承知の上で、本願寺、もはや時間の問題と息をついた。

なお海戦のあいだ、姫は鉄甲船の奥底で、静かに眠り続けていた。

07

話は前後するが、鉄甲船六隻はこの海戦の半年前、六月に完成して堺を目指し、荒波逆巻く熊野灘に乗り出した。紀州沖をぐるりとまわり、大坂表まで回送されたのである。

秋風が吹くころには、物見高い信長が怺えきれずに鉄甲船が錨を降ろした堺の港にやってきた。そのあまりの巨体に肝を潰し、赤茶けた錆をまとった姿が美しいと大絶賛で、いちいち船内まで見てまわった。

九鬼嘉隆は、この巨船をつくりあげた功労者である利兵衛を信長に拝謁させようとしたが、利兵衛は『まだまだ』と笑むばかりで、信長に会おうとしなかった。

けれど利兵衛と姫の噂は九鬼嘉隆が折に触れて熱心に吹聴したこともあり、徐々に信長の耳にも入るようになった。

鉄甲船建造の立役者であるが、九鬼殿が好きだから一文も要らぬ。ま、飯だけは食わせてくれと鷹揚に構えていたという噂は、信長の耳目を引いた。

信長が堺の港に鉄甲船を見にいったときもその場に居合わせたくせに、信長に拝謁することを堅く辞去したという噂も聞いていた。表に出ることは好まぬと、頑固一徹であるという。されど惚れぼれするような快男子であるとも。

またその娘が、天女のごときであるとも。

信長は烈しく貧乏揺すりをしていた。

戦などでは幾らでも待つことができる。すべては合理に裏打ちされた直感で、冷徹に処する。けれど焦らされることに耐えられぬという本性が、その膝頭の尋常ならざる揺れにあらわれていた。

「殿。十一日の安土城天主完成の披露目に呼べばよいかと。祝い事なれば、そうそう固辞もできますまい」

信長は猿面にちらりと視線を投げる。

「一介の網元崩れが、俺に会うなど図々しいかぎりと辞退し、笑っておるそうだな。ふざけやがって。辞退はよいが、なぜ笑う」

「はて、秀吉めが聞いたところでは、子鼠込みでの拝謁はならぬと窘められて、ならば会わぬと決め込んだそうですが」

「子鼠」

「はい」

「なんのことだ」

「なんでも、肩に常に子鼠を侍らせて、いや乗せておるそうな」

「たわけ、猿面の禿鼠め。なにを吐かしておるか」

「ですから、子鼠は礼を失すると拝謁を邪魔した家臣がおるということです」

「融通の利かぬ。それは誰だ」

「それで手打ちはあんまりですから、口を噤みましょう」

「ならば藤吉郎、おまえを手打ちにしてくれる」

「はあ？　筋違いもはなはだしい。それと藤吉郎ではございませぬ。いい加減頭に入れてくだされ。羽柴秀吉でございます」

信長がニヤリと笑う。

「藤吉郎。子鼠の難物、おまえにまかす。五月十一日吉日、安土城天主移徙に必ずや利兵衞なる者、連れてこい」

「御言葉ですが、移徙とは貴人の引っ越しを下々が敬って用いる言葉、殿自らが口にするべきではございませぬ。後々恥を掻かれぬよう、一言御注進」

「小癪な！」

脇息が飛んできた。秀吉はよけもしない。信長が絶対に当ててこないと見切っているのである。

「禿鼠め。毛がないことが幸いしたな」

「はて？」

「毛があったならば、引っかかって、大打撃よ」

後方に飛んでいって転がっている脇息を見やり、秀吉は小さく肩をすくめた。小姓たちは硬直している。秀吉と信長だけが見交わして笑んでいる。

秀吉は有岡城攻めで慌ただしいときだったが、唐突に信長から移徙を見にこいと呼びもどされていたのである。まったく迷惑千万なことだとぼやきながらも秀吉は、即座に単身安土城に入っていた。

「まあ、戦の凝りでもほぐしますか。しかし殿は可愛さ余って憎さ百倍、村重殿哀れ。豪放磊落なあの御方が有岡城内にて身を縮こめております」

「けっ。吐かしやがれ。彼奴の謀叛だけは許さぬ」

「はてさて、松永弾正殿に対する処遇とは天地雲泥の差」

「弾正は魁である。俺の手本だ」

「はい。猿めにとっては恩人でもあります」

「なにがあったか知らんが、弾正のことは喋りたくない」

「では、これにて」

「うん。子鼠のことは禿鼠にまかす」

なんだかんだいっても、信長は秀吉に絶対的な信頼を寄せていた。無理難題も、この猿ならば、陰でどのような苦労をしているかはわからぬが、涼しい顔でこなす。

＊

「姫は物をあまり召し上がらぬとのこと」

「――なぜ、それを知っておる」

「秀吉の地獄耳でございます」

姫は秀吉が持参した金襴緞子の仰々しい包みを一瞥する。

「きんぴかは秀吉の趣味でございます」

これが銀ぴかであったなら、即座に秀吉は死していたであろう。姫が問う。

「物を食わぬということ、知っておって、何故？」

秀吉は黙って金襴緞子の包みをひらいた。

「月鼠羹にございます。唐国では本物の鼠を刻んで鶏と椎茸、加えて山芋の出汁にて固めるとのことでございますが、我が国に伝わりまして坊主共が生臭を食えぬがゆえ、名前だけとなりまして、山芋に砂糖を大量に加えまして、山梔子にて黄色く染めあげたものを蒸しあげた點心にございます。ちなみに羊羹。これも元々は羊肉の細切れを煮込んだ煮凝りのようなものでございましたが、坊主共が見てくれだけを真似て餡と寒天にて茶菓に仕立てあげ、名ばかりのものとなりました」

「秀吉」

「はい」

「見事に喋ります」

「はい？」

「そつがない。けれど、冷たくない」

「はて、褒められたのか、どうか」

姫は笑むと、月鼠羹をひとつまみ、そっと口に入れた。

「美味しい」

「美味しゅうございますか！」

「美味しい」

月鼠羹を口にした姫を横目で見て、利兵衞は驚愕していた。まさか食べるとは思っていなかったのである。

本来は鼠肉を刻んだものということが伝わっているのか、肩の子鼠はいつにも増して身を縮こめている。

が、おそらくは利兵衞が子鼠を可愛がっているということを知っていて、あえて持ってきたものと思われる。

九鬼嘉隆の心配りで、海運を手広く営む者の安土城下の別邸に逗留していた。知っているのは九鬼嘉隆だけのはずだが、秀吉がやってきた。しかも単身で、手ずから重箱の包みを提げてである。信長に重用されている長浜城主が、姫を敬って下座である。

「では、二の重を御覧に入れましょう」

目にも痛いほどの赤が、一面に敷き詰められていた。

「柘榴に覆盆子でございます。柘榴はこの秀吉めが一粒一粒心を込めてほぐしてございますが、この無骨かつ六本ある指のことは、お忘れくだされ。ささ、どうぞ」

姫は柘榴を口にして唇をすぼめた。覆盆子を口にして、やはり唇をすぼめた。

「すっぱい」

「お気に召しませぬか」

「いえ。美味しい」

月鼠羹は一切れだけだったが、柘榴と覆盆子は指先を、そして唇を赤く染めて食べ続ける。では折々にお届け致しましょうと秀吉が呟くと、姫は貌を輝かせた。

「さて、そろそろ本題に」

秀吉は利兵衞に顔を向けた。

「きたる五月は十一日、安土城天主完成の披露目がございます。この日、信長様は安土城天主に移徙なされます。どうか、足をお運びください」

「べつに信長が天主を拵えたわけでもあるまいに」

秀吉は目を丸くした。

「ははは。まさに。天主を拵えたのは熱田の大工、岡部又右衛門でございます。この秀吉も許多の築城に関わってまいりましたが、又右衛門と配下職人の伎倆、並ならぬものでございました」

利兵衞は聞き流し、問う。

「――なぜ、秀吉殿は、網元崩れに斯様に叮嚀に接せられるか」

「利兵衞殿が網元崩れならば、この秀吉、山落と称する鍛冶を生業とする山の民崩れでございます。もちろん皆の前ではこのような態度で利兵衞殿、そして姫に接することは叶いませぬが、誰もおらねば、せいぜい腰を低くして、頭を垂れましょう」

山の民であったことを平然と明かし、それぱかりか頭を垂れるとまで言う。利兵衞は柘榴を抓む姫を一瞥する。秀吉が頷く。

「この秀吉めに取り柄があるとすれば、それは身分の上下ではなく、人の真の力を見抜くことができるということに尽きます」

九鬼嘉隆もなかなかの人物であったが、この秀吉という男は桁違いだ。貧相で剽軽な外見が周囲を欺くための擬態ではないかと思わされるほどに、図抜けている。

「秀吉。近う」

柔らかに招んだ姫の口許は、覆盆子と柘榴で赤くまだら染まっている。なにやら幼子の風情である。

膝で躙り寄った秀吉の額に、やはり血の色に染まった指先をあてがい、囁く。

「よう耳を欹てるのじゃ。二度は言わぬ」

「はっ」

「おまえは天下を取る」

「天下――」

こうして武人となって、心窃かに天下を取ると願わぬ者などおらぬであろう。けれど、それが叶うとすれば僥倖のようなもの。狙わねば取れぬが、狙って取れるというものでもない。

「秀吉めが思うに、天下がいちばん近いところにおられるのが我が殿、信長様でございます」

「然様。あるところまでは、信長の手助けを致す。どういうことかわかるか？」

「――正直、あまりのことに、混乱しております」

「おまえが天下を取るための下拵えを、信長にさせる」

なんと――と声をあげ、絶句してしまった秀吉であった。姫はじっと見つめる。

「妾を信じるか」

間髪を容れず、答える。

「はい」

「じつに好い男よ。躊躇いがない。妾が見込んだだけのことはある。秀吉よ。おまえが天下をものにするためには、たった一つの条件がある」

「それは、いかなることでございましょう」

「父上を、利兵衛殿を蔑ろにせぬよう」

「それだけ、で、ございますか」

「然様。父上のしたいこと、やりたいこと、すべて叶えるべし。もっとも父上は慾のない方、秀吉はたいした苦労もせぬであろう」

「差し出がましい物言いでございますが、姫は当然のこととして、利兵衛殿の姿にも感服致しておりました」

「うん。それは妾も感じておった。秀吉よ。おまえからは、父上に対する敬愛の念がにじんでいた。それは無私であった。ゆえに」

「ゆえに?」

「いずれ、おまえと契ろうぞ」

「猿が姫と!」

「いやか」

「いや、あまりのことに――」

狼狽しつつ利兵衛を見やると、月鼠羹をつまんで肩の子鼠に食わせ、自分もたいした勢いで食っていた。秀吉の視線に気付いて、決まり悪そうに着衣の裾で指先を拭い、軽く頭をさげてきた。

「どうやら姫は、手ずから柘榴をほぐしたということを知って、信長から秀吉殿に乗り換えたらしい」

「いやはや、大それたことを――」

「だが信じておるであろう？」

「はい。ここをお訪ねするときから、なにやら徒疎かにしてはならぬという予感がひしひしとしてございました」

「秀吉殿。小さな心遣いが、大きな実を結ぶということだな。いや、俺が口にするとまさに片腹痛いが」

利兵衛は磊落な笑い声をあげた。誘われるように秀吉も憚らぬ笑い声をあげた。姫は俯き加減で頬笑んでいる。

08

信長は小姓に命じて、紗で顔を隠した姫に南蛮傘を差しかけるほどの心遣いを見せた。利兵衛を傍らに呼び寄せ、いっしょに大手門から上がっていく。

「いま、どこにおる」

「城内は羽柴秀吉殿の御屋敷に間借りしております」

「おまえのために屋敷を建てよう」

「それは御遠慮致します」

「要らぬというか」

「はい。秀吉殿の御屋敷だけでも、貧乏暮らしが長い俺には、じつに落ち着きません」

「貧乏臭いところは、まったく見えぬが」

「根は吝嗇臭く、矮小でございます」

「謙遜も過ぎると、厭味だぞ」

「ならば、こう言いなおしましょう。欲しいものがございません」

「ん。それならば、納得だ。が、たとえば天下、欲しくはないか」

「別段」

「――そうか」

「壱岐に儺島という小島がございます。肥前守隆信殿より、儺島を戴きました」

「小島で満足か」

「天下も小島も似たようなもの」

「おまえとおると、なんだか俺がやたら小さい者に思えてくるぞ」

「背丈だけは、この利兵衛の勝ちでございますな」

「背丈な。どうだ、天主」

「凄いものです。見あげれば、首が痛くなるほどです。斯様なもの、はじめて目に致しました。建てた大工、信じ難い伎倆でございます」

「そうきたか。わはは。ええい腹が立つ」

手にした扇子でピシッと利兵衛の頭を打ち据えようとしたが、中途半端に手をあげたまま、それを収めてしまった。

「ここが七曲がりだ。内緒だが」

「はい」

「この城は松永弾正久秀の多聞山(たもんやま)城に倣(なら)って造作した」

「松永弾正殿」

「そうだ。足許を見ろ。大量の石仏である。仏の貌を踏みつけにして歩くのは、じつに心地好いことであろう」

「うむ。足裏に嫋やかなうねりが伝わって、これは好いものでございますな」

「石段の間隔、広いであろう。騎乗にても自在に上り下りできるようにしてある。つまり仏は」

「人の足裏だけでなく、馬の蹄(ひづめ)にも足蹴(あしげ)にされる」

「然様。愉快痛快。でな、本丸から天主に到るには二筋ある。黒金門(くろがねもん)の石段と虎口(こぐち)に到る筋道だ。ほれ、石垣を見ろ」

「仏足石(ぶっそくせき)に墓石。いやはや大量。これも松永弾正殿の？」

「然様。俺は弾正から真の心構えを学んだ。弾正は平然と天皇の陵(みささぎ)から墓石を搔っ払って多聞山城を建てたからな」

「わかり申した。単に神仏を擲(なげう)つばかりか、信長殿は、いずれは天皇をもあれするおつもりですな」

「鋭いな、利兵衛。天皇。将軍。いまはまだ利用価値がある。が、やがては不要になる。弾正は一気に将軍を弑逆(しぎゃく)し、天皇にまで手を伸ばそうとした。それらを裏側から成そうとしたのが第一の過(あやま)ち。さらに、言ってしまえば、早すぎた。あまりに進みすぎていた」

「なるほど。姫が松永弾正殿のことをとても買っておったわけが、わかり申した」

「姫が、弾正を？」

「然様。俺は松永弾正様のこと、じつは名しか知りませぬ」

「ふうむ」

あれこれ、ひそひそ話をしているうちに、天主に到った。姫が被り物をとった。一瞥した信長の口が半開きとなった。姫は素知らぬ顔で、小さくあくびした。

信長は姫に釘付けになってしまった視線を無理やり引き剝がし、天主から四方をぎこちなく眺めた。安土城は琵琶湖（びわこ）東岸の内湖（ないこ）、大中之湖（だいなかのこ）に半島状に突き出た標高二百メートル弱の安土山に築かれた巨城である。もともとは信長が滅ぼした六角（ろっかく）氏の宏大（こうだい）なあづち＝弓練習場であった。

見おろす大手門（おおてもん）の内堀に引き入れた湖水は濃い緑に澱（よど）んでいる。搦手（からめて）や七曲がりには対照的に澄みわたった琵琶湖の湖面が迫り、眼差しを彼方に転ずれば、笛吹ヶ鼻や薬師平を経て靄で霞んで対岸さえ見えぬ漠とした湖面が拡がる。

「どうだ、利兵衞。無限に燦めく水中に屹立（きつりつ）せしこの城」

「畏れいりました。鳰（にお）の海（うみ）。海というより静まりかえって果てしない鏡でございますな」

「鏡か。俺の顔は、映っておるか」

「ここは追従（ついしょう）致すところでございますか」

「——おまえ、どこか猿に似ているな」

「と、申されますと」

「媚び諂（へつら）わぬ」

「いや、これでも」

「せいぜい追従しているか」

「信長殿は、おべっかが好きですか」

「好きだ」

「ならば利兵衞、役に立ちませぬな」

「うん。だめだなあ、おまえは」

「ならば、お控えなさる方々を差し措いて、なぜこの利兵衛とばかり言葉をお交わしになる？」

信長はそれには答えず、ぶすっとしたまま言った。

「猿は媚び諂わぬが、気配りする」

「ああ、それもこの利兵衛には無理ですな。ささ、後ろに控えておられる方々にお声がけを」

「で、浮ついた世辞を、阿諛追従を愉しめ、と？」

「拗ねた物言いは無様ですぞ。この城、建てろと命じたのは信長殿でも、実際に建てたのは、いや、築城のことなど毛ほども存じ上げぬが、汗を流した方がおられるはず」

「頭をさげろと？」

「さげるさげないではなく、高みから見おろす神は、汗を流した人々の労苦をねぎらうのを厭いますかな。さらりと褒めてやればよろしい」

「そうきたか。おまえは俺が何者かわかっておるようだ。俺はいったい何なのか。歯に衣着せず言うてみい」

満悦の信長が、頬を輝かせて問うた。利兵衛は冷たく肩をすくめた。

「とんと」

「ええい。もうよい」

信長は眉間に険悪な縦皺を刻み、勢いよく背後を振り返った。

「猿。なにを嗤っておる」

「はて。このめでたき席にて言いがかりは、先々の運を潰すようなもの。鷹揚に構えられることこそが肝要かと」

西日の入らぬ隅に佇む姫が、じっと信長を見つめた。信長は母親に叱られた子供のごとく口を尖らせた。姫が笑んだ。信長は唐突に大声を張りあげた。

「長秀。普請総奉行として、よくぞこれまでの城をつくりあげた。ここに居並ぶ戯け共にその結構を教えてやれ」

丹羽長秀の瞳の奥に一瞬だが、得意げなものが流れた。けれど姫と利兵衞を除いて、それを誰にも気付かれぬ抑制があった。

「はっ。石造五層七重の天主を中核として、すなわち七階建てのいまだかつてない大城郭にてございます」

姫が顔をむけた。とたんに長秀の頬が赤らむ。

「つかぬことを伺います」

「なんなりと」

「地下は、ございますか」

「然様。一階部分は石垣内の地階でございます。なお各室障壁、狩野永徳とその一門の手による」

姫は雑に長秀を手で制し、信長を手招きした。信長の顔が日影に隠れると、そっと頬寄せて囁いた。

「この城、じつに見事。が、厭な臭いが致します」

「厭な臭い――」

「地階にて、なにか獣を飼っておられるようですね」

「獣――」

「信長様にとっては大切な獣でございましょう。が、その獣、信長様にとって」

「俺にとって、なんだ?」

「皆まで申すまい。生き死には、各々が定めでございますがゆえ」

姫は紗をおろし、顔を隠してしまった。

「父上、そろそろお暇しましょう」

「ちょっと待て。信長殿に念押ししておきたいことがある」

「なんだ」

「九鬼嘉隆殿、このたびの木津川沖海戦にて見事な働き。同船しておりまして、心底より感服いたした次第。ぜひとも褒美というのですか、よくわからないが、実質的なものをお与えになるべきだと」

「利兵衛」

「はい」

「おまえ、喋りが貴人に対するものではないぞ。たいがいにしろ」

「野卑なる網元崩れには、これが精一杯」

「まあ、よい。嘉隆には志摩を加え、摂津野田、福島その他、七千石加増、計三万五千石の大名とする」

信長は目を瞠った。利兵衛の肩の子鼠がうんうんと二度頷いたのである。利兵衛自身は一呼吸おいて、満足げに呟いた。

「それでこそ信長殿。それでは」

「どこに行く」

「どこと申されても、とりあえず間借りしておる秀吉様の御屋敷以外には行き場もございませぬ」

「利兵衛」

「なんです」

「呼んだら、呼んだら、すぐ、くるのだぞ」

「そうそうお召しには従えませぬな」

皆の表情が固まった。信長に対して、この返答、有り得べからざることである。秀吉など握りしめた掌のなかに一気に汗が噴いた。だが下手にでたのは信長だった。

「そう言うな。その、まあ、なんだ――」

「なんですか」

「できれば、その――姫も」

「生憎、姫は病弱。ま、姫が厭がらねば、機嫌がよいときは、この利兵衛が按排致しましょう」

「いや、俺としたことが、いや」

皆の面前で弱気と迎合を見せてしまい、柄にもなく狼狽しはじめた信長を、じっと見つめ、囁いた。

「案ずることはございませぬ。ここにいらっしゃる諸氏、いままでの遣り取り、なにも覚えておりませぬ。それどころか俺と姫のことも一切記憶にとどめておりませぬ。これがどういうことかおわかりか?」

「どういうこと――わからん、わからぬ」

「では、お教えしましょう。信長殿は、誰にも相談できぬことを、俺と姫には打ちまけることができる、ということです」

若干ぞんざいになった利兵衛の口調だが、信長は大きく、幾度も頷いた。その目には縋る色さえ泛んでいた。

「選ばれた者、じつは煢独を強いられているようなもの。この利兵衛でよければ、なんでも打ちまけて楽になられよ。が、俺は信長殿の家臣ではありませぬ。そこのところ、きっちり辨えてくだされ」

利兵衛はそっと姫の腰に手をかけて、促した。人垣が割れた。さりげなく見つめる秀吉に利兵衛は委細かまわぬ笑顔をむけた。

丹羽長秀以下、天主移徙の場に勢揃いした面々は信長当人と秀吉という例外を除いて、利兵衛と姫の存在を忘却した。

＊

秀吉は有岡城攻めのさなかである。天主移徙の儀を終え、酒宴もたけなわを過ぎ、皆が酔い潰れたのを見計らい、城内に建立された摠見寺(そうけんじ)から南東に下った自身の屋敷に駆けもどった。

早打(はやうち)その他で刻々と情況を伝えてくる配下に有岡城の様子を訊く。間諜(かんちょう)からの報告にも耳を傾ける。膠着(こうちゃく)状態は変わらぬという。逆に気が抜けぬ。情況が変わらないということは、現実にはありえないのだ。秀吉はそれを肌で知っている。膠着は常に均衡が破れるかもしれぬ危うさを孕んでいる。

夜も深(ふ)けた。天主での酒宴も、さすがに終わったことだろう。秀吉は一睡もせずに摂津国は川辺(かわべ)郡、有岡城に発(た)とうと慌ただしく身支度していた。出立(しゅったつ)前には利兵衛と姫に挨拶しておくつもりである。

こんな時刻だが、利兵衛は姫にあわせて眠らずに過ごしていることを知っていた。人か魔かといったところだが、禍々しさや邪悪の欠片もない父娘だ。

自邸に逗留させているうちに、つくづく思い知らされたのだが、利兵衛と姫には慾というものが一切ない。その行動原理は、好きか嫌いかしかないような気がする。

男として姫と会うことは、心躍ることとの極致である。

が、利兵衛と膝を突きあわせて海のこと、そして山のことを生い立ちも含めて、あれこれ語りあうのは、秀吉にとって最上の愉しみだった。

世情に疎い利兵衛だが、秀吉が嚙んで含めて教えなくとも、即座に核心を摑みとる。稀に姫が口をはさむ。それは神懸った預言の態、背筋がきりっと締まり、途轍もない力が注入される実感がある。

幸いなことに、まさに幸いなことに、秀吉は自分が姫と利兵衛から好かれていることを実感して、もともと痩せた軀に途方もない持久力を秘めてはいたが、いまや瞬発力をはじめ諸々の力を与えられていることを、心窃かに悟っていた。

「明澄――。いまや俺の心は、この一言だ」

呟いて、小者に灯りを持たせて姫と利兵衛のところに出向こうとしたときだった。信長からの使いが駆け込んできた。

「お召し。この時刻に？」

使いの前でも舌打ちせぬばかりか、笑みを泛べて感情を隠し、ごく軽く小首を傾げることのできる秀吉であった。

だが、村重謀叛、許すまじ――と額に青筋立てて怒鳴り散らした信長である。秀吉が有岡城攻略に意を砕き、全身全霊を傾けていることを知悉しているはずだ。

この期に及んで、殿は俺になにを求めているのか？　俺の性格ならば、酒を呑んだふりでかわし、寝ずに出立、有岡城包囲にもどることがわかっているはずだ。

姫と利兵衛に会うことをじゃまされたこともあって、これは多少の厭味も言ってやらねばな――と、夜の帷が顔を隠しているのをいいことに、石仏を敷き詰めた石畳を踏み締めながら、めずらしく秀吉らしくない険のある表情であった。

とにかく城の階段は急だ。梯子といったほうがよい。いまごろになって舐めなめして誤魔化してきたにもかかわらず、若干の酔いがまわってきた。天主にのぼるのが億劫だ。

「猿」

すっかり憔悴（しょうすい）しきった信長だった。

「――どういたしました？　移徙の晴れ舞台を終えた御方には思えませぬぞ。悪酔いなされたか」

悪酔いなどではないことは百も承知で、あえて問うたが、信長は青白い頬のまま俯いてしまった。下を向いたまま、くぐもった声でまた呼んできた。

「猿」

「ええい、まわりくどい。なにが言いたいのか、しゃっきりしてくだされ」

「――利兵衛に似てきたな」

「はは、かもしれませぬな」

秀吉はなんとなく悟ってしまった。信長のこの煮え切らぬ様子は、恋慕からきている。利兵衛の名を出した時点で、その背後に姫の気配が横溢（おういつ）していたからである。

「利兵衛はどうしておる」

「寝ております」

「そりゃあ、そうだよな」

「姫を腕枕してやって、高いびきでござりましょう」

「腕枕！」

「大火にて係累（けいるい）その他、一切合財喪った利兵衛でございますぞ。たった一人の父がたった一人の娘を腕枕してやる。どうということもございませぬ。なにを驚いておられる？」

姫を女として見ている信長に、姫はまだ童のようなものと若干の皮肉を込めて言った。信長は秀吉の顔色を窺った。

「怒っておるのか？」

「この恰好を見ていただければおわかりでしょう。いままさに、摂津に出立致そうとしていたところでございます。この秀吉、荒木村重殿が大好きでございます。それを討つために乱れる心を抑えこみ、四苦八苦しておるところでございますぞ」

「すまぬ。許せ」

秀吉は目を瞠った。

仕えて長い。初めて謝罪の言葉を聞いた。秀吉の顔色を窺うことといい、小姓たちもいまだかつてない信長の様子に緊張し、狼狽している。

怪訝さばかりが膨らんでいく。

どのような裏付けがあるのか判然としないが、己を絶対的な『神』と信じこんでいる男である。実際、秀吉は信長の口から『俺は絶対神だ』という言葉を聞いたことがある。

安土城内に移築させた摠見寺は、規模を拡大し、贅を尽くした豪奢極まりない代物だ。体裁は一応は真言の寺である。

けれど寺域の三重塔や本尊を含むどの仏よりも高い位置に仏龕を拵え、その中に自身の化身である盆山なる貴石を平然と祀ってある。

本来、仏龕は仏をおさめる厨子だ。そこに信長は自身の象徴をおさめたのだ。すなわち位置的にも本尊である仏の上に、平然と己を据えたのである。

本丸に向かうすべての者は、摠見寺を抜けねばならず、そのたびに信長の象徴である貴石を伏し拝まねばならぬ。家臣であろうがなかろうが、そういう決まりである。

　いまだかつて、このような遣り口を強制した支配者がおるであろうか。たとえば御簾(みす)の裡の天皇に頭をさげるのとは訳が違う。なにせ信長が琵琶湖畔で適当に見繕った、ただの漬物石のような代物である。

　それどころか天皇が安土城に行幸(ぎょうこう)したとしたら、仏の名を借りて、信長の漬物石に頭をさげさせる心積もりなのだ。時と場合によっては、弱体している天皇をわざわざ安土まで呼び寄せかねない信長である。

　それにしても『絶対神』――。

八百万(やおよろず)の神の頂点に立つといったニュアンスでないことだけはわかるが『絶対神』がいかなるものか、いまひとつわからない。こんど利兵衛に、姫に訊いてみよう。

　そんなことを思いつつ、すっかり悄(しょ)げかえっている信長を見やる。どうやら恋慕に加えて、なにやら大いなる煩悶(はんもん)があるようで、おそらく寝付けなかったのだ。

けれど、天主にて、利兵衛が『信長との遣り取りのすべては、誰の記憶にも残っておらぬ』といった意味のことを口にしたのを秀吉は瞭と記憶している。

　たぶん獣とやらの臭いのことであろうと当たりを付けはしたが、秀吉から水を向ける訳にはいかぬ。なかなかに面倒な状況である。が、秀吉も気が急いている。膝で躙り寄って迫る。

「気鬱がござるなら、とっとと打ち明けることこそが、最良の方策でございますぞ」

「気鬱も気鬱。参っておる」

「殿らしくもない」

「猿は感じたか。天主にて厭な臭いを――」

「はて、厭な臭い。強いていえば、狩野永徳のあの華美なる障壁画の膠の残り香のようなものは感じはしましたが、臭い――。正直、殿の真意が判然と致しませぬな。それは、どのような臭いでございます？」

「獣の臭い」

秀吉はわずかに首を傾げたあげく、大仰に目を剝いた。

「どうした？」

「いきなり、思いが蘇ってまいりました！　殿と姫の遣り取りでございます」

「――いまのいままで、記憶がなかったか」

「然様、なんなのだ、これは――」

しばし絶句してみせ、気を取りなおしたふりをして呟く。

「じつは殿が姫の傍らにおいでになったのは幽かに覚えております。いや、いまこの瞬間に殿とお言葉を交わしたからこそ淡く蘇ったのでございましょう。もっとも、猿めの脳裏に泛んだものは、なにやら仲睦まじく遣り取りをなされている気配のみ。声はまったく聞こえなんだ」

信長は眉間のあたりを指先で抓るようにはさみこみ、眼差しを伏せて言った。

「横柄に手招きされた。抗いがたく、近寄った。そのとき、囁かれた。――城の地階でなにか獣を飼っているだろうと。俺にとっては大切な獣だろうが、その獣は俺にとって」

言葉を吞んでしまった信長を、利兵衞ではないが、やや横柄に受けてやる。

「その獣は、殿にとってなにやらよからぬものを運んでくると？」

「わからん。姫は言った。――生き死には、各々が定めでございますがゆえ」

「うーむ。そもそも殿は、この城の地下に獣を飼っておられるのですか」

信長は、ぐいと顔をあげた。

「獣だ。紛うことなき獣だ。なにせ、獣を引き継げと囁かれていたのでな」

「なにを仰有（おっしゃ）っているか、とんと」

「いやな、松永弾正から受け継いだのだが」

「弾正殿から——獣、を？」

「弾正はな、信貴山城の地下に獣を閉じこめておったのだ。思いかえせば、あの忌々（いまいま）しい負け戦で逃げ帰ったときだ」

忌々しい負け戦とは三万の大軍を率いて華々しく朝倉（あさくら）討伐に打って出たはよいが、義弟である浅井（あざい）長政（ながまさ）の謀叛により退路を断たれ、若狭（わかさ）街道は朽木（くつき）越えにて這々（ほうほう）の体（てい）で京に逃げ帰ったときのことであろう。

秀吉が松永弾正に信長のことを頼むと願い出て、朽木越えが成ったわけだが、行きは三万、帰りは十数名という惨めさの極致の逃避行であった。

いま信長が生きているのは、弾正が金ヶ崎の陣からの逃避行を的確に先導し、信長に反目している朽木元綱（もとつな）を言葉巧みになだめ、朽木荘（しょう）を大過なく抜けることができたからだ。それどころか朽木元綱は弾正のどこに感応したのか鯖（さば）の鮨（すし）にて信長を饗応（きょうおう）したという。

「道中、弾正の奴、俺とまったく口をきこうとしなかったが、八瀬天満宮（やせてんまんぐう）で、もう大丈夫だろうと一息ついたとき、菅公（かんこう）腰掛石に唾を吐きやがった」

「唾を」

「そうだ。忌々しげにぺっ！　で、初めて俺に笑みを向けた。あちこちに菅公腰掛石いうもんが残っとりますが、へたった菅原道真（すがわらのみちざね）が座りこんでケツを押し当てたもんが、そんなによろしいものですかな――と餓鬼みたいなことを吐かしてな、笑んだ」

秀吉はずいぶん弾正に目をかけられ、常に柔らかな笑顔で迎えられたものだ。金ヶ崎の陣の殿軍を命じられたときは、肩をぐいと摑まれて『死ぬな』と迸るような熱の籠もった言葉を戴いたものだ。だが、信長はこのとき初めて笑いを向けられたというのだ。

「で、信貴山城の地の底に、獣を飼とりますと言いだした」

信長は唐天竺から入手した珍獣の類いを想起したが、弾正は首を強く振ったという。

「馴致は難事なれど、手なずければこれほど役に立つ獣はいないという。儂が死したら、獣を譲るがゆえ、信貴山城地下だけは、焼かずにすませ――と、なにやら己の最期を見透したようなことを口にした」

信長は目頭を揉んだ。圧迫による光輪の奥に、弾正の異様なまでに端整な面影が泛んでいることだろう。

「弾正は、こうも言った。獣はずいぶん以前から信長殿、つまり俺のことを買っていて、飼い主の儂を差し措いて、折々に念を送っていた――と。折檻するのも大人げないから、大概のことは見て見ぬふりしてやった、とも吐かしておったわ」

指先の目脂を脇息になすりつけ、秀吉を突き抜くような眼差しで見た。

「そういえば、若いころから俺は神懸っていた。先が見えた。いざというとき、心の奥底でああしろ、こうしろと声がした。その声に従えば踏み外すことは一切ない。即ち俺は紛うことなき神である。で、今に到る」

まさに何がなにやらといったところだが、秀吉は信長の秘密を垣間見た。『絶対神』は獣と関係があることを直感した。

「朽木越えのときにな、弾正から築城のあれこれを聞き出したかった。が、弾正は見事に無視しやがった。けれど菅原道真のケツ石で爆ぜた唾を見ながら、城のことやったら獣に訊いたらよろし――と呟いた」

「すると、この安土の城も――」

信長は答えなかった。もっと松永弾正のことを聞きたかったが、信長はそれどころではないようだ。頭を抱えて髷が乱れるほどに掻きむしる。

「姫から囁かれるまでは、あれが獣であることを失念していた。弾正からさんざん言われていたにもかかわらず、奇妙なことに念頭にも上らなかった。厭な臭いを発しているとも感じなかった」

「いまは？」

「耐えがたい臭いを、悪臭を感じている。せっかくの安土の城、だが、もはや、ここにおるのが居たたまれぬ。地階から天主にまで這い昇って漂う臭い！　臭すぎる。まちがいない。あれは獣だ」

「まったくのところ何がなにやら珍糞漢糞（ちんぷんかんぷん）でございます。が、おそらく姫の口になされたことならば間違いありますまい」

「そうか」

「はい」

「そうか――」

信長は、細く長く嘆息した。

「秀吉めは、利兵衞殿と姫を信頼しておりますがゆえ」

「うん。そうだな。同じようにな」

「はい」

「この俺も獣を信頼しておったのだ。それどころか、折々に助言を恃み、その言葉通りに動いてきた。遠くは、桶狭間の戦のときも、獣の声に従った」

話が重複している。けれど秀吉は信長の錯乱の気配を悟っているので、素知らぬ顔で調子を合わせる。

「はて、そのころは弾正殿とはなんら関係がなかったのでは？」

うまく受け答えをしないと、面倒なことになる。こういうときの信長の癇癪は、常軌を逸している。真心のこもった目で信長を直視する。信長は側頭部に人差指と中指をあてがい、乱れた息で言った。

「そのころから頭の中でな、声がするようになっていたのだ」

「獣の、声」

「そうだ。桶狭間のときは、奇襲せよ、と。最低限の人員で、必ず勝てると。細かいことは省くが、その戦術までをも――」

秀吉はじっと信長を見つめ、充分に引きつけてから、言った。

「神懸っておられますな」

「まさに。獣は、未来を見透せるのだ」

信長が必死の思いで縋っていることを確信し、秀吉は反転した。

「殿の強さの秘密、それを猿めに明かしてしまう。信頼されておるのやら、殿らしくない不安に駆られておられるのやら」

「まったく、おまえは、なんでも言う」

「が、たとえば九鬼殿が苦労なされた一番最初の木津川の海戦大惨敗のことなど、未来を御存じならば、なぜ、負けるとわかっておって、船を出させたのですか」

「それがな、獣の奴、ときどき黙りこむ。俺の信心が足りぬ――と」

「殿の信心！」

「俺が自身の万能感に酔って傲岸に振る舞ったりしたら、罰を与えられる」

「はあ――」

秀吉は、なにやら莫迦らしくなってきていた。これが家臣を、周辺諸国を恐れさせている『絶対神』信長の本質か。これでは影武者のようなものではないか。

獣とは、信長が花押（かおう）に用いている麒麟（きりん）のようなものであろうか。

とにもかくにも、未来を見透せるような獣を飼っているならば、自分が手出しできるようなことではない。そう冷徹に判断してもいた。

万が一心を読まれているならば、先の行動を読まれているならば、いかんともしがたい。それでも、よけいなことは口にせぬほうがよいであろう。

秀吉は気抜けしていた。信長が出来の悪い絡繰（からくり）人形のように小さく見える。大層役に立つ獣らしいが、本音では関わりたくない。俺には姫がいる。利兵衛がいる。

さすがに眠い。秀吉は馬上で半睡するのが特技であった。いまごろは摂津に向けて駆ける早馬の上でその首を抱いて微睡んでいたはずである。あくびを怺え、目尻の涙をさりげなく拭った。

「で、殿はこの秀吉めに、いったいなにを所望か」

「相済まぬが、いっしょに獣に会ってくれぬか」

「殿。家臣というもの、主君の命とあらば、自ら進んで死するものではあります。が、その耐え難き臭いのもとにまでも御同行せねばならぬのですか。黙って付き随（したが）わねばならぬのですか」

若干、揶揄気味に、しかも戯け気味に言ったのだが――。

「そう言うな。頼む」

秀吉は、生まれてはじめて信長に頭をさげられた。信長の茶筅髷が見える――つまり顔が下を向いているのをいいことに、ほくそ笑んだ。

獣の臭いなど、一切感じとれない。

それを感じているのは、姫に暗示をかけられた信長だけではないか。おそらく近習たちも臭いなど感じていないだろう。

信長が顔をあげたとき、秀吉は深く穏やかないたわりの眼差しを主君に注いでいた。

「おまえだけなのだ」

「そう言えば、この猿が盪けるとでも？」

「憎まれ口を叩きおっても、おまえだけは俺の気持ちがわかる。おまえだけは俺を裏切らない」

「殿」

「なんだ」

「この秀吉、早く有岡にもどり、包囲網に遺漏がないか慥かめねばなりませぬ」

「わかっておる。おまえがいかに俺に尽くしてくれているかは充分にわかっておる。時間はとらせぬ」

恩を売っておいて、秀吉はすっと立ちあがる。あわせて信長が跳ねあがるように立ち、ドスドス畳を鳴らして先に立った。あわてて近習たちが従う。

攻められたときのことを勘案して設えられた城郭ならではの暗く急な階段を足許に注意して降りていく。気付いた女中や家臣が灯りを持って近づくと、信長は邪険に顎をしゃくり、近づけようとしない。

一階で、信長は近習たちも追い払った。ただ、いまだかつて目にしたことのない六人の手練れと思われる武人が地下の入り口で、刀の把に手をかけたまま片膝をつき、眼差しを伏せている。信長は彼らに、せいぜい気配りせよと命じた。

地下に降りる長い階段には、なにやら薄黒い靄が立ちこめているかのようである。どのような獣があらわれても取り乱さぬよう、秀吉は下肚に力を込めた。

途方もなく強固な座敷牢のようなものを想っていた。

が、地階のおそらくは真北に当たるであろう小部屋の前には、警護の者が詰めているわけでもなく、どうやら出入り自由である。ただし、すべての家臣がここに入ることは厳に誡められているという。

「そもそも誰か近づこうものならば、死してしまうでな」

「いやはや剣呑な。この秀吉、死にとうございませぬ」

顔を顰めて見せたが、それが迫真であったのは、慥かに悍ましくも酸っぱい、目に沁みる腋臭じみた常軌を逸した悪臭が漂ってきたからである。嘔吐感が迫りあがる。ぐっと怺える。

悪臭の芯にあるものは汗と垢にまみれたまま放置した腋臭だが、そこに腐敗した屍肉の臭いが加わって、さらには手入れの悪い牛舎で、牛自身が四肢で叮嚀に捏ねまわした己の糞尿の臭いが合わさったかのような強烈至極なものである。

思わず鼻先に手をもっていきかけて、さりげなくおろす。

信長が頷いた。

「気持ちは、わかる。たまらぬわ。厭な汗がにじむ」

「いやはや、これは――」

「わかる。いまはいい。が、面前で鼻は抓むなよ」

姫は天主にてこの悪臭に気付いていた。それを告げられた信長は、常日頃から獣と接しているから、臭いを感じとることができた。秀吉はそう結論したが、あえて訊いた。

「殿は、この臭いに耐えて獣とやらと対しておったのですか」

「いや、姫に指摘されるまでは気付かなかった。されど、これは紛うことなき獣の悪臭。獣とはよう言うたものだ。あれは獣だ。弾正は、風の抜けぬ小部屋に閉じ込めて、獣が咽せるほどに香を焚きこめていたぶってやっていたと吐かしておった。それでも顔を見るときは、鼻を抓んでいたとも。俺は獣に鼻を塞がれていたのだろう。唐突に気付かされた。耐え難い」

声にならぬ声で呟き続ける信長をじっと見つめる。二つ考えられる。一つは姫が指摘するまで獣は腋臭と死臭と便臭尿臭が重なりあった悪臭を発していなかった。もう一つは、信長の嗅覚を遮断していたなにものかを姫が取り払った。

これは骰子の丁半のように畢竟、出目は二つしかないということである。つまり当たり前のことを大仰に考えこんでしまった。そもそも弾正殿が悪臭を指摘していたというのだから、獣はもともと臭いのだ。

秀吉は無意味な理窟に流れずに、率直に事態を摑むことを旨としてきたが、あまりの悪臭に、じつに恥ずかしい思考の有り様に陥ってしまった。悪臭は脳を乱すのだ。

どのみち信長が悪臭に苦しんで焦燥していることには、姫が関わっている。慥かなことは、それだけだ。

「その獣、御せるものなのですか。暴れまわりはしませぬか」

「見てくれは巨大でなかなかだが、至って温厚だ。あるいは温厚なふうを装っておる」

小部屋の前に立った。信長も秀吉も抓んでいた指を鼻から離し、直にこの臭いを嗅ぐ覚悟を決めた。信長が顎をしゃくって、引き戸を開けと命じた。

えー、俺が開けるのかよ——というのが秀吉の偽らざる気持ちであるが、もちろんおくびにもださぬ。檜(ひのき)の一枚板を用いた引き戸である。本来は芳香がするはずだが、血と汗と垢と肉の腐ったかのような異臭ばかりが鼻腔を刺す。秀吉は胸郭を膨らませ、息を止めて引き戸を開いた。

笑顔——。

待ちうけていたのは笑顔であった。

猩々(オランウータン)の、笑顔であった。

猿と揶揄される秀吉であるが、巨大な赤毛の猿が満面の笑みで待ち構えていた。猿に似ているのではない。全身毛まみれの猩々(オランウータン)そのものである。まさに巨獣である。

秀吉は林立する百目(ひゃくめ)蠟燭の光に泛びあがったその満面の笑みからぎこちなく顔を背け、信長を見やった。

信長は蒼白(そうはく)だった。額から汗を滴らせている。口で息をしている。そっと顔を寄せ、小声で耳打ちした。

「猩々(オランウータン)と見間違えました。伴天連(バテレン)ではござらぬか」

信長は答えない。

「天主教(てんしゅきょう)の伴天連(バテレン)でござろう?」

信長は答えない。

「呆れ果てるほどに大柄、そして絵に描いたような紅毛碧眼。いやはや――」

ここまで猩々(オランウータン)そっくりな生き物とは――という言葉は、さすがに呑みこんだ。

理性は南蛮人、伴天連(バテレン)であろうと判ずるのだが、能の『猩々(オラウータン)』の豊かというべきか、ボサボサというべきか、あの大仰な赤毛が眼前で笑っている。

――交趾(こうし)の熱国(ねっこく)に住み、毛色は赤色で声は猫撫で声、だが、時に犬が吼(ほ)えるように振る舞い、人の言葉を理解し、人の顔や足を持ち、酒を好む動物――寺社関係から持ち込まれ、このころ評判の明(みん)は李(り)時珍(じちん)が著した〈本草綱目(ほんぞうこうもく)〉の記述が泛んだ。

椅子に座っているにもかかわらず、猩々(オランウータン)は信長や秀吉の目と同じあたりに顔がある。純白の貫(かん)頭衣(とうい)を着て、紅毛碧眼の猩々(オランウータン)は頬(ひ)笑んでいる。

どうしたことか貫頭衣の右胸が緋に染まっている。そっと信長の視線を追った。

伴天連(バテレン)は特別誂えの巨大な黒漆塗りの立派な椅子に浅く座って、腹のあたりで柔らかく手を重ねあわせている。信長の視線は、手の甲に注がれていた。

秀吉は見た。

その手の甲に赤黒い穴があいているのを。

素足の両足の甲にも穴があいている。

どちらもほんのり血をにじませている。

おそらく手も足も、穴は貫通しているものと思われる。なにで穿たれたのか判然とせぬが、甲を突き抜いた尋常ならざる傷である。手当てをしなくてよいのか。それとも常軌を逸した苦行(くぎょう)か。

「秀吉殿、お疲れですな」

猩々(オランウータン)は、いや伴天連(バテレン)は信長に揶揄の眼差しを投げて言った。

疲れ、やつれて見えるのは信長のほうである。信長に向けた言葉かと勘違いしたが、伴天連（バテレン）は慥かに秀吉の名を呼んだ。あれこれ引き回されて、お疲れですな——と言ったと判じた。伴天連（バテレン）に労（ねぎら）われるとは思ってもいなかった秀吉は、居住まいを正した。

不可解なことにあの悪臭は消え去って、香だろうか、南蛮渡来らしきいまだかつて嗅いだことのないよい匂いがする。

「没薬（ミルラ）の香りです」

一呼吸おいて、付け加えた。

「木乃伊（ミイラ）をつくるときに用います。屍体を腐らせぬ効があります」

さすがの秀吉も、どう返していいかわからず、曖昧な笑みで遣り過ごした。

「手足に穿たれた傷に興味がおありか」

「痛まぬのか」

「痛みますとも。親指よりもはるかに太い大釘にて打ち抜かれたものですからな」

「よく笑っていられるな」

「頬笑みこそが、すべて。そこに、そこはかとない諦念（ていねん）がにじんでおれば、最上でございましょう」

じっと秀吉を見つめる。

「申し遅れました。契利斯督（キリスト）と申す」

にやりと笑い、秀吉の眼前に手を掲げる。掌から甲を突き抜けて開いた穴から、その青い瞳を覗かせた。

さらに右中指を立て、左手の穴に挿しいれた。掌から甲に中指が抜けた。得意げに突き抜いた中指をくいくい動かしてみせる。

だが、傷が貫通しているならば、中指が抜けるのは当然で、そんな物理的なことより、秀吉は心の中に契利斯督（キリスト）という文字が刻まれていたことに驚愕していた。聞き覚えはあっても、書けるはずもない。が、くっきりはっきり契利斯督（キリスト）という漢字＝宛字がこびりついていたのである。

契利斯督（キリスト）とは耶蘇（ヤソ）の神ではないか。

「絶対神」

「然様。名乗っただけで見透す。まさに打てば響くとは、このこと。呼び込んだ甲斐（かい）がありました」

「呼び込んだ？」

「然様。いままでは信長殿のみ。これからも信長殿のみではありますが、私という実存を認識できる介助役とでもいうべき者の必要を感じておりました」

じつぞん？　にんしき？　どこの言葉だ。契利斯督（キリスト）がすんなり脳裏に刻み込まれたのとちがって、微妙に意味がとれぬ。

「望んだ書物などを入手してくれる方が欲しい。なによりも話し相手が欲しい」

「この秀吉には、無理ですな」

「いや、私が見込んだだけあって、じつに秀吉殿は明澄」

安土本丸に到る途中で、秀吉は己がいまだかつてない明澄にあることを自覚していた。単なる符合だろうが、奇妙だ。

「大仰なことを申せば、時折でよいから私の世話を焼いてくれる方が欲しい。じつは、信長殿はずいぶん私の面倒を見てくれていたのですよ」

信長がこの紅毛碧眼の猩々（オランウータン）の世話をしていた？　意外さに、思わず信長の横顔を凝視してしまった。

「世話といっても、私は食べませぬし、眠りませぬ。ここにじっと座して瞑想(めいそう)するのみ。御父と聖霊に祈りを捧げるのみ」

「手がかからぬと」

「然様。先ほども申したとおり、私の物の見方や考えに耳を貸してくれ、ときに意見してくれる方が欲しいのです。されど信長殿もずいぶん大きくなられた。じつに忙しく立ち働いておられる。私一人にかまけているわけにもいきませぬでしょう」

無理難題をふっかけられる家臣のほうが、常軌を逸した忙しさなのだがな――と胸中にて呟くと、契利斯督(キリスト)は頷いて、笑みを深くした。試みに秀吉は、女人などは？　と胸中で問うた。

「よいですな。湯浴(ゆあ)みなどするとき、背を流して戴ければ極楽(ハライソ)ですな。秀吉殿は顔が広いようです。どこかに私の身の回りの世話をしてくださる方がおりませぬか」

姫の面影が泛びかけた。

が、即座に心の奥底に押し込めた。

なにせ姫が獣と称した男である。いまでこそ屍体を腐敗させぬという没薬(ミルラ)とやらの匂いにまぎれてしまっているが、悪臭――死臭を漂わせている男である。

なによりも契利斯督(キリスト)とやらは、姫に気付いていない。確信を持って言えるが、姫が契利斯督(キリスト)に気付いているにもかかわらず、契利斯督(キリスト)は姫に気付いていない。

どちらも超越的な力をもっているようだ。けれど、まちがいなく姫が契利斯督(キリスト)の上に立つ。秀吉の直感であり、確信であった。気を張らずとも、契利斯督(キリスト)に真の心の底を読まれることもないだろう。読まれてしまったら、そのときは開き直ればいい。殺されるとしたら、寿命だ。それよりも姫のためにあれこれ聞き出しておきたい。

「ひとつ尋ねても？」

「どうぞ。何なりと」

「白く眩いばかりの着衣だが、なぜ、胸にそのような染みを？　まるで、血だ」

「血です」

契利斯督（キリスト）は貫頭衣を肩脱ぎして、上半身を露わにした。

すっと立ち、両腕を拡げ、穴のあいた左右の両掌を板張りの床と水平に保った。貫頭衣は腰にかかってたるみ、膝あたりまで覆っている。両足はぴったり揃えられていて、左右の甲に穿たれた穴がよく見える。

秀吉は高みから見おろされている恰好だ。とにかく大きい。背が高い。それが両足を揃え、両腕を拡げている。

十字架（クルス）？

どこかで見たかたちだ。

秀吉はあらためて契利斯督（キリスト）の顔を見あげ、その額からおそらく頭部全周にわたって鋭利な何ものかで裂けた無数の傷があることに気付いた。豊かな長髪で見えぬ頭皮までも傷だらけであることが直覚された。

「これですか。荊（いばら）の冠です。王の証しとして荊で編んだ冠をかぶせられたのです。鋭い棘が無数に生えた冠でした」

血塗（ちまみ）れの獣――。

両手両足、頭の周囲、傷だらけである。契利斯督（キリスト）の顔から視線をはずし、その生っ白い上半身に視線を据える。見てはならぬという警鐘が胸中にて響いたが、傷の誘惑に抗うことはできなかった。

右脇腹にざっくり、刺し傷と思われる横にひしゃげた菱形(ひしがた)の穴が開いていた。薄黄色い脂の下に赤い肉。切断され、折れた肋の骨も覗ける。骨の奥には裂けた、黒ずんだ何ものかが鞴(ふいご)のように上下している。脂も肉も別個の生き物のように厭らしく蠢動(しゅんどう)している。ふたたび耐え難い悪臭が秀吉の鼻腔に充ちた。ぐっと怺えて観察を続ける。

相当に深い傷——致命傷であることが一目でわかった。このあたりに深い刺し傷を与えられると、なぜか吸った息が傷口から洩れ、見るみるうちに事切れてしまうものだ。

「それは——槍傷(やりきず)?」

「さすがです。まさに槍で突かれた傷です」

秀吉は背筋が冷えた。雑兵として無数の戦場に立ち、無数の修羅場(しゅらば)を駆け抜けてきた。だから、わかる。これほどの傷を受けて平然と立って喋っていられるはずがない。死に到るのは時間の問題だ。

「されど死ねないのです。正しくは死なないと申しましょうか」

契利斯督(キリスト)は胸の刺創(しそう)の周辺を、一本だけ立てた中指で拭った。指先が血で染まった。いよいよ満面の笑みである。

「荊の冠をかぶせられ、両手両足を十字架に打ちつけられ、すなわち十字架に架けられ、胸に槍を受けて死にました。されど死して三日で蘇りました。復活しました」

いよいよ深まった笑いで弓形(ゆみなり)にしなるような両眼から目を逸らすことができない。秀吉は、傍らの信長のことが完全に抜け落ちていることに気付き、窃かに狼狽した。

まさに魅入られている。もう信長のことなど、どうでもよい。

すると契利斯督(キリスト)は頷いてくれた。信じ難い包容力が秀吉を包みこんだ。

ひょっとしたら信長から俺に乗り換えようとしているのではないか——。

奇妙なことに一気に軀から力が抜けた。信長は見事なまでに蚊帳の外である。獣が見えない無数の粘つく触手を伸ばしてきた。触手には無数の棘が生えているが、腐りきって汚穢の極致であった。それが秀吉の全身に纏わりついている。

怖気立った。けれど、常軌を逸した悪臭にも鼻が麻痺する。棘が刺さっても、虚構のようなもの、汚濁も身をまかせてしまえば、生温かく案外心地好い。

が、秀吉は気力を振り絞った。こんなものに身をまかせてなるか——と、正気を保つために、尋ねた。

「信長様からお聞き致しましたが、以前は松永弾正久秀殿のところにおられたとか」

率直に答えるとは思っていなかったが、契利斯督は力むこともなく頷いた。

「然様。弾正のところにおり、なにくれとなく面倒を見てまいりました」

「弾正殿の謀叛は」

「そう。私が弾正に仕向けたものですよ」

「何故？」

「そろそろ弾正という害悪、滅ぼさねばと。あれこれ下手にでて吹きこみましたなあ。主君に対する謀叛は、弾正の得意技。されど相手が信長殿であれば、謀叛など易々と成しとげられるものではございませぬ。二度の謀叛を貫徹させるのは、それなりの労苦を伴いました。とにかく利かん坊なのです」

「利かん坊。弾正殿は、契利斯督様に逆らわれたということですか」

「然様。弾正はもともとあまり私の言うことを聞かなかった。利用するだけ利用して、城の地下に結界を張り巡らせて、閉じこめた。まるで獣の檻でした」

「ここに結界は？」

「ございませぬとも。信長殿はそのような無粋な御方ではない」

契利斯督は微妙な笑みを泛べた。

「弾正は奇妙な男でした。どこで学んだか、呪術をものにしておりましてな。こんなちっぽけな島国の呪術、小莫迦にしておりましたら、見事縛りつけられてしまいました」

「弾正殿が幻術をあやつるということは、耳にしたことがありまするが」

「はい。能力はあっても出自不明の卑しき者と侮っておったのが、間違いでした。当初はずいぶん買っておったのですが、そして力になってやったのですが、すぐに手に負えなくなりました。見切られたというのも業腹ですが、そういう感じです」

信長は強圧的な飼い主を恐れて、総毛立たせている飼い猫のごとくである。

が、弾正は契利斯督の手に負えぬ――。

さすが弾正殿と秀吉は胸中、独りごちた。もちろん顔には一切それはあらわれぬ。

契利斯督は苦々しく続けた。

「それどころか弾正めは、この私に鋼の首輪と鎖を付けてあの豪奢な多聞山城、そして信貴山城の地の底深く結界の裡に閉じこめて、あれこれぞんざいに命令を下す始末。この安土の城は私が盗み見たり仄聞した多聞山、信貴山両城の結構を諄々と信長殿に説いて建てさせたもの。それはともかく弾正、じつに禍々しい男でした」

禍々しいのは、おまえだろう。どうやら弾正殿に首輪を付けられてしまう程度ならば、恐るるに足らず――。弾正と同様、出自卑しき秀吉は内心と裏腹に契利斯督に負けぬ満面の笑みで頷き、先を促した。

「ずっと、ずっと待っていたのですよ。この戦国下剋上の世を。五百年以上になりましょうか。長かった。応仁の乱あたりで、ひょっとしたら——という希望の火が仄見えましたが、ここまで怺えたのですから焦りはありませぬ。私の意を汲んだ神の王国をつくりあげるための機会をひたすら待ったのです。気の遠くなるような年月でした。で、最初に目をかけたのが松永弾正というわけです」

契利斯督は自分の言葉に酔い、うっとりした眼差しである。脇腹に開いた刺創からみても、死なないというのは真実らしい。なにせ五百年という数字がでたのだ。人と獣の時間軸は、まったく別物だ。

「弾正と出会う前は、神の王国を、このちっぽけな国に打ち立てるために、あれこれ思い巡らせて、陸奥は迷ヶ平に逼塞しておったのです。ひたすらなる祈りの日々でした。あれはあれでよき時間ではありましたな」

「この国は、ちっぽけですか」

「信長殿も秀吉殿も、この地が世界の中心のように思っておられるだろうが、ちっぽけもちっぽけ。極東と申して、東の果ての極めて小さな島国。塵芥の類いです」

「では、何故、塵芥にわざわざいらしたのですか」

「——追いやられたのです」

「誰に」

「おそらくは悍ましくも忌々しい巴蘭知場丹亜の初代竜王」

竜王。唐天竺の歴代の帝王に、そのような名の者はいない。巴蘭知場丹亜とは、さらに遠い地であるのか。契利斯督は大きく首を左右に振った。

「もっとも竜王は歴史に一切あらわれぬ存在です。五百年前に陰の世界にて権を振るった暗黒の大王のことなど、誰も知らぬ。けれど」

なぜか契利斯督（キリスト）は言葉を呑んでしまった。秀吉は言葉を重ねて促す。

「けれど？」

「彼（か）の地を離れて、途轍もない刻が流れ、過ぎてゆきました。本当のところは、もはやわかりませぬ。嗚呼（ああ）、なにもわからぬのです。ですから耶蘇（ヤソ）教の伴天連（バテレン）に会いたい。書物も欲しい。白い者共に、私のこの姿を見せつけてやりたい。さすれば、伴天連（バテレン）どもは私に平伏するでしょう。私のまえに跪（ひざまず）き、この釘で打ち抜かれた足に接吻するでしょう。耶蘇（イエズス）会の者たちは、この私を巴勒斯且（バチカン）に迎えるための最上の船を用意するでしょう」

未来が見透せるならば、これほど齷齪する必要もないであろう。己の先がどうなるか、熟知しているはずだ。どうもあれこれ口にすることがはったりじみている。

契利斯督（キリスト）は信長を睨みつけた。

「この者、なぜか頑（かたく）なに私を伴天連（バテレン）共に会わせませぬ。結界こそ張っておりませぬが、地階に下る階段の上に詰めている警護の者に、銀の刀を持たせている始末」

「銀の刀？」

いや、なんでもない——と契利斯督（キリスト）は顔の前で穴のあいた手を左右に振った。口を滑らせたのが見えみえだ。秀吉は銀の刀のことを胸中に聢と留めおいた。

なぜかはわからぬにせよ、契利斯督（キリスト）を伴天連（バテレン）に会わせぬのは、よい判断である。秀吉は信長をちらと一瞥して、賢明でござる——と念をおくってみた。

信長はなんら反応せず、青褪めたまま凝固している。秀吉は契利斯督（キリスト）に対する質問を変えた。

「契利斯督（キリスト）様は巴蘭知場丹亜（トランシルバニア）とやらで生まれたのですか？」

「いや、我律洛埜（ガリラヤ）の成襍列（ナザレ）で生まれました」

秀吉はもっともらしく頷いたが、もちろん世界の地理のことなど皆目わからない。
巴蘭知場丹亜（トランシルバニア）は黒海（こっかい）および画々夏（エーゲ）海をはさみ、案外猶太（ユダヤ）に近い。古代羅馬（ローマ）軍が羅馬（ローマ）より猶太（ユダヤ）進駐に要した距離とほぼ同程度である。

「この秀吉、唐天竺と申したところで、それがどのような国か、正直なんら絵が泛ばぬ程度。まして我律洛埜（ガリラヤ）の成襍列（ナザレ）と聞いても、珍糞漢糞。それよりも弾正殿のこと、もう少しお聞かせねがいたい」

「許多の者を見繕いましたが、どれも帯に短し襷に長し。ようやく弾正を見出（みいだ）したのですよ。その瞬間は、正直、小躍りしましたね。我が願い、叶えられたり！」

契利斯督（キリスト）の頬が、自嘲の苦い笑いで引き攣れる。

「ところが、いやはや、とんでもない男でした。誰にも順（したが）わぬ者があろうとは」

その白眼が血走った。

「そのくせ、自分が神となる気など、毛ほどもないのです。徹底的な唯物に従容（しょうよう）として身を捧げる無神の輩でした。どうせ人は死ぬであろう。長々と無駄に生きて無様なものだな――と私を嘲笑しました。嗚呼、神仏を、ありとあらゆる権威を足蹴にして平然としている男がこの世にあろうとは」

「ふうむ。神仏を足蹴。それは契利斯督（キリスト）様が弾正殿を操ってなされたことではなかったのですね」

「操る！　あの男を操れる者など、どこにもおりませぬ。もし操れるとしたら、悪魔だけでしょう」

おまえが悪魔だろう、と秀吉は醒めた目で見返した。契利斯督（キリスト）はちらと信長に視線を投げた。

「そこで、私は信長殿にお縋りしたのです。信長殿に弾正を抑えて戴いたのです。人間にはめっぽう強い、信長殿に」

人間には――と厭らしく念押しして、契利斯督（キリスト）は続ける。

「人には、とりわけ私の思いを受ける力の強い者がいるわけです。おおむね癇性（かんしょう）ですが」

「それが、信長殿」

「そうです。最初に接触をもったのは桶狭間の戦で、そのときは信長殿もいきなり心にむらむら湧いてきた感情の昂ぶりとしか捉えられなかったようですが」

「けれど、その感情の昂ぶりのまま戦って、今川義元（いまがわよしもと）を斃（たお）した」

「見事でしたね。まるで私の操人形でした」

　そっと信長を窺う。やはり、凝固したままである。ここまで虚仮（こけ）にされて、何故、耐える？　秀吉は哀れさと同時に、怪訝な気分を抑えられない。

「弾正殿は操人形でしたか」

「まさか！　あれは、異物でした。私のこの脇腹の傷を見て、なんと言ったか」

「なんと？」

「ごちゃごちゃ吐かすな。致命傷と得意がるが、生きておる。それだけだ」

「ははは」

「笑われるか、秀吉殿。彼奴、こうも言ったのです。――そんな御大層な傷を拠（よ）り所に生きるなど無様の極致。見苦しいものは、とっとと隠せ」

　契利斯督（キリスト）は幾度も信長を操って弾正剪滅（せんめつ）を目論（もくろ）んだのだが、肝心の信長は、胸中にて弾正を下剋上の真の魁として、自身の生き方の師として遇してきたのだ。いかに契利斯督（キリスト）の操人形であっても、本気を発揮できるはずもない。

　それにしても契利斯督（キリスト）は相当に鬱憤（うっぷん）を溜め込んでいたようだ。人には役目というものがある。秀吉にはなんでも打ち明けることができても、信長にはその鬱積（うっせき）したものをぶちまけることができなかったのだろう。

「弾正殿の謀叛は、桶狭間で信長様をお助けになったときのこととは、まったく別なものであると判じてよいのですね。つまり心に語りかけるというのではなく、人間ならではの策略を用いて謀叛をおこさせた」

「なんと言えばいいのか。もう死んだから率直なことを口にします。弾正は心に鎧(よろい)を着ておりました。矢も弾も心も通さぬ鎧です」

なるほど——と、秀吉は頷いた。同時に、相手が心に秘しておくべきことを喋らせてしまうという特技が、契利斯督(キリスト)にも通用していることを心窃かに誇った。

「とにもかくにも、弾正を野放しにしていたら、私はいまでもあの不気味な男に隷属させられて、首の鎖を引っ張られて、いいようにあしらわれていたはずです」

せいぜい俺も心に鎧を着よう。秀吉はそう決心して、あらためて契利斯督(キリスト)に向きなおった。どうしても見あげるかたちになってしまうのが忌々しい。秀吉はさりげなく面を下げた。

笑みを崩さぬまま見おろす契利斯督(キリスト)の瞳の奥が、暗紫に揺れた。

秀吉は、それに気付かなかった。契利斯督(キリスト)があえて自身の弱みを過大過剰に披露していたことに、秀吉は思い至らなかった。

「こうして秀吉殿と言葉を交わし、つくづく感服致しております」

「なんの、無学で野卑(やひ)な猿でございます」

「洞察する力。見透す力。まさに明澄」

明澄は、姫から与えられたものだ。

まだ鋭い棘の生えた腐敗した生温かい荊の残滓(ざんし)にて全身を搦(から)め捕(と)られてはいるが、意識は慥かだ。

「力が欲しいですか」

迎合する。

「慾しくない者がおりますでしょうか」

「よろしい。与えましょう。内証ですが」

——天下を与えましょう。

胸中に契利斯督（キリスト）の猫撫で声が響いた。

俺は姫から天下を取ると預言されたが、ひょっとして、このことか——と秀吉は餌に食いついてしまった。

もちろん明澄なる秀吉は、信長もこのように籠絡（ろうらく）されたのであろう——と、即座にそれを打ち消したが、全身に絡みついた見えない荊の棘は、その瞬間、完全に抜けぬ深さにまで秀吉を縛りつけていた。一瞬の隙で、棘は全身を刺し貫いていたのである。

「神の恩寵（おんちょう）を与えましょう」

「それは——」

「仏教の坊主共が吐かす禁慾とは正反対の、世界を、宇宙を我が物とする力です。富でも色でも力でも名誉でも、何もかもが秀吉殿の望み放題となります。絶対神になるのです」

「斯様なことが——」

「おいでなさい」

「よろしいのですか」

まだ幽かに信長のことが脳裏にあったからこそ訊いたのだが、契利斯督（キリスト）は柔らかな笑みでいざなった。秀吉自身は、自分がもはや目下の者のような口調と態度になっていることに気付いていない。

「かまうものですか。聖なる秘蹟（ひせき）を授けましょう」

契利斯督（キリスト）が秀吉の左手首をそっと摑んだ。きっちり揃えた秀吉の指が、契利斯督（キリスト）の脇腹の横広がりの菱形の傷にぴたり、おさまるのが直覚された。

この傷に、我が手を挿しいれることができる！

いきなり秀吉の背筋に歓喜の顫えがきた。歓喜は熱と凍えという相反するものを包含（ほうがん）した法悦（ほうえつ）であった。陶酔であった。絶対的な恍惚（こうこつ）であった。

生き血か腐敗した血か、いよいよ血の臭いがきつい。鼻の奥に刺さる。眩暈（めまい）がおきる。

背後では信長が泣きだしそうな顔で立ちすくんでいた。けれど、もはや信長のことなど念頭にない。

刺創に指先が近づくと、明確なかたちで荊の黒い触手が絡みついてきた。触手には鋭い棘が密生していて、秀吉の手は完全に取りこまれてしまった。

どれくらいの深さの傷か。手がすべて入ってしまうほどだろうか。腐っているのか、生々しいままなのか、冷たいのか、熱いのか。肉の蠢（うごめ）きを感じとれるのか。命の秘密、不死の秘密がこの傷に隠されていることが直覚され、もはやまともな息もできぬ。

秀吉は脇腹の刺創に手を挿しいれることからもたらされるであろう法悦を求め、生唾を呑み、完全に思考能力を喪って、昂ぶりの息をつく。

契利斯督（キリスト）が笑みを消した。

「秀吉よ。どこまで挿しいれることができるか、己で試してみよ。自らの意志にて加減せず刺し貫け。最上の境地は、我が背まで己の手指が貫くことである。加減せず、我が軀を肉を脂を骨を裂け！」

誘いこまれるように秀吉は指先を差しのべた。心の奥底で契利斯督（キリスト）を侮っていたという後悔が湧いた。実際以上に弱く頼りなくみせていたことにようやく気付いた。秀吉が胸中にて微妙に契利斯督（キリスト）を下に見るように、言葉巧みに操っていたのだ。

されど、もはや、搦め捕られてしまい、抗いようがない。黒い強烈な引力が刺創から放たれている。
いままさに指先が傷に没しようとした瞬間であった。

――なりませぬ。

――姫。

――挿しいれてはなりませぬ。

――吸いこまれそうです。

――が、耐えておるではないか。

――なるほど、手前で止まっている。

――ならば一気に引きなさい。

――頑張っておるのですが、できませぬ。

――妾をとるか、契利斯督（キリスト）をとるか。

「秀吉よ、なにを躊躇う？」

「生憎、この猿は、契利斯督（キリスト）様にはふさわしくないようでございます」

すっと手を引くことができた。姫が力を貸してくれたのだ。

ふむ、と契利斯督（キリスト）は顎の縮れて赤茶けた陰毛鬚（ひげ）をしごいた。鋭く刺す眼差しで秀吉を睨めまわす。

「この者、何奴」

信じ難いといったさぐる眼差しの契利斯督（キリスト）は、まだ姫の関与に気付いていないのだ。

「信長。猿を斬れ」

「――契利斯督（キリスト）が手にかければよいではないか。念じるだけで殺せるであろうが」

「逆らうか？」

「俺は嫌気が差しておるのだ」

「天下も取らずに、なりだけ大きな城を建てて、いまこの瞬間に死ぬか？」

「俺は己の力にて、天下を取る」

険悪な遣り取りをする契利斯督（キリスト）と信長を見やっていたが、なぜか視線が信長の首筋に貼りついた。

どうやら姫が、見せようとしている。

なにを――。

秀吉は凝視した。男にしてはか細い信長の首に集中した。

見えた！

傷だ！

咬み傷？

二つ、小穴がひらいていて、周囲は青痣（あおあざ）じみた色に変色している。

鋭い牙が突き抜いた傷だ。

ちょうど契利斯督（キリスト）の犬歯のあたりとぴたり符合するのではないか。

首の太い血の筋のあるところである。そこに二つの小さな、けれど禍々しい刺し傷がある。おそらく牙を突き立てられて、血を吸われた痕（あと）ではないか。

信長が秀吉の視線を感じとり、無意識のうちに首筋に触れた。

契利斯督（キリスト）が満面の笑みで、ぐいと顔を向けてきた。いままでとちがったぞんざいな口調で捲したてた。

「よくぞ見抜いたな、猿。然様。これは聖なる最終の秘蹟の傷である。信長は全裸にて私と絡みあい、縺れあい、快楽の極致で自ら首筋を差しだした。私と契った。どうだ、猿。おまえも吸ってやろう」

「生憎、この猿、女好き。衆道は苦手でござる。まだ尻は生娘」

男色は無理ですわ〜、と胸中で付け加え、おどけた目で契利斯督を揶揄する。契利斯督はそれをすっと受け容れて、苦笑交じりに言った。

「弾正も、頑なな女好きだった。弓矢飛び交う戦場にまで女を幾人も連れこんで、夜毎励んでおった」

秀吉は雑に肩をすくめた。信長には男色傾向がある。前田利家など、信長に誘われて目覚めてしまった衆道の好さを秀吉に得意げに語ったものである。信長自身、森蘭丸などを侍らせて、にやけていた。

さぞやよいものであろうと推察はするが、それに対する慾求のまったくない秀吉は正直なところ、自分の不細工で冴えない顔貌に感謝したものである。

唐突に、問われた。

「弾正が好きか？」

「大好きです。金ヶ崎の退き口の折に、この猿めに、死ぬなと仰有ってくれた方。死ねと言われたことは許多あれど、ただ一人、死ぬなと本気で仰有ってくれた方でございます」

「ふん。物好きめ。冥土の土産に教えてやろう。弾正は鎧を着込んでいただけでなく、蟲を飼っていた。あるころから、自分のまわりに見えない無数の蟲を飛ばしておってな、私の思念さえも感知し、撥ねてしまった。どのような呪法であろうな。まったく見当も付かぬ」

「猿めも、蟲が慾しい」

「蟲をものにしたら、どうする？」

「半分、信長様にお分け致しましょう」

信長が瞬きせずに秀吉を見つめている。秀吉は信長に向けて大きく頷き、契利斯督（キリスト）は信長と秀吉を交互に見やって小莫迦にした笑みを泛べ、独白した。

「おまえが蟲をものにしたら、奪いとってやる。そのためにあえて口にしたのよ」

秀吉は素早く計算する。もはや腐った荊の棘は刺さっていない。蟲をものに云々と契利斯督（キリスト）が口にしたということは、とりあえず、この場から解放されるということだ。

あれこれ言葉を重ねてはいるが、契利斯督（キリスト）は秀吉を罰し、殺すことができない。それがいかなる理由からもたらされたものであるかも、把握していない。だから折々に不審げな眼差しが刺さる。

下肚（したばら）に力を入れなおす。信長はまだ秀吉に視線を据えている。どこか演技めいた得意げな表情の契利斯督（キリスト）の死角から、ごくごくわずかに唇を動かす。

姫――。

読みとった信長の瞳が、すっと地面に落ちる。このあたり主従阿吽（あうん）の呼吸である。秀吉は、そのまま蟲蟲蟲と独語するがごとく大仰に唇を動かしてみせる。そんな秀吉に気付いた契利斯督（キリスト）が横目で見た。

「秀吉よ、おまえは修験道（しゅげんどう）やら密教の山々などに出向いて、蟲の呪法を知ろうとするであろう。存分に学んでこい」

「当分は、いまのままでいられるということか。安穏無事か」

つい本音が洩れてしまった。契利斯督（キリスト）の笑みが苦笑に変わった。

「わからん」

「わからんとは？」

「何故、猿は俺の誘いを避けた？」

「うーむ。何故でございましょうな」

「なにかある。なにか――」

契利斯督(キリスト)は上半身裸のまま、椅子にどさりと臀(しり)をあずけた。肘(ひじ)掛けに腕をあずけ、蟀谷あたりに手を添えて上体をかしがせ、薄く目を閉じる。

秀吉は唇をすぼめた。どうやら契利斯督(キリスト)はあちこちに思念を飛ばして異なるものを探り当てようとしている。しばし沈黙の時が流れた。

いま秀吉にできることは、なにもない。疲弊しきっている信長の傍らにいき、檜の板壁に背をあずけるようにして座らせた。

信長の目が、秀吉の目の奥を射貫(ぬ)く。秀吉は契利斯督(キリスト)に見咎められぬよう目で合図し返した。――然様、姫でございます。

「なんだ、これは！」

大声をあげた契利斯督(キリスト)の前にもどる。

「なにか、おわかりになりましたか」

「わからぬ！　が、秀吉よ、おまえの屋敷の奥まった一角だけが、抜けておる」

「抜けている？」

「そうだ。そこだけ純白の膜がかかっておって、覗き見ができぬ」

秀吉は若干思案して、思い切って言った。

「ならば、その純白の膜のかかった部屋をお訪ねになればよろしいのでは？」

「いかん、いかん、いかんいかんいかん、いかん」

「よろしくないと？」

「いかん。絶対にいかん」

「はて、契利斯督様ともあろう方が、なにを恐れておられる？」

「いかんと言うたらいかんのだ！」

「らしくない。保身の悪臭芬々でございますぞ。いや悪臭に芬々は誤用ですな」

どうでもいいことを付け加えられるまでに秀吉は心を持ちなおしていた。契利斯督は秀吉の視線を浴びながら、穴のあいた両手をせわしなくこすり合わせている。

「よし。鳰の海を見にいく」

琵琶湖を見にいく？　秀吉の屋敷とは方角が違う。が、見当外れは姫の力によるものかもしれぬ。契利斯督は肩脱ぎした貫頭衣を叮嚀に着なおして、信長に向けて声をあげた。

「早くしろ。朝日が昇るまでに」

「たまには日を浴びたらどうだ。その生っ白い肌を焼け」

信長も、皮肉な眼差しで言い返すことができるくらいに持ちなおしていた。

平然と居室からでた契利斯督の背を追いながら、秀吉は素早く思いを巡らせた。どうやら契利斯督は太陽の光が苦手なようだ。このあたり、姫と似ている。

秀吉の幼名、日吉丸は日吉山王権現から戴いたものだ。山王権現とあるように、山の民からの信仰が篤い。母が日吉山王権現に子を授かるよう祈願したところ、ある夜、日輪が懐に這入り込む夢を見て、その瞬間に懐妊したという。

もちろん秀吉は誇大妄想気味な母の言うことなど真に受けてはいないが、十三箇月も母の腹の中で安穏を貪り、申年の一月一日に日吉山王権現の神獣である猿の生き写しである猿顔で生まれたのは事実だ。

秀吉は常々母からおまえは日輪＝太陽の生まれ変わりであると吹きこまれて育った。日を嫌う姫と己を陰と陽と判じ、月と太陽のすばらしき組み合わせであると心窃かに満悦していた。

けれど同じ陰であっても、契利斯督（キリスト）の陰は忌むべき陰である。じめっとして薄暗く、黴（かび）だらけで、ものを、世界を腐らせる。姫のような明澄さは欠片もない。

惚れた弱みといえばそれまでだが、秀吉の思いは案外正鵠（せいこく）を射ていた。

陽射しも過ぎれば炎熱となり、枯渇する。

陰影は人を眠りの安らぎに誘うが、目覚めぬまま転がっていれば、それは死と同じである。

陰と陽が程よく和合すれば、世界はうまくまわっていく。

「なにをニヤついておるか」

契利斯督（キリスト）から咎められ、秀吉は我に返り、雑な愛想笑いを返した。信長が警護の者たちに刀を引くように命じた。床に足の傷からの出血の痕がうっすら刻印されていく。

信長が馬を二頭用意するように命じた。契利斯督（キリスト）の分は？　と訊くと、彼奴は歩いていくと言う。

安土城北西側には大中之湖と称される琵琶湖内湖が拡がる。内湖とはいえ信州（しんしゅう）の諏訪湖よりも大きい。ただし水深は二メートル強程度だ。ほれ――と信長が目で示す。

「歩いて、いる？」

「そうだ。歩いてやがる」

「水の上を？」

「そうだ。水の上をだ」

「せいぜい六尺半ほどの深さ、浅場を歩いているということでは？」

「完全に足が湖面に浮いているではないか」

「うーむ、忍びの者か」

「ははは。水蜘蛛か。が、彼奴、足に穴があいておるから、そこから水洩れして沈むわ」

「――殿」

「うん」

「やっといつもの殿だ」

「すまぬ。完全に生っ白い獣に支配されていた」

「しかし、どのような仕掛けが」

「仕掛けはない。湖上を歩いておる。それだけだ」


――夜が明けるころ、イエスは湖の上を歩いて弟子たちのところに行かれた。弟子たちはイエスが湖上を歩いておられるのを見て「幽霊だ」と言っておびえ、恐怖のあまり叫び声をあげた――マタイによる福音書十四章

陸を迂回せねばならぬ信長と秀吉は馬に鞭をくれて琵琶湖東岸、沖島が間近に見えるあたりで契利斯督と合流した。

まだ薄暗いが、それでも朝の気配が契利斯督、そして信長と秀吉の背後から忍び寄ってきている。

契利斯督は動かない。秀吉が軽口を叩く。

「さらに鳰の海をほいほい歩いてわたって、対岸で消えてしまうところを見せてくださるのでは？」

契利斯督は振り返り、秀吉を睨みつけた。信長が笑いを怺えている。

「人間共よ」

はい、と秀吉が神妙に受ける。

「吠（ほ）え面かくな」

「また、柄の悪い」

「おまえたちに合わせたまで。秀吉よ、いまの態度、きっと後悔するぞ」

「はてさて、なにが起こるのでしょう」

秀吉が大仰に首を傾げたが、契利斯督（キリスト）はもう秀吉を見ていなかった。対岸に視線を投げて、微動だにしない。

やがて右手を大きく天に向けて掲げた。

秀吉は見た。

天を指し示した契利斯督（キリスト）の人差指から得体の知れぬ琥珀（こはく）の光が射しているのを。眩いけれど、濁った黒を孕んだ黄色い光である。

どこか夜の獣の瞳に反射した光を思わせ、剣呑な気配が横溢している。

光が天を突き抜いた。

契利斯督（キリスト）は琥珀の光を充分に指先に纏わり付かせた。

やがて腕から胴、そして足先まで燦めくばかりの黄金色の光で充たされ、そこで契利斯督（キリスト）は大きく息を吸いこんだ。

腕をおろし、人差指で対岸を指し示す。

契利斯督（キリスト）の指先から一気に黄金の光が放たれ、志賀（しが）あたりだろうか。あるいは青柳（あおやぎ）か。集落が一気に朱に染まった。

焔が上がったのだ。

秀吉は思わず契利斯督の横顔を窺った。何故、対岸の集落を焼く？

焔は瞬く間に延焼し、伸びあがるように一気に背丈を伸ばし、紅蓮が複雑に絡みあい、縺れあう。

火焔を透かし見ると、錐揉み状で、地から天に這い昇る龍のごとく烈しく身悶えしている。信長が呟いた。

「竜巻をつくっておるのだ」

秀吉は口中で竜巻と繰り返し、目玉が落ちてしまいそうになるくらい目を剝いた。

大火の焔で、上昇気流をつくりだしているのだ。

呼応するかのごとく風が暴れはじめた。

鏡のごとき湖面が一気に乱れ、荒れに荒れて烈しく波立ちはじめた。彼方で無数の雷鳴が轟く。湖に有り得べき高波が打ち寄せ、秀吉も信長も全身を濡らしていた。

契利斯督には湖水がかからない。目に見えぬ覆いがあるがごとく飛沫は契利斯督を避けて背後に抜けていく。

呆然と見守って、契利斯督が湖面に向けてゆったり誘うような手の動きをしていることに気付いた。

「竜巻を手招きしておる！」

まちがいない。対岸の焔は、上昇気流をつくりあげて竜巻の勢いを増すためだった。契利斯督に呼び寄せられた幾筋もの竜巻が、縺れあうようにして途轍もない勢いで湖上を滑りくる。

竜巻の規模が尋常でない。不規則に腰をくねらせて湖水を捲きあげて天に消え去るその先は、いかに目を凝らそうとも捉えることができぬ。ただ幾筋もの稲妻が、天空を裂く。

秀吉は立っているのもやっとの強風に嬲られ、よろけ、無意味なことをしていると思いつつ風雨、波浪除けとして大きく手を拡げて信長の前に立った。

信長は要領よく秀吉の背後で身を縮めている。契利斯督（キリスト）は口中にて祈りの言葉らしきものを呟いている。集中すると、炸裂（さくれつ）する暴風雨の中でも、秀吉は契利斯督（キリスト）の祈りを聞きとることができた。合わせて復唱した。

「えり、えり、らま、さばくたに」

俺が祈ってどうする！　あわてて口を噤んだ。契利斯督（キリスト）は呪文らしきものを唱え続け、愛撫するかの手つきで、対岸で発生した竜巻を呼び寄せる。

ぐぉぉおおおおおぉぉおおおおぉお。

どゎああああああぁあああぁああぁぁ。

びょおおぉおおぉぉぉおおおおぉお。

鼓膜も裂けんばかりの強圧的な大気の雄叫（おたけ）びが、秀吉を翻弄する。

竜巻は真っ直ぐ契利斯督（キリスト）の立つ位置に、つまり秀吉と信長が身をすくめているところに迫りきた。

秀吉は素早く判断した。信長の手を引き、契利斯督（キリスト）の背後に逃げこむ。

暴風雨が契利斯督（キリスト）を避けているのだから、竜巻も契利斯督（キリスト）を避けるであろうとの読みである。

身をすくめていると、竜巻は契利斯督（キリスト）の直前で左右に分かれ、静まりかえっていた大中之湖上を一気に疾る。

行き先は、安土城ではないか！

思わず信長の顔を覗きこんだ瞬間、竜巻に捲きあげられた琵琶湖の魚たちが天から派手に降ってきた。鮒（ふな）や鯉（こい）、鮎（あゆ）、途方もない数の魚である。あたりが銀鱗（ぎんりん）で充ち、烈しく身悶えしている。生臭い。

「諸子（もろこ）が大漁だ」

秀吉は地面で口をぱくぱくさせながら躍る琵琶湖名物を一瞥する。

「殿。剛毅というか、そぐわない冗談というか」

諌(いさ)めながら、安土城に視線を投げる。秀吉の視線を追って、信長が吐き棄てる。

「よい。あんな臭い城、吹き飛ばされてしまえばせいせいする」

契利斯督(キリスト)が振り返った。

柔和な笑みが泛んでいた。が、視線を据えられた秀吉は身構えた。秀吉を見つめているのに契利斯督(キリスト)は信長に言った。

「案ずるな。城は襲わぬ」

「では、あの竜巻は？」

「ふふ。秀吉の屋敷のみを粉々にする」

「なに！」

「なにやら見透せぬ一角があった。ならば、跡形なく吹き飛ばしてやる。そこに潜むなにものかの姿を露わにする」

契利斯督(キリスト)は猫撫で声で続けた。

「なあ、秀吉よ。なにを、誰を匿(かくま)っておる」

秀吉はいままでの余裕もどこへやら、泣きそうな顔である。

屋敷など惜しくもない。けれど姫と利兵衛になにかあれば——。

あれほどの巨大竜巻、しかもざっと五つ六つの複合した風の悪魔の直撃を受ければ、姫も利兵衛も無事でいられるはずがない。秀吉は狼狽して、乗ってきた馬を見た。消えていた。

「すまぬなぁ。竜巻に捲きあげられて、いまごろはあの有明の月に激突して、首を折ってくたばっておるであろう」

投げ遣りな口調で契利斯督（キリスト）は言い、すたすたと荒れ狂っている大中之湖上を歩きはじめた。残念ながら秀吉と信長は、たいして深さのない大中之湖ではあるが、もちろん歩くわけにはいかない。駆けた。必死で駆けた。

その必死の度合いは姫と利兵衛との関係がより深い秀吉のほうが当然上で、信長のことなど一切念頭になく、湖上を行く契利斯督（キリスト）よりも早く安土城の城門を抜けた。

竜巻は生き物だった。威力を弱めたようにも見えぬが、安土の城の外郭を一切破壊せずに、ひたすら秀吉の屋敷を目指す。

それは秀吉の屋敷を完全に崩壊させるためにあえて力を溜めているかのごとくであり、人間など絶対に太刀打ちできぬ獣の旋風であった。

秀吉は竜巻に負けぬ勢いで駆けたせいで心臓が口から飛び出しそうなほどだ。地面に涎がだらだら落ちる。嘔吐（おうと）寸前だ。

「侮っていた。不覚にも侮るように仕向けられていた。これほどの力をもっているとは、恐るべし獣」

が、秀吉はいまだに理解できない。このような超越的な力をもっていて、何故地下に逼塞しているのか。五百年も待たず、とっとと日本を支配してしまえばよいではないか。

とにもかくにも、この獣の首に鎖を付けて隷属させていた松永弾正久秀、途方もない男であった。けれど獣を支配することができる弾正久秀も、もうこの世にいない。

気を取りなおして、竜巻を追う。

安土の城の傾斜が必死に駆ける秀吉の軀をいたぶる。肺が痛む。裂けそうだ。

竜巻に追いついて、なにができる?

あれは、魔物だ。

疑問を抱いた瞬間、走れなくなった。

秀吉は、膝に両手をついて前屈み、壊れた鞴のような息をしつつ、どうにか上目遣いで己の屋敷を蹂躙し、破壊する竜巻の暴虐を見守った。

あきらかに竜巻は生きていた。六匹の風の獣は、ぴたり寄り添ってまるで挨拶するがごとく玄関口から崩壊させていき、まだ真新しい木片を中空に捲きあげて木の香を撒き散らし、姫と利兵衛の部屋をめがけてじわじわ移動していく。

渦巻きを追っていくうちに、周囲がぐるぐる回りだす錯覚がおきた。

惨状であった。

家臣、女中、小者、委細構わず宙を舞う。

その姿が天に消え去って、秀吉が大きく顔を歪めた瞬間、狙い定めたがごとく秀吉の眼前に女中が落下してきた。

安土城は仏像や墓石できっちり舗装されている。そこに激突した女中は、頭部を消滅させ、手足はばらばらで、割れた腹部から洩れ落ちた臓物が木の枝に引っかかって艶（なま）めかしい蒼紫に揺れ、雷光を反射する。

呆然と立ち尽くす秀吉の頭から肩にかけて女中の帯がはらりとまとわりついた。きんぴか好みの秀吉に合わせた金糸の燦めきが秀吉を覆いつくした。

やはり、狙い澄ましている。秀吉の眼前に家臣や女中が際限なく落下してくる。その血と脂と肉と骨を浴びて、秀吉は全身に凄まじい化粧を施された。

「姫、利兵衛殿——姫、利兵衛殿」

どうにか気を取りなおし、瓦礫(がれき)と許多の屍(しかばね)を踏み越え、秀吉は半泣きの大声で連呼しつつ、竜巻を追った。

それを嘲笑(あざわら)うかのごとく、いままさに風の獣は、姫と利兵衛の居室に向かって暴虐の総仕上げをなさんとしている。

一つにまとまっていた竜巻だが、居室の直前で四つに分かれた。東西南北をふさぐかたちである。そのままふたたび一つにまとまるがごとくゆっくり集合していく。四方の壁が一気に崩壊し、宙に捲きあげられた。

秀吉の背後に、契利斯督(キリスト)が立っていた。狼狽えつつ振り返った秀吉に、契利斯督(キリスト)は慈愛のこもった柔和な眼差しを据えた。愛翫(あいがん)動物を見やる眼差しだった。

契利斯督(キリスト)が秀吉の前に出た。指揮をするかのごとく両手を動かし、竜巻を操り、姫と利兵衛の部屋の壁面を完全に破壊した。

頭髪を乱されて顔の見えぬ姫が巨軀(きょく)の利兵衛に寄り添って立っている。

四囲に、竜巻が牢獄のごとく聳(そび)え立っている。幽閉された利兵衛と姫だが、落ち着き払っていた。

疾風に乱れに乱れた姫の髪の隙から、黒い瞳が光った。秀吉を見ていた。

秀吉はこんな情況にもかかわらず、めくるめく歓喜を覚え、その場に跪いた。姫はちいさく頷いて、髪を両手で押さえ、背後に梳(と)かしつけた。

「ほう」

感嘆の声が契利斯督(キリスト)から洩れた。

契利斯督(キリスト)が姫と利兵衛と秀吉に次々に視線をくれ、いきなり手を差しあげた。

二つの竜巻が、利兵衛と秀吉にむけて疾った。二人の軀が烈しく回転し、宙に浮いた。利兵衛が怒鳴り声をあげた。

「秀吉殿を助けよ！」

姫は頷き、秀吉を捲きこんだ竜巻に右手を差しだした。とたんに竜巻は回転を弱め、秀吉はふわりと地に落ちた。

さらに利兵衛を捲きこんだ竜巻に手を差しのべる。豆粒ほどの大きさにしか見えなくなった利兵衛が一気に落下してくる。中途で、じわりと浮き、秀吉が安堵したときだ。

「ぐぁわあああ」

獣の叫びがあたりを圧し、利兵衛が一気に落下した。頭から落下しなかったのは幸いだが、どうやら片足を砕いてしまったようだ。姫は即座に駆け寄り、利兵衛の左足を両手で覆った。

見守る秀吉の前で、姫の黒髪が怒りに逆立っていく。大丈夫だと頷く利兵衛から離れ、左右の手で雑に宙を払うと、残っていた二つの竜巻が、意気消沈といった態で消滅した。唐突にあたりは静寂に充たされた。

「成襍列(ナザレ)の人よ、何故、このような無体を」

問いかけられた契利斯督(キリスト)の顔が、一気に歪んだ。秀吉は反射的に利兵衛のもとに行き、膝枕した。利兵衛は苦笑いの表情で有り得ぬ方向を向いている己の左足首を一瞥し、手の中の子鼠を秀吉に示した。

「成襍列(ナザレ)の人よ、何故、このような無体をなす」

姫が繰り返して迫る。

契利斯督(キリスト)の唇がわなないた。

「竜王(ドラキュラ)の姫君！」

姫は平伏した契利斯督（キリスト）の後頭部に足をかけた。さらに、問いかける。

「成襍列（ナザレ）の人よ、何故、このような無体をなした」

姫に頭を踏まれたまま、契利斯督（キリスト）は痙攣気味に顫えている。

屈辱的な平伏（へいふく）のかたちであるが、契利斯督（キリスト）は体勢を崩そうとしない。それどころかその姿には惨めな弱者の迎合がみえる。竜巻を起こし、自在に操った男とは思えない。その全身を小刻みに揺らせているのは、あきらかに恐怖だ。

「成襍列（ナザレ）の人よ。其方（そのほう）は猶太（ユダヤ）の男として色浅黒く、黒髪にして褐色（かっしょく）の瞳を燦めかせ、精悍（せいかん）にして飄逸（ひょういつ）と聞いた。何故、かような生っ白く巨大な紅毛碧眼に姿を変えた？」

契利斯督（キリスト）は答えない。いよいよ顫えが烈しい。姫が見おろす。答えよ！　という烈しい念が放たれ、契利斯督（キリスト）が大きく揺れた。秀吉にも伝わるほどの強烈な念であった。

「——東の果て、このような小さな国に島流し。起死回生を狙い、苦心惨憺（さんたん）のあげく姿を変えました」

小声で、付け加える。

「竜王（ドラキュラ）の姫君も、姿を変えておられる」

姫は、笑（い）んだ。

「妾は日出づるこの国の者にあわせて変えたというべきか、はっきり申せば、父上にあわせて髪と目の色を変えたのみである」

父上——と声にならぬ声で契利斯督（キリスト）の唇が動き、竜巻にて地面に激突させた相手が、姫にとって掛け替えのない人物であることを悟り、地に擦りつけた顔が青紫に変わった。姫は頓着（とんじゃく）せずに婀やかな腰を折って、契利斯督（キリスト）に顔を寄せた。

「どうじゃ、この髪、この瞳。とても気に入っておるのだが。といっても頭を踏まれていては、よう見えぬか」

「いや、見目麗しさが弥増して、逆に一瞬、どなたかわからず、無礼を働きました」

己の為出(しで)かしたことの重大さに、唇をわななかせる。

「妾に比して、そのように豚のごとく白く醜く肥大して、あまりにも無様な異形、見るに堪えぬ。己でわかっておるのか？」

「葡萄牙(ポルトガル)より吉利支丹伴天連(キリシタンバテレン)がやってきておるがゆえ、姿かたちを変えねばならぬという強烈な念がおき、されど姫のような力があるわけでもなく、かような姿になり果てました」

「伴天連(バテレン)にあわせて、いや、伴天連(バテレン)に対してより威圧が働くよう白く巨大な赤毛の猿と化したというのか」

「はい。我が教え、いつのまにやら私を磔刑(たっけい)に処した白い猿共に奪われ、ならば、その猿の本尊に乗り込んでやろうと――。猶太(ユダヤ)の浅黒い肌や目や髪は不利であろうと愚考致しました」

「選ばれし猶太(ユダヤ)の民の誇りはどこへ？」

「そのようなもの、とうに棄て去りました」

姫は、ふっと笑いにまで至らぬ声をあげ、契利斯督(キリスト)の頭から足を外した。

「魂胆(こんたん)、読めたわ。その姿で教祖として巴勒斯且(バチカン)をその手におさめ、君臨する。悪い考えではない」

契利斯督(キリスト)は恐るおそる顔をあげる。

「お許し戴けますか」

「成襍列(ナザレ)の人よ。契利斯督(キリスト)よ。すっかり変質させられ、都合よく改変されてしまったおまえの本来の教え、いまさら巴勒斯且(バチカン)の教皇以下生臭坊主が受け容れると思うか。奴儕の権勢維持のために作り替えられてしまった教えを、狡猾(こうかつ)な白い猿共が棄て去ると思うか。まして奴儕、本物の契利斯督(キリスト)を必要としていると思うのか」

契利斯督(キリスト)は、黙りこんでしまった。

ふと気配を感じて、秀吉は背後を振り返った。信長が牀机(しょうぎ)に腰掛けて疎らな鬚の生えた顎の先など翫びつつ、ふむふむと話に耳を傾けていた。牀机は惨状のさなかに小姓に命じて用意させたと思われる。

背後には安土城地階に下る階段の上に詰めていた、銀の刀を持つという六人の警護の者が控えている。しかし、こんなさなかにしっかり牀机。秀吉は姫の方に向きなおって苦笑いを泛べる。

「信長」

姫が呼び棄てた。

「なんだ」

「よく聞いておけ」

「聞いてやる。言え」

「口の利き方に気をつけよ。妾は竜王(ドラキユラ)の姫なるぞ」

信長は上目遣いで、頷いた。

「よいか、信長よ。伴天連(バテレン)に気を許すな。秀吉も聢と聞くのだぞ」

姫は膝をつき、利兵衛の左足首をやさしく撫でながら、言葉を続ける。

「要らぬ教えを携えてザビエルが薩摩(さつま)に上陸したのは三十年ほども前か。加特力(カトリック)の教えを広めるために、ザビエルは西班牙(イスパニア)の人なれど葡萄牙(ポルトガル)の王の後押しにて、この国に到った。その教えだが、じつは、この契利斯督(キリスト)が始めたもの。加特力(カトリック)なる巴勒斯且(バチカン)の者たちは、この契利斯督(キリスト)の教えを盗んで己等の神とした。成襍列（ナザレ）の人は、紛うことなき耶蘇（ヤソ）教の宗祖である」

「なんと、この獣が宗祖！」

　信長が声をあげ、続ける。

「姫よ、なにやら予感がしたのだ。獣を伴天連（バテレン）にあわせてはならぬ、という。ゆえにいかに獣が求めようとも、あれこれ理由を付けて南蛮人とは会わせぬように仕向けてきた」

　姫とちがって契利斯督（キリスト）はあくまでも人であるようだ——と秀吉は推測した。姫は信長に向けて鷹揚に頷いた。

「よい判断じゃ。成襍列（ナザレ）の人を目の当たりにすれば、純粋という名の莫迦である耶蘇（イエズス）会の者たちは欣喜雀躍（きんきじゃくやく）するであろうが、どのみち巴勒斯且（バチカン）に到れば、教皇以下生臭にいいようにあしらわれるだけである」

　我が意を得たりとばかり、信長は得意げに頷いた。まるで母に褒められた童である。あの腐臭騒ぎにおいて信長は一方的に屈服していたが、こうしてみると案外対等に契利斯督（キリスト）に対していたようだ。

　姫は愛おしげなものが幽かに含まれた愛想笑いのようなものを信長に向け、利兵衛の足首をさすり続けている。

　利兵衛はちらりと信長を窺う。信長は姫の眼差しに得意絶頂、満面の笑みである。

　姫にさすられているうちに、粉砕された左足首が綺麗に治っていた。痛みも消えた。利兵衛は先ほどの『巴勒斯且（バチカン）に到れば、教皇以下生臭にいいようにあしらわれる』という姫の言葉を反芻した。

　いま現在、契利斯督（キリスト）を信じ奉じている者たちの先祖は羅馬（ローマ）から我律洛埜（ガリラヤ）に植民し、搾取し、支配していた者たちであり、契利斯督（キリスト）を羅馬（ローマ）に対する反逆者として磔にした張本人である。

　その昔の契利斯督（キリスト）は人間的魅力に充ち、姫の一族のユダ・イスカリオテなる者があえて契利斯督（キリスト）の使徒となったという。ユダは、人間と姫の一族の融和を模索していたばかりか種を超えて契利斯督(キリスト)に心酔し、契利斯督(キリスト)の求める永遠の命について、種々の深遠なる示唆を与え、あげくユダは契利斯督(キリスト)が信長にしたのとは逆に、契利斯督(キリスト)に自らの血を吸わせたのである。

利兵衛はそっと足首を見やる。破砕されて拗(ねじ)れ、青膨れだったのだが、従前となんら変わりない。

その後の契利斯督(キリスト)は蘇りや治癒をはじめ種々の奇蹟を行う力を得、その教えを猶太(ユダヤ)全土に拡げていった。それは竜王(ドラキュラ)の一族と人の融和を目指すユダの目論見(もくろみ)どおりであったであろう。

が、なぜかユダは契利斯督(キリスト)に姫の一族の弱点、十字のかたちに耐性がないこと、同じく十字を切って呪詛を込めた聖水なる汚水が肌を焼くこと、太陽の光に弱いこと、さらには銀が姫の一族を灰にすることまで教えてしまったという。

信長の背後に控えし者たち、銀の刀を所持しているという。半分ユダの血を戴いた契利斯督(キリスト)も、たぶん銀に弱いのだ。なぜ、それを信長は知っているのか？

姫の父君である竜王(ドラキュラ)は、和議を申し入れてきた狡猾なる巴勒斯且(バチカン)の法王の企みにより、心臓に銀の杭を打ちこまれて灰となった。父君の灰は、無数の十字架が刻まれた波斯(ペルシャ)の青み硝子でつくられた瓶に一片の欠片も残さず詰められ、封印された。

姫の一族だが、灰となれば、その一欠片でも飛べば際限のない勢いで復活するという。じつはユダが一族の弱点を契利斯督(キリスト)に教えたのは、全世界に遍(あまね)く、際限なく一族が拡散することを企図したのであろう。

が、姫はそれを望んでいないようだ。理由はわからぬ。が、利兵衛は直感していた。竜王(ドラキュラ)が封印されたいま、一族の頂点に立つ姫は人間を支配することなどみじんも考えていない。瞬時に思い巡らせていた利兵衛は、姫の声に我に返った。

「いまでも人の血を吸っておるのか？」

「いえ。吸っておりませぬ」

「もはや千六百年近く生きておるか」

「然様でございます。どうやら生き存えるのに血は不要であると悟りました」

「竜王（ドラキュラ）の一族にとっての血は、人間における目合（まぐわい）のようなものにすぎぬ。好きおうた者だけに血を与え、ときに血をもらう。が、それでも、ときに餓（かつ）えるであろう？　咽が渇くであろう？」

「――信長の血を吸って以来、吸血すると嘔吐するようになりました」

　これまた異なことを。利兵衛は信長に視線を投げた。姫は面白可笑（おか）しそうに訊く。

「信長の血には、おまえに仇（あだ）なす毒でも仕込まれていたのであろうか。妾が見込んだとおり、信長は人としては尋常でないようじゃ。それともなんらかの力が働いておるのか」

なんらかの力とは？　秀吉が目で問う。姫は口の端で幽かに笑んだが、それには答えず、契利斯督（キリスト）に訊いた。

「いまや、誰の血も受け付けない？」

「然様でございます。が、信長の血を吸ったときに、なにやら癇癪のようなものが乗り移ってございます。それ以前の私は、至って柔和。癇癪と無縁でした」

「ふふふ。癇癪な。それが爆ぜれば竜巻も起こすようだが、信長よ、途轍もなく、途方もない呆れた癇癪持ちじゃのう」

「俺はいかに癇癪を爆ぜさせても、竜巻は起こせぬわ」

「契利斯督（キリスト）の力と信長の力が合わさって、思いも付かぬ強力なものになったということにしておこう。とはいえ、信長は癇癪を奪われたのだぞ。癇癪とは猛々（たけだけ）しき精力と言い換えてもよいくらいのものぞ」

「そういえば、以前ほど癪（しゃく）の虫が騒がぬ」

もっともらしい顔つきの信長に頷いてやって、呟くように言う。

「痛々しいのう、所詮、成褋列（ナザレ）の人は、あくまでも人。人と人で血を吸いあえばいろいろ乗り移るものよ。行ったり来たりか。成褋列（ナザレ）の人は癇癪の爆裂する力を得、信長は」

「俺は、なにを得た!?」

「運。成褋列（ナザレ）の人がもっていた運をすべて吸いとった」

とたんに契利斯督（キリスト）は泣き顔になった。姫は頓着せず、信長に向けて呟く。

「ただし」

「なんだ、ただし、なんだ？」

「言わぬが花」

秀吉の脳裏に姫の囁きが響いた。

――契利斯督（キリスト）の運など残り少ない中途半端な運じゃ。

信長は牀机の上で前のめり、烈しく貧乏揺すりしている。

「うーむ。だんまりか。気にかかる」

「癇癪を破裂させるか？」

「――いや。姫にはかたちだけでも頭をさげぬと危ないと、俺の中のなにかが告げておるでな。なにしろこうして獣を飼い慣らすほどであるからな」

「信長は悧巧（りこう）じゃの」

まるで子供扱いだが、はぐらかされたにもかかわらず、いよいよ嬉しげな信長である。

「なぜ、契利斯督が銀に弱いことを？」

「姫の言う運とともに、銀が恐ろしくてならぬという怖じ気も流れこんできた。この国は銀がたくさん出るので、とても厭だ――と」

利兵衛は信長と姫を交互に見やる。なんと都合のよいことか。やはり、なんらかの力が働いているのではないか。姫は利兵衛に深掘りせずに――と幽かな目配せをし、信長のほうを向いた。

「銀か。欧羅巴ではジパングという国には金銀が腐るほど眠っておるという伝説がある。金で葺いた寺や家まであるとな。――この国のことじゃ」

「欧羅巴とは、葡萄牙や西班牙のことだな。が、大いなる勘違いである。金銀が出ぬわけではない。たっぷり出る。が、俺に言わせればそれなりである。幻影である」

「然様。信長は聡いのう。だが、ここまでであると思っておるなら、阿房である」

信長は反っくり返った。

「俺はもちろん阿房である。最上の阿房である。常に阿房たるべしと念じておる。悧巧になったら仕舞いだ。そんなことはどうでもよい。なにが、ここまでだ？」

「羅馬は巴勒斯且の教皇、葡萄牙と西班牙に契利斯督教加特力を布教することを条件に、世界を葡萄牙と西班牙で二分割し、支配することを許した。これを奴らの言葉で demarcação という」

なに？　と、信長が片眉をあげる。

「あまりのことに思いも至らなかったであろうが、葡萄牙と西班牙はこの世界のあちこちに趣くことのできる船と航路を開拓し、交易を行い、植民侵略を試みておる。教皇はそれを利用することを思いついた。結果」

「結果？」

「法王と葡萄牙（ポルトガル）の勝手な取り決めにて、奴らがジパングと呼ぶこの国は、奴らの胸のうちでは、とうに葡萄牙（ポルトガル）領である」

「なんと！」

「白かろうが黒かろうが黄色かろうが、商人は商人。揉み手が得意じゃ。ゆえに、おくびにも出さぬがな。宣教師に至っては、莫迦ゆえに、本気でここで這いつくばっている契利斯督（キリスト）の教えにて、この国の民を救おうと考えている。死んでから、極楽に行けることこそがすべて——とな」

姫が眼差しを伏せ、小さく息をつく。

「これを言いなおせば、生きているときの血のにじむような艱難辛苦（かんなんしんく）は、極楽に行くために積む功徳にすぎぬ。黙って耐えよ。神に帰依したのだから、神の代理人である法王をはじめ支配者にも従え。植民し、全てを奪うにはもってこいの教えじゃ」

「じつによい教えであるな」

「だが、王の上に神がおることが面白くない法王は神の代理人から、この世界を統べる現人神（あらひとがみ）たらんとしておる」

「そうか。いろいろ大変だな。で、俺は神になれるか？」

「なれるのではないかな」

信長は姫の揶揄の口調に気付かない。姫は面差しを変えて、続ける。

「なにせ葡萄牙（ポルトガル）か西班牙（イスパニア）の船に乗った宣教師がその地を踏みさえすれば、それは勝手に世界を二分割した奴儕の領土であり、巴勒斯且（バチカン）の法王なる生臭の領土である」

「うーむ」

「だが、この国は妾が見込んだだけあって、運がよい」

「どこが？」

「ザビエルなる宣教師、日本の王は天皇であると聞き、謁見し、布教の許可を得るためわざわざ京に上った」

「わはは、さぞや王の住まいや姿にびっくりしたことであろう」

姫もあわせて笑んだ。

「天皇。将軍。この二人を丸め込めば、日本などどうにでもなるとな。で、信長の言うとおり驚愕した」

上洛したザビエルは応仁の乱以降、荒廃しきった京の都に、天皇の困窮に、将軍の無力なることに愕然とし、権力の所在を見極めることができず、埒があかぬと山口の大内義隆に謁見し、城下にて布教をはじめた。

いま、耶蘇会の宣教師共は信長詣でに忙しい。それは信長の自意識を充たすものではあるが、宣教師も商人も、じつは葡萄牙王の植民の手先であるとすると、心穏やかではない。

「葡萄牙のようなやんわりした遣り口がよいとはいえぬが、西班牙など、窃かにこの金銀の国に対して武力侵攻を練った」

「なに！」

「葡萄牙が種子島に蒔いた種子ではあるが、幸い、この国には鉄の扱いに優れた職人がたくさんおり、途轍もない数の鉄砲があり、しかも戦世であった。戦いに明け暮れる日々じゃ。まともに鉄砲も知らぬ他国とちがって欧羅巴列強以上の強国。実態を知って、武威による侵略を諦めたのじゃ。信長など途方もない数の鉄砲をもっておるじゃろう？」

「どうかなあ。数えたこともない」

「強（したた）かな」

「姫には明かしてもよいが、それは二人だけのときだ」

姫は濃艶な笑みではぐらかす。信長はすっかり鼻の穴が開ききっている。信長と姫の視線がねちっこく絡む。信長が真顔になる。目がすっと細くなり、まったく感情が読めなくなる。一呼吸おいて吐き棄てた。

「なんだかんだいっても西班牙（イスパニア）は、伴天連（バテレン）以外はやってきておらぬ。が、揉み手して奪いとろうとする葡萄牙（ポルトガル）の腐れ共、どうしてくれよう」

「ま、知らぬふりをしておけ。南蛮貿易は利が大きい。そうであろう？」

「──うむ。実利だけでなく、鉄砲に使う硝石（しょうせき）などは我が国では産出せぬがゆえ、南蛮船に運ばせざるをえぬ」

「戦に必須か」

「然様である。硫黄（いおう）はたっぷり産するのだがな。硝石を糞尿で拵えていては、とても間に合わぬ」

「硝石は、砂漠のような乾いた土地に産するがゆえ、しっとりした雨の多いこの国では難しいであろうな」

信長の額にぐりぐりと血管が浮かびあがっている。怒りはおさまっていないのだ。

「南蛮人め。ふざけやがって。この信長は葡萄牙（ポルトガル）領を治めているつもりはない」

「息巻くな」

「だが──」

「よいではないか。葡萄牙（ポルトガル）の商人共が付けあがらぬ程度に、にこにこ笑って接してやれ。伴天連（バテレン）も厚遇してやれ」

「なんと！」

「繰り返しになるが、葡萄牙（ポルトガル）と西班牙（イスパニア）は世界を二つに分けて植民し支配しておるつもりである。それを利用して巴勒斯且（バチカン）の法王は必ず両国の船に宣教師を乗せることを命じ、布教させ、世界のすべてを己の支配下に置くつもりである。ならば、さしあたり実利をとれ」

　信長の貌がにやりと歪んだ。

「わかった。南蛮共の手綱は俺が握る。緩めたり、引いたり、場合によっては引き倒したり――」

「まこと信長は聡いのう。秀吉も見習って、聢と心にとめよ」

　見つめられて、秀吉は深く頷いた。七、八年前か、最初の吉利支丹（キリシタン）大名として知られる大村純忠（おおむらすみただ）が長崎（ながさき）を耶蘇会（イエズス）に寄進してしまったのは。秀吉は、これをじつに危うい徴候であると問題視していた。

　南蛮貿易は、じつに誘惑的だ。戦国時代、爆発的に契利斯督（キリスト）教が拡がっていくのも、当初は諸大名が軍需物資その他の輸入を目論み、南蛮船と交易するために布教を認めたことによるが、やがて、木乃伊（ミイラ）取りが木乃伊ではないが、契利斯督（キリスト）の教えに取りこまれ、領地を差しだす領主さえあらわれたのである。

「僭越（せんえつ）なれど、一言。交易にて経済を擽（こそぐ）り、信心にて心をものにする。武威にて征服してくるよりも、よほど質（たち）が悪い。銀や銅、鉄を輸出して儲けて喜んでいるうちはよいが、心を南蛮の教えにて縛られ、我が国を棄てるを厭わぬようになるとなれば、それは大層空恐ろしいことでございます」

　抑えてはいるが秀吉の憤懣（ふんまん）がにじんだ言葉に、信長が目を三日月のかたちに歪めた凄い笑いを泛べる。

「ま、南蛮人共の手管（てくだ）がわかっておるのだから、せいぜい逆手（さかて）にとって、油断させ――」

「はい。こちらが充分に潤（うるお）ったならば、折を見て、禁教致すと強引に告げて、その腰を折りましょう」

「いやらしいのう、秀吉は」

「殿のお気持ちを代弁したまで。それもこれも、姫のおかげでございますぞ」

「うむ。わかっておる。徒疎かにはせぬ」

契利斯督（キリスト）がここにおらぬかのような遣り取りが続いていた。が、姫は契利斯督（キリスト）にこれらを聞かせていた側面もあった。幼女のようにしゃがみこみ、契利斯督（キリスト）と顔の高さを同じにして言う。

「さて、あえて問うが、巴勒斯且（バチカン）に出向き、巴勒斯且（バチカン）を乗っ取るか？」

「——なにやら醒めてしまいました」

「うん。それがよい。やめておけ。妾の父が巴勒斯且（バチカン）の奴儕の策略にて灰にされ、瓶詰にされていることを知っておるか」

「竜王（ドラキュラ）が！」

「知らなんだか。よくも悪くもジパングは隔絶した世界だからな」

「まさか竜王（ドラキュラ）が——」

「ふふ。父君は、あえて灰になったと妾は思っておる」

「あえて？」

「そうじゃ。百年後、千年後、妾が気まぐれをおこして巴勒斯且（バチカン）に乗り込み、父君を詰めた瓶を割ったとしたら、どうなる？」

「無数の竜王（ドラキュラ）が復活なさる！」

「そう。巴勒斯且（バチカン）は御町嚀にも父君の灰を預かってくれておるわけじゃ」

姫は、ふっと溜息をついた。

「父君は、死にたい、死にたいと口にしておった。口癖になってしまっていた」

「なぜ！　永遠の命がお嫌だったのか」

「成襍列の人だって、ずいぶん長いあいだ生きていて、厭気が差しておらぬか？」

姫の問いかけに、契利斯督は俯いてしまった。それでも逆に問いかけてきた。

「姫は、永遠の命に飽いておられるのか」

「うん。飽きあきだった」

「だった？」

「父君が灰になるのとほぼ同時に、迫害の狼煙をあげた巴勒斯且の者共に、逆らうなと命じたのは妾である。奴儕のできることはといえば、妾と一族の者を巨大船に封印し、大洋に流すくらいのことである。奴儕は恐ろしくて妾の一族を地上にとどめおくことができなかったのだ。ちょうどよい機会であった。妾はあえて赤子に姿を変えて、幼きまま永遠に眠るつもりであった。老婆にもなれたが、成襍列の人だって老人よりは子供のほうを選ぶのではないか？」

契利斯督は答えない。

「男共が妾に注ぐ眼差しが厭でいやでたまらなかった。されど父君と母君から戴いた容姿に手を加えたくなかった。妾が変貌したのは赤子になったとき、そしていまの父上にあわせて髪と目の色を変えたときのみ」

姫の頬に安堵が泛ぶ。

「老婆にならなくてよかった——。老婆になっていたら、さすがの父上も抱きあげてはくれなかったであろうから」

姫は柔らかな眼差しで付け加える。

「成褸列(ナザレ)の人も、精悍で柔和で無慾だったころの本来の姿にもどればよいのではないか」

「――それが、いかんともしがたく。姫のような自在な力は、ございません」

「そうか。どうも妾は、誰ぞのじゃまをしているようだな」

「じゃま。どなたの？」

「なんらかの力が働いておるからこそ、成褸列(ナザレ)の人はそのような白い豚のような体軀と、猩々(オランウータン)のような赤毛に変貌したと思えぬか？　まさか己の力で、そうなったとでも？」

唐突に信長が牀机から立ちあがって、割り込んだ。

「まてまて、姫よ。先ほど、俺のことを人としては尋常でないと褒めあげておいて『なんらかの力が働いておるのか』と、付け加えておった」

ずいずいと前に出て、姫の瞳の奥を睨み据えるようにして問う。

「その力を発揮している者は、誰だ？」

「信長よ」

姫の諫める眼差しに、信長は大きく頷く。

「うん。俺は姫を敬愛している。が、これは由々しきことである。天下人(てんかびと)として契利斯督(キリスト)や俺を操っている者を顕(あきら)かにせねばならぬ」

まだ天下は取ってませんがな――と神妙な顔をしたまま秀吉が胸中で揶揄する。

姫は信長の頬に、そっと手をやった。すると信長はふわりと膝が崩れ、契利斯督(キリスト)の隣に跪くかたちとなった。

「小さき者と、大きな者。じつに、よい組み合わせじゃ」

頬笑みを二人に柔らかく投げかけて、真顔になる。

「成襍列（ナザレ）の人よ。おおよそのことはわかっておるが、あえて問う。おまえをこの日出づる国に島流しにしたのは、誰じゃ」

「――イスカリオテのユダにございます」

「ユダ・イスカリオテ。なぜ？」

「わかりません。あの御方は、読めませぬ」

「島流しにされたおまえは、千年以上陸奥は迷ヶ平に逼塞しておったのであろう？」

「然様でございます」

「ユダは、いっしょだったのか」

「まさか。あの派手好きな男が山毛欅（ぶな）の原生林しかないあのようなところに居着くはずもありませぬ。私といっしょだったのは、唐は長安（ちょうあん）の都まで」

「そこから先は？」

「私は倭寇に売られ、ユダは絹の道を辿るとか吐かしておりましたがゆえ、おそらくは陸路にて欧羅巴（ヨーロッパ）にもどったのでは」

「然様か。売られたか」

「ユダが私の力のすべてを奪い、船艙に押し込められて辿り着いたが、十三湊（とさみなと）」

「が、成襍列（ナザレ）の人の力のほとんどは、ユダが与えてくれたものであろう。その力が近ごろ蘇った、という解釈でよいな。ようやく竜巻も合点がいったわ。いくらなんでも癇癪で竜巻はおきぬと心の底では思っていた」

契利斯督（キリスト）はしょんぼり俯いてしまった。

「のう、姫よ。その椅子借嘔吐のユダなる男が陰であれこれ企んでいると？」

「洒脱（しゃだつ）で、じつに好い男よ。その力、我が一族においても傑出しておった。信長とよい勝負じゃな」

「なに！　俺とよい勝負とな。うーむ。相当に好い男に、決定！」

　こうしておると、信長にも情が移るな――という姫の囁きが秀吉の胸中に響いた。ごく幽かな秀吉の渋面を信長が見咎めた。

「なんだ？　その面は」

「生まれつきでございます」

「ひねりがねえなあ、おまえらしくない」

「抛（ほ）っといてください」

「はなから相手にしとらん」

　渋面といっても、唇の端をわずかに揺らせただけだ。あらためて信長の人間離れした鋭さに感じいる秀吉であった。

　信長と契利斯督（キリスト）は、跪かされているにもかかわらず、それが当然の体勢であるといったふうである。

「竜王（ドラキュラ）は、いずれは妾をユダと娶（めあわ）せるつもりであった」

　えー、といった泣きそうな顔をしたのは、信長だった。どうやら信長は姫を側室にでも迎えるつもりだったのだ。いや、道理など無縁の信長である。正室にと思っていたかもしれない。

「されど、妾には、父上がおる。儺島の偉大なる網元の父上である。妾の永遠の命は、父上のためにある」

　ほうほう、と信長が大仰に頷く。まだ姫を口説く余地があると笑みを抑えられない。けれど姫は、それを無視して、表情を氷に変えた。

「成襆列（ナザレ）の人よ。妾は伝え聞くおまえのことが嫌いではなかった。それがまったくの別人と成り果てて、暴虐のかぎり。その意図は判然とせぬが、イスカリオテの人が遠い彼方より成襖列（ナザレ）の人を揺り動かしていたのかもしれぬ。が、理由はどうあれ、父上の左足を砕いたのは許せぬ。相応の罰を与える」

契利斯督（キリスト）は平伏した。あわせて信長も平伏しかけて、俺は関係ねえぞ——と上体をもどした。

「成襖列（ナザレ）の人よ。陸奥は迷ヶ平に蟄居閉門（ちっきょへいもん）を命じる。来たところにもどるだけであるから、たいした罰ではない。生ぬるいので、もう少しなにか考えておく」

弾かれたように信長が立ちあがった。

「姫も迷ヶ平とやらに出向くのか？」

「妾が行かねば、結界を張れぬ」

「よし。船をだそう。航行中、獣が悪させぬよう、この銀の刀を持った六人の忍びの者を護衛に付ける。さらに」

「さらに？」

「さらーに、秀吉よ。おまえも同道（どうどう）いたせ」

「——同道いたせって、有岡城攻めはどうするんですか！」

「あんなの、おまえの影を立て、適当にやっとくから」

いままでの苦労はなんだったのか。苦笑いしながら溜息を洩らしかけた瞬間、妾と船旅はいやか？　との声が脳裏に響いた。姫が仕向けたのですか？　然様である。心と心で会話して、秀吉はとっておきの不機嫌な貌をつくり、大仰な息をつき、信長に言った。

「じつに殿は、無茶苦茶でございますな」

「ああ。俺は筋金入りの阿房だからな。有岡城よりも姫だ。きっちりお仕え申すのだぞ」

はあ～と投げ遣りに脱力する。信長はいかにも面白そうに言う。

「なんだ、その猿が脱糞したような面は。諸々、気にするな」

「諸々、気にしますよ！　ったく、もう！」

「熱るな、熱るな」

「熱ってるんじゃなくて、呆れてんです！」

09

石見(いわみ)より回航され、若狭は小浜(おばま)から乗り込んだ船は、信長のはったりもあってか呆れるほどの大型船であった。契利斯督(キリスト)一人を護送するには大仰すぎる。

糅(か)てて加えて、木津川沖海戦にて九鬼嘉隆が徹底して叩きのめした毛利家の領地からあえて巨船を徴用するという離れ業である。どうやら信長は、姫によいところを見せたくてたまらないのだ。

晴れ渡っている。海風には夏の香りがたっぷり含まれて、けれど洋上は暑いというほどでもなく、じつに過ごしやすい。海鳥が追いかけてきて、ときに羽を休めもする。大きな船だけあって揺れも少ない。

けれど、秀吉はこれほど立派な船を信長が用意してくれていても、気が気でない。

姫の船室で、利兵衛と姫と額をつきあわせて言葉を交わす。姫は秀吉の血の色の失せた深刻な顔をからかう。

「いまにも沈みそうといった顔です」

「まさに、その心配をしておるのです。なにせ、あの大竜巻を起こした契利斯督(キリスト)を乗せているのですから」

「私は大嵐を起こしたことがあります」

利兵衛が大きく頷く。

「御神木も哭き岩も、なにもかも全てを薙ぎ倒し、支倉は消滅しましたからな。浜方として四十年ほど、いまだかつて遭遇したことのない途轍もない颱風だった」

肩の子鼠が、ちらと姫を窺う。

「あのとき私は、夢を見ていたのですよ」

「嵐の夢か」

「然様でございます。赤子の私は、弾(はず)むような心地で、大嵐の夢を見ていたのです」

利兵衛の口許に苦笑が泛ぶ。

「姫の夢を直接ぶつけられた俺が、どのような思いをしたか」

「それは申し訳なく思っております。が、私は吹き荒れる風と荒れ狂う海、地にある物すべてを消し去る嵐の夢を見ながら、ときめいておりました」

姫は利兵衛と一緒のときは、妾ではなく私という。徹底して利兵衛に尽くす。それはともかく秀吉が心配しているのは、契利斯督(キリスト)である。

「案ずるな。契利斯督(キリスト)は無害じゃ。全ての力を抜き去っておいた」

「――それを先に言ってくだされば」

吐息とともに、肩の力を抜いた秀吉であった。面白可笑しそうに姫が笑う。

「この船が銀山の地から廻送(かいそう)されてきたと聞いたとき、信長が私に厭がらせをしたのかと思いました」

「殿には、そういうところがありますからなあ。稚気(ちき)というには危うすぎるあれこれで、この秀吉も苦労してまいりました」

　このころ日本が生産する銀は、全世界の三分の一ほども占めていた。当時の欧羅巴(ヨーロッパ)では銀が通貨として用いられていたが、ザビエルが書簡に、日本はプラタレアス群島――銀の島と書き送ったことにより、欧羅巴(ヨーロッパ)列強の目が日本に向いた。

「銀ではなく、石材運搬の船と知って、安堵しました」

「が、銀の刀を持った六人の忍びも乗船しております」

「あの者たち、武士の装束を脱ぎ棄てて、じつに生きいきとしていますね」

「怖くはないのですか」

「怖い？　私の首を刎(は)ねれば、私が二人になる。それだけのことです。以前は己が二人になることに嫌悪を覚えておりましたが、いまでは二人になれば、より父上に尽くすことができますがゆえに、望むところです」

　なんとも嬉しそうな姫の笑みに、はあ――としか返しようのない秀吉であった。

「契利斯督(キリスト)の首を刎ねたら、どうなるのでしょうね。半分人であるがゆえ、私は契利斯督(キリスト)は二人にならぬと思います。されど、あの無礼者を死罪にしなかったのは、万が一にも二人になってしまっては面倒だからです」

「うーむ。それは姫様にもわかりませぬか」

「椅子借嘔吐のユダが関わっているとなると、なんとも言えませぬ」

「椅子借嘔吐と聞こえましたが、ひょっとして殿のアレを？」

「ふふふ。言葉を交わせば、意外に退屈させない好い男です。可哀想に」

「可哀想？」

「抽んでているがゆえに――」

姫は口を噤んだ。秀吉も信長のことは訊かず、あえて椅子借嘔吐ことイスカリオテとはどのような意味があるのかと尋ねた。

「地名です。正しくはケリオテ・ヘズロン、略してカリオテ。イスの意味はわかりません。この国でも、国境をまたげば、微妙にあれこれ訛ると聞きました。ま、カリオテの人といった程度の意味です」

「成褋列の人」

「それと同じ。猶太では突出した人物は出身地で呼ばれるのです。もっとも、イスカリオテに関しては、まったくのでたらめです」

「――姫の一族ですからなあ」

「のどかな航海、退屈です。契利斯督を見にいきましょう」

ほとんど梯子のような階段を下って、船艙最下部に降りる。気配を察した六名の忍びの者たちも付き随っている。

それぞれ黒、赤、青、黄、緑、紫と色名で名乗っているが、信長といっしょにあの大竜巻の顚末を見届けていることもあり、姫に心酔していた。だが忍びの者である。秀吉は心を許してはいない。

「信じてあげなさい」

「は？」

「色味豊かな者たちを」

「はあ」

そんな遣り取りをしながら、船艙に組まれた座敷牢の前に立つ。

契利斯督は、安土城地下から運びこんだ特別誂えの巨大な黒漆塗りの椅子に座ってしょんぼりしていた。秀吉は内心、この処置が生ぬるいと感じていた。船の揺れが加わっただけで、これでは安土城の地下となんら変わりないではないか。

「成褫列の人よ、加減はどうじゃ」

「はい。己の為したことが信じられぬ心持ちにございます」

「すこし、縮んだか？」

「かもしれませぬ。されど、姫のお心遣いによりて、安土の地下におったときと同様の平安を得ております」

それ見たことか、当の本人がいままでとなんら変わらぬと認めておるではないか――そう秀吉は胸中で呟き、そっと姫を一瞥した。

「十三湊に着いたら罰を与えるがゆえ、心せよ」

「どのような罰でもお受け致します」

頭を垂れた契利斯督に向けて小さく頷いた姫の横顔に泛んだ幽かな笑みは、秀吉の心胆寒からしめる冷酷無比な、永遠に溶けぬ青褪めた氷柱の冷たい気配に充ちていた。

＊

十三湊は現在、汽水湖と化して十三湖となってしまっているが、この当時は砂嘴が大きく発達して日本海に開いた良港であった。とはいえ野辺地湊など他港の開発が進み、往古の繁栄は見られなくなっていた。

久々の大型船の入港に村の者たちは物見高く視線を投げていたが、錨をおろした船から降りたった一行を目の当たりにして、目を剝いた。

紗で顔を隠した女はあきらかに高貴な血筋であり、皆うっとり見つめたが、その背後から、途方もない異形が異な物を担いであらわれたのである。

じゃり。

じゃり。

じゃり。

半裸の異形が背負わされていたのは、いかにも重々しい十字架であった。

十字架の根元が地面に接して、じゃりっという音をたてる。

じゃり、じゃり——と断続的に、けれど際限なく擦れ、軋む音をたてる。

その頭には荊で編まれた冠を無理やりかぶせられ、その青白い顔は血塗れで、濃い髭から血が滴りおちている。

背後には、鞭を手にした小者が控え、少しでも異形が歩みを滞らせると、加減なく背後から打ち据える。血と肉片が飛ぶ。

なにか仕込まれたかのような快晴が続いていて、陽射しは尋常でない。目を凝らさずとも陽光に異形の肌が焼け爛れていくのがわかった。凄まじい火傷(やけど)である。が、異形は血塗れのまま蛹のごとき息を吐きつつ、一歩一歩進んでいく。

異形は十三湊の集落を抜けていく。村人たちは口を半開きで見送った。

十三湊から内陸である迷ヶ平までは、現在の距離にして百キロほどか。当初は岩木(いわき)川に沿っていたが、一行は人跡未踏の道なき道を、檜葉（ひば）の原生林を南東に進む。

じゃり、じゃりという十字架を引きずる音が、木の根や岩にあたるようになって、ごっとんと変化した。

大館（おおだて）を迂回して、やはり山中を十和田（とわだ）道に沿うかたちで、ゆるゆる進む。姫や利兵衛、秀吉は馬上の人であり、姫のために信長が用意した大量の心尽くしは十数頭の牛の背で揺れている。

ときに進むのに難渋し、二進も三進もいかなくなると、忍びの者が即座に道を見つけだす。道といっても、獣道であるが。

それでも契利斯督（キリスト）は、原生林に這入って安堵の息をついた。陽射しがさえぎられるからである。けれど時折、ちらちら目映（まばゆ）い木洩れ日が意地悪く肌に刺さる。そのたびに皮膚から白い煙があがる。肉が焦げる臭いが漂う。漂う香ばしい臭いに秀吉は焼き魚を連想してしまい、あわてて打ち消した。

馬上の姫が投げ遣りに振り返った。

すがる眼差しの契利斯督（キリスト）と目が合った。

蠅（はえ）や虻（あぶ）が勝手気ままな放物線を描いて契利斯督（キリスト）に纏わりつき、その肉を啄（ついば）み、卵を産んでいる。腐臭のせいもあって、種々の虫たちで契利斯督（キリスト）の姿は黒く見えるほどである。全身に蛆が湧くのは時間の問題だ。

「姫よ、情けあるならば、殺してくだされ」

呻き声の契利斯督（キリスト）に、姫は抑揚のない声で返す。

「死ねぬということ、こういうときは、たまりませんね。さぞや苦しいことでしょう。同情いたしますぞ」

契利斯督（キリスト）の頬が引き攣れる。紗で顔を隠した姫の放つ気配が、あまりに冷酷であったからである。

利兵衞がそっと問う。

「姫よ。十字架が間近でも、平気なのか」

「不思議なことに、なにも感じませぬ」

馬上から軀を寄せ、零（こぼ）れ落ちるような親愛のにじんだ声で付け加える。

「父上と御一緒するようになって、諸々、苦手というものが消え去りました」

10

嗚呼——。

契利斯督（キリスト）の口から、深く切なげな声が洩れた。この地の短い夏を謳歌（おうか）するがごとく繁茂する緑豊かな断崖から吹きあがる風に紅毛が乱れ、血塗れの貌が露わになる。

唐突に開けた眼下には、紫水晶に藍を溶かしこんだかのような複雑な燦めきが拡がっていた。

契利斯督（キリスト）は十字架を担（にな）ったまま、その場に頽（くずお）れた。岩盤が剝きだしなので、十字架が鈍い打音をたてた。鞭が唸った。どうにか膝で立った契利斯督（キリスト）は、十字架を支えたまま眼下の湖に視線を落として微動だにしない。

昼下がりの陽射しを吸いこむがごとく、十和田の湖は静まっていた。東の空を流れる雲を映す磨きぬかれた鏡であった。

十字架を担ったまま動けなくなった契利斯督（キリスト）の頭上を上昇気流に乗った熊鷹（くまたか）が抜け、その影が契利斯督（キリスト）を覆った。

鷹の鋭い眼差しが焼け焦げて血塗れの契利斯督（キリスト）を捉えた。急旋回して、その頭上でしばし精緻な円を描く。

鷹が俯瞰する十和田の湖は、巨大なる神の目であった。その澄みきった目の涙湖（るいこ）に当たる位置に、神を自称するなにものかが巨大な十字架を担わされて跪き、息も絶えだえだ。鷹の目からしても、明澄なる十和田の湖と比して、その濁りと悍ましさはあまりにも異質にして、奇妙であった。

けれど苦痛苦悩の極致にあるその姿は、大自然の本質の一部であるかのような揺るぎなさをも包含していた。

人は誰もが十字架を背負わされている。それに気付いていないだけである。十字架のもっとも象徴的なるものが、死である。

死は差別しない。平等である。誰もが死を恐れる。さりとて契利斯督（キリスト）のようにこれほどの苦痛を与えられても、なおかつ死なぬことが福音であるといえるか。

なによりも人智や思惑など一切通じぬ人の生が包含している宿命、運命が隠しもっている荒廃と崩壊は、この美しき湖それ自体が秘めているものでもあった。

十和田の湖の美貌は、大地の底から迫りあがった岩漿（がんしょう）が熔岩と化した暴虐の成れの果てであった。

鷹の影が陽射しをさえぎってくれたのは、もちろん一瞬で、契利斯督（キリスト）はふたたび光の鏃（やじり）めいた陽射しを全身に浴び、その肌から青白い煙を立ち昇らせる。

いかに火傷を受けようとも、内側から治ってしまうのである。つまり陽光を浴びている以上、永遠に火傷は続く。その赤黒くぬめる醜い爛れと、波ひとつ立たぬ湖面の青褪めた清浄の対比が目に沁みる。

動けなくなった契利斯督（キリスト）だけでなく、一行は御花部山（おはなべやま）山頂から望む十和田の湖の絶景に息を詰めていた。

御花部山は標高千メートル超、十和田の湖の水面標高は四百メートルほどか。これだけの高低差があると、くっきり見ひらかれた穢れなき瞳に似た全景が眼前に拡がる。

ようやく秀吉が言葉を発した。

「鳰の海は対岸が見えぬほど巨大ではありますが、濁っております。率直に申して、斯様に美しき澄みきった湖を知りませぬ」

「陸奥は、道の奥の謂と聞きました。その道の奥の奥にある湖。鳰の海とちがって、ほとんど人も立ち入らぬようです。なお、魚も棲まぬとのこと」

「水清ければ魚棲まず」

姫は頷き、顔を覆っている紗を払うようにして陽射しに顔を向けた。利兵衛があわてて窘める。姫は首を左右に振る。

「ここしばらく、炎天下においてもちりちり刺さるものがございません。もしやと思い、この鬱陶しい幕を剥いでみました。父上、陽射しは私を刺しませぬ」

利兵衛は、笑んでいる姫と肌を焼かれて虫の息の契利斯督を交互に見較べる。

「父上と御一緒していることにより、私は人並の強さを戴いたようです」

言外に、利兵衛が小指を切開して血を吸わせてくれたことにより、なんらかの混淆がおきたと告げている。

じつは時折、利兵衛は自らの小指の先を傷つけ、なかば哀願するかのように姫に吸わせているのである。

姫は父上の流血を望みませぬと腰が引けているのだが、利兵衛が無理やり口に小指の先を挿しいれれば、姫も抗いようがない。うっとり吸って、恍惚の吐息を洩らす。

それはどのような男女の交情よりも深く静やかで、しかも較べるものとてない快の極致であった。利兵衛は姫に血を吸われて、涅槃を間近に感じとって意識が遠くなる。

姫は父の血を吸いっぱなしではない。頃合いをみて自らの唾を、そっと父の血の中にもどす。姫の唾液を注入されるとき、利兵衛は目眩く性感にのたうちまわるほどである。

「犆かこの湖は、火の山が烈しく爆ぜてつくりあげられたもの。だから斯様に急峻な断崖に囲まれておるのです」

姫が呟くように言い、忍びの頭領、黒に目で先を語れと促す。

「十和田の湖はもともと大きな湖でしたが、いまからおよそ六百年ほど前、延喜十五年に大噴火致しまして、さらにその規模を大きくしました。〈扶桑略記〉には、朝日に輝きが失せ、月のように見えたとあります。さらに八日後、灰が降って二寸ほども積もったとあります。ちなみに〈扶桑略記〉は法然の師である阿闍梨、皇円により京にて記されたもの。はるか離れた都でも灰が舞い積もり、日が翳ったほどの途方もない大噴火――ということでございましょう」

「黒はなんでも知っている。なんでも教えてくれる。じつに頼りになる」

「もったいない御言葉。おそらくは、姫様におかれましては、これらのこと、すでに御存じかと」

姫は馬上から上体を屈め、そっと黒の頭に手をおいた。目を閉じた黒の背筋が歓喜に小刻みに痙攣するのがわかった。

秀吉は悟っていた。姫は個人としては優れていても、社会的には弱者の立場にある者に優しい。秀吉に対しても、そうなのだ。出自云々で差別されてきたから、よくわかる。

忍びの者たちは途轍もない力を持ちながらも、賤民じみた扱いを受けている。だからこそ恩寵を与えられる。いまや六人の忍びたちは、姫に絶対的な忠誠を誓っている。

しゃりーん、しゃりーん——尾根伝いから錫杖(しゃくじょう)が岩盤を衝(つ)く音が響く。

この湖に祀られている青龍権現(せいりゅうごんげん)を拝む熊野派の山伏一行、六名であった。

姫の一行が道をあけると、湖に向かって十字架を担う血塗れの紅毛碧眼に気付き、汚れ果てた白装束を詫(わ)びつつ、姫の前に跪き、両手を合わせた。

「そのお姿、古(いにしえ)より伝え聞く竜子(たつこ)様ではございませぬか」

「生憎、妾は竜子なる者ではない」

「邪教の者をあのように引き回す御方、竜子様でございましょう」

姫は修験者の胸の結袈裟(ゆいげさ)の丸い白い綿毛のごとき菊綴(きくとじ)に目を細めた。山伏は笑み、菊綴を毟(むし)りとると捧げ物を掲げるかのように姫に差しだした。姫が屈託なく手を伸ばす。

「殺！」

「殺！」

「殺！」

「殺！」

「殺！」

「殺！」

菊綴は姫の眼前で爆ぜ、山伏たちは姫の頭上に跳躍し、その頭部を破壊すべく鋭利な錫杖の切先をいっせいに差しのべた。

が、それよりも高く忍びの者たちが跳躍していた。銀の刀を抜刀し、姫の頭上で山伏たちを両断していく。

凄まじい血煙(ちけむり)が降りかかる。

山伏たちの血は姫を真紅に染めた。されど姫は笑んだままである。

忍びの者が血で化粧した姫の前に片膝をついて、不調法（ぶちょうほう）を詫びた。姫は笑みを泛べたまま首を左右に振り、ちらと利兵衛を一瞥し、誰にも気付かれぬまま、顔の血をぺろっと舐めた。

脳天幹竹割り（のうてんからたけわり）にされた山伏たちをそのままに、御花部山を降（くだ）る。急勾配を注意深く進みながら、秀吉が問う。

「竜子とは？」

黒が即答する。

「十和田の湖からすこし下ったところに田沢（たざわ）の湖がございます。おそらくはこの国でいちばん深く澄んだ湖かと」

「その湖に？」

「はい。竜に変身した竜子なる女人がおりました。竜子は己の美しさに慢心し、その永続を望み、大蔵観音（おおくらかんのん）に願掛け致しました。観音は望みを聞こうと仰（おお）せられ」

秀吉は竜王（ドラキュラ）の娘にさりげなく視線を投げ、訊いた。

「竜子は永遠の美を得た？」

「はい。ただし竜の姿を経て類い稀なる美しき湖として——。竜子の名の謂でございます。竜子は辰子と略されて書き表されることもございます」

中空に竜と辰と書きわける黒の指先を見やりつつ、秀吉は小さく咳払（せきばら）いした。

「陸奥の湖は、三湖伝説と申しまして、十和田、田沢、そして八郎潟（はちろうがた）と、竜にまつわる伝承をもっております」

湖畔に至る。忍びの者が姫に水浴びを促した。血を落とせというのである。姫は頷き、すべての着衣を脱ぎ棄てた。

利兵衛以外、皆、顔を背けた。あまりに眩しくて、まともに見ることも叶わぬ裸体であった。

姫は紫水晶の澄みわたった湖水に没し、皆が不安になったころ、遥か彼方に浮かびあがった。父上、父上と屈託なく手を振る。秀吉は、ふたたびぎこちない咳払いなどして、黒に尋ねた。

「あの山伏どもは、いったい何者？」

「このあたり甲斐源氏の末裔、南部氏の領地であり、南部の霊場にございます。山伏たちも南部絡みと申しあげたいところではございますが――」

「ちがうと？」

「確証はございませぬが、ひしひしと感じるものが。もっと別の何者かが挨拶代わりに」

「挨拶代わりにしては、狼藉が過ぎるな」

「――もっと早く気付いて、始末すべきでした。申し訳ございませぬ」

「いや、おまえたちの恐ろしさが身に沁みたよ。この秀吉に刃を向けるなよ」

「お忘れですか」

「なんのことだ？」

「姿かたち顔貌を変えておりますがゆえ、おわかりにならぬのも当然のことではありますが、金ヶ崎の退き口の折に信長様から命に替えても秀吉殿を守れと仰せつかり、我ら身近にお仕えしておりました」

「なんと！」

黒以下、満面の笑みである。

秀吉は立ちあがり、各々の顔を食い入るように見つめる。

「三右衛門（さんえもん）。宇兵衛（うへえ）。加地之介（かじのすけ）。そして門脇丸（かどわきまる）。顎門（あぎと）に揚屋（あげや）の優仁（ゆうじん）だ！」

「いまはそれぞれ黒、赤、青、黄、緑、紫と本名を名乗っておりまする」

秀吉は頭を抱えた。

「おまえたちにどれだけ命を助けられたことか！　それを、それを、なんと、まったく気付かずに――」

「それこそが忍びの本分。信長様から、三右衛門たちに褒賞を与えたいと秀吉殿がお探しになっているとお聞きして、我ら、それで充足致しました。またもやお仕えできて、心底から嬉しく思います」

稚児（ちご）の面影が残る紫が牛に背負わせた荷から姫の着衣を選びだす。血を洗い流した姫があがってくると、眼差しを伏せたままその全身を叮嚀に拭っていく。姫が利兵衛に声をかける。

「黒、赤、青、黄、緑、紫。この者たち、永遠に父上にお仕えさせたく存じます」

「信長殿の配下であるぞ。勝手なことはできぬはず」

姫が口を尖らす。

「どのみち信長は――」

おい、と利兵衛が窘める。

「されど父上。信長は、いまこの瞬間、してはならぬ事を為してしまいました」

「してはならぬこと？」

姫は蟀谷に指先をあてがい、遠い安土の何事かを慥かめた。

「父上は、御祖母様がお嫌いでしたね」

利兵衛は苦く頷く。母のことなど思い出したくもない。

「されど、大概の息子は、母上が大好きでございましょう」

いったい何のことか。誰もが怪訝そうである。姫は忍びの者たちに向きなおった。

「主(あるじ)がおらなくなった暁(あかつき)には、利兵衞殿にお仕えもうせ」

黒、赤、青、黄、緑、紫はいっせいに利兵衞に平伏した。以前より姫の言葉の端から薄々感じてはいたが、秀吉はとんでもない預言を聞いてしまい、どのような顔をつくるべきか、思案に暮れた。

「秀吉よ。とことん尽くしてやりなさい」

「はい」

「稚気が過ぎるが、好い男でしょう、信長」

「はい」

「信長も秀吉のことを、じつに好い男と思うておるし、丸く収まるの」

「はい」

「よし。澄みわたる十和田の水にはじつに迷惑であろうが、もう一人の好い男、成襍列(ナザレ)の人を浄めようぞ」

契利斯督(キリスト)は十字架から離れ、着衣のまま湖に没した。大量の蛆や、焦げ茶色の蛆の蛹(さなぎ)が浮き、誰もが眉を顰めた。

「成襍列(ナザレ)の人よ。心地好いであろう」

「このまま沈んでしまいたい」

「この国の髑髏(ゴルゴタ)の丘まで、あとわずか。死ぬことができぬにせよ、それなりの安息が待っておるぞ。問題は——」

姫は小首をかしげるようにして、彼方に思念を投げた。その唇に、苦笑が泛ぶ。

「成襍列(ナザレ)の人よ。できうる限り善処いたす。が、相手がおることである。確約はできぬ」

「気配りせよ。私がおまえたちに永遠の命を与える前に死することのなきよう」

契利斯督の呟きを無視し、姫は忍びに命じた。

「相手――」

11

振り出しにもどるということですね――と砕けた口調で姫が笑う。過去、長いあいだ戸来村は迷ヶ平に幽閉されていた契利斯督である。十字架を引きずりつつ苦笑いを泛べた。

秀吉からみても契利斯督は充分に罰を受けた。利兵衛の足首を砕いたことは我慢ならぬにせよ、姫の治癒により以前よりも足取りが軽いようであるから、もはや熱りたつ理由もない。

この年は、暑い夏であった。

陸奥にある秀吉は知る由もないが、姫が見透したとおり、ついに信長は、稚気というにはあまりにもあまりという、してはならぬことをしてしまった。

明智光秀は、一年半ほども波多野秀治以下三兄弟が籠もる八上城を包囲していた。難攻不落を誇った山城ではあったが、餓死者も出はじめ、草木を囓るばかりか戦に必須である牛馬をも食い尽くしていた。

もはや戦の体裁も整っていない。そろそろ頃合いであろうと信長に伺いを立て、負けを認めれば命だけは助けるという言質をとった光秀は、城主の波多野秀治に波多野三兄弟は助命いたすから投降せよ――と促した。

波多野秀治はごねた。投降すれば波多野三兄弟は信長のもとに送られる。相手は信長である。口約束など守られたためしがない。助命には絶対に担保が必要だ。

光秀がそれを諮（はか）ると『三兄弟の首は落とさぬ』と信長は確約した。『ごちゃごちゃ吐かしやがるなら、担保としておまえの母堂（ぼどう）を差しだしておけ』と付け加えた。

なんで自分の母を人質として差しださねばならぬのか。当然ながら光秀は煩悶した。けれど三兄弟の首は落とさぬとの約定（やくじょう）を得たのだ。光秀は実母を八上城に入れた。

投降して安土城に送られた波多野秀治、秀尚（ひでなお）、秀香（ひでたか）の三兄弟は、間髪を容れず浄厳院慈恩寺（じょうごんいんじおんじ）の町外れにて磔に処せられた。

三兄弟磔の報は即座に八上城に残された者たちに伝わった。人質である光秀の母は、あえて光秀に見える場所に引き出され、逆さ磔にされて突き殺された。城内の者たちは、さらに母の首を切断して光秀に見えるよう松の大木に吊（つ）るした。

話がちがうと錯乱激昂（げきこう）する光秀に対して、信長は『ちゃんと磔にした』と高笑いで応えたという。つまり約束どおり首は落としていないというわけだ。

厭な話である。母親を殺されて、約定どおり首は刎ねていないと小莫迦にされ、開き直られたのである。

なぜか織田信長という男、底意地の悪い餓鬼が為すような他愛（たわい）ない、されど残虐極まりないあれこれで明智光秀をいたぶる。これも加虐と被虐のある種の相性であろうが、このとき光秀の胸中に芽生えたものが、後々、信長に降りかかるというわけだ。

さて、姫の一行は十和田湖東岸を南下し、宇樽部（うたるべ）のあたりから山間（やまあい）に入り、山毛欅や岳樺（だけかんば）の密林を踏破し、十和田湖の外輪山のひとつである十和利山（とわりさん）の南麓を迂回するかたちで戸来を目指す。山麓を行けば、やがて迷ヶ平である。姫がやや投げ遣りに笑う。

「遠い先の、まさに未来の話ですが、十和利山はじつは金字塔（ピラミッド）で、迷ヶ平は楽園（エデン）であったと断言なさる方があらわれるようです。なんでもありです」

契利斯督（キリスト）以外は、なにがなにやらといったところだ。山毛欅などの原生林が途切れ、小さな湖沼が点在する平坦な緑の平原が拡がった。迷ヶ平である。じつに美しい。契利斯督（キリスト）を封印する目的地も近い。閉じこめられるにもかかわらず契利斯督（キリスト）は安堵の息をついて、十字架を担いなおす。

平原の彼方から戸来の村民が駆け寄り、契利斯督（キリスト）の前で叩頭した。

「お労（いたわ）しや！」

「御約束どおり、十字架を担いておもどりになられた！」

契利斯督（キリスト）が笑んだ。村人たちは、姫に気付き、さらに頭を地に擦りつけた。楽園（エデン）が沁みわたっているのであろう、熏様（イブ）！　と顫え声をあげる。姫は否定するでもなし、案内せよと優しい声をかけた。

十字架を引きずる契利斯督（キリスト）の足取りも、心なしか軽い。が、姫は馬上にて表情を消し、あたりに注意を払っている。忍びの者たちも姫の気配に、油断のない眼差しを前後左右上下、満遍なく投げる。

その男は、ごく控えめな足取りであらわれた。菅笠（すげがさ）で顔を隠している。革の手甲脚絆（てっこうきゃはん）をはじめ、肌の露出を極力避けていた。

男は姫の一行の顔がはっきり見えるあたりまでくると、天に手を差しのべた。

即座に男の頭上、有り得ぬ低さに黒雲が巻き、男は深い影に包みこまれた。

男は菅笠をそっと取った。笑んでいる。なにやら照れているようにも見える。遠目にも抽んでた美男である。

契利斯督（キリスト）の足が止まった。懐かしさと嫌悪の入り交じった、泣いているような、笑っているような、なんともいえない貌になった。言葉を発しようとしているのだが、言葉が出ないのだ。

秀吉が、目を見ひらいた。もともと団栗眼（どんぐりまなこ）である。が、目玉が零れ落ちてしまいそうなほどに目を剝いて凝固した。

「松永弾正久秀殿！」

すっかり若返った松永弾正であった。かろうじて名を呼んだ秀吉であったが、あとは沈黙が支配した。馬上から姫が松永弾正を見おろし、涼やかな声で言った。

「また巧みに化けたものですね。されど真の面影までは消せませぬ。イスカリオテの人、ユダよ、いまは松永弾正久秀と名乗っておるのですか」

「姫よ、弾正でも、ユダでも、好きにお呼びください」

泡を食っているのは、契利斯督（キリスト）と秀吉である。秀吉は口の中で松永弾正殿と繰り返し、姫の言葉で松永弾正の正体を知った契利斯督（キリスト）は、ユダ・イスカリオテ――と唇をわななかせている。

「松永弾正殿！　弾正殿は、信貴山城にて平蜘蛛の茶釜を抱いて爆死なされたのではないですか！」

「イスカリオテのユダよ、私を抛りだして東の果てに島流しにしたのではなかったか！」

二人同時の爆ぜるような問いかけに、弾正にしてユダが、なかば面白がるかのような口調で答えた。

「爆死、すなわち屍体が見つからぬということであろう」

「弾正殿。俺は吹き飛んだ天主を目の当たりにして、貴方（あなた）が粉々になったとばかり――」

「だまして、すまん。武将ごっこをしているのにも飽きあきしてしまってな。信長に付かず離れず操って軀を動かしているのも愉しかったが、性分なんだろうな、表にでるのは苦手だ。俺の思い通り事を運べば、俺は天下を取ってしまうからな」

宜（むべ）なるかな――と、秀吉は頷いた。天皇も将軍も足蹴にして、しかも表にはでずに三好（みよし）家を背後で操り、将軍でなくとも世を動かせるということを世に知らしめた途轍もない先駆である。

「あえてお尋ねします」

「いいよ。なんでも訊け」

「時折、失敗なされたが――」

「うん。わざとだよ。多少の苦労こそが人生の味付け。世の中に対して、微妙に見え隠れするというあたりを狙ったんだ。とんとん拍子で得られるものは、退屈だけだからな」

「――とんとん拍子で得られるものは、退屈だけ」

「もう知ってるだろうが、俺は姫と同様、死なない。死ねない。成功？　無意味だ。どのみち死なないのだから、すべては遊びだ。己で失敗を仕込むのも、なんか間が抜けてるけどな。でも、時折そうしたくなって抑えがきかなくなるんだ」

「信長様を操っておられた」

「うん。彼奴が餓鬼のころからな。人間にしては、なかなか見込みのある奴だからな。絶頂期の契利斯督（キリスト）と同様、お仕えするふりをして面倒を見てやってもいいかなと思えるほどにな。だから弾正になって、あれこれ見本を示してやった。だが、実際に動くのも面倒になっちゃったよ。だから契利斯督（キリスト）を使った遠隔操作にもどしたんだ」

ユダはその瞳に黒々と澱んだ虚無を露わにした。

「すべては遊びよ。すべては退屈しのぎ。戦国戦乱の世は愉しいと、あちこち焚きつけ、火を点（つ）けてまわった。されど、所詮は人間共のちっぽけな慾の争い。どのみち死んじまうくせに血眼だ。くだらぬ。欠伸たらたら、白けてしまってな。で、契利斯督（キリスト）を神扱いして迎えいれてくれたこの戸来の地に隠棲を決め込んだ。いまは次の退屈しのぎになにをするか、思案中ということだ」

すべてに厭き果て、倦怠（けんたい）に覆いつくされている。痛々しげに見つめる秀吉の視線に気付き、ユダは俯き加減の顔をあげた。

「しかし、話は変わるが、なんなんだろうなあ、秀吉よ。俺はおまえが好もしくてならぬのだ。いまでも、そうだ。首筋に吸いつきたいとは思わぬがな」

秀吉は笑みに似た困惑を泛べ、首筋を撫でた。ユダは秀吉に向けていた眼差しとはまったく別の、やや投げ遣りな冷えた目つきで契利斯督(キリスト)に言った。

「おまえは長安にて俺に棄てられたと世を儚(はかな)み、この極東の地に至って長いあいだ逼塞したあげく、俺を弾正と信じこみ、イスカリオテのユダの成り変わった姿であることに気付かずに俺の持ち駒としていいように操られ、あしらわれた。ま、そういうことだ」

悄然(しょうぜん)として俯いている契利斯督(キリスト)を一瞥し、姫がユダに問う。

「その昔は、おまえは契利斯督(キリスト)に心酔していたと聞きましたが、なぜ、このような仕打ちを？」

「十字架を担がせ、十字架の道行(みちゆき)を再現されたのは姫ではございませぬか」

「はい。見事にだまされました」

「俺の関与を見抜けなかった？」

「いえ、なんらかの力が働いていることは察していました。されどこの極東にすべてが集中するとも思っておりませんでした。この日本という国、なにやら諸々を引き寄せる力があるのかもしれませぬ」

「契利斯督(キリスト)に関していえば、飽きたのです」

「飽きた」

「然様。幾度も申しあげて諄(くど)いとは存じますが、俺は退屈が苦手なのです。なにかを成しとげてしまえば、そのあとに襲ってくるのは退屈です。耐え難き倦怠です。憂愁のあまり息をするのも嫌になる。

その輪廻（りんね）に、もう飽きあきしておるのですよ！」

「倦怠と憂愁――我が一族の病」

「支配する側にとってじつに都合のよい契利斯督（キリスト）の教え、これから先、全世界に拡がるでしょう。実際、そうなりつつあるのは姫も御承知。蒔いた種が芽をだしてしまえば、俺はどうでもよくなってしまう。枯れようが繁茂しようが知ったことではない。ゆえに、もはや契利斯督（キリスト）それ自体に意味はありませぬ」

「なるほど。されどユダ。おまえが契利斯督（キリスト）に永遠の命を与えてしまったのですよ」

「実際のところ契利斯督（キリスト）は半分人。殺せるかもしれませぬな」

「どうでしょう。試すのも憚られます」

「やはり結界を張って閉じこめるのが最上でしょう。姫が自ら契利斯督（キリスト）をここまで連れていらしてくれました。さらに姫による結界で契利斯督（キリスト）を閉じこめてくださるとのことで、契利斯督（キリスト）は永遠に戸来の地にて余生を送ることと相成りました。残念ながら俺の結界では心許ないですからね」

　姫を見あげるユダの上目遣いは、傲岸と卑屈と親愛が綯いまぜになった複雑なものだった。じっと見あげたまま、言葉を継ぐ。

「畢竟、契利斯督（キリスト）は猶太（ユダヤ）でいっしょに動いていたときから俺が操る傀儡（くぐつ）のようなものでございました。もう、申し述べることはございませぬ。ただ、本筋から外れるどうでもよいことですが、付け加えるに――」

「お言いなさい」

「はい。俺は幾ら勉（つと）めても漢字が書けないのです！　だから漢字なる奇妙で複雑な文字をあてられるのが嫌で、周囲の者たちに、漢字だけはあてるなと念を送ってまいりました。が、信長なる者の気性、やや超越しておりまするな」

「椅子借嘔吐」

「はは。よりによって――」

「信長そのものは操れませぬか？」

「彼奴は弱みがあります。母です。母に抱かれ、母の乳房に吸いつき、母に頬擦りされた記憶がございませぬ。母という者に対して、過剰なる愛着と憎悪を抱いておりまする。近ごろも明智光秀なる者の母を羨望と幼稚なる稚気にて弑してしまいましたな。ゆえにそのあたりをつつけば、わりと自在に操れるのですが、調子に乗らせると、なにも受け付けませぬ」


秀吉と契利斯督が、同時に声をあげた。

「弾正殿」

「ユダよ」

「なにかな」

契利斯督と秀吉はお互い、譲り合うかのように顔を見やり、契利斯督が促したので、秀吉が訊いた。

「弾正殿は敵か味方か」


念頭には山伏に襲われたことに加え、迷ヶ平に至って、姫が気を張り詰めていたことがあった。契利斯督の目をとおして、すべて見えていたはずなのに、竜巻にて自分と利兵衛を宙に舞わせたこともある。


いきなりユダの背骨がゆるみ、砕けたかのようになった。弾正が爆死する以前、最後に見たときよりもずっと若返っているのが不気味である。

「秀吉よ。先ほども申したが、俺は、おまえが大好きだ。好き嫌いというもの、理屈抜きだ。おまえは好ましいぞ」

「はっ。それは重々感じており、ありがたく思っておりました」

「契利斯督(キリスト)よ。それなりに、という枕詞(まくらことば)がいるにせよ俺はおまえを買っていた」

「ならば、なぜ、この仕打ち――」

「ははふふふ。貴様ら、いまや姫の奴隷ではないか」

嫉妬か？　なんとも奇妙な気配に、秀吉と契利斯督(キリスト)は顔を見合わせた。

「一代竜王(ドラキュラ)たる俺を差し措いて、貴様ら姫の奴隷である。すなわち秀吉よ、我こそがおまえが心窃かに夢中になっていた松永弾正であるぞ。なぜ姫のもとから俺に駆け寄らぬ？　なぜ跪かぬ？」

「それは、あまりに理不尽。話の前後もわからぬうちにどこの誰が跪きましょうか。そもそも爆死に見せかけ姿を消してしまったのは弾正殿、貴方ではござらぬか！」

ユダは秀吉を無視して、契利斯督(キリスト)に向きなおった。

「俺からあれこれ教わるばかりか、奇蹟までおこしてもらって皆を従えていい気になっていたくせに、さらには預言のとおり復活までさせたのに、俺が銭金で契利斯督(キリスト)を売ったという心ない噂を正しもせず、俺が疎ましいから裏切り者と断じられてもなんら反論せず、ここぞとばかりそっぽを向きやがってだんまりを決め込んだ契利斯督(キリスト)よ。てめえなんぞ、いまの無様が似合(にお)うとる」

契利斯督(キリスト)は十字架を肩に仁王(におう)立ちし、拳を振りあげた。

「秀吉の言うとおり、理不尽すぎる。復活した直後の私は、噂を正すもなにも、意識らしい意識がなかったのだ。そもそも私は復活などしたくはなかった！　おまえらの一族の血など、悍ましいかぎりである。おまえは死した私を復活させたばかりか、頭のはっきりせぬ私を長安の都にまで連れていき、そこで厭き果てて売り払い、弾正に姿を変えて私を騙し、あげく、かような紅毛碧眼の出来損ないに仕立てあげおった！　己の軀がじわじわ変貌していくさなか、胸中穏やかでなかった。巴勒斯旦（バチカン）だのなんだのと頭の中で声がして、すべてを勘案すればこれでよいと必死に言い聞かせて耐えた。されど己の意に反して、軀がどんどん生っ白く巨大化していくのだからな。何故、この仕打ち！」

「ふふひひひ。あれこれ理由はあるぞ。が、畢竟するに姫の心には、俺のことなど欠片もないからよ」

　姫はこじれている三人、とりわけユダと契利斯督（キリスト）に視線を投げ、苦笑交じりに呟いた。

「難儀な――」

　ユダは姫の呟きに若干の羞恥を覚えたようである。空気を変えるかのごとく、ごく軽い口調で言った。

「松永弾正。ユダ・イスカリオテ。あれこれ名前が錯綜（さくそう）して面倒ですが、ちなみにこの迷ヶ平では、婀娜夢（アダム）と呼ばれております」

　姫の口許に苦笑と失笑の綯いまぜになった笑みが泛ぶ。

「嫌いな漢字ではないですか。ましてこの画数では絶対に書けそうにない」

「はい。書けません。が、村人にはよくしてもらっておりますがゆえに、それくらいは耐えまする」

「婀娜夢（アダム）と熏（イブ）。やれやれ、私はイスカリオテの人といっしょになるつもりはありませぬ」

「だが竜王（ドラキュラ）は、俺に姫を娶せ、俺を一代竜王（ドラキュラ）となさるおつもりでしたぞ」

　それには答えず、問う。

「成襍列（ナザレ）の人に竜巻を起こすほどの力を与えたのは、あなたですね」

「仰せのとおりです。これからの世は信長のものと判じ、信長に契利斯督（キリスト）を譲ったというわけです。そしてすべてを契利斯督（キリスト）の目をとおして見ておりました。伴天連（バテレン）も信長詣でですからな。極東のこの地にて世界の動きを知るには、じつによい方策でした」

「相変わらず野心家です。いや、遊戯者とでもいうべきでしょうか。あきらかに遊んでいますね。それも、どこか胸苦しい遊びです。いったいなにを求めているのです」

「――それが、よくわからないのです。先ほども申したとおり、退屈で退屈で」

「慥かに頬が倦怠で弛(たわ)んでおる」

「いや、これでもずいぶん引き締まってまいりました」

それはないでしょう、と姫が小さく肩をすくめる。ユダは子供のように唇を尖らす。

「退屈も、ここまでです。そもそも俺の力をもってしても姫が秀吉の屋敷におることは見透かせませんでした。まさかこの極東の地に姫がいらしていたとは！　正直、契利斯督(キリスト)を操って竜巻を起こして悦に入ったあげく、やってもうた――と頭を抱えました」

姫の視線が鋭くなった。

「つまり竜巻にて私の父上の足首を砕いたのは、ユダよ、おまえだ」

「父上？」

いままであえて無視していたのであろう、ユダの視線が利兵衛を睨めまわす。

「姫の父上は竜王(ドラキュラ)なり。この者、常人にあらず。されど竜王(ドラキュラ)の片鱗も窺えませぬ」

「儺島元網元、いや肥前守隆信殿から儺島をもらったのだから、元はいらぬな。儺島網元利兵衛と申す」

軽く頭をさげた利兵衛を、嘲笑う。

「網元風情が」

次の瞬間、風が裂けて、ユダの鼻が地に落ちた。

「いててて！　あいてててて！　なんということをなさるか！　姫は一代竜王（ドラキュラ）の鼻を削いだのですぞ！」

削げた部分に、綺麗な大穴が二つ開いている。遅れて血が滴る。姫が冷徹に宣言する。

「一代目の竜王（ドラキュラ）は、我が父である」

「けどよ、あくまでも初代竜王（ドラキュラ）と呼ばれているではないか」

「竜王（ドラキュラ）を僭称するのは、許す。だが断じて一代目ではない。二代竜王（ドラキュラ）と称せ」

「やなこった」

まるで駄々っ子である。腰を屈め、落とされた鼻を拾いあげる。削がれた部分に貼りつける。

「付かんな」

「ふふ。また生えてくるであろう」

ユダは鼻を投げ棄てた。

「てめえ。姫、姫、姫と立ててやれば、この仕打ち。許さん」

「どうする？」

「――疑問がある」

「なんです」

「なぜ、陽射しを浴びて平然としていられるのか」

「これこそが父上の力」

「わからん」

「ま、二代目竜王（ドラキュラ）と私は素性がちがうということです」

「素性がちがう」

「然様。所詮二代目は、臣下の器」

「ぶっ殺す！」

「斯様に粗野にして粗暴とは。噂とはずいぶんちがいます」

「俺は多面体よ。ときに賢人であり、ときに獣である」

「なにを言っているのやら、とんと——」

「うるせえ」

頭上に黒雲を従えて踏みだしたユダに向けて、忍びたちがいっせいに抜刀する。

「なんなんだよ！　銀の刀かよ！」

忍びたちは心得たもので、銀の刀身に陽射しを反射させてユダの顔にぶつける。陽射しを一点に集中されて、幽かな水膨れができつつあるが、かろうじて後ずさりするのを怺えたユダは小首をかしげる。

「まてよ。そうか、俺が信長に教えたんだ。万が一、手に負えないときの対処として、契利斯督は銀が恐ろしくてならぬという弱点を心に流し込んでおいたのだ」

「銀が怖くてならぬのは、ユダよ、おまえもでしょう」

「姫は、怖くないのか」

「克服しました」

「克服？　克服できるものなのか」

「陽の光といっしょです。これぞ、父上の力です。人は陽射しも銀も恐れぬということ。つまり私は生来の一族の力に加えて、人の特性をも物にしたということである」

「わからん。なにがなにやら」

遣り取りしているあいだにも、ユダの鼻が徐々に隆起してきた。姫以外、目を丸くしている中、ユダの鼻が生えた。

「たいした再生の力。が、曲がっておりますぞ」

「たいした問題じゃない」

ユダはぐいとひねって鼻のかたちを整え、誰か鏡をもっていないか訊いた。

「おまえほどの力があっても、己の顔は見えぬか」

「うるせえ。どうだ、男前か？」

「逆に曲げすぎたようです」

「ふむ。では、も少しもどすか」

鼻に手をかけて、微妙な力加減である。

「あいててて」

「どうしました？」

「痛(いて)えって言ってるんだよ」

「まだ固まらぬうちに、あちこち動かしすぎです」

「うるせえよ、俺はもうおまえになんか従わんからな。契利斯督(キリスト)はもらってくぞ」

「そうはいきませぬ」

ふわり、姫が馬上から下りた。忍びたちに声をかける。

「銀の刀ですからね。ユダを斬るは簡単。されど、あれを見よ」

夏草の上に落ちた鼻を示す。

鼻から顔が生えはじめているとでもいえばよいか。綺麗に削がれた鼻の左右に頬らしき部分が拡がり、上下に額と人中が形成されつつある。

肚の据わった忍びたちだけがその様子を凝視したが、皆、顔を背けた。

「父上に対する無礼に、つい感情的になってしまいましたが、ユダを切り刻めば無数のユダが生まれてしまうのです」

姫は顔が生えはじめている鼻をそっと踏みつけにし、口の中でなにか唱えつつ中空に掲げた手の人差し指を複雑に動かした。

「石化して、結界を張りました。されど応急処置のようなもの。私としたことがひとときの感情にて、よけいなことをしてしまいました」

「ひとときの感情ときたか。女はこれだからな。阿房め。が、しかし石化とな。うーむ。慥かに石になっちまって、もう一人の俺になり損ねたまま固まっちまってるわ」

「まだ、争いますか」

「てめえで吐かしたじゃねえか。俺を斬れば俺が増えると。痛えのは厭だけどさ、俺が増えるなら我慢のしがいもあらあな。腕を落とせ。首を刎ねろ。石にされちまったこいつだって、時間がくればひょっこり俺になって、俺を助けるってわけだろうが」

嫌らしく付け加える。

「今の今まで、俺を切り刻めるような輩はいなかったさ。まして俺は自身を切り刻むような変態じゃない。が、これで俺は攻められれば無限に増えることができるわけで、さすがの姫もおいそれと手を出すことはできぬだろう。ざまあみやがれ」

「ならば、この場で戦いますか」

「──まあ、今日のところは許しておいてやるよ。陣容を立て直して、ふたたび相まみえる日もくるであろう」

「陣容と言うが、ユダは独りではないか」

「うっるせぇなあ〜。言葉尻捉えてんじゃねえよぉ。じゃあな。またな。ひーひー言わしたるからな」

「ひとつ」

「なんだ」

「あの山伏たちは?」

「なんのことやら、とんと〜」

姫は利兵衞に耳打ちした。

「修験者を束ねているとすると、じつに厄介です。呪術に長けた者もおるでしょう」

利兵衞は頷いた。けれど呪術がどのようなものか判然としない。ただ姫が心配するのだから、難儀なものなのであろう。

ユダは頭上に黒雲を従えて、十和利山の方角に向かっている。肩で風切っているが、背は正直である。遣る瀬ない孤独と憂愁がにじんでいた。

秀吉はユダを見送る姫の横顔をちらりと窺う。信長に対してもそうだったが、姫はユダのような男が嫌いではないのだ。

自分に竜巻を起こす力があったなら、ユダなんぞ吹き飛ばしてくれるわい――。

なんだか秀吉は寂しくなってしまった。

12

戸来の集落に到った。姫と六人の忍びは汗もかかぬが、他の者は顎から汗を滴らせていた。契利斯督（キリスト）など血が汗と淋巴（リンパ）液で薄まり、全身が薄桃色である。

居丈高に育った入道雲を背にした戸来岳に利兵衞がうんざり顔で視線を投げる。まったく北の地とは思えない。山肌を伝って、炎熱が吹きおろしてくるのだ。利兵衞は肩の子鼠に、ときどき竹筒の水をかけてやる。

契利斯督（キリスト）はいま与えられている罰と苦痛から解放されることをひたすら念じ、祈り、あと少し――担った十字架の重みに耐え、髑髏（ゴルゴタ）の丘に向けて進みゆく。

付き随う戸来の者たちは、婀娜夢（アダム）ことユダが棄て台詞（ぜりふ）を残して消え去ったことに胸騒ぎを覚えつつも、戻ってきた契利斯督（キリスト）となによりも姫に帰依してしまい、ついにこの地に熏様（イブ）がいらしたと歓喜の面持ちである。

このあたりは内陸であるから太平洋側と違って多少は影響を受けにくいが、山背（やませ）が発生すれば、もちろん深刻な冷害に襲われる。

幸い今年は水も豊富で作物の生育はよい。太平洋に面したあたりでも、いつもは北東より吹きすさぶ寒風もおとなしくしているとの報（しら）せがあった。

集落の者たちにとっては、山背が吹きおろし、夏でも綿入れを着なければならぬ寒さに顫えるよりは、度を過ぎないかぎり酷暑のほうがよほどましだ。雑穀もこの程度の陽射しには負けはせぬ。

この地の者も髑髏（ゴルゴタ）の丘と呼び習わしている丘陵は、大地から剣呑に尖った大岩が迫りあがってつくりあげられた草木も生えぬ荒涼たる風葬の地である。

黄ばんだもの、茶褐色に変色したもの、漂白されたかの純白に鮮やかな濃緑の苔をまとったもの、無数の髑髏や骨片が散乱しているなかを、十字架を担った契利斯督が荒い息をつきつつ、じわじわと登っていく。

鴉の姿が目立つが、さらに乱雑な軌跡を描いて飛ぶ大蝙蝠の姿に、付き随う戸来の者たちは、昼日中から――と眉を顰める。屍肉をついばむ獰猛な鴉共が距離をおくほどに蝙蝠の数は尋常でなく、蒼穹が見透せなくなるほどだ。

丘の頂点に、牛の背で運ばれた巨大な黒漆塗りの椅子が据えられた。その背後に小者たちの手によって、契利斯督自身が運んできた十字架が立てられた。

かろうじてそれを立ち尽くして見守っていた契利斯督は、安堵の息と共に黒漆塗りの椅子にへたり込んだ。やつれ果て、虚ろなその貌を、姫が柔らかく覗きこむ。

「永遠に続く火傷火膨れは、まさに地獄の責め苦。日除けが慾しいか」

「――できまするなら」

姫は頷き、十字架後方の岩場に手を差し向けた。軽くリズムをとるように人差し指を動かすと、岩を裂いて得体の知れぬ、日本では見られぬ巨木が天を突き抜く勢いで一気に聳えたち、密生した柏形の大きな葉の影が契利斯督を覆い、さらに無数の蝙蝠たちが逆さまにさがって影を深くした。

はて、蝙蝠の大群は契利斯督様の日除けのためにあらわれたか――と、戸来の村人たちは仰天し、いっせいに跪いて頭を垂れ手を合わせ、いっせいに唱和して姫に祈った。

なにゃーどやら〜
なにゃどなされぃのなにゃーどやら〜
なにゃーどやら〜
なにゃどなされぃのなにゃーどやら〜
なにゃーどやら〜
なにゃどなされぃのなにゃーどやら〜

無限ループである。いったい、どこの言葉か。戸来の人々は唱えつつ恍惚に没入し、無我忘我となる。あまりの奇異に利兵衛が目を瞠ると、姫が囁いた。

「希伯来(ヘブライ)の民の言葉で、御前(おんまえ)に聖名(みな)を誉(ほ)め讃(たた)えん——という意でございます。ちなみに希伯来(ヘブライ)とは『神と争う者』という意でございます」

「遠い彼の国の言葉か」

「然様でございます。ユダが教え込んだのでございましょう。神と争う者ということで、それがたいそう気に入って、猶太(ユダヤ)の地に興味を抱いたと耳にしたことがございます」

契利斯督(キリスト)は肘掛けについた手で頭を支え、息を整えている。巨木に陽射しがさえぎられているので、もう、火傷することもない。けれど醜いケロイドが全身を這いまわって無惨である。

なにゃーどやら〜の声を背に、姫が契利斯督(キリスト)の前に立つ。

「この木は、おまえがここにおるかぎり、枯れることはない。蝙蝠たちもおまえのためになにくれとなく世話を焼いてくれる」

契利斯督(キリスト)が頬を歪める。

「ここにおるかぎり――それは、いつまで」

「わかりませぬ」

「永遠か！」

「軀の痛み苦しみとは無縁でおられるがゆえに、思索のときはたっぷりあるのう」

契利斯督（キリスト）は、爆ぜるかのように立ちあがった。両の拳をきつく固め、天を仰いで大声で叫んだ。

「主（エリ）よ、主（エリ）よ、何故我を見棄てたまいしか（ラマサバクタニ）」

契利斯督（キリスト）は泣いていた。

姫は、静かに見つめる。

「折をみて、迎えにきましょう」

「まことですか！」

「が、しばしこの地にて黙考せよ」

「そのときは、結界を解いてもらえるのですね」

「解きましょう。その暁には、一緒に」

「御一緒できるのですか！」

「私には、あの者を弑する、あるいは無害化する責務があります」

「イスカリオテのユダを――」

「はい」

姫を疑うというわけではないが、竜巻まで起こす尋常でない男である。

「――葬り去ることができるのですか」

「わかりませぬ。が、抛っておけばこの世界を滅ぼす最強最悪の害悪と化すでしょう。それも一興ですが、私には父上がおりますがゆえ」

契利斯督(キリスト)は、利兵衞と姫に交互に視線を投げ、問う。

「ユダが死したら、あるいは無害となったら」

「はい。即座に迎えにきましょう。可哀想ですが、こうして誰にも——ユダにも破られぬ結界を張って幽閉しておかねば、成襍列(ナザレ)の人はまたもやユダにいいようにあしらわれ、呑まなくてもよい苦汁を呑まされることと相成ります」

「わかりました。その日がくるまで、この契利斯督(キリスト)、この地この場にて黙考し、雌伏致します」

姫がそっと契利斯督(キリスト)の頭に手をおいた。荊の冠を剝ぎとった。契利斯督(キリスト)の顔が喜悦に顫える。

が、その瞬間、空が翳った。

先ほどまでの夏空が、陰鬱に垂れこめた黒雲に覆われた。

一気に凍えた北風が疾った。冷気の塊のごとき強風である。周囲に散った骨片がカタカタ忙しない、嘲笑するかの音をたてる。

戸来岳の山肌を白い竜が伝い落ちてくるのが望見できた。濃霧である。

なにゃーどやら〜の声がやんだ。風にのって這い伝い、迫りくる凍えた霧を見て、戸来の人々が頭を抱えて口々に言い交わす。

「凶作風だ」

「餓死風じゃ！」

「なぜだ、今年はこないと婀娜夢(アダム)様が請け合ってくれたではないか」

この地では、夏に吹く山背を凶作風あるいは餓死風と言い習わすのである。

山背はオホーツク海気団の凍えた偏東気流が南下し、流入するものであるが、陽射しをさえぎる冷湿な濃霧をともなうために日照不足が起き、農作物に壊滅的な打撃を与える。

姫が苦笑する。

「ずっと気配をさぐっていたのでしょう。まったく稚気が過ぎます」

戸来岳の濃霧に向けて、軽く右手を差し向ける。霧は逆流をはじめて、戸来岳の上空に急上昇し、黒雲を駆逐し、控えめな入道雲と化してユダの目論見は潰えた。

唐突な山背の到来は、どのみち姫にさえぎられるのがわかっていながらも、ユダにとっては軽い脅しであり、どこか冗談のような気配があった。契利斯督と姫の和解が癪に障ったのであろう。

戸来の者たちに安堵しなさいと囁き、契利斯督がこの地におるかぎり、この地に山背は這入り込むことができませぬ——と姫が保証した。

契利斯督様がおらなくなったら、どうなるのです——と問う者があり、姫は口をすぼめるようにして答えた。

「ときがきて、残る残らぬも契利斯督の思いひとつ。人は行きたいところにゆく。それを止めることはできませぬ」

「せいぜい契利斯督様にお尽くし申します」

「それが、よい」

姫は契利斯督に向きなおり、そっと腰を屈め、その額を契利斯督の額にあてがった。

姫に嘉された。契利斯督は痙攣した。

結界は、場所に対してもだが、契利斯督の心に張られた。それは何ものも立ち入れぬ唯一にして絶対的なものであった。

契利斯督の息は穏やかなものになり、全身を突き抜いていた鋭角が、すっと消滅していた。髑髏が転がるこの丘の上こそが、生死についてを沈思黙考するには最良の場であることが悟られ、契利斯督(キリスト)は本来の宗教者に還(かえ)っていた。

巨大な黒漆塗りの椅子からまったく動けぬのだが、それはとりもなおさず、他者が這入り込む余地がないということでもある。たとえイスカリオテのユダであっても――。

髑髏(ゴルゴタ)の丘は私にとっての修道(しゅうどう)の場である。得心した契利斯督(キリスト)は、自らの額をきつく姫に押し当てた。姫は契利斯督(キリスト)の後頭部に手をやり、それを受けとめた。

姫がゆっくり振り向いた。姫は契利斯督(キリスト)の血で額を化粧していた。厳(おごそ)かに呟いた。

「私以外に、誰にもこの結界を解くことはできぬ」

早くも契利斯督(キリスト)は沈思に入って、微動だにしない。一呼吸おいて、利兵衞が訊く。

「椅子借嘔吐も結界に封じ込めることはできぬのか」

「無理です」

「そうか――」

万能と思われる姫であっても、ユダを抑えることはできぬようだ。そっとその目を覗きこむと、姫は囁いた。

「己を殺すことはできぬ、ということです」

利兵衞は頷き返しはしたが、それがなにを意味するのかはわからない。

が、姫の瞳の奥から立ち昇る深く切ない哀感に息を詰め、よけいな問いかけはせずに、黙って見つめた。

「いつかお話しできる日もくるでしょう」

「口にして楽になるならともかく、無理するな。語らずとも悲哀は伝わっておる。俺はおまえの悲哀を分かち合うことができる」

「はい。が、いずれ、父上にだけは――」

利兵衛は笑んだ。姫は凝視する。無私の頰笑みが、そこにはあった。父の無限の抱擁が姫をつつみこんだ。

*

秀吉は落ち着かぬ。有岡城攻めはどうなったのか。一切の情報と無縁である。このような状況は、はじめてだ。否応なしに己が遠い北の地にあることを実感し、内心やきもきしていた。

「案ずることはありませぬ。秀吉殿の影はよくやっています」

はあ、としか答えようがない。厭な相手ならともかく、大好きな荒木村重を攻めているのである。どのみち助かるはずもないが、だからこそちゃんと見届けたい。けれど姫から離れられるはずもない。

姫もユダも天変地異を操るのだから、まさに人智を超えた存在である。この先どうなるのかに対する好奇心も抑えがたい。

「もどりたくば、もどってもかまいませぬ。これから先、秀吉殿の命にも差し障りがあるやもしれませぬし」

「――ならば、なおのこと非力ながら御一緒致します」

姫は頷いた。利兵衛の肩の子鼠も頷いた。その愛くるしさに、秀吉は破顔した。

姫以外は気付きもしないが、無数の鼠が十和田の湖に向かう岨道(そばみち)を行く一行に付き随っていた。儺島の南、底倉集落の惨状を思いかえしてほしい。ユダや妖魔の類いには通用しないかもしれぬが、人間ならば無数の鼠にまとわりつかれれば即座に白骨と化す。

鼠だけでなく、姫はありとあらゆる獣を操れるが、操れないのは人間のみと利兵衛に囁いたことがある。

それは真実ではない、と利兵衛は感じている。よほどのことがない限り姫は人間に自由を許しているのだ。あるいは関与しないとした方が正しいか。

姫は、まだ本当の力を見せていない。超越した力を持ちながら、なぜ？　というのが利兵衛の率直な気持ちであるが、そしてまともに言葉にはできないのだが、姫はこの地球の母であるという直観を得てもいた。

神仏は信じない。されど姫という実体は信じる。姫は愚かな人々を静かに見守る母なのだ。ただし母ではあるが、人が足を踏み外してもそれを矯正しようとしないことも悟っていた。自由放任とはちがう、もっと奥深いものを姫は抱いている。慈悲の背後に隠しもった虚無と諦念。それは、なにからもたらされたのか。

ユダに絡めて口にした『己を殺すことはできぬ』という姫の言葉が鍵であろう。自殺できないといった単純な話ではないことだけは慥かだ。

十字架を担った契利斯督（キリスト）に合わせなくてすむこともあり、帰路はずいぶん捗（はかど）る。これくらい速いほうが、利兵衛は頭がまわる。利兵衛の思いを感じとった姫が、誰にも感じとることのできぬ頬笑みを投げかける。利兵衛は照れを棄てて、大きく頷く。念を送る。俺は頭は悪いが、感じとることはできる――。姫が深々と一礼した。

十和田の湖が近づいた。姫が抑制のきいた声で告げた。

「凄まじい邪気です。できうる限りのことは致しますが、己の命は己で護るように。唯一してはならぬのは、逃げることです。逃げたとたんに死に襟首を摑まれてしまいます。いかに恐ろしくとも背を向けず、唇に笑みを」

姫は小者一人一人にまで視線を投げた。

「私は御一緒したあなた方、ただ一人も喪いたくありませぬ。恐ろしくおぞましく居たたまれぬときにこそ、笑みを。無理やりでよいのですよ。唇を笑いのかたちに。魔に打ち勝つ方策はただ一つ。笑むことです」

静まりかえった超大な火口湖が眼下に拡がる高山に到った。眼前に、湖に突きだした御倉山の、猿も登らぬと称せられる断崖絶壁を衝立にして、十和田の湖が拡がった。あとは下るだけである。

唐突に牛馬が落ち着きをなくした。姫の乗った馬もせわしなく足踏みしはじめた。秀吉は顔を背けかけたが、下肚に力を入れて湖面を凝視した。

霧ではない。鏡のごとき湖面に、青黒い紫の瘴気が漂っていた。

瘴気は巨大な渦を巻いていた。十和田の湖いっぱいに、大蛇が蜷局を巻いていた。秀吉には、そう見えた。姫も眉を顰めた。

「御苦労なことに、わざわざ連れてきましたか。が、まだ、かたちをなしておりませぬ」

「連れてきた？　かたちをなしていない？」

秀吉の問いかけには答えず、姫は独語するかのごとく呟いた。

「ユダの執念には呆れます。が、これほどのことができるのは、強力な助っ人がいるということです」

利兵衛が受ける。

「ユダは芝居がかった奴だから、くるとしたら、まずは助っ人からだな。修験者か」

「はい。途轍もない呪法を操る者がおりまする。まやかしに目を眩まされぬよう、各々気持ちを引き締めなさい。始末に負えぬのは」

「始末に負えぬのは？」

「はい。まやかしに実体を仕込んでくることです。まやかしと構えていると、首と胴が生き別れになります」

やりとりに耳を澄ましながら、秀吉は安土の城の地下での契利斯督の言葉を反芻していた。

——秀吉よ、おまえは修験道やら密教の山々などに出向いて、蟲の呪法を知ろうとするであろう。存分に学んでこい。

姫が秀吉の胸中の呟きに頷いた。

「そうです。蟲の呪法。契利斯督に言われたのですか」

「然様。察するに、契利斯督の口を通して弾正殿、いやユダが言わせていたのではないでしょうか」

「ユダも秀吉殿が欲しいのですよ」

利兵衛が揶揄する。

「モテモテだな」

「モテモテなんて、死語ですよ」

負けずに秀吉も返し、呵々大笑だ。が、どことなく空笑いの気配だ。意固地になって笑い声をあげていると、それにかぶさる低く重々しく倡和する声が下方から届いた。

朱雀　玄武　白虎　勾陣　帝久　文王　三台　玉女　青龍
天元行躰神変神通力
阿耨多羅　三藐三菩提
令百由旬内　無諸衰患
臨兵闘者　皆陣列前行
臨兵闘者　皆陣列前行
臨兵闘者　皆陣列前行
臨兵闘者　皆陣列前行

合わせて錫杖の頭部につけられた六つの輪が――しゃりーん、しゃりーんと鳴り響く。銀白色の錫がぶつかりあうことで発せられる音は、煩悩を消滅させ智慧を授けるという。

利兵衞は舌打ちした。これは事だ。『臨兵闘者　皆陣列前行』と唱える声も錫杖の音の重なりも、尋常な数ではない。

忍びの者たちは姫を取りかこみ、いつでも抜刀できる態勢である。ユダはまだとのことなので銀の刀ではなく刃金の直刀、忍び刀の把に手をかけている。

底深く重々しい九字の複雑に重なりあった声音を背景に、小男がひょいと眼前にあらわれた。修験者の装束であるが、目にも鮮やかな山吹色である。吊りあがった目と奇妙に尖った鼻が烏天狗を想わせる。いや、実際に背に、この小さな軀と不釣り合いな巨大な灰色の翼をもっている。小男はいきなり言った。

「九字、意味なし」

言ってから、姫に一礼した。とたんに九字の倡和が消えた。じっと姫の瞳の奥を見やりつつ、さらに重ねた。

「意味なし、意味なし、意味なし」

姫の頬に幽かな緊張が疾る。小男が張りのある怒鳴り声をあげた。

「意味なしなら、あえて唱えよ九字！」

とたんに九字の倡和が再開された。

「この世のすべて、意味なし、意味なし、意味なし。ならば意趣返し」

「私は貴方になにか恨みをかいましたか」

「問うこと自体に、意味なし」

「慥かに人間の生に意味はありませぬ」

「意味なし？」

「はい」

「悟ったようなことを吐かしおって。これぞ意味なし」

「——会話が成り立ちませんね」

「会話。まさしく意味なし。が」

「が？」

「拙僧の股間の天狗、率直に申してこの軀に不釣り合いな大天狗にとっては大いに意味あり。人智を超えた者よ、其方と番って、其方を孕ませるべく、この神名火、参上致した」

「生憎、好みではありませぬ」

「意味なし！」

忍びの者たちが、すすっと前にでた。それを姫は押しとどめて、囁いた。

「神名火様のもとに集った修験者たちは、じき骨」

「なんと？」

「法力にて見透してごらんなさい」

神名火は目玉をくいっと上に向け、小首をかしげる。神名火の力を高めるために、一心不乱に九字を唱えていた修験者たちの声が乱れ、悲鳴がまじりはじめた。

これは、いかん——と、まさに烏天狗のように口をちょんと尖らせた珍妙な貌で、高山中腹に控えさせていた配下たちを透視した。

神名火は見た。黒灰色の分厚い帯が、修験者たちを襲うのを。

無数の、鼠であった。一匹一匹は小さくとも、幾万も集まれば、たとえ過酷な修行を積んできた修験者であっても、いかんともしがたい。鼠に法力など通用せぬ。

かりかりかり、しゃかしゃりしゃか、しゅるるるる——。囓る、囓る。肌を囓る。脂を囓る。肉を囓る。為す術なき苦痛に悲鳴をあげる修験者の口に群れなす鼠が這入り込んでいく。やがて体内に潜りこんだ鼠たちは、柔らかい腹を喰いやぶって顔をだす。囓られて開いた穴に、別の鼠の群れが潜りこむ。見るみるうちに腹部は空洞となり、背骨や肋骨が露出する。顔、手、足。肉という肉を囓り尽くす。やや白みがかった脂身など、真っ先に門歯の餌食である。目玉を囓って抉りだし消滅させると、眼窩からいっせいに鼠たちは大好物の脳髄を目指す。鼠たちは勤勉である。休むことを知らぬ。全身を無数の鼠に覆いつくされた修験者たちは、瞬く間に白骨と化していく。それは見事なまでに清浄だ。なにしろ骨以外、一切残されていないからである。

「なんと、まことと、全員、骨！　綺麗に骨。折り重なり、積み重なった無数の大聖歓喜天のごとき骨！　拙僧のために、遠くは英彦山からも馳せ参じてくれた修験者まで含めて、すべては大量の骨！」

「数に意味なし」

「まこと、意味なし！」

「されど難儀な。なあ、神名火様。貴方様のなさろうとしていること、その結果がどのようなものになるかわかっておられるのか」

「わかっておるとも。侮るな」

「侮ってなどおりませぬ」

「拙僧の怖さがわかっておるようだな」

「怖さ。その問いかけ自体、意味なし」

「わはは。好い女だなあ。いよいよ大天狗が猛っておるわ」

「が、外からはまったくわかりませぬな」

「まあな。拙僧の大天狗は、いわば虚根であるからな」

「なるほど。見事なる虚ろでございます」

「他人事か。この虚ろ、おまえが抱えているものよ」

「よくぞ見抜かれました。神名火様の虚ろと同列に並べられるのはとても厭な気分ではありますが、慥かに私は虚ろでした」

「でした？」

「はい」

「いまは？」

「虚ろが消え去りました」

「何故？」

「血を超えた父が、私を包みこんでくださいました」

「血を超えた父？　駄洒落かよ」

「ふふふ」

「其方、俺にちょいと好意を持ちはじめておるな」

「増長するな！」

姫が一喝すると、神名火が腕にした年季の入った刺高数珠が吹き飛び、算盤の珠に似た角の尖った数珠が、神名火の顔面めがけていっせいに直撃し、刺さった。

「非道いことをするなあ。両目が潰れたぞ」

　ぼやきながら神名火は右と左の目をほじくりだし、口に抛り込む。咀嚼しながら額に両手をかける。爪を立てて、ぐいと拡げると、そこに第三の目があらわれた。

「うーむ。目玉一つだと、ものが平たく見えて難儀だわい。距離がつかめぬ」

　一同、おぞましさに顔をそむける。額に縦に裂けた傷口のような第三の目は、乱れに乱れた女陰のごときであった。

　第三の目を得意げに披露した神名火だが、姫から放たれた剣呑な気配に気付き、やや仰け反った。

「なんと！　羽をもぐつもりだな」

「片翼にしてくれよう。片翼なれば、飛べばくるくる舞って愉しかろう」

「恐ろしきおなごじゃ」

　神名火は第三の目で一行を睨めまわす。

「御大層に取り巻きを引き連れおって。が、此奴等、ここまで――」

とたんに姫以外、忍びも含めて全員、地面でのたうちはじめた。姫が活を入れる。

「笑むのです！」

秀吉は必死であった。無数無限の妖魔が押し寄せて、脳髄の芯が裂けそうだ。これほどまでに激烈な痛みを知らない。痛みは大概熱をもつものだが、凍えた痛みであった。氷の針で刺し貫かれるがごとくである。痛いだけではない。得体の知れぬ底冷えのする恐怖が重なっている。秀吉は俯せで烈しく地面を叩き、必死で声をあげる。

「わは、わはは。わはは、わは、わははははははははは、いて、いてて、わはは、わは、わはははははははは」

神名火は無理やり笑い声をあげて苦しみもがく秀吉を見やり、呆れ気味である。けれど秀吉の笑いに同調して、者共全員が自棄気味な笑い声、いや笑い声のようなものをあげはじめた。

「もっと、もっと笑いなさい」

姫が優しく囁くと、全員七転八倒しながら笑い声をあげる。のたうつ姿は異様ではあるが、慥かに顔だけ見れば笑っているようではある。

「よいか、笑い続けるのじゃ。さすれば、助かる」

ひときわ高い泣き笑いの声をあげる利兵衛に視線を投げ、姫は柔らかく頷くと、神名火に向きなおった。

「狙いすまして父上にかくなる苦痛を与えたおまえのごとき塵、許しませぬぞ」

姫の目が血の緋色に輝いた。神名火は怯んだ。口中にて唱えた。

「雲雲我気似金地他火無」

ばさり、ばさり、背の翼を大儀そうに動かし、姫を凝視したまま浮かびあがる。姫の手が届かぬところまで上昇し、小莫迦にした貌で見おろす。されど、いつ片翼をもがれるか不安げでもある。ゆえに地面に落ちても怪我せぬように、中途半端な高さである。

ふわり。

重さを消し去ったがごとく、姫が宙に舞いあがった。神名火よりもはるかに上である。見おろされた神名火は反転し、あとも見ずに全力で、一気に十和田の湖をすべて覆いつくして渦巻く青黒い紫の巨大なる瘴気に向けて、飛び去った。

逃げ切ったつもりであった。

が、その眼前に、嫋やかに浮かんで揺れる姫の姿があった。

湖上である。

瘴気はいよいよ渦の回転を速め、どこか艶めいたぬめりのような輝きをまとい、湖面を乱しはじめた。それを遥か眼下に見やりながら、神名火と姫は対峙する。

神名火は羽ばたかねばならぬので、バッサバッサと硫黄臭い瘴気を乱して騒々しいことこの上ない。時折羽根が抜けて宙を舞う。上昇気流に乗ってくるくる廻りながら天空に吸いこまれていく。

「姫よ、飛翔しているのではないな」

「どうでしょう。飛んでいるともいえるし、そうでないとも――」

「まいったなぁ。ユダ殿も、難儀なお人を押しつけおって。好い女と唆されて、この様である。修行が足りんなあ」

「法力にてこうなることを、悟ることができなかったのですか」

「やかましい。拙僧の行いに、意味なし！」

「はいはい。案外、可愛らしい」

「ふむ。拙僧の魅力がわかったか」

姫は俯いてみせた。頬が幽かに染まっている。神名火は臆面もなく舌舐めずりした。笑みを絶やさぬまま、姫が誘う。

「近う」

「よきかな、よきかな。中空にての目合。古事記に『吾、汝に目合せむと欲ふはいかに』――とな」

バッサバッサ大仰に羽ばたいて、神名火は姫に近づいた。

その第三の目を、姫が突いた。

あわせて宣告通り、片翼が引き千切られるかのように、もがれた。

やられ放題の神名火は、くるくる錐揉み状態で、甲高い悲鳴をあげて蜷局を巻く大蛇のごとき瘴気の中心に墜ちていった。

姫と神名火が中空にて対峙しているのを見やりながら、秀吉は馬に鞭をくれて常軌を逸した速さで高山を駆けくだった。源義経の鵯越の逆落としのごとしである。

それを追って利兵衛が見よう見まねで馬を走らせる。必死のおかげか、姫の加護か、利兵衛は馬を操ることができるようになっていた。

忍びの者たちは馬よりも速く、とうに湖岸に到っていた。けれど、彼らは宙を舞うことは叶わず、直刀を抜き放ち、天空を仰いで歯噛みしていた。

が、神名火が錐揉みとなって湖面に墜ちていった姿を慥かめ、安堵の息をついた。

神名火を呑みこんだ十和田の湖、その邪な瘴気は一瞬、渦を巻くのを止めたが、秀吉も利兵衛も忍びの者たちも、より邪悪で禍々しいなにものかを感じとって、背筋に冷えたものが流れた。

秀吉と利兵衛が湖に突きだした御倉山の麓に辿り着いたとき、忍びの者たちは湖の中心に浮かぶ姫に少しでも近づこうと、猿返しと称される御倉山の断崖絶壁をものともせずに軽々登攀し、奇妙に艶めき蠢く瘴気の、おぞましくも紫がかった青い姿を油断なく凝視していた。

御倉山は平安時代の大噴火で唐突に湖上に迫りだした途轍もない規模の溶岩ドームである。地質学的には、さほど古くもないこともあり、風雨に削られるのも最小限、急峻で剣呑な尖りを隠しもしない。

秀吉と利兵衛は顔を見合わせていた。いかになんでも、忍びのようにあの絶壁は登れない。しかたなしに十和田の社のあるあたりまで全力で馬を走らせた。馬上で、利兵衛が大声をあげた。

「息が白い！」

「うむ。凍えた風が肌に刺さる！」

と、湖上の瘴気はふたたび渦を巻き、その大渦は青黒い紫から徐々に白くなっていき、利兵衛と秀吉が社に到り、馬から飛び降りたときには純白の渦と化していた。

利兵衛が注視する。純白の渦は周囲の大気を凍えさせ、銀の靄を立ち昇らせる。その渦だが一面、なにやら異な物が生えていた。

「鱗？」

「利兵衛殿。間違いない。鱗だ！」

渦は、そのすべてに、尖った銀白の鱗を密生させていた。純白のもつ清廉さなど欠片もなく、角度によっては危うい青褪めた光を放つ。ただただその冷気も合わせて、身震いさせられるばかりである。厭わしき邪気は、氷の冷たさであった。

「大蛇ではない。竜だ！」

利兵衛の大声に、秀吉は目を剝いた。

巨大な青みがかった白竜であった。これがまことの青竜か！　秀吉は目を剝いたまま、その竜の首に神名火が跨(また)がっているのを見てとった。

凄まじい勢いで上昇していく竜と中空に柔らかく浮かんだ姫を交互に見やり、利兵衛は泣きそうである。

なにせ氷の竜は、十和田の湖全体を覆いつくして蜷局を巻いていたほどである。それがぐいぐい背丈を伸ばしていく。天空を突き破る勢いである。

竜の上昇に合わせて、バラバラバラと拳大の雹(ひょう)が降ってきて、利兵衛と秀吉はあわてて社の軒下に逃げこんだ。

が、巨大な雹は檜皮葺(ひわだぶき)の社の屋根を突き破って利兵衛と秀吉を打ち据える。頭を抱えて直撃を避けてはいるが、雹が甲に激突し、見るみるうちに裂け、額に血が流れ落ちる。

見あげる姫の姿も、無数の銀の雹につつみこまれて、霞んでいる。利兵衛は不安に烈しく足踏みする。

秀吉はとっくに社の床下に逃げこんで、利兵衛の踵(かかと)あたりを引っ張る。いかになんでも雹が大きすぎる。拳よりも大きなものさえあるのだ。それが天空から重力に誘われて、喜悦するがごとく勢いを増して落下してくるのだ。いかに利兵衛が石頭でも、まともに受ければただではすまぬ。

忍びたちも岩のくぼみに隠れて巨大な雹の直撃を避けてはいるが、空を舞うことができぬ己を責め、利兵衛と同様、無力に半泣きの貌だ。

それにしても恐るべきは竜に跨がり、自在に操る神名火である。湖面に落下したときは、それで終わったと信じたのである。第三の目も喪って盲目ではあるが、逆にすべてを見透しているかのごとくである。

巨大な雹が一気に姫を狙う。

いままで雹は重力に身をまかせて嬉々として落下していたのだが、まるで意思をもっているかのごとく軌道を変え、姫にむけて無数無限の白銀が迫る。

中空の姫が完全に雹に覆いつくされた。密着した雹に潰されてしまった！　利兵衞は頭を抱えた。縁の下からでてきた秀吉も、無数の雹が集まって天空に出現した巨大な氷の塊を見あげて、大きく顔を歪めた。

なにしろ利兵衞も秀吉も、その身に雹の直撃を受けて、その尋常でない破壊力を痛みと流血で体感しているのである。

宙に浮かぶ氷塊は、青褪めた白銀に燦めく巨大な勾玉のごとくであった。

おもむろに竜が上昇をはじめた。神名火が命じたというよりも、自らの意思で動いていることが、地上の利兵衞や秀吉に伝わってきた。冷たく澄みわたっているその姿は、十和田の湖全体に蜷局を巻いてどうにかおさまっていた超越的な大きさをのぞけば、思いのほか嫋やかで、艶っぽく女っぽい。

「女竜？」

秀吉が語尾をあげて呟く。利兵衞が頷く。

「おそらく」

「艶めかしい」

「が、おぞましい」

「氷柱の冷たさであるな」

「が、くねくねうねって、妙に色香がある」

「利兵衞殿は、おぞましいと申したではないか」

「おぞましいと艶っぽいは、親戚だ」

「合点がいきませぬな」

不服そうな顔の秀吉を見つめて、唐突に我に返る。竜は下界の利兵衞に見せつけ、念押しするかのように、姫を閉じこめた純白の巨大勾玉に、その胴体を巻きつけていく。微妙な間をおいてもったいつけ、胴をくねらせると、冷酷な本性を露わにして勾玉を締めあげていく。

軋み音と共に、細片化された雹が地上に降りしきり、盛夏の陽射しを浴びて虹の七色に輝く。大層美しい光景であるが、竜の首に跨がっている神名火の黄色い法衣が悪目立ちして台なしだ。

美しさと裏腹に、かなり危うい状況であるが、姫は無数の巨大な雹に潰されてしまったのだろうか。

「俺たちはなぜ、この光景をよきもののように味わっているのか」

利兵衞の独白に、秀吉が眉間を抓んで首を大きく左右に振る。それは利兵衞殿だけである――。いよいよ氷の勾玉は竜に締めあげられ、破壊され、泣き騒ぐような音をたてて縊れていく。中心には、姫がいる。

とうに潰されたか、あるいはさらに潰されていくのか。だが秀吉とちがって利兵衞は奇妙なまでに落ち着いていた。

「案ずるな、秀吉殿。金剛石の結界」

「なに？」

「ん――わからん。いきなり心に響いた」

「金剛石の結界」

「然様。姫は大丈夫だろう」

「ならばよいが」

「気を揉むくらいなら、俺の肩でも揉んでくれ」

「はあ？」

「戯れ言だよ、戯れ言」

おもしろくもなんともないが秀吉は利兵衛の余裕を信じることにした。その瞬間、竜に締めあげられた勾玉は完全に潰れ、四方八方に爆ぜて氷の細片を舞い散らせ、天空一面、燦めく青銀の乱舞で揺れに揺れて見透しが悪くなった。

竜は全力で姫の軀を締めあげていた。幾重にも巻きついて、ぎりぎり軋み音をたてている。姫が、笑んだ。

「御苦労様、竜子殿」

「妾の名を知るか」

「わざわざ田沢の湖から御足労いただいて、身に余る光栄で御座います」

「ええい、妾を愚弄するか！」

「愚弄。まさか。哀れであるとは、思いまするが」

神名火が途方に暮れていた。ここまでしたのに、姫を一切傷つけることができぬ。人にあらぬ者であるとは悟っていたが、これはいよいよユダ殿も危ういのではないか。なにせ弱点が見当たらぬ。

いや、父上だ！　あのゴツゴツした男だ。あいつを人質にすれば、なんとかなる。

「それは、なりませぬな」

「読まれておるか！」

「のう、神名火様。私はあえてこうして遊んであげているのですよ」

「父上に手を出したら？」

「案ずることはありませぬ。手出しできるはずもない。が、その気持ちを抑えることができぬならば――」

「殺すか？」

「殺す？　そんな生やさしい遣り口を、貴方様に用いると思いますか」

「殺さぬのか？」

「当然です。永遠に生かしてさしあげましょう」

「――それは、究極の苦痛込みで、だな？」

「よくわかっておられます。契利斯督(キリスト)の味わった苦しみなど子供だまし」

一呼吸おいて、付け加える。

「生き地獄」

「敵(かな)わんなあ。わかった。よーくわかった。意味なし。意味なし。意味なし！」

「はい。生き地獄に意味はありませぬ。ただただ無意味に苦しく身悶えし、永遠に呻くのみ」

「竜子！　相手が悪すぎた。ここは一つ、降参しちまおう」

竜は、いやいやをした。

「莫迦者。おまえ、半分溶けかかっておるのだぞ」

竜は正気に返った。己の超大な体軀から滝のように水流が落下していく。竜の胴は瀑布(ばくふ)と化していた。竜は不安に胴震いした。とたんに四方八方に烈しく水瀑が飛散し、豪雨のごとく落下して、利兵衞や秀吉、忍びの者たちを濡らした。

竜の胴体は、すっかり細くなってしまっていた。四肢など欠損し、長さに比してやたらと細い蛇である。

「竜子、いったん止まったが、また溶かされたら、おまえは消え去るぞ！」

竜はふたたび、いやいやをした。死にたくない、消え去りたくないという意思表示だ。かろうじて神名火を乗せて中空に浮かんではいるが、鋭く分岐した角も喪って、もはや姫と戦う気力など欠片もない。

「のう、神名火様。蟲の呪法の達人よ。私と同道せよ。もう、心は私に傾いておるであろう？」

「うん。いや、はい。乗り替えます」

「素直じゃのう」

「いや、まあ、ユダ殿も茫然自失でございますがゆえ」

「莫迦な男ですよね」

「然様でございます。極限の莫迦ですな」

「ふふ。寝返りにも罵詈雑言（ばりぞうごん）にも、反応する余地もないようです」

「――わかっております。姫が遮断してくださっているのです」

「強い味方を得た。いままでのこと、すべて不問に致す」

「有り難き幸せ！」

姫はそっと手を差しのべ、刺し潰した第三の目に指先を挿しいれた。神名火は眼球が再生されるのを感じとり、いまだかつて知らなかった至福が脳髄に流れこみ、痺れに似た霊験に覆いつくされ、静かな吐息をつく。

青竜が竜子の姿にもどったとき、男たちは感嘆の声をあげた。美しかった。常軌を逸した美しさと注釈を入れたくなるほどに、人を超越した妖魔じみた凍えた美しさだった。それなのに女人のもつ色艶の全てをその肌にまとっていた。

姫も美しいが、匂いたつがごとくの色香はない。男たちはさりげなく竜子と姫を見較べる。噎(む)せ返(かえ)るほどに女の艶を発散している竜子に較べ、姫はどこか生硬な稚児のごとき性別不明な気配があった。それはそれで魅力的ではあるが、あふれでる女の色香には勝ち目がない。男たちの気配を悟った竜子が、やや得意げに笑む。姫を高みから見おろす目つきで一瞥する。

姫は我関せずだが、利兵衛までもが竜子をちらちら窺っているので、胸中では苦笑いを泛べていた。姫に帰依してしまっている神名火だけは、竜子になど目もくれぬ。そもそもユダと組んで竜子を操っていたのである。神名火は竜子の本質を知り抜いていた。

それは、まさに女が凝結したかの存在であった。誰よりも美しく、誰よりも魅力的で、誰よりも色香を放ち、誰よりも性的であることが竜子の根源にあり、異性を惹(ひ)きつけることしか念頭にない。なまじ誰もが目を瞠る美貌で生まれたこともあり、人であったときからその念が異常に強く、大きく歪み、逸脱していた。自らが賛美されることのみを求め、他者に対する慈愛など欠片もなかった。ゆえに竜子は全ての男をはべらせることが生き甲斐であった。支配し、精神的にも肉体的にも苛(か)虐(ぎゃく)を加えることに快楽を覚えるたちで、許多の男がその毒牙にかかって悶死していった。

秀吉は忍びの黒の言葉を反芻する。己の美しさに慢心した竜子は、その永続を望んで大蔵観音に願掛けした。観音は竜子を竜の姿に変えた。
なぜ、永久(とこしえ)の美を望んだ結果が竜なのか。観音の思(おぼ)し召しはどこにある？　いまひとつ秀吉にはわからない。

青竜にされた竜子は、妾が求めたのは永遠の美しさであると観音に嚙みつき、ならばと観音は青竜をこの国で一番澄みきった湖に変えてしまった。

これは、理解できる。田沢の湖とやらは、さぞや美しいのであろう。竜子は湖として永遠に愛(め)でられるというわけだ。竜子がそれで満足するとも思えぬが。

この国の竜は、唐天竺や欧羅巴(ヨーロッパ)の竜とちがって、蛇(へび)の形象(けいしょう)にして嫉妬妄執我慾の強い女が竜の姿をとるとされております――そんな声が秀吉の胸中に響いた。

なるほど。観音の皮肉か。得心した秀吉は姫に向けて黙礼し、竜子に視線をもどす。あれこれ理解しはしたが、それでも竜子の女としての魅力は尋常でない。

どうやらユダは神名火の蟲の呪術の力を借りて、湖に変えられた竜子を青竜として蘇らせたようだ。さらに青竜を経て人の女にもどった竜子であるが、観音の為した皮肉にまったく思いが至っていないようである。

「のう、姫よ」

「なんでしょう」

「男共は妾にかしずく勢いですぞ」

「それは、それは」

「悔しそうですね」

「悔しいもなにも、溶けてだいぶ萎(しぼ)みはしましたが、まだまだ巨大な竜。あのまま連れていけば山々の木々が根こそぎ倒壊してしまいましょう。ゆえに便宜的に女の姿にもどしたまで」

「妾を元の姿にもどしたのは姫であると？」

「はい。歩いてもらわねばなりませぬし」

「ふふふ。歩くことができるならば、猪でも狸でもよろしいではないか」

馬上から姫が竜子を一瞥した。竜子の全身から灰褐色の剛毛が生えはじめた。おぞましき体毛は目の周囲だけ黒い。形状は人ではあるが、見事に狸であった。

男たちは目を剝いた。なるほど、竜子の本質は狐狸の類いであった。竜子が怒りの声をあげる。

「妾は青竜なるぞ！　かような姿、耐えられませぬ。せめて青竜にもどしなさい」

「竜なんて、見慣れています。見飽きているのです。扱いも心得ておりまする」

誰もが聞き流した姫の言葉であるが、利兵衛は考え深げな眼差しだ。竜など見慣れている――どういうことか？

「これ以上騒ぐならば、尻尾でも生やしてさしあげましょうか」

姫は冗談の口調であったが、体毛だけでなく、実際に尻尾が生えるやもしれぬ。一転、竜子が悲鳴をあげる。哀願する。

「姫、この仕打ち、あまりにございます。どうかお許しを」

「見苦しき増長、耐え難し」

「そこをなんとか。心を入れ替えます」

「大蔵観音とやらが、そなたを竜に変えたのは果てなき高慢を巨大な竜として示したものであろう」

「姫よ、妾は伝説になりたかったのです」

「伝説――。ならば生きていては、なりませぬな」

「姫！　お許しを」

竜子の姿が烈しくぶれた。次の瞬間、消えていた。姫の表情が険しい。よほど腹に据えかねているようである。利兵衛がなだめる。

「姫が竜子を伝説にしてしまう直前に、ユダが助けた。救いだしてしまった」

苦笑い気味に付け加える。

「ユダは竜子の美貌に骨抜きにされておりましたからな。側室にでもするつもりでしょう」

姫が小声で呟く。

「力を与えすぎたようです」

神名火が考え深げに姫を見やる。

「そうか。そういうことですか」

「はい。強く雄々しく、しかも洒脱で愛嬌（あいきょう）もあるという理想を込めたのですが」

利兵衛と秀吉は顔を見合わせる。姫の口調だと、ユダをつくったのは姫ではないか。そんな思いの込もった視線を受けながら、姫が神名火に問う。

「ユダを人というには語弊（ごへい）がありますが、なぜ人は、申し合わせたように慢心するのでしょうか」

「能力の欠片もないその他大勢であっても、人は慢心するものですぞ。人は誰もが一廉（ひとかど）の人物であると内心では驕（おご）り高ぶっているものです。ましてユダのごとき不死にして超越した力を持つ者は――」

「愚かでした。ユダに与えた力は、全てが慢心の種子でした」

「姫が利兵衛殿を父上と定めたのは、唯一、人にして驕り高ぶりと無縁であったからでしょう」

神名火の呟きに、利兵衛の頬が赤らむ。そのようなことはないと声をあげたかったが、あえて黙っていた。姫が大きく頷いて笑んだからである。買い被りであっても姫がそれで満足するならば、せいぜい役を果たそう。

　それにしてもまったく奇妙な修験者である。秀吉はそっと神名火を窺う。なにしろ両目を喪い、額に縦に裂けた第三の目をもっているのである。

　ここに揃う一同、その姿に慣れはしたが、初対面の者は背の翼も含めてあまりの異形ぶりに驚嘆、いや恐怖するに決まっている。当人は人間のような口をきいているが、どう見ても人には見えぬ。

　されど姫も一目置く神名火である。面倒を見よう。利兵衞と姫と同様、新たに建てる屋敷に神名火の部屋をつくってやり、物見高い視線から遮断してやろう。信長様に会わせれば、天主から飛べなどと無礼なことを命じるに決まっている。絶対に会わせぬ——と秀吉は胸中で誓う。

　そんな秀吉に、神名火がちらと視線を投げる。秀吉はとぼけたが、神名火は思いのほか叮嚀に頭をさげた。

「拙僧は秀吉殿と忍びの者たちに蟲の呪法を授けようと思うておる」

　秀吉の顔が曇る。日々、慌ただしすぎる。修行の時間がとれるか。神名火が笑う。

「修行？　意味なし、意味なし、意味なし、意味なし！　そんなもの、時間の無駄よ。修行などというものは、能力なき者の悲しき足掻きにすぎぬ。ゆえに意味なし！　ここでは無理だが、帰りの船中で蟲の呪法を移植して差しあげるでな。問題は」

「問題は？」

「絶対に洋上でユダと竜子が襲ってくる」

　神名火の預言どおり出羽国（でわのくに）沖で一天俄（にわか）に掻き曇り、大暴風雨となった。信長心尽くしの大型船だが、波浪に翻弄されて船体が捩（ねじ）れ、危うい軋み音を立てる。

　波の底に墜ちると、四方八方は泡立つ黝（あおぐろ）い波の絶壁である。海水の壁を凝視すれば、鰯（いわし）だろうか、群れなす無数の銀鱗が鮮やかに踊るのを目の当たりにできる。ときにその絶壁から勢い余った鮪が船に飛びこんでくるほどである。

波の頂点に持ちあげられると、そのまま中空に射出されて、黒灰の曇天にぶち当たりそうな錯覚がおきる。実際、船体は波の頂点から離れ、富士壺が附着した船底も露わに宙に浮いている。屈強な水夫のなかにも嘔吐する者がではじめていた。

上昇と下降が尋常でない。しかも激烈なる波浪は狙いすましたかのように船体を嬲り、愚弄翻弄する。海をよく知る利兵衞は頰が青褪めていた。一点に集中する波など有り得ない。船をいたぶる激浪は、生きていた。意志が宿っていた。

幸い十三湊を離れてすぐに、蟲の呪法を伝授、いや移植された秀吉や忍びの者は闊達である。もっとも当人たちはなにをどのように移植されたのか、一切自覚も実感もないままであった。

「唯一、実感されるのは、怯懦の心が失せたことか」

秀吉の呟きに、忍びたちが頷く。けれど海を知り尽くしている利兵衞は気が気でない。

「安心召されい、利兵衞殿。この船、沈みはせぬ。ユダもわかっておるわ。沈めることに意味なし」

「なぜ、無意味？」

「姫がおるからの」

「うーむ。だが、これだけ嬲られれば、そろそろ帆柱も折れようぞ」

「それで流されて、唐天竺詣でもよいなあ」

申し合わせたように、帆柱が折れる音が頭上から響いた。利兵衞は肩をすくめた。

「なるほど。唐天竺詣でもよいな」

「冗談だってば。拙僧の言うことを真に受けるな」

神名火は縦割れの第三の目を大きく瞬きした。どうやら真顔をつくったらしい。

「よいか、蟲の呪法を授かった者たちよ。蟲の呪法は手印、六甲秘呪、九字とはまったく無関係。唱えるべきは、たった一つの呪文。それをいまから皆に伝授しよう」

利兵衛も秀吉も忍びも、神名火を囲み、集中する。

「よいか。一同、倡和せよ。念は強い方がよい。水夫たちもあわせて唱えよ。——雲雲我気似金地他火無」

どのような字を当てるのかわからぬので皆は、音を真似て狂濤にも負けぬ銅鑼声をあげて倡和する。

——くもくもがけにこんちたびなし！

——くもくもがけにこんちたびなし！

——くもくもがけにこんちたびなし！

「もう、よい。おまえたちは力を授かった。どうじゃ？　なにやら充ちるものがあるであろう」

秀吉が代表して答える。

「恐るべし、蟲の呪法。なにやら全身に力が充ち、しかも張り詰めていた肌が、不思議と和らぎました」

「よきかな。よきかな。されど意味なし！　秀吉殿よ。雲雲我気似金地他火無を逆さから唱えてみよ」

「しなびたち——」

秀吉は途中で言葉を呑んだ。しばし途方に暮れたが、唐突に腹を抱えて笑いだした。笑いのあいまに、切れぎれに訴える。

「わは、わはは。まさに、わは、意味なし。意味なし。意味なし。わっはっはっはは」

「それこそが蟲の呪法の要諦。全てに、意味なし、意味なし、意味なし」

生死がかかっているというのに、船中には笑いが充ち、皆の肩から力が抜けていた。その様子を苦笑気味に見守っていた姫は小さく神名火に向けて頷き、そっと船室を離れた。皆は雲雲我気似金地他火無と倡和して笑い転げ、姫と神名火が荒れ狂う洋上に舞いあがったことに気付かない。

翼で飛翔する神名火は海の底から吹きあがる乱流に煽られて、体勢が安定しない。それに気付いた姫が、そっと手を差しのべる。かたじけない――と礼を呟いた神名火の頬が幽かに赤らむ。

ぐんぐん上昇していく。黒雲に没する。ユダがまたがった青竜＝竜子が身をくねらせていた。姫に気付くと、逃げだそうとした。神名火が中指一本で、なにやら怪しい仕種でちょいちょいと手招きすると、まるで背骨を折られたかのごとくぎこちない動きで、元の位置にもどされた。

「ユダよ、稚気が過ぎますぞ」

「――殺すか？」

「殺せるものならば、とっくに殺しておりますが、それはできませぬ」

「できねえよな。俺が増えて困るのは、姫のほうだからな」

「削いだ鼻は、もう一人のユダに育ちましたか」

「それがな、石のままよ。どうやら契利斯督の野郎が念を送っているようだ。が、契利斯督には触れぬ。向かっ腹が立つ！」

姫は大粒の雨と波浪に濡れた髪を連獅子のように大きく振った。雫が狙いすましたかのごとくユダと青竜の顔にぶち当たる。あいてててて――とユダの剽軽な声があがり、青竜はユダを振り落とさんばかりに烈しく身悶えした。ユダの顔からも、青竜からも、烈しく青白い煙が立ち昇っていた。

「ユダも竜子も、顔中穴だらけですね」

「ですねって、てめえがやったんだろうが！　あいてて、ててて」

「されど、肉の欠損は一切ありませぬ。残念ながらユダは増えることができぬというわけです。おっと、そんなことよりも美男美女が台なしです」

「ったく姫の髪から飛ぶ水は、熔岩か」

ユダはどうとでも顔を作り替えられるから余裕だが、竜子は必死である。姫が竜子に諭すように言う。

「もう、これで、人前に出られる面相ではありませぬ。諦めなさい。伝説になりたいのであろう？ならば田沢の湖の底深く、永遠に姿を隠しなさい。ユダなどに関わりあっていると、さらに非道い目に遭いますよ」

青竜は、烈しく身悶えした。あきらかにユダを振り落としにかかっていた。角が残っていれば、ユダも摑まることができたであろうが、十和田湖上で溶かされてしまった。上下左右に全身をくねらせ痙攣させる青竜に、たまらずユダは落下した。

即座に姫はユダの手を摑んだ。ユダはまじまじと姫を見つめる。姫は落下するユダのところに飛翔したのではない。神名火を連れたまま、瞬時に移動したのである。

青竜は一本の超大な矢となって、天空を突き抜けて彼方に逃げ去った。

その強烈な自尊と自負の心ゆえ、顔面を崩壊させられた竜子は田沢の湖の底に沈んで、二度とユダの眼前に、いや人前にあらわれることはない。

右手に神名火。左手にユダ。姫は二人を支えて嫋やかに中空を舞っている。ユダがちらりと横目で神名火を見る。

「じゃまくせえ奴だな。この裏切り者が」

「切れ端が偉そうに吐かすな」

「切れ端？　どういう意味だよ」

姫が神名火に向けて、首を左右に振る。

さすが鋭い。慥かにユダは切れ端。すべてを見透しています。だが、それ以上語ってはなりませぬ――。

神名火は即座に了解し、口を噤んだ。姫は穴だらけのユダの顔を一瞥し、笑いを怺えて囁き声で言った。

「おまえが海をかきまわしているさなか、ようやくおまえの処遇を思いつきました。おまえにとっては悪くない処遇ですよ」

「このユダ様に対して、おまえおまえ吐かすな。痛い目に遭わせるぞ」

姫は真顔でユダを見つめる。ユダは力なく顔をそらす。小声で呟く。

「てめえ、弱点がねえ。すべてを思いのままにできるのに、世界を我が物にできるのにその気もねえ。捉えどころがない。いったい、なにがしたいんだ？　お姫様よ」

「強いて言えば死にたいですけれど、父上がおるならば、一緒に生きていくつもり」

「けっ、麗しい父と娘でございますな。やることはやってるくせによ」

「ふふふ。下衆ですね、ユダ」

「ああ。下衆の極みだとも。阿漕な姦物として永遠に生きてやるよ」

ユダはすっかり凪と化した洋上を一瞥し、考え深げに問う。

「なあ、姫よ。俺は血を吸わなければ、徐々に身動きならなくなるという弱点をもっている。死にはしないが、否応なしに冬眠だ。竜王（ドラキュラ）の一族の宿命だ。されど姫よ、おまえは、じつは血を必要としておらぬのではないか。血だけではない。陽光も、銀も、聖水も、なにもかも姫を傷めることはできぬ。そうだろう？　俺の見立ては間違っているか」

　やや呼吸を荒くしたユダだったが、大きく息を吸い、さらに強く迫った。

「姫よ。おまえは竜王（ドラキュラ）の一族なのか。竜王（ドラキュラ）の娘なのか。姫よ、おまえは竜王（ドラキュラ）の一族のふりをしているだけではないか！」

　姫は柔らかく頷いた。ユダは得心がいったと頷き返し、続けた。

「俺も永遠に生きねばならぬらしいが、姫は別誂えだ。永遠の質がちがう」

「神名火も鋭いが、ユダもなかなか」

「褒めてんのかよ」

「そうです。褒めているのです」

「ふん。偉そうに」

「偉いのです」

「はいはい。なんかな、気持ちが変わっちまった。俺は永遠に生きてやる。で、姫の行く末を見極めてやる。いいか、永遠だ！」

「よきかな、ですね。ですが、まだ時が熟しておりませぬ。永遠に生きるつもりならば、あと二、三十年ほど怺えなさい。悪いようには致しませぬ。ユダよ、おまえの王国を拵える算段を致しましょう」

　姫は真顔であった。軽口を叩こうとしたユダは、それに気付いて唇を引きしめた。姫が頬笑むと、ユダは開き直りと諦念の入り交じった苦笑いで応えた。

神名火は悟っていた。姫は難物であるユダを見事に搦め捕っていた。もはやユダ、恐るるに足らず。けれど神名火はそのような気配は毛ほどもあらわさず、胸中にて姫に対する畏怖をいよいよ強くしていた。

同時に姫の心配事も伝わってきた。利兵衛である。ユダが嫉妬して利兵衛に手出しでもすれば姫は抑制を喪う。とんでもないことが起きる。おそらくは世界が終わる。

宇、すなわち天地四方＝空間。

宙、すなわち古往今来＝時間。

唐は前漢の淮南子（えなんじ）による世界の定義＝宇宙が消滅する。

そうならぬように案配することこそが、己に課せられた使命であることを悟った神名火は、ぼやくように呟いた。

「意味なし、意味なし、在り続けることに意味なし。されど消え去ること叶わず。すべては意味なし」

ユダが穴だらけの顔を顰めた。この一つ目は、途轍もない虚無の境地にある。姫に嘉されたのは当然である。

「おい、烏天狗」

「失敬な。拙僧は人である」

「羽生やして、図々しい。一つ目小僧が」

「やめなさい。ユダといえども神名火の呪術を浴びれば、ただではすみませぬぞ」

「だっからな、俺はな、翼が生えてんだからよ、てめえで飛べって言ってんだよ。にやけて姫の手を握ってんじゃねえよ」

神名火が姫の手を放そうとした瞬間、姫は平然とユダの手を放した。

墜ちていく。墜ちていく。風を切る音をたて、洋上に落下していく。海に没したユダを見おろして、姫と神名火は顔を見合わせ、ちいさく吹きだした。

「神名火。私といっしょに永遠に生きよ」

「もとよりそのつもり。ただ永遠は無理ですな。異形であれど、残念ながら人」

姫は神名火に頬擦りした。神名火の耳朶を擽るようにして囁く。

「虚根とやらを私に挿しいれなさい」

「まさか！」

「よいのです。思いの丈を遂げなさい」

姫も神名火も着衣のままである。中空にてきつく抱き締めあう。神名火は静かに首筋を露わにし、姫はそっと唇を近づける。姫は吸い、溶け合わせ、神名火は注入する。

「てめえら、俺様を差し措いて、天上でなにしてやがる！」

海面から顔を出したユダが吠える。けれど姫と神名火には届かない。

秘めやかに揺蕩う永遠を経て静かに姫から離れたとき、神名火は一つ目から落涙していた。

14

信長は、本能寺に入った。安土城天主移徙とほぼ同時期の三年後、天正十年五月二十九日、空模様は梅雨の気配が濃かった。

備中高松城攻めに苦労している秀吉を援軍せよと信長から命じられていた明智光秀は兵を組織し

て機会を待ち、信長が本能寺に入ったとの報せを受け、翌六月一日、丹波亀山を発ち、京へ向かった。秀吉の援軍という名目のもと、兵を率いて京に雪崩れこむ理由を信長自らがつくってくれたのである。

しかも信長の警護はごく少数だという。

光秀は老ノ坂を抜け、桂川を渡るとき、この男らしくない大音声を発した。

敵は本能寺にあり――。

このあたりから先のことは縷々語られてきたことであるが、重要なことを少々。

四年ほど前、信長は右大臣という官位を返上していた。姫の入れ知恵である。無位無冠のまま信長は圧倒的な経済力と武威をもちいて野方図かつ豪胆に、天皇など歯牙にもかけぬ振る舞いを続けていた。

武田氏を完全に滅ぼして東国に対する憂慮が消えた信長は、中国遠征軍を組織して毛利氏を壊滅させることを決意した。それを知って狼狽えたのが正親町天皇である。

正親町天皇は焦燥した。恐れていた。このころ皇室は衰微の極みであった。正親町天皇は毛利元就の献上金によって、どうにか即位できたのだ。以降、天皇は毛利家の後ろ盾でどうにか体裁を保ってきた。

その毛利氏を信長に滅ぼされてしまえばどうなるか。信長の傀儡が天皇になる。毛利が消えれば正親町天皇は譲位を強いられ、放逐される。

それを避けようと必死に足掻く朝廷は、この四月二十五日に京都所司代村井貞勝に信長を最高官位に就けたいと唐突に伝えてきたばかりか、五月に入って朝廷より三職推任の正式な使者が安土を訪れた。太政大臣か関白、あるいは征夷大将軍、好きな官位を選べというのである。

「さてと、どうしたものかな。太政大臣。関白。征夷大将軍。すっげーよな。あっちからお望みの官位をどうぞってな。選り取り見取り。好きに選んでよいのだぞ」

「選ぶ気など、さらさらございませぬでしょう。所詮は授かりごと」

「わはは。選んでしまえば、天皇の下についてしまったことになるからな。あるとき右大臣を返してしまえと囁く声があった。いま思えば、あれは姫の声であった」

「さあ、どうでしょう」

「たまらんな、その笑み」

信長は苦笑する。

「まったくこの俺としたことが、焦らされるのに慣れてしまったというか、心のどこかで愉しみにしている始末」

「可愛い男よ」

「その膝で甘えたいものよ」

「わかりました。も少し、辛抱なさい」

「はい」

「よい御返事です。三職推任に関しては、推挙する旨の朝廷の意志は受けとった——とだけ、返しておきなさい」

「曖昧模糊の不明瞭。厭な遣り口だなあ」

「にやにや笑いで厭な遣り口と申されても」

膝で甘えたいと懇願して、も少し辛抱なさい——と囁かれた信長であった。だが、そのもう少しは永遠にやってこないのだ。

姫は憂い顔で眼差しを伏せる。けっして信長を嫌っているのではない。けれど、そろそろ秀吉に受け渡さねばならぬと思案していたとき、頃合いを計ったかのように信長にさんざん傷つけられてきた明智光秀が、ついに謀叛に舵を切った。

　これは信長の罪である。姫にはこうなることがわかっていたが、明智光秀に対する信長の加虐は姫が仕組んだものではない。因果、すなわち原因と結果。織田信長自ら招いた宿命であり、運命だ。

　五月六日、姫のすすめに従って鳰の海にあえて小舟を浮かべ、そこで正親町天皇の勅使に面謁した信長は、姫の助言に従って『推挙する旨の朝廷の意志は受けとった』とだけ、無表情に返答した。

　勅使は気が気でなかった。姫の仕業であろう、湖上が微妙に危うく波立っていたからである。揺れる舟というものは、なんともいえぬ不安を醸しだすものだ。

　それを見越し、信長は仁王立ちして左右の足に交互に重心を移し、小舟を揺さぶる。勅使を見おろす。揺らさないでくれ――と哀願したいところだが、よけいなことを口にすれば信長が癇癪を起こして舟を沈めかねないと杞憂する始末で、天皇の使いはいつもの権威を笠に着た態度であれこれ迫るわけにもいかず、まったくの役立たずであった。

　信長は、いまさらながらに姫が舟上にて面謁しなさいと言ったことの意味を悟って、さらにぐいぐい小舟を揺らして、勅使に気付かれぬようほくそ笑んだのだった。

　いまにも吐きもどしそうな青白い顔で脂汗を浮かべ、喉仏を上下させて生唾を呑んでいる勅使を見据えて、貧乏揺すりに似た揺れをおさめた信長は言い棄てた。

「上洛する」

「上洛」

　信長は勅使から視線をそらさず、唇を歪めて凄い笑いを泛べた。その目は笑っていなかった。勅使は悟った。信長の上洛は、正親町天皇に譲位を迫る直談判である！

中国は毛利元就を攻め落としてから正親町天皇の処遇を決めるのではなく、毛利攻めと天皇放逐、傀儡擁立を同時に為そうとしているのである。

結果、前述のとおり、五月二十九日の申の刻、まだ西日のきつい時刻に京に入った信長は天皇の差配で様子を探ろうとする公家共の迎えを断って、即座に本能寺に入った。

毛利攻めの出陣準備が最優先、軍兵は連れずに小姓三十人弱を帯同させただけであったが、もはやこの人数でも充分だ――という慢心が信長にあった。姫からも軍事優先、自身の護衛に頭数を割くことなく、最低限の人員で出立なさいと囁かれていた。

遠からず明智光秀が謀叛に疾るであろうということも含めて、すべては姫が描いた絵図どおりだった。傀儡天皇を打ち立てようとしていた信長であったが、信長自身が姫の傀儡であった。

*

信長之代、五年三年者(は)持たるべく候。明年辺者(は)、公家などに成さるべく候かと見及び申し候。左(さ)候(そうらい)て後、高ころびにあをのけにころばれ候ずると見え申し候。藤吉郎さりとてはの者にて候。面上之時、万々申し上ぐべく候。

信長の代は五年や三年はもつだろう。明年には公家の位を成しもしよう。けれど派手に転んで仰向けに引っ繰り返るように見える。だが藤吉郎はなかなかの人物。対面の時は充分に配慮なされるよう。

「安国寺恵瓊(あんこくじえけい)の書状の言葉です」

恵瓊は毛利氏の外交僧である。秀吉は目を剝く。

「なぜ、姫が御存じか」

「よいではないか。嘘ではありませぬから。天正元年、つまり十年ほども前に恵瓊は、このたびのこと、そして秀吉殿の力を見透していたのです。私も誇らしい思いです」

秀吉は唇をきつく結んでいた。自尊心と自負心を充たされるよりも、奈落の底に墜ちこむかの不安に近い気分であった。見透しているのは恵瓊ではない。姫だ。

「惟任(これとう)様も思い切ったことをなさいました」

秀吉は、視線をそらして答えない。

信長が死んだ。

報せを受けはしたが、信じ難い。惟任＝光秀が信長を弑したというのだ。慥かに信長と光秀は加虐被虐の関係にあった。

だが、まさか光秀が――。

秀吉は目をあげられなくなった。蜂谷の脈動が烈しい。握り拳の中の汗が粘る。光秀を謀叛にいざなったのは、姫ではないか。すべては姫の思惑ではないか。

そんな秀吉をじっと見つめ、姫がにこやかに囁いた。

「信長様御落命。御運が開かれる機会がまいりました。躊躇わず、お取りなさい」

「――なにを」

「天下」

秀吉は腰が砕けて牀机から立ちあがることができなくなった。天下云々を妄想しはしたが、どこか夢幻の気配をまとっていた。願望に過ぎなかった。それがいきなり現実味を帯びて秀吉に迫りきたのである。

「それで、ここまで進軍するさなか、拠点を拵えつつ糧食その他、準備せよと」

「然様。一息に全兵力を引き従えて京に引き返します。後世に中国大返しとして語り継がれましょうぞ」

姫は笑んだ。

「ざっと状況をお教え致しましょう。丹羽長秀様の軍勢は大坂堺、京にいちばん近く、惟任を即座に討伐すべきですが、曲がりなりにも天下を取った光秀の宣撫の効果にて、あらたな支配者を畏れた兵たちの逃亡散逸を抑えられずに秀吉殿を待つしかない有様。滝川一益様は上野は厩橋城にて北条氏と対峙、緊迫ゆえに東国から離れられませぬ。ま、上州から京に引き返すのは大層な距離がございましょう。織田信雄様は伊勢松ヶ島城ですが、その兵のほとんどは織田信孝様の四国討伐軍に組み込まれておりまして、手持ちの兵がありませぬがゆえ身動きなりませぬ。柴田勝家様は北陸戦線にあることは御承知でしょう。越中魚津でしたか。魚津城を陥落させてしまいました」

「陥落させてしまいました？」

「はい。勢いづいて越後に攻め入ろうとしておりまする。加えて秀吉様のように信長様御落命に対する大返しを見越して各地に兵の糧食その他を準備万端というわけではなく、満足な備えもございませぬがゆえ、反転には時間がかかります。が、肝に銘じてくださいませ。絶対に、勝家様に先を越されてはなりませぬ」

このとき秀吉は二万七千五百余りの大軍勢を率いて備中高松城を攻めていた。現在の岡山県西部にいるということだ。

もちろん、信長落命など予期していなかった。ただ姫に言われるがままに姫路城をはじめ山陽道のあちこちに糧食を備蓄し、街道沿いの住民に過剰な額を渡して炊き出しの用意を命じてあった。

「すると、備中から二万七千余りを一気に京にもどせば、主導権を握れると」

「はい。毛利方に上様の死が伝わってからでは遅いのです。ですから恵瓊を招きました。五カ国は要らぬ、三国割譲でよいから、清水宗治殿には腹を切っていただくと告げてこの戦のけりをお付けなさい。素早く毛利と講和を結んでしまいなさい。さすれば後顧の憂いなし」

清水宗治はいま秀吉が攻めている高松城の城主である。敵ながら、なかなかの人物だ。腹を切らせたくない。秀吉は、切腹と引き替えに三国割譲——と口中で呟く。

「城主がいては、城からの退去に時間がかかりまする。即座に兵を高松城から追い払わねばなりませぬ」

「なぜ」

「なぜと申されるか。明日はともかく、明後日には毛利勢も信長様の死を知るでしょう。毛利勢が講和を破棄して反撃に転じかねませぬ。大返しの背後を突かれぬためにも、それを防ぐ足場としてお味方を高松城に入れおかねばなりませぬ」

「つまり高松城を我が軍の殿軍が籠もる城として用いるためにも、宗治殿には即座に腹を切らせねばならぬと——」

「然様にございます」

低湿地に囲まれた沼城にして水城である高松城は、踏み入れれば水面下の泥濘に馬も人も足を取られてまともに動けない。そこを矢や鉄砲で狙い撃ちされてお終いである。

信長は天皇の力を削ぐためにも一気に中国を攻め落とすつもりであるから、兵糧攻めのような悠長な戦いはできぬ。かといって力攻めも通用しない。兎にも角にも攻めようがなく、信長に泣きついて援軍を頼んだ秀吉であった。

けれど水には水という姫の助言を受け、突貫工事で足守川を堰きとめ、河川の流れを変えて水を流入させて逆に水攻めである。梅雨時だ。足守川は増水していた。難攻不落で鳴らした高松城は平城であるがゆえ二日ほどで水没した。濡れた糧食は黴が生え、腐り、疫病の兆しもあらわれた。

水攻めが功を奏し、過日、安国寺恵瓊が、備中、美作、備後、伯耆、出雲の五ヵ国を織田方に割譲することを条件に備中高松城の将兵の助命嘆願を携えて訪れていた。まだ信長が存命であったから、それでよいかを信長に諮ろうと思案していた秀吉であった。

「まだ躊躇いなさるか」

「いや、まあ、その、あのときは将兵だけでなく、宗治殿の命も助けるつもりでおったのでな。それに五ヵ国だぞ」

「備後、出雲の二国と天下を秤にかければ自ずと答えは出ましょうに」

逆らいようがない。秀吉は姫の助言を全て受け容れ、急遽使いを送り、安国寺恵瓊を呼びだして清水宗治が腹を切り、即座に城を明け渡せば五国ではなく三国でよいと告げた。

水攻めによる飢餓にて落城寸前、城主が腹を切れば譲渡は三国でよいという好条件を携えて恵瓊はもどり、清水宗治は三国及び将兵の助命という秀吉の提案を即座に受け容れ、翌早朝、見事に切腹して果てた。

秀吉は即座に大返しの陣容を整え、杉原家次を高松城に入れ、殿軍とした。報告に姫の許を訪れる。初対面のとき、秀吉はあえて下座を選んだが、いつのまにやら当たり前のように姫が上座で、秀吉が用意した熟しきった覆盆子を抓んで唇を赤く染めていた。

近うと手招きされた。姫の柔らかな笑みが空恐ろしい。間近までいくと、もっと近うと促され、首の後ろに手をかけられた。引き寄せられて、頬と頬が触れた。

愛おしげに姫が頬擦りする。肌の香りか。得も言われぬよい香りが漂って、秀吉は一点をのぞいて、全身から力が抜けた。姫は秀吉の強張(こわば)りを委細構わず自身の腰に触れさせ、押しつけさせた。籠絡という言葉はふさわしくないが、これで完全に姫に支配されてしまう。そう直感してはいるのだが、抗えるはずもない。

気付くと、姫が馬乗りになって見おろしていた。不可解なことに重さを一切感じない。天下を取るための下拵えを信長にさせる――と初対面のとき、姫が告げた。天下を取ると預言した。利兵衛の前にもかかわらず、いずれおまえと契ろうぞ――とも言った。

全てが一息に成就する。姫が上体を倒してきた。秀吉は我知らず首筋を露わにして、屍体のごとく目を閉じた。

*

京まで八日でもどれば、全てはうまくいくと姫は言った。だが二万七千五百余の大軍である。秀吉は思わず天を仰いだ。

京までざっと五十里強。重い甲冑(かっちゅう)を着込んだ兵が強行軍に耐えられるか。折しも梅雨時である。足場も悪いし、降られれば体温を奪われ、脱落者も出るだろう。実際、大返しのさなか、五日間は雨であった。

山陽道は五畿七道の一つではあるが、難所も多い。たとえば姫路城に到る船坂峠(ふなさかとうげ)越えである。山間の船底のような峠であることから船坂峠と名付けられたのだが、とにかく道が狭い。二万七千の軍勢が縦一列にならなければ進めない。そこを左右から襲撃されればひとたまりもない。

訳もわからぬまま姫の指図に従って事前に近隣周辺の大名、土豪に工作してはいるが、信長の死を知ればどう出るかわかったものではない。つまり、ただ京にとって返せばよいというものではないのだ。将兵は神経をすり減らすだろう。

それでも、成しとげなければならぬ。清水宗治が自刃（じじん）したその日の夜半、秀吉は自軍の撤退を開始した。ただし高松城包囲を解いて全軍引きあげの途についたのは、六月六日であり、京は天王山（てんのうざん）の麓、山崎（やまざき）で明智光秀の軍と対峙したのは十二日であった。

まず備前沼城まで七里半、駆けた。翌日はなんと姫路城まで十七里超！　もちろん一日で踏破するのは無理な距離であるが、あえて将兵には一日で、と命じた。驚いたことに船坂峠越えの難所があるにもかかわらず足軽のなかには一日で姫路城に着いた者がかなりあった。秀吉の将兵は、人を超えていた。兵たちは姫の存在を知らぬが、なにかに衝き動かされて一心不乱に京を目指す。

秀吉は中国大返しを見事に成しとげ、到着翌日の六月十三日には京は山崎、天王山の戦いで明智光秀を撃破し、信長亡き後の天下統一の主導権を握った。

織田家筆頭、柴田勝家は信長の死を知って急遽北陸戦線からとって返したのだが、姫の采配で当初より大返しの準備をしていた秀吉のようにはいかず、天王山には間に合わなかった。

中国遠征に付き随っていた姫の一行は、のんびり船で帰途についた。

天王山の戦いの半月ほど後、尾張清洲（おわりきよす）城に織田家武将が集まって、本能寺の変以後の処理策を協議した。清洲会議である。

主導権をとりたい勝家は織田家の家督を可もなく不可もなしということで織田家三男、信孝に継がせると強引に推してきた。

ここでも秀吉は姫の助言によって、本能寺の変において二条城にて光秀と戦って自刃した信忠の嫡子、三法師を推した。

三法師は、三歳であった。幼児に織田家を継がせることなど誰の頭にもなかったが、信忠は信長より家督を譲られていたのだから、その嫡男が織田家を継ぐのは当然であると迫り、年齢のことは後見を立てればよいだけのことであり『これこそが、筋』――と秀吉は裂帛の気合いで押し切った。

柴田勝家が引かざるをえなかったのは、当然ながら越中魚津からの撤退に手間取って、天王山の惟任討伐に間に合わず、参戦できなかった負いめによる。

三歳児を後継に立てれば、あとはどうにでもなる。恐るべき姫の見透しである。全てが思惑通りにいった秀吉は、東山山麓の姫の仮住まいを訪れた。

「まさに三日天下でしたね」

「本能寺攻め、信長の虚を衝いた理智に明るい光秀らしい絶妙な攻めでしたが、だからこそ誰も靡かなかったということですな」

常軌を逸した途方もない理智をもつ姫に対する皮肉を込めたつもりだったが、空回りしただけだった。秀吉は、内心を隠すために満面の笑みを泛べた。

姫は、笑わなかった。端座し、じっと秀吉を見つめている。秀吉の笑みは徐々にしぼんでいき、やがて俯いた。

ひたすら信長の命に従って、平伏して生きてきた。光秀のように謀叛を起こす気持ちなど欠片も、もてなかった。

姫を信服している。だが秀吉は、いまだかつてない悲哀に覆いつくされていた。いまごろになって、信長の死がひどく応えてきていた。秀吉は信長が大好きだったのだ。無理無茶無代難題――ありとあらゆる信長の無法を必死で受けとめているうちに、それなしではいられない心と軀になってしまった。信長のいない世界の心許なさときたら、空気が薄くてまともに呼吸ができぬかのようだ。

そして、姫。

すべて姫の言うとおりにしただけだ。結局は操人形ではないか。

信長。姫。自分など誰かの命に従って生きていくのが分相応というものだ——。たとえ天下をものにできたとしても、だ。

自尊と自負の心が傷ついていた。自嘲ばかりが迫りあがる。いざ天下という戦国に生まれた男の夢が実現すると悟ったとたんに、秀吉は心が反転してしまった。

姫という超越を前に、どうしても利兵衛のように闊達になれないのだ。姫と契ったいまでも、いや契ってしまったからこそ、自身の矮小さを突きつけられて、全ては順風満帆にもかかわらず、鬱に墜ちこんでしまっていた秀吉だった。

しかも、その気鬱を外にだすことができぬ生来の気質もあり、内向して鬱屈した棘はじつに鋭く尖り、秀吉を苛む。

秀吉は目尻に滲んでしまった涙をさりげなく拭い、ぐいと顔をあげ、あらためて屈託のない満面の笑みを姫に向けた。

蛇足ではあるが、明智光秀が天王山で敗れた翌日、姫に操られて信長抹殺の黒幕として朝廷内で暗躍していた近衛前久が出奔した。逃げた先は徳川家康の許であった。

15

秀吉は賤ヶ岳の戦いに勝ち、敗北した織田家筆頭、通称修理こと柴田勝家は越前北ノ庄にて最愛の妻である信長の妹、お市の方を手刃してから腹を切った。

勝家の切腹は凄まじいもので『修理の腹の切り様、後学のためにしかと見よ』と大音声を発して左手で脇差を腹に突きとおし、右手で背骨まで引きつけて切り刺しつつ真横に掻っ捌き、返す刀で鳩尾から臍下まで縦に切り裂いて見事なる十文字を描き、にたりと笑って脇差を投げ棄て、腹に両手を突っこむや、肺臓以外の四臓六腑を全て掻きだしてみせたという。勝家の前にはどろどろつやつやの混沌、ぬめる臓物があふれ、肺から下が空洞になったのを手探りでじっくり慥かめて大きく頷き、血溜まりが円座のごとく拡がったその上にどうと倒れこんで事切れた。その頭の近くに、引き千切られて転がった心臓がびくんびくん鼓動を刻んでいたという。

報告を受けた秀吉は、眉一つ動かさなかった。このころ秀吉は羽柴姓を名乗っていた。信長重臣である丹羽長秀と柴田勝家の姓のそれぞれ一文字を戴いたもので、迎合と打算の産物であった。奥底には、出自に対する深く強く根深い劣等感もあった。

柴田勝家、滝川一益、丹羽長秀そして明智光秀——信長四天王と称されていた強者たちである。

明智光秀は、秀吉に討たれた。

丹羽長秀は大坂堺にいたにもかかわらず、本能寺の変においてなにもできなかった引け目と先を見透す計算高さもあって、秀吉を補佐する側にまわった。

滝川一益は勝家と同盟して秀吉と戦い、降伏し、秀吉の配下となった。

さらに勝家と組んで秀吉の壊滅を図った織田信長三男、信孝に対して、秀吉は信長次男の信雄を操って偽りの和議をもちかけて岐阜城（ぎふじょう）を開城させ、追放した。

信孝は長良川（ながらがわ）をくだって尾張は野間（のま）の内海大御堂寺（うつみおおみどうじ）に籠もった。秀吉は傀儡と化した信雄を操って信孝に腹を切らせた。

勝家切腹の様子を聞き知っていたか、信孝は掻き切った腹にぐいと手を突っ込んで、摑みだした腸（はらわた）を床の間の梅の掛け軸に投げつけて事切れたという。

「辞世が残されておりました」

「持ち帰ったのか？」

「寺の掛け軸に記したあげく、そこに執拗に己の臓物を投げつけましたがゆえ、かような汚物を秀吉様の御前に持ち帰るなど」

黒は側頭部を指し示した。憶（おぼ）えてきたということだ。

「認（したた）めよ」

黒は忍び矢立（やだて）を取りだし、襖（ふすま）にさらさらと書き記した。

――むかしより主をうつみの野間なれば　むくいを待てや　羽柴ちくぜん

秀吉は呵々大笑した。

「怨（うら）んでおるなあ。おお、怖（こわ）」

笑いをおさめ、秀吉は黒に囁いた。

「俺が怖いのは死んだ奴より、生きている人間だ。もっと怖いのは」

黒が目だけあげる。秀吉は頷く。

「永遠に死なぬ者」

呟きと同時に、破竹の勢いで天下を我が物にしつつある秀吉の頬が白くなった。見守る黒の前で、乱杭歯を剝きだしにして深く長く溜息をついた。俯いたまま、言う。

「もう、姫の許にもどってよいぞ」

「命の続く限り、お仕えせよと」

「姫が言うたか？」

「はい」

「ふーん」

秀吉は、まばらでひょろひょろの鬚が生えた顎を、親指の脇から生えた六本目の指先と中指で弄ぶ。

「姫の念が、途絶えた」

黒は黙っている。

「見放されたのではないぞ。俺の劣等の心を読んで、ならば己の才覚で好きにやれということらしい」

「秀吉様は、成し遂げられる御方と」

「姫が申したか」

「はい」

「そうか。姫が申したか」

頬にやや血の気がもどった。

「――もう一つ」

「なんと」

「老婆心ながら、家康にだけは注意せよと」

「徳川家康！」

「はい。明智光秀の軍勢が、近衛前久邸から本能寺を銃撃したのは御存じですか」

「近衛前久――」

「信長様に接近していたのは、御存じでありますね」

「うん。やけに親しかった。太政大臣を辞めて信長にくれてやるとか、なにやら大盤振る舞いだったな」

「いまは、遠江国浜松。家康を頼って出奔致しました」

秀吉は眉間に縦皺を刻み、口をすぼめた。

「徳川氏の創姓は、前久が関わっていたというが」

「はい。前久と家康の間柄、信長様以上に深うございます。一方、信長様との関係は擬態の気配あり。本能寺の変のおり、堺に遊び、伊賀越えにて這々の体で逃げ帰ったとされる家康ですが、あえて京に間近い堺にて遊興、本能寺の全てを見てとると、即座に大仰なる逃避行。併せて前久、即座に朝廷出奔、家康の許に――。なにやら臭いますな」

「なんと！　家康と前久が裏で本能寺のあれをあれしてたってか？」

「確証はございませぬ。が」

「が？」

「姫は前久と仲がようございます。また前久を通じて家康とも遣り取りがございます」

「嘘だろぉ」

「前久は姫の意のままに動いておりました。すなわち本能寺の変、すべては秀吉様の御出世のため。

黒はそう心得ておりまする」

「では、何故、家康に注意しろと？」

「狸でございますから」

「狸か」

「はい。狸でございます。狐の鋭さがなく茫洋として見えるがゆえ難物でございます」

腕組みして、うーむと唸る秀吉であった。あきらかに姫の束縛、いや助力の気配は消えていた。ゆえにこれから先、家康に対して姫がなにか手を下してくれるということもないだろう。やはり己の才覚でなんとかしろということだ。

思いに耽っているところに、届け物があった。狙いすましたように家康からである。使者である石川数正はよけいなことは一切口にせず、即座に退出した。

地味な焦げ茶の袱紗を開く。角のちびた古びた箱からあらわれたのは、名物裂と思われる仕服におさまった若干肩が角張った姿の茶入れ＝小壺である。目を剝いた。

「初花肩衝」

呻くような声が洩れてしまった。唐は南宋のころの作といわれ、楊貴妃の油壺として用いられていたとされる。八代将軍足利義政が初花と名付け、愛でたものだ。誰もが喉から手が出るほど慾する利休以前の大名物、最古最貴の茶器である。

永禄年間に信長に献上され、本能寺の変で流出し、なぜか家康の手に渡り、柴田勝家を弑した賤ヶ岳の戦いの戦勝祝いに――と秀吉の許に届けられた。

「信長。本能寺。家康。そして俺へ。なんなんだ、この因果は」

肩衝のなかでも最上位、者共を集めて茶会を開き、周囲に見せつければ、それだけで皆を叩頭させることができる代物だ。それをあっさり秀吉に呉れてよこしたのである。

銭金では入手できぬ至宝を両手で抱くように持ち、秀吉はやや前屈みになって、顫えた息をつく。権威の象徴である初花肩衝を棚から牡丹餅（ぼたもち）のごとく得て、嬉しさと昂ぶりを抑えきれない。

その歓喜の奥底から、家康の狸面が泛びあがった。秀吉の気持ちを見透かしたかのように、ぶよついた頬を歪ませて三日月形の上目遣いで厭らしく笑んでいた。

あわせて姫の面差しを感じた。姫は優しく物静かに秀吉を見つめている。

「家康のこと、最後の忠告——かな」

ぽつりと呟く。秀吉は、居たたまれぬ寂寥（せきりょう）に覆いつくされて息が間遠（まどう）になった。

自分など誰かの命に従って生きていくのが分相応——と自嘲し、自尊と自負が深く傷ついてしまっているのを姫が悟り、解放してくれたのだ。

だが、全ての運が己に向いていることを実感しつつも、母と生き別れた童のような心許なさだ。古びた茶褐色の壺を捧げもつようにして俯いてしまった天下に最も近い男から、黒はさりげなく視線をそらした。

＊

「こんどは家康を輔けるのかよ」

と、ぞんざいな口調でユダが訊く。姫は首を柔らかく左右に振る。その唇の端に泛んだ笑みは、深く神秘的で謎めいている。なにやら目論んでいることは悟れたが、結局、姫の口から答えは発せられず、ユダは床柱に背をあずけて大欠伸した。

東山は鹿ヶ谷の桜谷川に沿って少々上がったところの仮住まいは秀吉が用意してくれたものであるが、姫が断っても次々と拡張されていく。自身の権勢が大きくなっていくのに合わせて、秀吉は意地になっているがごとくである。

もちろん秀吉自身は姿を見せぬが、仮住まいとは名ばかりで大仰なる山門まで拵えられて、近在の者たちは当初、応仁の乱で破壊し尽くされた如意寺が再建されるのかと勘違いしたほどである。

部屋は幾つもあるのに、皆、二十畳ほどの姫の部屋に集まってきて日がな一日過ごしている。いつのまにやらユダも常連である。もっともぷいといなくなって四、五日もするともどるといったことを繰り返している。十和田での出来事その他、一切悪びれることがない。姫も一切咎めだてしない。

「のう、ユダよ」

畳の上に転がった利兵衛が声をかけると、なんじゃい——とユダが返す。

「ひょいといなくなるのは、これか?」

利兵衛が小指を立てる。ユダはその小指をぐいと握り、露骨な強弱を付けて上下させ、カカヒヒと笑う。

「利兵衛殿も一緒にくるか?」

「いいなあ」

「姫に叱られるぞ」

にこやかに姫が割り込む。

「ユダよ。容姿でおなごを惹きつけられるのも、いまのうちですよ」

「どーゆーことだよ」

「ふふふ」

「ったく、なにを企んでやがる」

「ユダの理想郷をつくってあげようということです」

「楽園か？」

「そうです。そのようなものです」

「おなごを選り取り見取りか？」

「そうです。それも特別に抽んでた女性ばかりです」

「真ならば、堪えられんなぁ」

「私は嘘を申しませぬ」

「——容姿でおなごを惹きつけられるのも、いまのうちってのは、どういう意味だ？」

姫は答えず、利兵衛に頰笑みかけた。

「ユダは四条町の辻にて立君、辻君と称される女たちの夜の立ち売りを購いに、夜毎せっせと出向いておるのですよ。気に入ったおなごがあれば、厭き果てるまで一緒して、愛でておるのです」

「ふむ。そのような場所が？」

「ございます。選り取り見取りと騒いでおりました」

さすがに脂粉の香りも艶やかに立ち売りしていた女たちが群れていた四条町の辻には、その名は残らなかったが、このころ衣服や食物、茶の湯道具や子供の玩具、さらには落武者狩りで得た武具と、ありとあらゆる品を売る商人が路上に茣蓙など敷いて、立ったまま京言葉も鮮やかに商いをしている一帯が幾つもあった。

昼は物を売り、夜は春を売る。現在も上立売や中立売、下立売といった地名が残るほどに盛んな立ち売りの賑わいだった。

ぬっへっへっへ——笑い声だった。その奇妙な笑いと裏腹に、四条町の辻にしずしずと拡がった宵闇に溶けこんだユダを、利兵衛は呆れ気味に一瞥する。

「どうだ、親父（おやじ）。あの女」

「美相（びそう）だ」

「よし。譲る」

「いいのか」

「いいも悪いも、あの女、親父の方ばかり見てるぞ」

「親父ってのはやめてくれんか」

「けど、親父じゃねえか」

ゴツンとユダが額をぶつけてきた。一切の加減がない。利兵衛は大げさにぶつけられた額を撫でさすりながらあっさり背を向け、女のところに向かう。

「なんだよ〜、親父ってば余韻の欠片もねえ奴だなあ。も少し男の遣り取りってやつを愉しみたかったのによお。ったく色惚（ぼ）けしてんじゃねえよ」

利兵衛は背を向けたままユダに苦笑いに近い親愛の笑みを泛べていた。まったく不思議で奇妙で、俗っぽいようでいて突き抜けている。じつに洒脱な男だ。あれほど暴虐をはたらいたくせに、姫の仮住まいに平然と出入りして、なにをしたいのか、まったくわからない。利兵衛の理解を超えている。

間近まで行って見つめると、女は眼差しを伏せ、ごく控えめに頷いた。このような好い女が夜目にも頬を幽かに染めているではないか。慥かに秀吉のおかげで身なりはよいが、貌も手もいまだに漁師丸出しだ。

「宿もございますが、せわしのうございますがゆえ、河原へ」

消え入るような声で言い、女は先に立っていざなった。要は他人の気配がしない場所に行きたいということだろう。

秀吉が池田恒興の居城であった大坂城に入ったという噂を聞いた。飽き足らず、本願寺跡に新たに巨大な金ぴかの大坂城を建てるらしい。なんでも信長の安土城をはるかに超える規模にすると意気込んでいるという。

御苦労なことだ。利兵衛は女の嫋やかな腰つきを愛でる。西洋暦になおせば七月下旬だ。鴨の河原ならば、さぞや吹き抜ける夜風が心地好いだろう。

背に気配を感じた。振り返ると、ユダが抽んでた美女の腰など抱いて、あとを付いてきていた。

「なぜ跟けてくる」

「親父こそ、なぜ俺の前を行く？」

どうする？　と利兵衛は女の顔を窺った。女は困惑気味に笑んで小さく肩をすくめ、明確な意思表示をしない。利兵衛はユダを無視することにし、女といっしょに御土居の外にでる。河原に降り立つ。もとより利兵衛には女が辻君であるという思いの欠片もない。無骨な利兵衛の重みに女が啜り泣く。蘆の茂みのなかでの交歓は、労りに充ちたものだった。

「ふーん」

ユダの感心したような声が降ってきた。

「覗いてたのか」

「うん。見せてもらった」

利兵衛は女から離れ、その腰に己の羽織をかけてやった。ユダが利兵衛の股間に視線を投げる。

「小さくはないが、大きくもないなあ」

利兵衞は苦笑いする。ユダといると苦笑いばかりだ。苦笑いも大切な笑いだろうか。委細構わずユダが指し示す。

「いろいろ変化を試みておる。笑いは大切だぞ、親父」

「おまえ、近ごろ笑い声が変だぞ」

「わひひ。物は言いようだ」

「程よいと言え」

「いやな、この女が愛おしくてな。怒髪は褒めすぎだけど、親父、いい加減、小さくしろよ」

怒髪（どはつ）天を衝くってやつだ。怒髪は褒めすぎだけど、親父、いい加減、小さくしろよ」

「ふーん。姫とどっちが愛おしい？」

「どっちも愛おしい」

「汚（き）ったねえなあ、その答え」

「おまえの女は？」

「俺様の稲妻に気を遣りすぎて、動けん」

「羨ましいなあ。俺もそれくらいの威力を示したいものよ」

「ところが俺様は、愛されたことがない」

「そうは見えぬが」

「神懸かってるからかなあ」

「言ってろ」

　ユダが、それぞれ女たちに約（つま）しく生きれば数年は遊んで暮らせるほどの金を与えた。利兵衞とユダは肩を寄せあって、すっかり濃くなった夜の藍紫の中を家路につく。ちらと横目でユダを見やり、利兵衛が訊く。

「なにが不満だ？」

「全てが不満だ」

「全てを持っているおまえだぞ」

「全てを持ってるってことはな、なにも持ってないってことと一緒だよ」

「また小賢しいことを。知恵熱がでた小僧丸出しだな」

「けへうふひ。言ってくれるじゃねえか」

「おまえ、頭、だいじょうぶか？」

「笑いのことか。慥かに無理してる。でも、やめられねえんだよ、始めちまうと」

「ああ、それは感じるな。頭が悪いんだ」

「なんだと、糞親父」

「ま、俺は糞だ」

「開き直んなよ」

「牛の糞にも段々て言うだろう。おまえ、いつだって糞の段ばかり気にしてる」

「説教臭い。老化著し！」

「ははは。そうだなあ。自覚はある」

「親父の笑い声は当たり前すぎて、じつにつまらん。人間の幅の狭さが如実にあらわれておるわい。も少し滑稽に振る舞えんか？」

「だが、おまえの笑い声はつくりすぎで、滑稽というよりも痛々しい」

ユダはちっと舌打ちした。利兵衛は委細構わずユダの肩に手をのばす。

「また、遊ぼうな」

ユダは黙りこんでしまった。利兵衞はユダの肩をぐいと抱いて銅鑼声を張りあげた。

「雲雲我気似金地他火無！」

「意味なし！　意味なし！」

「雲雲我気似金地他火無！」

「意味なし！　意味なし！」

急傾斜に沿って流れ落ちる桜谷川の水音に負けぬ大声の連呼に、仮住まいの土塀から姫の許に残った五人の忍びたちが窃かに様子を窺っていた。夜目の利く忍びたちは、なぜかユダの頬が濡れていることに気付いて、そっとその場を離れた。

16

秀吉は家康の所業を怪しみはしたが、その一方で自分を認めているからこそ初花肩衝を贈ってよこしたのであると自惚れ、どこか気を許していた。

ところが――。

天主は虎の装飾を施した黒漆喰に、五層に重ねた屋根には金箔張りの瓦を敷き詰めるといった巨大かつ豪壮な大坂城築城にかまけているあいだに、いつの間にやら家康が巨大になっていたのである。三河の小大名と侮っていた。ところが天正壬午の乱を経て、旧武田領を織田家より掠め取り、いつのまにやら甲斐、信濃、駿河、遠江、三河の五ヵ国、百三十万石を領有する大大名に成り上がっていたのだ。

一方で秀吉に唆されて弟である織田信孝を切腹させた織田信雄が、秀吉の遣り口に疑問を抱くようになった。

さらには秀吉が年始の礼に大坂に出向いて挨拶せよと命じ、織田一族を安土城から追放するに至って、己が秀吉の主君であると信じこんでいたおめでたい信雄も、さすがに上下の逆転に気付き、秀吉にいいように踊らされていたことに歯嚙みするようになった。

そんな信雄を家康が誑しこんだ。盟友信長の遺子を蔑ろにする秀吉を許すわけにはいかず、ゆえに輔けるという御大層な名目、大義名分を掲げて、信雄と同盟を結んで敵対してきたのだ。

「まいったなあ」

秀吉は額をぴしゃりと叩く。黒が頷く。

「一応は主君。逆臣の謗りを免れずに信雄殿を討つ大義名分をひねりだすのは、なかなか難しゅうございますな」

「調略しかないか」

即座に信雄の側近三家老を懐柔した。家老たちは秀吉の意を汲み、秀吉と争うは愚の骨頂と信雄を諫めた。ところが家康が入れ知恵した。いきなり三家老を信雄が処刑してしまったのだ。

「まいったなあ」

秀吉は額をぴしゃりと叩く。黒が頷く。

「家康が兵八千を率いて浜松城を出立致し、清洲で信雄と会見し、秀吉殿を斃すと気勢をあげたそうです」

「まいったなあ」

秀吉は額をぴしゃりと叩く。黒が頷く。

「諸々を鑑(かんが)みれば、これから先、入り組んだ綾のごとき戦が続きますぞ」

「まいったなあ」

秀吉は額をぴしゃりと叩く。黒が頷く。

「天下一統目前に、家康という鳥黐(とりもち)のような粘っこい難物が貼りついてきましたな」

「まいったなあ」

秀吉は額をぴしゃりと叩く。黒が頷く。

「さしあたり、家康の大義を消滅させてしまうことです」

「それだ！」

「差し出がましい物言いを致します。秀吉様はなぜかここにきて妙に正々堂々、秀吉様の以前の遣り口を家康が代わりに用いておりました」

「きついなあ。それも劣等の心からでたものよ。天下統一の証しの、天下が目を剝くでかい城を建てるのだからというだけで、周囲の目を気にして卑怯を封印したんだわ」

「小牧(こまき)の戦いをはじめ、家康は伊賀の透波(すっぱ)を巧みに用いており、これは以前の秀吉様得意の遣り口。結果、残念ながら秀吉様のあれこれは全て筒抜けでございました」

「ました？」

「透波共、黒が消しました」

「すまん。苦労をかける。で、家康の大義を消すには、どうすればいい？」

「信雄の領する尾張、伊勢、伊賀のうち、伊賀一国、そして伊勢の大半は秀吉様が大軍に物を言わせて奪いとってしまっております。信雄領土、残るは尾張のみというじり貧。講和という餌をちらつかせてやれば、即座に食いついてきましょう」

「なるほど！　黒は悪い奴だなあ」

「お褒めにあずかりまして恐悦至極」

「褒めてねえから」

「桑名は西、矢田川原に信雄を呼びだし、秀吉様は講和の会見をなさることになっております。あくまでも家康抜きの単独講和」

「段取り、いいなあ。空恐ろしい」

「お褒めにあずかりまして恐悦至極」

「褒めてねえから」

　顔を見合わせ、秀吉も黒もにやりと笑む。もちろん講和とは名ばかり、凋落著しい信雄は秀吉に屈服し、家康は秀吉と戦う大義名分を喪い、梯子を外された。信雄との講和から一箇月もたたぬうちに秀吉に刃向かった詫びとして家康は次男於義丸を養子——人質として大坂に差しだした。

　結末がつくまで、あちこちでだらだら続いたこの散発的な、けれど八箇月にもわたる精神的にも兵力的にも苛烈なる長期戦を、小牧長久手の戦いという。

　家康と信雄の連合軍はたかだか一万六千、秀吉の軍勢は十万超であったが、戦そのものは秀吉の軍勢の損傷が烈しく、戦力が大幅に劣る家康が勝った。黒が言うとおり、伊賀の透波の諜報活動が多大なる効果をもたらしたのだ。結果、秀吉方は池田恒興や森長可といった名だたる武将が討ち死にした。

　その家康の掲げた盟友信長の遺子を輔けるという御大層な秀吉攻めの名目を、遺子信雄と同盟を結んで足をすくい、大義名分をなくしてやった秀吉は、戦に負けてなおかつ勝利したという奇妙な状態であった。

「やっぱ近衛前久が糸を引いている？」

「おそらくは」

「うーん。近衛は姫と仲がよいのであろう」

「はい」

「入り組んでて、もう訳がわからん」

秀吉は口を尖らせて、どさりと背後に倒れるように寝転んだ。黒は黙って秀吉の渋面を見つめる。

秀吉が天井に漠然とした視線を投げて呟いた。

「黒よ。おまえがいなかったら、俺はどうしていいのかわからないのに加えて、重圧に狂ってるだろうな」

＊

「うふふ。この前久、姫の御指図通りとことん人、出来事、あれやこれや迷路のごとく絡みあわせ、秀吉殿に気付かれぬよう有利になるように働いたでおじゃる。さらに秀吉殿にどんどこ官位を差しあげておじゃる」

「大儀であったの」

「うふふ。なんの、なんの。この前久、こういうのが大好きなのでおじゃる」

見てくれは眉を抜いて白塗りのおちょぼ口である。常に小首をかしげてなよなよとした手つきが女よりも女らしい。が、その心は意外に筋肉質だ。つぶらな瞳で大胆な策謀を苦もなく成し遂げる。くれぐれも秀吉の自尊心を傷つけぬように――という姫のたっての頼みを裏切ることなく見事に、繊細に貫徹していく。

「意味なし、意味なし。されど、秀吉にとってじつによきかな」

鷹揚に呟く神名火のところにつつ――と前久が膝で躙り寄る。

「この前久、神名火様に抱かれて空を舞いとうございまするぅ」

科をつくってしなだれかかる前久を、肘で邪険に押しもどす神名火である。

「なんなんでございましょ、この仕打ち」

「空を舞いたいと言うが、なりはおなごのようでも前久殿はやたらとでかいではないか。偉丈夫、偉丈夫。空を舞うこと、能わず。なによりも空を舞うこと、意味なし」

「ひどい、ひどいわ。ひどいでおじゃる」

「前久殿」

「はい～」

「好いてくれて有り難う。されど有り難迷惑という言葉を知っておるか」

「言うたでおじゃるな」

すっくと立ちあがると、神名火の倍ほどもある背丈である。姫が小さく咳払いして、目で前久に座るように促す。秀吉に与えた官位について訊く。

前久は気を取りなおして秀吉に対する官位乱発の詳細を告げた。なよなよした口調が鬱陶しいであろうから箇条書きにする。十月に従五位下、左近衛少将。十一月に従四位下、参議。同じく十一月に従三位、大納言。明けて天正十三年三月に正二位、内大臣。この調子だと、今年中に則闕の官――太政大臣と巷では噂が立っているとのことである。

どういうことかといえば、前久の朝廷工作による官位の乱発により、一気に天下人目指して駆けのぼっていくさまを演出しているのだ。秀吉こそが天下人であるとの朝廷の承認の裏付けを、官位の急上昇にて示しているのである。

「ところがでおじゃる。秀吉殿、七面倒臭い性格で、古今、源平が交替で政権を握るということが暗黙の了解であることにこだわって煩悶しておじゃる」

「どういうことです？」

「将軍家足利氏は源氏姓。ゆえに次に天下を取るつもりの信長は平(たいら)姓を名乗っておじゃりました。秀吉殿はそこにあやかり、箔を付けたかったのでしょうな、養子にした信長の四男、於次秀勝(おつぎひでかつ)を楯(たて)に取りましてな、本能寺の変のあとから平秀吉を名乗っておじゃる」

平秀吉――。

姫と神名火が揃って声をあげた。それぞれ苦笑している。

「ところが、於次秀勝では平姓以外に名乗りようがないと思い煩(わずら)いはじめておじゃる。そんなもん開き直ればよいでおじゃるに、なーんなんですか、あの御方。源平が交替するというのだから信長の平姓のままでよいものであろうか、織田氏のあとならば源姓であるべきではないか――と、どうしたら源氏姓を得ることができるか頭抱えて七転八倒。されど平氏信長は天下取る前に大転びしたでおじゃる。されば平秀吉のまんまでよろしいがな。やれやれなにを悩むのか、とんとわからへんでおじゃりまする」

「度し難い劣等感の持ち主だな。意味なし。意味なし、意味なし」

痛ましげに声を潜めて神名火が呟いた。姫も前久もごく控えめに、けれどはっきり頷いた。これが秀吉の命取りになると直感しているのである。

「それでも姫は、秀吉殿に天下を与えたいでおじゃりまするか？」

「はい。与えたい」

「ならば、近いうちに藤原氏を名乗らせましょうぞ。この前久の猶子＝養子にしてあげるでおじゃる。さすれば」

「さすれば？」

「さすれば、平秀吉は藤原秀吉と相成りまする。関白は古今、藤原氏の独占でおじゃる。秀吉殿に藤原姓を与えれば、この前久の関白職を秀吉殿に譲ることができまするでおじゃる。とりあえず関白藤原秀吉。これにて地均し致しましてな、一呼吸おいて藤原秀吉殿には、さらに新たな姓を与えましょうぞ」

「新たな姓」

「源平にこだわっておるならば、一気に飛び越えてしまえばよろし。この前久、藤原秀吉の新たな姓、もう決めておじゃる」

「なんという？」

「豊臣」

「豊臣――」

「豊臣。いかにもでおじゃろう？　秀吉殿に似合うておりまするわ。で、関白から太政大臣にしてあげて、朝廷より豊臣の姓をくれてやる。豊臣創姓勅許でおじゃりまする。これで源平にこだわる痛々しい煩悶を一気に払拭できまするでおじゃる」

前久はにたりと笑った。

「すべて、この前久におまかせあれ。秀吉殿の劣等感をとことん癒やしてさしあげて、天下人の威厳を与えて進ぜまするぅ。ただ」

神名火が目をあげ、ただ？　と問い糾す。

「さしあたり秀吉殿、この前久が家康殿に通じておると信じこんでおりまするが故、そのあたりの誤解を解くことが若干、面倒でおじゃりまするが、ま、そのあたりはうまくやりまする」

神名火が指摘する。

「もろ家康に通じておるではないか」

「ほほ、おほほほほ。この前久、醜男が大大大好きでございまするがゆえ、家康殿も秀吉殿も神名火殿も大好きでおじゃるぅ。うふ、うほほほほ」

「やかましい。口を隠して笑うな！　ったく前久といいユダといい、おぞましい。変な笑いが流行りか？」

「おぞましいまで言いまするか！　言わんといてぇなぁ」

巨大な、けれどなよっとした手で肩口を叩かれて、大きく顔を顰める神名火であった。それを柔らかな笑みで見つめ、姫が呟く。

「似合いの二人です」

「そうでおじゃるか！」

「巫山戯るな。いかに姫といえども、それはあんまりだわい」

ぶすっと顔を背けあう二人を見やり、姫はわざとらしい仕種で肩をすくめる。

「さ、お二方、家康殿の許に出向きますぞ。皆にお声がけを」

＊

京から陸路わざわざ志摩国英虞郡＝伊勢に出て、九鬼嘉隆と旧交を温め、嘉隆が用意してくれた船で遠州灘を行く。

昼下がりである。利兵衛と姫は舳先に並んで座って、和んだ面差しで鏡のような海を眺めやる。俗に海上七十五里と称される難所にして、激浪が襲いくる海域であるが、嘘のように凪いでいる。

「父上。この地球、どのようなかたちをしておるか御存じですか」

「よくわからんが、平らではないな。俺は大きく丸いと思う」

「なぜ、御存じです」

利兵衛は目を細めて水平線を見やる。

「見た目よ、見た目。ほれ、丸く見えるだろう。あるいは沖から陸に向かうと、はじめは御諏訪様の天辺ばかりが見えているのだが、だんだん山の全体が見えてくる。これは丸いからであろう」

「はい。この地球は大きな珠でございます」

丸いと言っておきながら、目を剝く利兵衛であった。丸いが平たいという相反するものを描いていたのだ。重力のことなど思い到るはずもないから、球状であれば滑り落ちてしまいかねぬと不安になったのである。

「それとも、やたら大きな珠ゆえになだらかで滑らずにすむのだろうか」

姫が笑む。利兵衛は水平線のまろみを凝視し、きつく腕組みしている。

地球という言葉だが、江戸時代に日本に伝わった。つまりこのころには存在しない言葉だ。本来は土を意味するオランダ語の aarde の訳語で、主に蘭学書などに用いられた。煩瑣を避けるため、あえて地球という言葉を遣っていることをお断りしておく。

「父上。日輪を御覧ください」

利兵衛は目を細め、真上からわずかに西に傾きつつある太陽を一瞥した。

「丸く見えますでしょう」

「まあな。眩しくて、よくわからんが」

「ならばお月様は？」

「問答無用で、丸い。いや、欠けるが、まん丸になるときもある」

「まん丸が正しい月の姿です」

「そうだな。欠けて見えても、あれは見るからに影だ」

「そうです。地球の影が月にかかって、欠けているように見えるのです」

　利兵衛は甲板に手をかざし、影をつくる。手が地球で、影ができた甲板を月に見立てているのだ。そのまま顔を太陽に向ける。

「はい。月の影は、太陽の光を地球がさえぎることによってできるのです。加えて申しあげれば、月や太陽が丸いように地球も丸うございます」

「なんで、そんなことを知っている？　まるで見てきたようだぞ」

　姫はそっと身を寄せ、利兵衛のごつい肩にことんと頭をあずけ、呟くように言う。

「希臘（ギリシャ）の人、亜理斯多列氏（アリストテレス）は月食のときに月に映る地球の影が丸いことから、地球は珠であると悟りました。一九〇〇年以上昔のことです。さらに一八〇〇年ほど前、同じく希臘の人、江羅鳥栖弖寐筩（エラトステネス）は埃及（エジプト）にて珠である地球の円がどれくらいの周をもつかを計算いたしました」

　利兵衛には、なにがなにやらといったところである。けれど姫の言っていることは真実であると疑いの欠片ももたぬ。

　ちなみに江羅鳥栖弖寐筩（エラトステネス）は地球の円周を四万六千キロと計算した。この値は現在の計測による正しい値と比しても、わずか十五パーセントの誤差である。

「偉そうに、申し訳ありません」

「そんなことより、なぜ、このようなことに詳しい?」

「否応なしに、とでも申しましょうか。あえて調子に乗って語りましょう。地球は太陽のまわりを回っているのです」

「真か！」

「はい。真です」

姫は一呼吸おいて続けた。

「太陽が中心にございまして、その周囲を明星（みょうじょう）やら地球やら幾つもの星がぐるぐる回っているのです。ちなみに太陽のまわりを一回りするのにかかるのが、一年でございます」

「なんと！　一年とは、そういうことだったのか」

この時代には有り得ぬ知識を語る姫に、利兵衞は驚嘆の目を向ける。知的好奇心にかられ、なによりもこれらの知識が姫の出自に関わっていることが直感され、さらに語るようせがむ。姫は利兵衞の首筋に頬寄せて、続きは夜になりましたら――と囁く。

待ち遠しい夜がきた。姫は膝に利兵衞の頭をのせ、その目尻の皺をそっと撫でる。海は凪いだままで見事に晴れ渡り、頭上には鮮やかな天の川の紫がかった銀の帯が拡がっている。利兵衞は姫の膝枕で和みつつ、この信じ難い好天は、姫のなんらかの力が働いていると判じていた。

「なぜ、太陽に弱いふりをしていた？」

「父上は、御存じだったのですね」

「うん。なんとなく、な」

「じつは太陽に弱いのも、銀が苦手なのも、そして吸血しなければならぬのも、私がつくりあげた一族の特性なのです」

「私がつくりあげた？」

「はい。これに関しては今宵、おいおい語ることに致します。が、まずは私がいつ生まれたかを」

「姫の歳は、幾つなのだ？」

「ふふふ。幾つでしょう」

「見当も付かぬ。が、間違いなく俺よりも年長である」

「いやだ――」

「すまん。が、そうであろう。歳なんぞ、どうでもいい。俺はおまえの父だ。おまえは俺の娘だ」

「はい」

「どうした？」

「嬉しくて」

姫はそっと利兵衞の手をとり、頰に押し当てた。最初、利兵衞は己の掌の熱と勘違いした。

「なんと――」

「はい」

「火照っておる」

「はい」

「熱を、もっている」

「はい」

「血が通ったのか？」

「どうでしょう。ただ進化したようです」

「しんか？」

「一つ、上に昇ったようです」

「よくわからん」

「父上のおかげで、どんどん変化しているのです」

「ふーん。俺も姫のおかげで、どんどん変化しているぞ。いや、変化には程遠いか」

「父上は、私にとって大切な鍵」

利兵衛はすこし底意地の悪い眼差しで姫を見あげる。

「そんなことよりも、だ。姫は幾つだ？」

「自分でもよくわからないのですが、無理やりこじつければ、四十六億歳といったところでしょうか」

利兵衛は指折り数えはじめて、怪訝そうな上目遣いを姫に向けた。

「なんと言った？」

「四十六億歳」

「手と足の指をいれて、二十までしか数えられぬ。いや百や二百くらいまでは数えられるが、ちゃんとわかっておるのは二十までだ。よんじゅうろくおくとは、なんだ？　四十六歳のべつの言い回しか？」

「いやな父上。もう、歳のことは訊かないでくださいませ」

軽く頰をつねられて、大仰に痛がる利兵衛であった。

17

正確な年数はわからないのです。されど地球が太陽のまわりを一回りするのを一年とすれば、おおよそですが四十六億年前ということになります。

「なにが何やらだが、途方もない年数だな」

はい。そのころ天御川（あまつみかわ）、すなわち天の川の端のこのあたり、上も下も右も左も前も後ろも判然とせぬ、果てしない漠たる拡がりがございました。

「天の川の端のこのあたり――と申したか。地球は、天の川の外れにあるのか」

然様でございます。遠い彼方に天御川やそのほかの、名も知れぬ星々が輝いてはおりましたが、四方八方そこには一見なにも見当たらなかったのです。いまでこそ太陽が輝き、地球などの星々がございますが、すべては信じ難いほどの空隙（くうげき）でした。

ただし、なにもない――というわけでもなかったのです。もし父上がそこにいらしたとしても、いかに目を凝らしても目の当たりにすることはできませぬが、その虚ろには、じつは水素と称される目に見えぬ風のごときなにものかや、ごくごく細かな塵のような儚さの氷や鉄、雲母（うんも）の素（もと）などが薄ぼんやりと浮かび漂っておりました。

ふと気付いたら、私はそれを静かに眺めていたのです。

「眺めていた――。風と塵しかない虚ろなのだろう。どこに立っていた？」

私は漂っていたのです。まだ私は軀を持っていなかった。心だけがふわふわ浮かんでいたのです。

「まだ、軀が」

然様です。心だけ――。
途轍もない高みから、父上のいうところの塵と風、それらが飄蕩（ひょうとう）しているのを、あてどもなく彷徨（さまよ）っているのを、見つめておりました。なんとなく見守るのが私の役目であると悟っておりました。ところで。

「なんだ、あらたまって」

父上と私は、引き合います。離れがたく引き合う。そうでございましょう？

「まさに。俺と姫は引き合う。抗いがたいものがある」

じつは、すべてのものは引き合うのです。それを万有引力と申します。塵と風のごとき何ものかもしずしずと、じわじわと引き合って、やがてぼんやりした雲のようなものとなりました。星のあいだの雲、星間雲（せいかんうん）ですが、その雲はゆっくりと、けれど着実に濃さを増していき、密になって縮んでいったのです。

「雲を成す塵がくっつきあった、ということだな」

はい。星のあいだの雲はどんどん引き合って縮んでいき、少しずつ太陽に変わっていきました。

「引き合っていくと、あの熱く眩しい太陽になるのか？」

父上と私が、ぎゅっと抱き締めあってひとつになるようなものです。

「なにか照れるな。けれど、慥かにぎゅっとすれば熱くなる。冷えきっていた姫さえも、近ごろは熱をもつ」

ああ、そのとおりでございます。ぎゅっと引き寄せ合った極限には、途轍もない合一と熱が起きるのです。その原初の太陽を祝福するかのように、太陽にならずに残った星間雲が、太陽のまわりを円を描いて回りはじめました。

「太陽が中心で、その周囲を明星やら地球やら幾つもの星がぐるぐる回っていると言っていたな」
はい。やがて星の間の雲もお互いに引き合う力、引力により徐々に濃いところと薄いところができてきました。濃い部分はより引きつける力が強く働くようになりまして、どんどん周囲の雲や塵を引き寄せて大きくなっていきました。父上のような濃密な方が、私を惹きつけるようなものです。

「逆だろう」

はて、どうでしょう。私はじつに薄い存在と自嘲しておりましたが。話をもどします。やがて塵も積もれば山となる。いつのまにやら星の間の雲は大小の塊となりました。

「大きな塊は、より強く小さな塊を引き寄せる」

然様でございます。小さな塊は大きな塊に引き寄せられて激突します。そのたびに多大なる熱が生じ、小さな塊は大きな塊に熔(と)けていきます。それはまるで火花散る戦のごとき有様でした。残念ながら、小兵は大きな塊には勝てませぬ。我が身を挺(てい)して大きな塊に飛びこんでゆきます。ときに大きな塊さえも衝撃の大きさに割れてバラバラになることもございましたが、おおむね捨て身の小さな塊を呑みこんで傷つきながらも、ますます大きく育ってゆきます。

「わかった！　それで抽んでて大きくなって生き残ったのが、この地球をはじめ、いま目の当たりにしている明星などだ」

はい。父上ときたら一を聞いて十を識(し)る。途轍もない御方です。

「照れるなあ」

ふふ。照れないで。

「もっと、教えてくれ」

星間雲のなかで引き合ってできあがった星を太陽に近い順から水星(しんせい)、金星(あかぼし)、そして父上と私がぎゅっと抱き締めあう大塊(ちきゅう)、火星(ひなつぼし)、木星(たいさい)、土星(ちんせい)――まだまだ続きますが、程々に致しましょう。

「うーむ。海の上で目印にするあれらの星々は、この地球も含めて、みな太陽のまわりを回っておるのか」

はい。できあがったばかりの地球は、硬い粒が一様に集まったものでした。そのまわりを星のあいだの分厚い雲が覆っていて、ちょうど褞袍を着せられたようなもの、どんどん地球を暖めていったのです。

しかも無数の粒はぎゅうぎゅう引き合って擦れあい、潰れていき、どんどん熱をもちました。それは地球をつくりあげた塵のなかの鉄や、銅に似て銅を含まぬもの(ニッケル)と称される金属を熔かすほどでした。熔けた金気(かなけ)のものは重いので、地球の内側めがけてどんどん沈んでいきました。

「なんと、地球の内側には鉄が詰まっておるのか」

はい。ただしドロドロに熔けております。しかも表面は鉄よりも軽いがゆえ石が浮かびあがり、それが熔けて、すなわち熔岩(ようがん)で覆いつくされておりました。

「表面はすべて熔岩！」

はい。鉄も熔け、岩も熔ける強烈な熱の塊で、地球上のすべては熔岩の海に覆いつくされていたのです。

「海は海でも、熔岩の海！」

灼熱(しゃくねつ)の地獄でした。目映いばかりの真紅の瘴氛(しょうふん)を放つ巨大な、何ものも生きることのできぬ炎熱の世界でした。しかも無数の巨大な隕石が、赤熱(しゃくねつ)して粘つき爆ぜる熔岩の海に墜ちてくるのです。

なにせ星間雲のなかで数えきれぬほどの小さな星々が生まれていたのです。ですから地球に引き寄せられる隕石の数は際限なく、空一面不規則に交差して尾を引いて流れ墜ちてきます。地獄の流れ星でした。しかも、その衝突でさらに熱が上がっていき、いよいよ熔岩の海は灼（や）け爛れて軋んだのです。

「うーむ。まさに地獄」

　さらに恐ろしいことが起こりました。いままでの流れ星とは比較にならぬ、火星ほどの大きさがある態亜（ティア）という星が、激突してきたのです。ちなみに火星は地球の半分ほどの大きさです。態亜（ティア）がそれ以上大きかったならば、地球も粉々になってしまったことでしょう。

「地球はだいじょうぶだったのか？」

　かろうじて。されど激突の瞬間、地球よりも大きな白銀の火柱が四方八方に飛び散りました。そして地球は大きく傾いてしまいました。北と南を結ぶ線が、ずれてしまったとでもいいましょうか。まっすぐ立っていた父上がいきなり凄い勢いで誰かにぶつかられてよろけてしまい、傾いだままの恰好になってしまったかのようなものでございます。

　地球は大きく削がれてしまいましたが、どうにか持ちこたえました。けれど態亜（ティア）は、父上にぶつかった無礼者と同様、木端微塵です。

「なにやら頭の中に絵が見えた。おぞましさを通り越して、なにやら痺れがおきた。姫が見た光景だな」

　はい。削ぎ取られた地球の塵と態亜（ティア）の塵は地球のまわりを回りはじめ、やがて地球ができたときと同様に徐々に大きな塊ができあがり、大きな塊はどんどん塵を集めて膨らんでいきます。それが月になりました。

「月が生まれた！」

　はい。そのころの月は地球のごく間近にあったので、いま見る月の三百倍もの大きさに見えたものでございます。

「三百倍！」

けれど途方もない年月をかけて徐々に地球から遠ざかっていきましたので、少しずつ小さく見えるようになりました。

「うーむ。すると、先々もっと小さく見えるようになるのか」

理屈の上ではそうですが、地球の回転が遅くなるにつれて、月を遠ざけることはできなくなります。いまよりも相当に離れはしますが、ある時点で釣り合いがとれ、月は逃げていくのをやめます。たぶん、いまから百億年くらい先のことです。

「地球の回転？」

言い換えると、一日の長さです。月がぶつかったころの地球の一日は、ふた刻(よじかん)ほどでした。いまの六分の一くらいですね。

「ゆっくり回るようになっている？」

そうです。人には感じられぬほどではありますが、少しずつゆっくりと——。

「で、いつか、回るのを止めるのか？」

もし、回るのをやめてしまうと、月と同様におなじ面だけ太陽に曝されることになりますね。そうなると人は生きてはいけぬのではないでしょうか。

「終わりがくるのか？」

終わり。私にはわかりません。けれど、父上といっしょに終わりを迎えられるならば、これに優(まさ)る幸せはありません。なにしろ私は独りではなくなったのですから。

「ああ。独りではない。おまえは俺の血肉であり、すべてだ」

嬉しい！

「続けてくれ」

はい。すべてを焼き尽くす灼熱地獄でしたが、一億年ほどかけて冷えていきました。流れ星がおさまってきたのと、熔岩のなかに含まれていた水が湯気となって地球のまわりに分厚い雲ができあがったことによります。これは星のあいだの雲とは別のいまの空に浮かぶ雲と同じようなものです。ただし、このころの空気は火山の放つ瘴気のようなもの、そのほとんどが炭酸(にさんかたんそ)でした。

「あのシュワーッとなるやつか」

御存じでしたか。

「うん。御神木の山の中腹の湧き水に気泡が混ざっていてな。飲むと咽に沁みて心地好かった。で、少したつとゲップがでる。あのゲップが炭酸であろう？」

はい。飲むぶんにはそうして胃の腑から口の外に出ていきますからかまいませぬが、空気として炭酸だけを吸えば、生きてはおられませぬ。この地球にいまの空気ができあがるには、命の誕生を待たねばならなかったのです。それにしても、分厚く重く、乱れに乱れた黒みがかった灰色の雲から最初の稲光が疾ったのを、いまでも忘れられません。

「おお、見えたぞ。凄まじい雷光だ！　天から太く青白い無数の触手を伸ばして大地を抉り、そればかりか凄まじい勢いで疾りまわって嬲っておる。これほどの稲妻、いまの地球には、ありえぬ」

その轟音(ごうおん)に、まだ軀を持たぬ私でさえ、耳をふさいだほどでございます。けれど、その稲妻のあと、最初の雨が地球に降り注いだ瞬間は、感動に胸が震えました。目頭が熱くなりました。熔岩の灼熱の大地が荒れ狂ってから、一億年ほど後のことでございました。

このころ、すべてが極端でした。雲は異様に分厚く果てしなく、雨も、いまの雨などとは比較にならぬ瀑布のごとき凄まじく烈しいものでした。

灼熱の大地に降り注ぐ膨大な雨は即座に湯気となり、ふたたび雲となって大地に降り注ぎます。その無限の繰り返しにより、いつしか雨は大地を冷まし、熔けた岩は、冷たく硬い岩となりました。雨はどんどん地にたまっていきます。三億年も雨降りは続いたでしょうか。すっかり地球は水に覆いつくされました。それは塩酸の溶けこんだ膨大なる水——海の誕生です。

「海！　俺の海」

はい。父上の海であり、命の海です。

さらに一億年ほどたちましたか。海のなかに命が生まれたのです。じつは、私が悪戯を致しまして。

「悪戯？」

というのも海の底深く、途方もない熱さの湯が噴きだすあたりに、なにやら目には見えぬふわふわした小さな小さな何ものかが浮かれたように漂っているではありませぬか。それは岩や鉄などではありませぬ。岩に命はございませぬでしょう？　海の塩にも命はございません。

「うむ。それらは命とは別物だ」

けれど、ふわふわは岩や鉄などとはまったく別のものであることが直感され、なぜかはしゃいでしまいました。まだ、このころの私に指はありませぬが、心の中からそぉっと手を伸ばし、指先を海の奥底にまで挿しいれたのでございます。

そうしたら、ふわふわたちは私の指先に集まってまいりました。私はそっと撫でたつもりでしたが、ふわふわたちはいっせいに背筋を伸ばしたのです。そして——

「そして？」

そして、ふわふわたちはごくごく単純な命に変わりました。

「最初のふわふわしたものは、命ではなかったのだな？」

はい。命の種子ではありましたが、あくまでもふわふわで、命ではありませんでした。私が触れたら命に変わったのです。それは父上の、それこそ一億、十億、千億分の一、いやもっと小さい、最低限のものしか持っていない目に見えぬほどのものだったのですが、あくまでも命でした。驚きました。じつは――。

「じつは？」

命に変わったふわふわが、長い年月をかけてその時々の情況に応じて複雑に姿を変え、やがては父上とおなじ姿、すなわち人にまで変化していくのが見えたのです。譬(たと)えれば婀娜夢(アダム)と熏(イブ)の姿でした。婀娜夢(アダム)と熏(イブ)は、私と同じように物ごとを感じ、考え、思う存在でした。ただし私とちがって軀を持っておりましたが。

ああ、ひたすら待てば、このふわふわは、いつかは私と心を通じあうことができる婀娜夢(アダム)と熏(イブ)となる。そう悟ったときの歓喜をいまでもありありと思い出すのです。

「だが姫は、人に対してあまり好い思いを持っていないようだ」

はい。それは、おいおい語りましょう。

「冥(くら)い眼差しの姫は見たくない」

申し訳ありませぬ。ふわふわがその後、どうなっていったかをかいつまんで――。ふわふわは藻とは違うのですが、藻のようなものに見えました。藻は生きておりますよね。

「ああ。岩とちがって波に削られて小さくなっていくこともなく、どんどん増えていって舟底を覆いつくす。ばかりか、陸にあげてしまえば乾ききって死ぬ」

その藻のような微細な生きものは海のなかで際限なく増えていき、ときに海が乾いてしまったときには父上の仰有るとおり死に絶えもしましたが、しぶとく生き残ったのです。

やがてそれらのあるものは極小の茸のような、あるいはもっと大きな羊歯のようなものに変わって、海のなかで繁茂するようになりました。海のなかに、たくさんの海藻が生えるようになったのです。

それらのなかには浜に打ち上げられても、しぶとく生き残り、根を張るものもあらわれました。やがてそれら草木は地球のすべてを覆いつくしたのです。しかも、そのものたちは、じつは炭酸の空気を吸って、人が生きるために必須な空気を吐きだし、遠い時の彼方に父上が楽に息ができるように下拵えしたのでございます。

「なんと！　俺が息をしているのは、海藻やら草木が空気を整えてくれたからなのか」

はい。しかも最初のふわふわな命は複雑に枝分かれしていき、草木ばかりか魚や烏賊や山椒魚、虫や蜥蜴や鳥、さらには獣に変わっていったのでございます。

ただし、平坦な道のりではありませんでした。ほとんどすべての生きものが死に絶える大絶滅が幾度もございました。その試練をどうにか乗り越えて生き抜いたごく少数が、いまの父上につながっていくのでございます。

「竜など見慣れている。見飽きている。扱いも心得ている——と、竜子との遣り取りで申しておったな」

さすが父上！　なんという洞察。山椒魚の時代がございました。巨大な山椒魚がこの地球の主であった時代があったのです。けれど山椒魚は水辺から離れられませぬ。やがて山椒魚から変化し、陸を自在に動くことができる蜥蜴が、この大地の主となったのです。

竜の時代です。ごく小さなものから途轍もなく大きなものまで、恐竜の時代です。大きなものは、じつは勇魚よりも巨大で、この大地を闊歩していました。鳥の祖先で空を舞うものもございました。

竜は大繁栄し、この地球の主でした。竜の時代は、なんと一億六千万年以上も続きました。

「人の時代は？」

もっともぎりぎりまで遡（さかのぼ）れば、七百万年ほど前からでしょうか。

「勘定はできないが、竜の時代とは比べものにならぬ短さであるようだな」

はい。ただ、人は、まだ滅びてはおらぬがゆえ、これから先、どれほど続くのかはわかりませぬ。

「おまえにもわからないのか？　姫は未来を見透せるのではないか？」

未来は無数に枝分かれするのです。予測はできますが、預言は無意味です。

「なぜ枝分かれする？」

説明しづらいのですが、この世界をかたちづくっている真の大本である、ごくごく細かな粒であり波であるものは、見つめられたとたんに枝分かれしていくのです。すると新たな世界が無数に発生してしまうのです。

「――なにが何やら」

はい。私にもそれがどうしてなのかは、わかりません。ただ一つ言えるのは、たとえば月は私が、あるいは父上が見あげたから、天空に存在するのです。

「見なければ？」

存在致しません。

「わからん！　見ても見なくても、月は確（しか）と夜空にあるであろうが」

この不可思議こそが世界を、宇宙を、そして私たちをかたちづくるごくごく微細な粒であり波であるものの実体であり、性質であり真実なのです。

「うーむ。おまえがそう言うなら、未来が無数に枝分かれしていくことを認めよう。まったく訳がわからんが。話をもどす。竜の時代はなぜ終わった？」

私は竜を見守っておりました。おとなしい竜だけでなく、獰猛な竜もたくさんおりましたが、食い食われるといった諸々は私の関知することではございません。

私に姿はありませんでしたが、懐いてきた竜たちと愉しく遊ぶこともございました。二本足で立つ途方もなく凶悪で強靭（きょうじん）な竜もおりましたが、私にはよく懐いておりました。姿のない私に獲物の肉塊の一番よいところを捧げてくれたりも致しました。竜たちは見えない私を感知できるほどに優れた感覚を持っていたのです。

「竜を支配していたのだな」

いいえ。竜の生を捻じ曲げるようなことは一切致しませぬ。すべての事柄に対して、私は手出しすることはございませぬ。

「だが、たとえば秀吉殿などに対しては、あれこれ手助けしているではないか。もちろん俺に対してもだ」

父上と御一緒するようになって好悪の感情が弥増して、好きな方にはうまくいってほしいと希（ねが）うようになりました。正直に申せば、最初の命の素に手をさしのべた、そして人の時代になってからは、好悪を超えて細々と手助けをするようになりました。

「よいのか、それをして」

はい。大筋を変えるようなことは完全に控えておりますから。それに未来は無数に枝分かれすると申しましたでしょう。こういう未来があってもよろしいかと。

「――いちおくろくせんまんとか言っていたか。隆盛を誇り長い天下を築いた竜たちは、何故滅びた？」

ある日、巨大なる流星が落下しまして、地球が激震し、塵が天空を覆い、陽射しが届かなくなってどんどん温度が下がっていきました。

「また、ぶつかってきたのか！」

言いにくいことですが、致命的な隕石の衝突は、いままでも、そしてこれからも幾度もございますでしょう。

「そのときは、地球は壊れなかったのだな」

はい。けれど連鎖というのですが、まず草木が枯れ果て、それを食べていた竜が死に、草木を食べる竜を食べていた肉食の竜も食べるものがなくなって、絶滅致しました。

「おまえが流星をぶつけたのではないか？」

まさか。小さなことは多少はあれこれできるのですが、そのような大きな動きを起こすことは無理です。

いいえ。ほんとうのことを申せば、できるのです。けれど、してはならぬという抑制がはたらきます。たとえば、怒りと悲しみの極限に至れば、この地球ばかりか宇宙そのものを消し去ることもできます。

「ならば姫よ、すべての命の母にして最強の存在ではないか。いざとなったらすべてを滅ぼすことができる。弱点がないではないか」

弱点。私は最悪の弱点の持ち主です。

「なにを言うか。おまえは神仏の域にあるのだぞ」

ふふ。そんなもの、いるはずもありませんから。

「神仏は、いない」

おりませぬ。地獄も極楽もございませぬ。無数に枝分かれした未来に地獄、あるいは極楽のごとき世界もあるでしょうが。

「ならば、それはそれでいい。板子（いたご）一枚下は地獄。生きることそのものが地獄。つまり地獄に棲んでいるのだから、坊主共が唱える地獄も極楽も神も仏もなにもかも、どうでもいいと思ってきたのだからな。けれど、すべてを思い通りにできるおまえに、最悪の弱点。まったく合点がいかぬ」

私の弱点は、死への希求です。

「死へのききゅう？」

死への強い憧れ、望み、願望です。

「死にたいのか」

はい。死ぬどころか、宇宙までをも含んだこのすべての世界を終わらせてしまいたいと思ったこと、一度や二度ではございませぬ。

父上。お顔が真っ白に。申し訳ございませぬ。堪忍（かんにん）してください。

「いや。俺はおまえがすべてを終わらせたいならば、それに殉（じゅん）じたいと強く思ったのだ」

ありがとうございます。涙がでそうです。けれど、それをしてはならぬと必死で怺えてまいりました。人間の愚劣さに幾度か破裂しそうになったことがあります。

じつは父上にお逢いする前に、私はいよいよ我慢がならなくなり、いっそのことすべてを終わらせてしまおうと希うばかりになっておりました。けれど、なぜかそれをしてはならぬという裡なる囁きも聞こえるのです。

悩みぬいた末、囁きにはきっと理由があると悟り、瞬間的に破裂してすべてを消し去ってしまわぬように、つまり、それを避けるために、あえて私は赤子となって海を漂っていたということでございます。

いまでは父上と知り合って、もはやすべてを消し去ることを脳裏に描くこともなくなりました。父上の弥栄（いやさか）を祈るばかりです。

「ならば、俺が裏切ったら、あるいは俺がおまえを棄て去ったりしたならば、すべてが消えてしまうのだろうか」

どうでしょう。そのときになってみなければ、わかりません。が、この宇宙は父上の存在にかかっているということです。

「凄いことになってきたな。他人事にしか聞こえぬが」

よいのです。私が勝手に惚れ込んだのですから。

「そうはいくか。俺の頭にはな」

はい。

「おまえの幸せしかない。おまえの望むことをすべて叶えてやりたい。もっとも、おまえは望むことをすべて叶えることができるではないか」

それは、思い違いでございます。すべてを消すことができるのと、すべてを叶えることができるのはまったく別の事柄です。

「そういうものか」

そういうものです。私にはあれこれ見えますが、それが、その通りになる確証はございませぬ。

「未来を見透すことは、できないと言っていたもんな」

はい。先ほども申したとおり、私が見たとたんに、未来は無数に枝分かれしてしまうので、いかんともしがたいのでございます。無数無限を追うことはできませぬ。

「おまえが見たとたんに未来が無数に枝分かれしてしまうということは、じつは、おまえが世界を変えてしまっているということではないのか」

そうですね。否定できませぬ。

が、私には世界を変えてしまっているという意識はございません。もちろん意図もございませぬ。竜たちを襲った巨大なる流星を斥けることもあえて致しませんでした。

くどい物言いになりますが、無数の未来を感知し、そのすべてを改変することなどできませぬし、私が関与して無数の未来を一つの未来にまとめあげてしまえば、それは物の理を破壊することになってしまいます。

破壊された物の理は、その瞬間に真の意味で無数の宇宙を消し去ります。真の空が立ち顕れます。いや、立ち顕れるというのはふさわしくありませぬ。なにせ、真になにもないので。

もっとも、それは私も消え去るということですので、強い誘惑に駆られます。それを永遠無限に等しい時間、どうにか抑えこんできたのです。

「労しいことだ」

いいえ。すべては父上と出逢い、合一するためでした。私は幸せです。

「俺は生きていながら、屍体だった。おまえのおかげで蘇った」

では、お互いに蘇ったということで。

「うまく、まとめたな」

そうでしょうか。与えられたものの大きさは、私のほうがはるかに大きい。

四十六億年の孤独を、父上が救ってくださったのです。

話をもどしますが、無数に枝分かれした未来には、秀吉様が山落のまま山野を駆けまわっている未来もございましょう。あるいは秀吉様など存在しない未来もございます。言いにくいことですが、父上のいらっしゃらない未来も。ただ――。

「ただ？」

無数の未来には、無数の私がおります。それは無数にして単一。私は無限(マルチ)にして、たった一つ(ユニ)なのです。

「まさに、なにが何やら――」

私はどこにでもいるけれど、本質は独りぼっちと言ってもいいかもしれませぬ。

「俺がおるではないか。俺では寸足らずか」

なにを仰有いますか。父上が赤子の私を抱きあげて懐に入れてくれたときに、すべてが変わったのです。いつのころからか芽生えた、死に対する希求が消え去ったのです。それはすべての宇宙の消滅が消え去った、ということなのです。父上は無数無限にして永遠、そんなすべての存在に対する大恩人、神に等しき御方なのでございます。

「――竜の時代が潰えたのは、わかった。そのあとは、どうなった？」

竜の陰に隠れてひっそり生きていた生きものが、大流星激突の大絶滅にも耐え、徐々に勢いを増していきました。それは竜とちがって、軀の温かさを自ら一定に保てる力をもっていたのです。

「蛇や蜥蜴は冷えると動けなくなるもんな。魚のなかにも、冷たくなると動けなくなるものがおる」

虫も魚も山椒魚も蛙(かえる)も鳥も竜も卵を産みますでしょう。ところがお腹の中に子を孕み、それを産んで乳を与えて育てる生きものが勢いづいて、いまに至るのです。

「いわゆる獣の類いだな」

はい。それには、人も含まれます。

「慥かに交わり、孕み、産み、育てる」

人は昔、猿だったのを御存じですか？

「猿！　いや、そういえば人と猿は似てはいるが」

唐天竺よりも遥(はる)かに遠い亜弗利加(アフリカ)の地が、父上たち人の故郷です。いまから七百万年ほど前に、猿から人に変わったのです。もっともこのころは猿か人か微妙でした。猿人属とでも言えばよいでしょうか。猿と違うのは、二本足で立って歩くということでした。

「ふむ。猿も立ちはするが、人のように歩けはせぬな」

待ちわびた、瞬間でした。

「待ちわびた？」

はい。猿とも竜とも仲良くなれますが、やはり人の要素には欠けております。私は父上のような真に心を通わせることができる相手を欲していたのです。

「姫は、猿人でもよかったのか。猿とも人ともつかぬ相手を待ちわびていたのか」

全身に褐色の毛を生やしたその姿は猿と大差ありませんでしたが、もはや猿ではなかったのです。紛うことなき人でした。

しばらく——といっても私の時の流れですから父上は付き合いかねるといったところでしょうが、見守ってあげ、そして小さな示唆や手がかりさえ与えてあげれば、いずれ立つことによって自由になった両手を自在に操って道具をつくり、火を扱い、言葉で意思を通じあわせ、共同して狩りや作業を行うようになる。私にはそれがありありと見えました。

「なんと！　遣り方は違うのだろうが、姫は秀吉殿を天下人に仕立ててあげてやるために、窃かにこまやかな示唆を与えてやった。それを猿人たちにもしてやったということだ」

そういった関与には、抵抗を覚えないのです。時の流れにおいては、大筋は変わりませぬから。もちろん私が助言すれば、流れは一気に速まります。が、そうしなくとも多少劣りはしますが、ゆるゆると同じような結果に達するものです。

ただ、大絶滅をもたらすものを遠ざけ、なかったことにするといったことは、絶対にしてはならぬと常々肝に銘じております。

大きな絶滅は天変地異、あるいは隆盛を誇った存在自らがもたらすものでございます。それは物の理でございますがゆえ。結果、二度と命が生まれぬかもしれませぬが、それはそれ。物の理の摂理(せつり)でございますから。

「よくわからぬが、わかった。死するべきときは、勝手に死ねということだ」

ちょっと違いますが――。

「すまぬ。頭が足らぬのでな」

いいえ。死をいじってはならぬのです。死は私が希った大切なものですから。死ぬべきときは、死ぬ。父上の仰有るとおりです。

一方で、その者、その一族がもっている能力をほんのわずかの手助けで引き出してあげることは、私にとってじつに喜ばしいことでございます。医者が薬を与えるようなものでしょうか。

「なるほど。だが、寿命がくれば、死ぬ」

その通りでございます。だからこそ猿に似た人たちに、そっと囁いてあげるのです。たとえば、そろそろ木の上から降りて動きなさい――と。あなた方には地上を自在に動くことができる足があるのですから、と。

地に降りた人たちは、足の速い獣に襲われて散々な目に遭いますが、けれど、やられるばかりの仔鹿と違って、牙の代わりに棒きれや石を持って対抗致します。私は囁きます。先を尖らせ、それで刺すといった工夫をなさい。大きく振りかぶるよりも、突き刺すほうが威力があるのです、と。さらには石でも槍でも遠くから投擲（とうてき）するということを教えました。というのも両手が自由にして自在の猿人属は、全ての獣において投げる力、すなわち投擲力がこの地上において最強であったからです。

私は夢中になりました。千年万年に一度くらいでしたが、そっと囁いてあげました。もう、付きっきりでした。きっと夢中になりすぎたのでしょうね。あるとき――。

「あるとき？」

私は亜弗利加（アフリカ）の地、猿人たちの近くに立っておりました。実際に立っていたのです。

「軀を得たのだな！」

はい。ところが――。

「ところが？」

婀娜夢（アダム）と熏（イブ）の姿が脳裏に焼き付いていたのでございましょう。私としたことが猿人たちとは似ても似つかぬほとんど毛のない姿で、この世界に立ち顕れてしまったのです。

「猿人たちは、おまえを避けたか？」

残念ながら猿人にとっては異形。避けられてしまいました。自在に姿形を変えられるはずなのに、なぜかいまの人と同様の衣を猿人の衣に変えることができなかったのです。

「なぜだろう」

わかりませぬ。なんでもできる私が、四十億年以上かけて得た軀を変えることはできなかったのです。

「それは、おまえが、いまのその姿かたちをなによりも好んでいるからではないか？」

まさに！　おそらくは――。

「おそらくは？」

おそらくは、父上と出逢うときのための、とっておきの衣であったのでしょう。

「だが、俺の前にはじめてあらわれたときは赤子ではあったが、紅毛碧眼だったではないか」

人の姿で東の果てのこの地に到るのは途轍もない難事。いえ、正しくは一息に飛翔するようなことをせずに、地道に我が足でこの地を踏み締めて、一歩一歩進みたかったのでございます。私には時間がいくらでもございますから。

また私がたまたま関わった人たちが欧羅巴（ヨーロッパ）を目指しましたので、便宜的に髪や目の色を合わせたということでございます。それくらいのことは、できるのです。父上も御存じでしょう。赤子になったり、髪や目の色を変えたり。本当は猿人の姿になって溶けこんで、いっしょに毛のない人にまで進化し、姿かたちを変えてみたかったのですが。

「どうした。目の色が冥くなった」

欧羅巴（ヨーロッパ）を目指した人たちといっしょであったのは、過ちでした。

「よおろっぱとやらを目指した奴らは、よくない奴らだったのか？」

正しくは、人に期待したのは間違いだったということでしょうか。

「人は、だめか。よくないのか？」

一人の人ならば、よい人もいらっしゃいますが、たくさん集まると――。

それはさておき、いまの父上につながる人は、二十万年ほど前にあらわれました。その他の種の人は、みな滅び去ってしまったのです。なかには父上の祖先に滅ぼされてしまった人たちもございます。

「なんと。人にはたくさんの種があって、けれど、それらのほとんどが滅びてしまったというのか」

はい。唯一滅びから免れたのが、父上の血統に連なる人――真核生物領域（しんかくせいぶつドメイン）・動物界・脊椎（せきつい）動物門・哺乳綱・霊長目・人科（ヒト）・人属（ホモ）・賢種（サピエンス）。

　その在（あ）り処（か）をあらわせば、宇宙（ユニバース）・魚座鯨座超銀河団複合（コンプレックス）・宏大天超銀河団（ラニアケア）・乙女座局所超銀河群・局部銀河群・銀河系・唐鋤腕（オリオン）・太陽系・第三惑星・東亜細亜（アジア）・日本・山城国（やましろのくに）・左京（さきょう）・鹿ヶ谷・桜谷・如意寺跡――といったところでしょうか。あれ、お笑いになった。

「いやあ、なんとも、なにが何やら。まったくなにが何やらとしか言いようがない」

　あえて、おどけてくださったのですね。

「おまえの冥い貌は見たくない」

「申し訳ありません。欧羅巴（ヨーロッパ）に向かった人々はまだ猿の名残で額が大きく突出しておりました。いまの時代にやってくる紅毛碧眼も、猿と同様に、ずいぶん額が飛び出して目が奥に引っ込んでおりますでしょう。私はそれに較べると彫りが浅いので、微妙に浮いてはいましたが、付かず離れずといったふうに同道しておりました。

　知慧の人（ホモサピエンス）という名をもつこの人属は、婀娜夢（アダム）と悳（イブ）の伝説ではございませぬが、知慧を悪い方に用いたのでございます。その萌芽（ほうが）となったのが、宗教でした。

「仏やら神の教えといったものか」

「いまのように体系立ってはおりませんでしたが、それまでは血族で成り立っていた人の集団が、たとえ血がつながっていなくとも目に見えぬ何ものかを信じることによって強固につながるようになったのでございます。

「信長が長島（ながしま）一揆において、死をも厭わぬばかりか、死こそ救いと突撃してくる一向宗門徒（いっこうしゅうもんと）のつながりの恐ろしさを冗談まぎれに辟易したと呟いておったが――」

然様でございます。仏つながりで無数の人が平然と自ら命を投げだしました。信仰する民百姓は武威が仕事の織田の軍隊を翻弄し、動ずることがございませんでした。

斯様に信仰の力とは恐ろしいものでございます。その端緒(たんしょ)となりましたのが、四万年ほど前のことでしたか、私が人々に絵を描くことを教え、律動(リズム)をとり、単純な歌など歌うことを教えたのです。

これにより、実際には有り得ないものを見る力、象徴を捉える力を人は得たのです。

よかれと思ってしたことでしたが、これが私の大いなる過ちでした。

人々は洞窟のなかで火を焚き、炭や赤い粘土で壁面に獲物の絵など描きました。そして幻を見る茸や草を口にし、皆で声を合わせて唱和し、祈ることをはじめたのです。

このころの人々の願いは、生存に直結する獲物を大量に得ること、狩りの成功です。それを熱心に祈ったのです。その結果、人々の心の中に、それを叶えてくれる存在――神が顕れてしまったのです。

それを叶えてくれる存在は、狩りの成功をもたらすだけでなく、ときに罰する存在ともなりました。彼らも不条理な死や苦痛に見舞われ打ちひしがれておりましたから。その不条理は、罰する神ということに簡単に結びついた――ということでございます。

ともあれ人々は神という抽象のもと、固く結びつくようになりました。この強固な結びつきは血縁を超え、それこそ長島一揆の門徒衆のごとき強さをもたらしたのです。

結果、人々はある意味、死をも恐れぬ力を得て、おなじ欧羅巴(ヨーロッパ)や西亜細亜(アジア)に棲んでいた屈強な種族である寝案出谷(ネアンデルタール)の人々を滅ぼす、といったことをはじめたのです。この滅ぼされてしまった人たちは、決して劣る人たちではありませんでした。けれど確たる宗教をもたず、血縁以上のつながりをもたなかったのが致命的でした。

人は、自分たちとおなじものを信じていない人たちに対して残虐に振る舞って悔いることがなく、自分たちに属さぬ者たちを滅ぼすことになんら抵抗を覚えなくなったのです。それは、命をつなぐために獲物を狩るという生存の本質とはなんら無関係な、象徴と概念による殺戮のはじまりでした。

18

とうに夜は更け、東の空に明けの明星が輝き瞬いていた。海は凪いで鎮まりかえっている。空も海も星も、すべて見慣れたものであるが、いままでとはまったく別のものに感じられる。利兵衛は眠気を覚えず、姫の言葉に聞き入っていた。

「二百四十万年ほど前でしょうか。猿人属から変化した一番最初の人属に、骨の髄を啜ることを教えたのは。髄は血をつくる部位。滋養に充ちております。本来ならば血を吸うのがもっとも滋養をとるには手間もかからず具合がよいのですが、大きく獰猛な獣が斃し食した鹿の屍骸などはほとんど骨しか残っておりませぬ。このころの人は圧倒的な弱者、肉を食べる獣が屠った獣のあまりを漁って生き存えておりました。残念ながら血は地面に吸いこまれてしまいます」

「だから、髄」

「はい。たとえば肋の骨を折って血の代わりに啜ります」

「血の代わり！　吸血だ」

「ふふふ。人はもともと吸血のようなことをして生き存え、大きく育ったのです。髄を吸うようになった人属は、その最上の滋養にて一気に脳髄を大きくしていきました」

「髄を吸って脳髄を大きくした！」

「結果、すべての生き物のなかでも最強となり、巨大な獣を屠る狩人となりました。か弱かった猿人属や最初の人属のころはともかく道具——武器を用いるようになってからはずっと肉を食べていたのです。植物を食べるようになったのは巨大な獣が死滅してしまったからです。人が、狩り尽くしたのです」

そういった人々が宗教を生んだとされる俺の祖先というわけか——と、利兵衛は姫の膝で小さく唸る。

「頭のよくなった人属は、宗教を利用して支配被支配の徹底を行い、いつのまにやら同族をも奴隷の境遇に落とすようになりました。一緒に狩りをせず、一緒に耕さず、されど額に汗して働く人々よりもはるかに大きな富と力を得るようになっていきました。多く持てば、それを利していよいよ肥え太る。そのお零れに与ろうとする卑しき者たちが支配者の機嫌をとり、さらに普通の人々を虐げ、政を執り行う。私が呆然としてしまうほどの素晴らしき人属の進化でした」

「ははは。殿様面、大名面している奴らだって、もとを辿れば山賊海賊の類い。それを隠すために源氏だ平氏だ藤原だと銭で先祖を買う。秀吉殿など哀れにも、その見苦しき見本の最たるものだわい」

「耳が痛うございます。も少しキリッとして洒脱な御方であると思っていたのですが」

「致し方ない。そこまでの器、天下を取るしかない程度の器だったのだ」

天下を取るしかない程度の器——と、姫は口の中で繰り返し、膝の利兵衛に畏怖の眼差しを落とす。

絞りだすような声で言う。

「だからこそ、天下を取らせてあげたいのです」

「気持ちはわかる。が、あの男は姫の思っているような行いはせぬぞ」

姫は眼差しを伏せてしまった。

利兵衞に言わせれば、貧しく虐（しいた）げられた出自であるからこそ、権勢と富を得れば始末に負えぬ輩に堕落する。もちろん先祖代々、宗教的な虚構を構築して、それを楯に人々を吸血して肥え太ってきた奴儕の愚劣さは言うまでもない。人は血を吸わぬ吸血鬼なのだ。

「その通りでございます。王はいつだって背後に神がいるかのごとく仄めかし、下々（しもじも）の血を吸ってまいりました」

「それは、永遠に変わらぬだろうよ。多少は体裁を変えはするだろうが、血を吸わぬ吸血鬼の所業は永久に続く」

「はい。私が真に絶望したのは、契利斯督（キリスト）が宗教を興（おこ）したあとでした」

「契利斯督（キリスト）！」

「ユダが目をかけてあれこれ仕組み、うまく動いていたのですが――」

「じつは、俺は契利斯督（キリスト）が嫌いではない」

「はい。契利斯督（キリスト）自身はよいのです。そもそも契利斯督（キリスト）はいま伝わっているような聖人君子ではございませぬ。幼いころは、肩にぶつかってきた子供に『おまえはもう道を歩けない』と言い放ち、子供はその場で死んでしまいました」

「なんと！」

「幾人も、殺しています。生きている人の軀を枯れ木のように枯らしたりもしています。そういったことはトマスをはじめ種々の福音書に記されております。けれどいまの巴勒斯且（バチカン）につながる契利斯督（キリスト）の弟子たちは、自分たちに都合のよい福音書だけを選びだし、真実が書かれた福音書は外典（がいてん）として封印して教えを捻じ曲げ、右の頬を打たれたら左の頬を差しだせ――などという変態じみたことを言いだし、人々にねじくれた教化を施し、平然と神の子羊となれと唆し、王なる牧者に哀れに付き随う子羊こそ最善であるとして世界を支配する礎（いしずえ）をつくりあげてしまいました」

「秀吉殿から聞いたぞ。巴勒斯且（バチカン）の教皇は布教なる絶対的支配を条件に、世界を葡萄牙（ポルトガル）と西班牙（イスパニア）で二分割し支配することを許したと。なにせこの国は、いつのまにやら葡萄牙（ポルトガル）領だからな。もっとも教皇とやらは加特力（カトリック）教の王であろう。葡萄牙（ポルトガル）と西班牙（イスパニア）は二分割だが、教皇は世界のすべてを支配するつもりだ」

「加特力（カトリック）は神の名のもと、世界に害悪を撒き散らしております。恐ろしいのは、善いことをしていると信じていることでございます」

「おまえが教皇をなんとかできぬのか」

「それをしても、無駄です」

「いくら教皇を弑しても、後釜には事欠かぬか。教皇になりたい者は無数におるわな」

「然様でございます。もはや際限ない。しかも強固な体制ができあがってしまっているのです。もはや人属の完全なる滅亡といった手立て以外に、手の付けようがございません。契利斯督（キリスト）の教えを歪曲した契利斯督（キリスト）のおらぬ契利斯督（キリスト）教は、宗教の悪の最たるものでございます。ああ――洞窟に絵を描かせ、祈り、一つにまとまることを教えたら、まさかこのようなことになってしまうとは」

「おまえが悪いのではない」

「――原罪という言葉がございます。私に言わせれば、存在せぬものを脳裏で自在に拵えることができるようになったことこそが、原罪でございます」

「ならば、なおのこと、おまえのせいではない。俺だって実際には有り得ぬことをあれこれ想うのだから」

「いえ。種子を仕込んだのは、私です。しかも始末に負えないのは、原罪がすばらしい花を咲かせもすることです。絵画。彫刻。劇。音楽。舞。そして物語。私もうっとりしてしまう美しさや感動をもたらすのですから」

姫は大きく胸を上下させている。利兵衛はその手をきつく握ってやる。朝の陽射しがあたりに輝きを与えた。姫は唇を真一文字に結び、しばし思案し、語りはじめた。

「人間の浅ましくおぞましき所業に絶望しきってしまい、あるとき自身の王国をつくろうと思いたちました。他人を蹴おとすことのない静かで平和な王国でございます」

利兵衛は黙って先を促す。

「思い描いたのは、一番最初の人属に倣いまして、されど髄は相手を殺してしまわなければ得られませぬから血を吸うことで活動すること。ただし、血を吸うことを押しつける気もございませんでした。血を吸わなければ、死とは無縁の静かなる眠りにつくだけです」

「船艙の寝棺に横たわっていた者共だな」

「巴蘭知場丹亜(トランシルバニア)の北、ほとんど人の立ち入らぬ荒涼とした山中奥深く私は隠棲し、我が左手の小指を切り落としました」

「なんと！　痛くはないのか？」

「痛みますとも。血も流れます。けれど痛みをともなうからこそ再生があるのです」

利兵衛の脳裏に、華奢(きゃしゃ)な小指が濃緑の苔に覆いつくされた地に落ち、そこに淡い血が滴りおちるところが泛ぶ。

姫はそっと利兵衛に左手の小指を差しだした。もちろん傷痕など一切ない。細く、嫋やかで爪の薄桃色がなにやら切ない。

「切り落とした小指は、私の眼前で巴蘭知場丹亜(トランシルバニア)の初代竜王(ドラキュラ)と化しました。竜王(ドラキュラ)と名付けたのは、竜の時代に私にとても懐いていた暴君竜(ティラノサウルス)からきています。もちろん父は暴君ではございませぬが」

「姫が父君を生み、姫が父君に王の名を付けた――」

「はい。私は自身の小指が再生するたびに切り落としました。竜王(ドラキュラ)の家臣が続々と生まれました。城を建て、竜王(ドラキュラ)以下静穏な暮らしをはじめたのでございます。芸術を好む者や学究肌の者が多く、詩や音楽、加特力(カトリック)教会が焼き払った亜歴山特(アレキサンドリア)図書館等のわずかに焼け残った古書の研究を送る日々でございました。王も家臣も自足し、野望と無縁な静謐(せいひつ)な暮らしが続きました」

　悪い暮らしではないが、覇気(はき)がないと利兵衛は思った。竜王(ドラキュラ)という名は、伊達(だて)である。もちろん口にはしない。

「王と家臣という間柄ではありましたが、支配被支配とは無縁でした。すべては、自由。ごく単純なことですが、日々物を食べなければ生きていけぬ人間とちがって、ときおり獣の血を吸いさえすれば活動できるので」

「獣の血でもよいのか」

「血は、似たようなものでございますから。人の血を吸ってもかまいませぬが、人の血が絶対ではありません。蝙蝠を操って獣が消耗せぬ程度の血を運ばせるくらいで事足りるのです。その気になれば人間共の血を吸って、そのおぞましさを浄化できもします。けれど、ほとんどの場合、お互いの血を吸い合って自足してまいりました。それは人における目合のようなものでございます。ただし人のような騒がしいものではございませぬが。静的で秘めやかな恍惚とでも申しましょうか。巴蘭知場丹亜(トランシルバニア)の者が人間の血を吸うと喧伝(けんでん)したのは巴勒斯且(バチカン)の奴儕と、飢餓の折に実際に同胞(はらから)を殺して血を啜ったことのある後ろ暗い思いを抱えた人間たちでした」

　鯔島でも、島民は魚の生き血を貪るがごとく啜り、すべてを吸い尽くしてから捌くのが当然であった。生き物を屠る漁師にとって、血は滋養の詰まった大切な液体である。そこに仏教的な軽薄な汚穢の観念など一切ない。血の一滴は、命の一滴なのだ。

「支倉では荒天続きで漁に出られぬ日が続くと、飢餓の果てに人を食った。もちろん血も全て啜った。魚と一緒よ」

　姫は控えめに頷いた。労しそうに利兵衛を見やる。巴蘭知場丹亜（トランシルバニア）における吸血は必然ではなかった。哲学的な者たち、なかでも永遠の命に疑問を持つ者は、姫に一朝有事あらば目覚めさせよ——と言い残して血を吸うのをやめ、自ら寝棺に身を横たえた。

「竜王（ドラキュラ）の城で私は王の姫君として静かな時をすごしました。人とかかわらずに、人のよい部分だけをもっている種族との日々は、学問と芸術に満ちあふれた素晴らしき日々でございました」

「ま、俺は無知無学で粗野粗暴だからな」

「そんな父上が大好きなのです」

「物好きな」

「父上は、真の智をもっていらっしゃる」

「ほう。大きくでたな」

「真実でございます。智慧というもの、じつはたいしたものではございませぬ。智慧から慧を取りのぞいた智こそがすべてでございます。智とは物事をずばり会得し、見抜く力のことでございます。慧とは賢（さか）しく気がきくさまをあらわしているにすぎませぬ」

「もう、よい。やめろ」

　照れる利兵衛にむけて、姫は柔らかな頰笑みを投げかけ、表情をあらためて続ける。

「されど、おなじ地上にいるかぎり、人間の目から逃れることはできませぬ。ときに旅人が迷いこんできたりするので、いつのまにやら巴蘭知場丹亜（トランシルバニア）は秘められた王国の一つと認められておりました。ところが竜王（ドラキュラ）の民が永遠の命をもつらしいという、人間を超えた存在であることが徐々に知れわたりまして、そして竜王（ドラキュラ）が罠（わな）にかかることと相成りました。巴勒斯且（バチカン）にて竜王（ドラキュラ）である我が父が灰にされたことは、以前お話し致しましたね」

我が父という姫の言葉に、なんともいえぬ痛々しいものを感じた。というのも自らの小指を切断してつくりだした父だからである。ならば血のつながりのない俺はどうなのだろう？　と、窃かに思案する利兵衛だった。

「父上こそが、真の父でございます。理由は私がこうしてここにいることを、存在そのものを受けとめてくださっているからです」

「ま、どうでもよいことよ。俺はおまえの父である。ゆえにおまえがよくないときは、折檻もしよう」

「折檻なさいますか」

「する。着物をまくって剥きだしの臀を打擲（ちょうちゃく）してやる」

「打ってくださいますか」

「なにを頬を赤らめておる」

「いえ、そんな」

「ま、そういうときなど永遠にこないであろうがな」

やや不服そうに姫は黙りこんでしまった。利兵衛はなんとなく姫の気持ちを察した。強く深くつながっていることを実感した。姫が自分に依存していることも察した。もちろん知らんふりして、小声で呟くように言う。

「南蛮船を派手に燃やし尽くした。灰になった臣下どもはどうなった？　途方もない人数に増えたのであろう？　ユダが一族の弱点を契利斯督（キリスト）に教え、それが巴勒斯且（バチカン）の者たちにも知られるようになったのは、全世界に遍く一族が拡散することを企図したのだ——と判じたのだが」

「さすが父上！　その通りでございます。私の小指から生まれた人々は、よくも悪くもよい人ばかりでした。さすがに面白みのある人が欲しくなり、ユダを拵えるときは念入りに小指を切り落としました。結果、ユダは面白すぎるくらいに面白い人となりました」

「まったくだ。だが彼奴、それほど幸福でもないぞ」

「はい。わかっておりまする」

「ま、人の心があれば、みんなユダみたいな鬱屈を抱えるものよ。それよりもなによりも小指。これから先、己の軀を傷つけること、一切許さぬ」

「はい。もはや、指を落とす理由もございませぬ。父上が傍らにいらっしゃってくださいますがゆえに」

「まあな。せいぜい俺に尽くせ」

「はい！」

「戯言（たわぶれ）だよ。ま、父と娘、仲良くやろう」

利兵衛の頬に涙が落ちた。

「泣くことはねえだろう」

照れ隠しに、ぞんざいな口調の利兵衛であった。ともあれ、ほとんど全てのことを知った利兵衛は、慈愛のこもった眼差しで姫を見あげる。

姫は超越した存在にして、どんな女よりも女らしく、どんな人間よりも人間らしい。利兵衛は手を伸ばし、姫を抱き寄せた。見つめあう二人を、燦めく朝の光が包みこむ。

19

家康は神名火を見やり、口をすぼめた。人か？　と姫に目で問う。姫は頬笑みかえしただけであった。前久は盪けかけたような胡乱な眼差しで家康を見つめる。知らぬ仲どころではないが、家康は前久から微妙に視線をそらす。逃げるように姫に問う。

「ところで黒なる忍び、姫の配下であろう」

「然様でございます。いまは秀吉殿にお仕え致しております」

「非道い目に遭った。長久手の戦いのおり、儂の子飼いの忍び、全て黒とやらに弑されてしもうた」

「それはなんと申してよいやら。大層申し訳なく存じます」

頭をさげた姫に向かって、やや慌て気味に手を左右に振る。

「常々、前久から言い含められておる。姫に逆らったら、あれでおじゃる――と」

「あれでございますか。おお恐」

「以前遣り取りしたときも逆らってはならぬときつく己を誡めた。なにせ臆病なのでな。加えて儂は、己でも厭になるほど損得にこだわる」

「それを合理と申します」

「姫とお付き合い申しあげれば、必ずや得をすると、よいことがあると信じておる」

「ございますとも。家康様が心窃かに希う真の安寧。それが訪れましょうぞ」

「真の安寧」

「もっとも完璧は無理ですが。真は言いすぎました。まああといった安寧でしょうか。それでもこの国において、ひたすら長く続く安寧は稀有のこと」

「なによりもな、この徳川家が誰からも蔑ろにされず、無窮に続くことを希っておる」

「続きますとも。私に従えば」

「六つのころだった。初対面の信長に嘲笑われた。——鼬の顔に重しをかけて潰せば、竹千代になる」

竹千代は家康の幼名である。

「いまは多少お太りになられましたから」

「狸か？」

「ふふふ」

「儂の生家、三河松平家は哀しくなるほどに弱小で、しかも東を今川に、西を織田にはさまれて前門の虎後門の狼の立場よ。ゆえに常に今川、織田双方の動きに汲々とし、滅ぼされぬために重縁を結び、人質を差しだし——と並々ならぬ苦労を重ねてきた。儂は三歳で母と生き別れとなった」

家康は大きく息をついた。

「儂の母は政略結婚にて、夫を五人替えさせられた。儂は長子であったが、三歳のとき、母は父とは別の男と妻わされた。儂は母を知らぬ子よ」

家康の目に縋る色がにじむ。姫に母性を見ているのだ。

「さらに六歳のとき、今川義元のところに人質にだされた。ところが儂を今川方に運ぶことを請け負った戸田康光が裏切りおってな。なんと永楽銭百貫で信長の父、信秀に売り渡された。百貫——儂の値段だ。さらに信秀の依頼にて、加藤図書助順盛の熱田羽城に幽閉された」

「御苦労なされました。お労しいことでございます」

「儂の父である広忠はな、織田信秀から倅がかわいければ織田に服従せよと迫られたんだわ。だが、織田に恭順の意を示せば今川が黙っていない。父広忠は、六歳の儂の命と国の命運を秤にはかけられぬ――と信秀を突っぱねよった。儂は、そのまま織田家の人質よ。つまり、儂は父に棄てられた。母とは生き別れ、父には抛擲されてしまった」

「よくぞ、生きることを投げだしませんでしたね」

「――幾度か死のうと思った。いまも心のどこかで死にたいと思っている。されど弱小松平家、儂の代で徳川と名を変え、必死で守り立ててきた。いまは徳川家を大きく強くすることだけが生き甲斐よ」

家康を見据え、一呼吸おいて姫は囁くように言った。

「秀吉様のあと、天下を取ります」

「天下。儂が？」

「然様。家康様が。ほれ、掌を見せてごらんなさい」

家康はおずおずと掌を差しだした。姫は小指を立てる。どこといって変哲のない家康の掌の左から右にすっと小指をはしらせる。

「ほら、真一文字の手相となりました。枡掛筋と申します。さらにここを整えてさしあげましょう」

姫は現代でいうところの感情線をくっきり深く鮮やかなものに変えた。

「この筋は、天に応じ君主と父を象徴し貴賤を決めまする。これだけの手相を持てば、最上の貴人となられるでしょう」

「天皇よりも、か」

「はい。家康様の、すなわち徳川の天下は盤石でございます」

「この国において長く続く安寧は稀有――と申したよな。この国において、と。どういう意味かと強く引っかかっていた。それは徳川の天下は盤石ということと同義であるな」

「まずは、じわじわと天下をお取りなさい」

「手相を拵えてもらったのはいいが、何故、儂が天下を取れると、そしてその天下が盤石であると断言できる？」

　家康は自らに刻まれた新たな手相の不思議よりも、天下を取り、盤石であるとどうして言い切れるのかと問いかけるのである。

「唐の手相術にございます。そもそも三千年ほど前に天竺にはじまり、唐にて完成致しました。やがて唐から紅毛碧眼の国々にも伝わりましたが、やや奇妙な方向に逸脱してしまっております。話がそれました。手相によると、家康様のお好きな損得や筋道はすべて通用致しませぬ。これ即ち、天命」

「天命！」

「家康様の御父上が家康様をお棄てになったこと、理詰めでいけば織田と今川に挟み込まれて云々と解釈もできましょう。が、かような不条理、理詰めで割り切ることができましょうか。心の痼を、これぞ損得勘定における筋道と納得することができましょうか。家康様がお独りになられたこと、そしてどうにか投げださずに生き抜かれたこと。これぞ天命でございます」

「天命」

「然様。天命でございます。いままでのままであったならば、やや苦しい運命が続きもしましたが、私が家康様の手相を、運命を変えて差しあげましたがゆえ――」

　すべてを言わず、姫は眼差しを伏せて笑んだ。理詰めには強いが、天命と言われてしまえば反論のしようがない。家康は動揺に呼吸を乱した。もちろん弱小松平の自分が出自を超えて天下を取れるという昂ぶりもあり、為す術もなく姫に籠絡されていた。

思い返せば、前久から届く姫の伝言に従って旧武田領を織田家より掠め取り、さらに言われるがままに動いて甲斐、信濃、駿河、遠江、三河の五ヵ国、百三十万石を領有するようになっていた。三河の小大名と嘲られ、軽んじられていた自分が、である。

さらに前久を通して、織田信雄を抱きこんで秀吉と戦をせよと唆された。勢いづいていた家康は、蜂起した。小牧長久手の戦いである。戦っているうちに、自らが率先し、自らの意思で戦っているような気分になっていたが、なんのことはない。すべては姫の掌の中で踊っていただけであった。

無謀にも天下に最も近いとされている男、秀吉に戦を仕掛けたのである。なにもわからぬまま大義は当方にありと戦に邁進(まいしん)したが、そして勝ち負けは不明瞭なれど、信雄が寝返ったことにより一応は負け、ということになって秀吉と講和を結んだ。

家康は唐突に悟っていた。秀吉と戦をしたこと、それは諸国に対して天下を取る意思あり——と宣言したに等しいではないか。なにもわからぬままに、家康は世に対して野心を仄めかしてしまったのである。

ばかりか戦の帰趨(きすう)を鑑みれば、たかだか一万六千の兵にて十万超の秀吉の軍勢に大打撃を与えたのである。実質家康の勝ちとする者も多い。期せずして家康は己の実力？　を天下に示したのである。

考えこむ家康を前に、沈黙が拡がった。居たたまれぬ顔つきで、家康は気持ちを切り替えようと、鼻をほじっているユダに視線を据える。わざとらしく目をこする。

「信じ難いが、若かりしころの松永弾正殿でござろう？」

鼻屎(はなくそ)を家康にむかって弾きかけて、姫に目で窘められ、ユダは横柄に頷く。

「まあな。死んだと思ってただろ」

「茶釜を抱いて、爆死なされたはず」

「天主もろとも木端微塵、これ即ち屍体がないということだわな」

「なるほど。いつから姫と？」

「長っーがい付き合いだな」

はあ、と思案気に二重顎を弄ぶ家康であった。同様にくっきり二重のぎょろ目をさらに見ひらいて、上目遣いで言う。

「もっとも天下に近い御方と思うておりました。誰よりも先に天下を取ると――」

「天下。そんなもん、慾しがるほど間抜けではないわ」

「されど天下でございますぞ」

「だから姫が、おめえにくれてやるって言ってるじゃねえか」

「――はい。謹んでお受けする所存」

「所存ときたか。相も変わらず鬱陶しい奴だなあ。もっと軽々振るまえんか？」

「あいにく、それができたらどれほど楽だったでございましょうか。この家康、残念ながら弾正殿のように行きませせぬ」

「なんで俺だけ、叮嚀な言葉遣い？　ひょっとして尊敬してる？」

「もちろんでございます。信長殿も感服致しておりました。魁です。そして」

「そして？」

「まったく掴み所のない御方でした。が」

「が？」

「姫と御一緒なされているのを知って、なにやら不明ながらも合点がいきもうした」

「よかったね」

はあ、と合点のいかぬ貌の家康であった。ユダは眉間に大仰な縦皺を刻んで家康の顔をしげしげ見つめ、姫に向けて大声をあげる。

「やだよ、こいつは。弾正は色男だったけどな、こいつは、ちょいと趣味じゃない。ていうか、すっげー無理。無理、無理！　とことん無理。意味なし！　意味なし！」

「というおまえが一番意味なし」

「喋るな、ちびっ子天狗」

「――雲雲我気似金地他火無(くもくもがけにこんちたびなし)」

「あ、めんご、めんご！　蟲の呪法だけは、堪忍どすえ。俺とおまえの仲じゃねえか」

ユダと神名火の遣り取りを、なかば呆気にとられて見守る家康である。

そんな家康を、酷薄(こくはく)な眼差しで一瞥するユダである。そんな家康を、じつに痛ましそうに見やる神名火である。そんな家康を、流れというものがおじゃるといった突き放す視線で睨めまわす前久である。そんな家康を、柔らかな瞳でつつむ姫である。そんな家康を、どうでもいいといった欠伸まじりの目つきで眺めやる利兵衛である。

「父上。私は謬(あやま)ったことをしようとしておりますか？」

姫の問いかけに、利兵衛は家康に声がけする。肚の据わった重く低い声である。

「家康殿。天下を慾するか」

「いや、まあ、その――」

「見苦しい。はっきりしなさい」

「はっ。天下が、慫慂しゅう、ございます」

「ん。じゃ、姫よ。よきに計らえ」

利兵衞の出自を知らぬとはいえ、いつのまにやら平身低頭している家康であった。姫は利兵衞と家康に交互に視線を投げ、満足げな笑みを泛べ、居並ぶ家康の家臣たちをゆるりと見まわした。

家臣たちは目の焦点が合わなくなり、なかば酔ったような面立ちだ。ユダは指の鼻屎の処置に困り、青畳になすりつけながら、姫に渋面を向ける。

「どーしても、やらんと駄目？」

「はい。貴男の力が必要です」

「俺のこと、必要？」

「貴男以外どこに頼れる人がおりましょうか」

「またまた、お股」

にやけきっているユダを見もせずに、神名火が呟く。

「おまえの駄洒落はじつにつまらんのう。あまりにつまらぬがゆえ苦笑いを泛べるしかないという、これ即ち究極の笑いだわな」

「うっせーな。姫はな、俺の力が必要なんだよ。頼れるのはな、俺だけなんだよ」

「かわりに、おまえ好みの褒美がまっておるであろうが」

「うふひょひひ。俺好みの楽園～」

前久が、わざとらしく肩をすくめて割り込む。

「よろしいおますなぁ。男の理想郷でおじゃりまするなあ。利兵衞殿も御一緒したそうでおじゃりまするぞ」

「いいよお、いいよお、いいですよお。長逗留していいよお。百年でも二百年でも」

ぱかん、と加減せずに利兵衛は前久の頭を叩く。前久が悲鳴をあげつつ大仰に転がる。

「一緒したいのは山々なれど、俺には姫がおる。姫に優るものなし」

「やらしいでおじゃるぅ。無理が見えみえ、気持ち悪すぎるでおじゃりまするわ。ええこと教えてあげまする。名聞(みょうもん)は焦熱(しょうねつ)の爪木(つまぎ)いうんどす。まさにそれでおじゃるな」

なんのことだ？　と首を傾げる利兵衛であった。ええ恰好して実より名を取っても、それは焦熱地獄の火勢を強めるために薪(まき)を集めているようなものだ——という譬(たと)えである。

それを厭らしい口調で説明しだした前久に向けて、ふたたび拳が見舞われる。もちろん加減しているのだが、大仰にヒイヒイ泣き声をあげて転げまわる前久であった。

不可解なことに家康の家臣たちは、揃いも揃ってこの冴えない寸劇(コント)をまったく見ていないようである。それどころか主君にまったく焦点が合っていない。

すっかり蔑ろにされているというべきか、忘れ去られてしまった家康が、わざとらしい大きな咳払いをする。

すっと姫が顔を向ける。目で促す。

「慎重居士(しんちょうこじ)の儂だが、これだけは知りたい。天下、どのように取りまする？」

「焦らずに」

「わかっております。が、手順くらいは知りたい」

「まずは家康様の影を拵えましょう」

「影？　儂の影武者？」

「然様でございます。家康様には長生きしていただかなければなりませぬ。ゆえに影は必須でございます」

「うーむ。で、儂と似たような背恰好の者がおるのか？」

「いま、拵えます」

姫がなにを言っているのか理解できない。いや、影武者が要るということは、よくわかる。だが、いま拵える？

気持ちを外にあらわさぬことに長けている家康が怪訝さを隠せずに大きく首を傾げているのを見やり、姫は嫋やかに頷きかけ、目でユダに合図した。

ユダは渋面のまま家康を上から下まで眺めやり、派手に舌打ちした。

「さらば、弾正。おまえはじつに面白みのあるいい男だった」

頭の後ろに手を組んで、あ〜あ——という雑で嫌悪感丸出しの声をあげる。背が縮んでいく。やや小太りの道三(どうさん)となった。やがて目がぎょろ目のくっきり二重となって、顎がたるみ、やたらと耳朶が長くなった。唇が薄くへの字形に曲がる。指がどんどん短くなり、爪も寸詰まりとなった。なんとはみ出ている鼻毛までまったく一緒である。

姫が、お女中——と声をかけ、耳打ちして家康の着衣とまったく同じものを用意させ、ユダに着せた。

右に家康。

左にユダが変身した家康。

当の家康は呆然としている。

姫が頷くと家康もぎこちなく頷き返した。

「どうです？　完璧でございましょう」

「――見事！　完全な影だ」

「はい。危ういことは、この影がすべて代わりに行います」

「儂は背後で？」

「然様でございます。貴人がいちいち矢面に立つこともございませぬ。天下をお取りになる筋道からいっても、当然のことでございましょう？」

「――だな。そうであるな」

ユダの家康は、よく言うよ――といった眼差しで姫を一瞥し、あらためて本物の家康を凝視して、頬を歪めて舌打ちした。

影にしてはあまりに無礼であるが、なにしろ眼前でおきたユダの変身が、この世の出来事とは思えぬ家康は放心状態である。

姫は、ずらり勢揃いしている家康の家臣たちをゆるりと見まわし、ぱん！　と手を打った。

「家康様の影を御用意致しました。御覧なさい。この者が家康様の影武者にございます。なお、この者、家康様に付かず離れずお仕え致します。常に同道致すということです。寝所も家康様の隣ということで。なお、普段は被り物などで顔を隠すよう」

姫は、一呼吸おいて、念を押した。

「よろしいか？」

一同、平伏し、けれど即座に面をあげて、あまりに見事な影武者の姿に息を呑みつつも感嘆の響動めきをあげた。

やがてチラチラと影武者＝じつは主君を盗み見て、あらためて感嘆の息をつく。家臣たちの視線は、姫が示した影武者に釘付けである。

ようやく家康は気付いた。

どうも家臣共は、儂を影武者と信じこんでおるようだ。

弾正だった男があまりに見事に変身したので、姫も勘違いしているのではないか。本物と偽物がごっちゃになってしまっているのではないか。

違うのだ！　違う！　影武者は左のこの男である！

ようやく姫の意図に気付いた。なんと影武者とされたのは、真の家康であった。家康は熱りたち、大声をあげた。

「思い違いするでない！　影武者は、こっちの男である。家康は儂である！」

姫が冷たく言い放つ。

「見苦しい。影武者の分際で騒ぎまするとと、御家臣が斬り棄てますぞ」

ユダの家康が、真の家康と寸分違わぬ声で家臣たちに命じる。

「分（ぶん）を辨えぬこの者、地下牢にでも抛り込んでおけ」

即座に家臣たちが家康を取りかこむ。逆らえば抜刀しそうな気配である。家康は膝が崩れてしまい、その場にへたり込んだ。ユダが嘲笑うように言う。

「どうやら、分というものがわかったようだな。地下牢は、許してやろう。が、お前たちも見分けが付くまい。よし。影の左小指の先を切り落とせ」

「左手小指の先だけでよろしいですか」

「よい。先端だけでも利き手の指が足りないのは不便だろうから左小指。温情である」

家康は屈強な家臣に取りおさえられ、左腕を青畳の上にぐいと伸ばされて、短刀にて第一関節から左手小指を落とされた。

「叮嚀に治療してやれ。なにせ儂の影だからな」

ユダの家康は言いながら、あろうことか苦痛に呻く家康に素早く片目を瞑ってみせたのである。

家康は落涙しながら姫を見あげる。姫がそっと腰を屈めた。家康の耳朶に触れんばかりに顔を寄せ、目でユダの家康を示し、声にならぬ声で囁いた。

——この者、女性が大好き、類い稀なる好色といってよろしいが、孕ませることができませぬがゆえ、徳川の血を絶やさぬよう貴男が睦と目合いたしなさい。なお、天下はこの者が貴男の代わりに物にしますがゆえ、ごゆるりとお構えになっていてくださいませ。

＊

さてユダの家康だが、飯も食わず、水も飲まず、ひたすら女に耽る。

なんのことはない、影武者にされた家康が日常のほとんどをまかされた。それはユダの家康からの言伝てというかたちではあるが、家臣に対する指示から、複雑な交渉ごとや調略の指図にまで及び、いままでとなんら変わりのない日々が続いていた。

なんのために入れ替わったのか。女と同衾したいがためか。これではまったく意味がないではないかと問うと、節目にはなんかやる——と、気の抜けた答えが返ってきた。

やがて気付いたことは、ユダの家康には本質的な私利私慾の欠片もないということであった。節目にはなんかやる——そうだが、とりあえず女性と面白可笑しく過ごすことができればそれでいいらしい。

殿もずいぶん放埒になられた——と家臣共は、いままでのちまちました家康よりも好ましげにユダの家康に接する。同時に実務に長け、的確な指図をする影にされた家康に、家臣たちは驚愕の目を瞠った。

されど左手小指の欠損ゆえに慇懃に対する家臣たちも影武者扱いが抜けず、たいしたものだとしか思っておらぬ。能力までも影武者として受け継いだらしいという噂を耳にしたとき、家康は歯噛みする思いであった。

さんざん女中を泣かせたあげく、ドスドス床を踏み鳴らして全裸で居室に入ってきたユダの家康に、真の家康が諦念のにじんだ小声で訊く。

「何故、このような惨（ひど）い仕打ちを？」

「姫が言っただろう。長く続く安寧のためだよ。それを達成するには、お前は残念ながらちょぃ寸足らずなんだ」

家康は気色（けしき）ばむ。

「ならば、飛ぶ鳥を落とす勢いの秀吉を使えばよいではないか」

「彼奴は、間違いなく言うことを聞かなくなる。逆らう。加えて思いもしなかった欠落があってな。ま、姫は、おなじ轍（てつ）を踏みたくねえんだな」

「儂ならば、操り放題か」

「まあな。こんな安仕掛け（チープトリック）で、天下安寧の一丁あがりぃ」

家康は噛み締めた奥歯をぎりぎり鳴らす。

「俺が思うに、姫は人に失望しちゃってるんだ。肩入れしてた秀吉の様子に、がっかりしちゃってるんだ。初対面のときによ、柘榴と覆盆子を手ずから持ってこられて感激しちゃったってんだから、あの女も甘いよな～」

どうやらあの猿面の人誑しが、姫に見事に食いこんだらしい。世間は、人々は、実直よりも世辞や気のきいた心遣いに感じいる。それは姫も同様ということか。

「な、家康」

「なんだ」

「悪いようにはせんよ。俺と区別を付けるために指切っちゃったけどさ、小指の先なくしただけで、お前の希いである徳川家の天下と長い長い安寧が手に入るんだぜ」

ユダの家康は、ぐいと顔を近づける。

「お前が死んだらさ、神君として祀ってやるよ。皆がお前を崇めるさ」

「貴殿は？」

いつのまにか卑屈になっている家康であった。ユダの家康は真顔になった。

「俺は死なない。いや、死ねないんだ」

「――死ねない」

「そう。永遠に生きなければならぬ」

姫の一族であれば、然もありなん。なにしろ眼前で自分に変身したのを目の当たりにしているのである。この者は人ではない。

「永遠に生きるってことはさ、子作りする必要がねえじゃんか」

「慥かに」

「ま、俺は胤なしだ。姫も孕まん。じゃ、どうして生まれたんでしょうね～」

「斯様な不可思議があろうとは。死なぬ貴殿の一族は、望めば天下どころか世界のすべてを支配できるではないか」

「だっから〜、そんな面倒臭いことには興味がないわけよ。まして俺は徳川家を乗っ取ろうとかそういう気持ちは欠片もないんだわ。だからお前はせっせと正室でも側室でも孕ませろ。俺から女どもには言い聞かせてあるから、おまえの子孫をたっぷり残せ。俺は女たちを愉しませる役。お前は女たちを孕ませる役。さらに俺は後見役ってのか、お前が死んでも、その子らの面倒を見る。ひたすら面倒を見てやる。永遠とは言わぬが徳川家は続くぞ。徳川は最長にして真の支配を続けることができる。おまえの望みの安寧込みでな」

肩をすくめ、言葉を継ぐ。

「ま、人間様のことだからさ、小競り合いや下らねえ諍いはあるだろうけどな。でも、戦が起きない仕組みをつくっちまえばいいいんだろ。俺にはいろいろ腹案がある」

「是非、御教示を」

「いずれな。ただ、これだけは先に言っておくぞ。お前が天下を取って諸々状況が安定したらだな、永続する徳川家を担保するためにな、男はお前と、さらにお前から権力を受け継いだ子のなかのたった一人しか入ることのできぬ女護島を拵えろ。天皇家が延々続く仕組みとしてつくりあげた後宮を、より大規模、超後宮にしたものをつくりあげるんだ。俺はそこで徳川の血筋が続く限り、すべてを見守ってやる。徳川家の安寧を守ってやる。大奥と名付けろ」

「大奥。貴殿の理想郷だな」

「失礼なやっちゃなあ〜。俺様はね、お前とお前の子孫のことしか考えてねーってば」

家康の頬に苦笑が泛んだ。小指の先を喪って、影武者扱いに落とされたが、徳川家永続のためにはこれでよいのだ——という家康ならではの損得勘定がはたらいた。幼きころからの苦労ゆえか、名より実を取るどころか、信じ難い割り切りがにじんだ笑みだった。

たいした玉だ、とユダは家康を見直した。並ならぬ苦労を重ねて生きてきた家康は、そんなユダの気配を即座に悟った。幼きころの労苦を子孫たちに味わわせたくない。

が、この世はままならぬ。運命とは苛烈なものだ。人の思惑など屁の突っ張りにもならぬ。家康は両親の苦労を、心痛を感じすぎるほどの心で受けとめて生きてきた。徳川家の存続が保障されるならば、影武者の身分でもなんら問題はない。

自尊の心さえ棄てれば、そして真の自尊心さえ喪わなければ、それでよい。

自身の子供、そして一族を甘やかす気はない。過去には諸々の状況を鑑み、先々を読み切って、信長の命に従って長子である信康（のぶやす）を切腹させたことさえある。

信康――。

胸の痛みに耐えて笑みを崩さぬ家康を見やり、ユダが軽い声をかける。

「いや、まぢでな、たいした玉だぞ、お前ってば」

「まぢ？　と申されたか？　まじであろう」

「うるせえな、阿房。そもそもなんでぢとじの違いがわかるんだよ」

「――なんとなく」

他人の言葉を即座に読み切る。ぢとじの違いなど、並の人間にわかるはずもない。本当にこの男は艱難辛苦を味わってきたのだ。己を律してきたのだ。結果、尋常でない鋭さを得て、けれどそれを狸顔で隠している。

「おい」

「はい」

究極の割り切りで、完璧にユダの下についた家康であった。

「お前、なかなかだな」

「ひょっとして、この家康に好意を抱かれている？」

「うん。お前のために本気をだす。俺の場合は、いつまで続くかわかんねえっていう但(ただ)し書(が)きがいるがな。お前は目先のことを見ていない。間近なところだけ見て転ぶような愚鈍(ぐどん)ではない」

「こそばい」

「凄い奴だな」

「こそばゆいです」

「姫が、なぜお前を見込んだか、いま悟ったわい。秀吉も、その生い立ちからひたすら苦労した。けどよ、苦労からほとんど学ばなかった。忍従(にんじゅう)くらいしか学ばなかった猿が、これからどう振る舞うか」

　ユダは欠損した家康の左小指を一瞥して、その狸顔に視線を据える。

「姿かたちはともかく、お前は別誂えだ」

「お褒めにあずかっているような、貶されているような」

「いま悟ったよ。その笑み。素敵だぜ。つらいから、きついから、しんどいから、心が傷ついているからこそ笑う。本物の笑いだ」

「ですから、こそばゆいと――」

「照れんなよ。お前の指、おろそかにしねえからな」

　どのようなときであっても、表面上は完全に隷属(れいぞく)の貌をつくることができた。たとえ長男の命を差しだしても、状況に従って徳川家を存えさせる最善を尽くすことができた。

　一見、ちゃらけているユダだが、じつは誰よりも生真面目(きまじめ)である。家康はユダに隷属することが未来に続くことを確信し、あらためて率直に受け容れた。

前久の指示に従ってあれこれ動いてきた。家康自身は有り得ぬと思いながらも秀吉に対して小牧長久手の戦いを仕掛けた。戦っているうちにいまだかつてない熱をもったが、そして表面上は負け戦であったが、あれはまさに無駄ではなかった。

秀吉に対して、くっきり鮮やかに己を印象づけることができた。まだ幾つかの問題を残してはいるが、間違いなく天下を取るであろう秀吉だ。けれど、家康をおろそかにすることはできぬ。

やがて、家康に対してあれこれ好条件を提示して懐柔してくるだろう。そして天下人となれば、掌を返して圧迫を加えてくるだろう。ユダといれば、それをうまく回避できる。最良の手が打てる。家康はぎょろ目を細めてしばし思案顔であったが、ユダを見ずに問いかけた。

「秀吉には、思いもしなかった欠落があったと申されましたな」

「よーく覚えてやがるなあ。鬱陶しい！」

「怒らなくてもよいでしょうが。教えてくだされ」

「ねーんだよ」

「ねえ？」

「子胤（こだね）がねーんだ」

「子胤がない」

山落という閉鎖集落で生まれる者に付きものの血が濃くなるという問題を、ユダはかいつまんで説明した。それは経験則的に家康にも肯えることであった。

「雑種であるということが大切なんだぜ」

「貴種純血ではなく？」

「そ。雑種。血が重なると抽んでた者が生まれる可能性もあるが、十中八九よくないことが起こる。いいか、家康」

「はい」

「お前は、そしてお前の子孫は家柄にこだわらず、百姓でも町人でも強く智慧深い赤子を産みそうな女と、なによりも気に入った女とガンガンやれ！　そして、とにかくたくさん餓鬼を拵えろ。それが徳川安泰への道。子々孫々に伝えるべし、なーんちゃってな」

「諚と心得ました」

先の話だが四代将軍家綱の母である宝樹院は下野国の百姓の娘であり、なおかつ父親は禁猟の鶴を狩って死罪となった男であった。

五代将軍綱吉の母である桂昌院は、京都西陣で八百屋を営む仁右衛門の次女だった。

こういったあれこれは徳川家の基盤を確立するために、全てユダが陰で采配したものである。家綱は病にて急逝してしまったが、幕府諸制度を完璧なものとした。犬公方と毀誉褒貶を受けた綱吉は、賞罰厳明政策により治世不良の大名を次々に減封処分し、家格に依拠してだらけはじめた譜代に強烈な畏怖を与え、民政および財政を重視して徳川家の安寧を決定づけた。

もっともユダが熱心だったのはこのあたりまでで、結局は徳川家の基礎基盤が固まり、権力としてどんどん腐っていくのを目の当たりにしているうちに、ユダは人間という生き物に見切りをつけ、ほとんど関与しなくなったのだが——。

「しかし秀吉殿、天下を物にしても子胤がないとは、じつにじつに、じつになんとも傷ましきものでございますなあ」

じつにを連呼するのと裏腹に、ニタァ～ッと凄い笑いをうかべた家康であった。その笑いに、ユダは満足げに頷いた。

「これ即ち、永劫続く豊臣家なんて無理じゃん。姫もちゃんと見極めとけってんだよ」

20

煩瑣にならぬよう、さらりと秀吉の天下取りの軌跡を記しておこう。

長久手の戦いで、こいつだけは放置しておけぬ——と秀吉は妹の朝日を無理やり夫と離縁させ、家康を懐柔するために強引に縁組みを持ちかけた。このとき家康四十五歳。朝日は四十四歳であった。

政略結婚は戦国の世では当たり前だが、さらに秀吉は家康をきっちり自分に付けておかねばならぬと眦決し、母親の大政所を人質として家康の岡崎城に入れた。藤原秀吉を名乗っていたころである。すべては姫の『家康にだけは注意せよ』という言葉を忠実に守ったことからきている。

とにかく家康を抑えることに意を砕き、生母と妹を差しだして——家康にしてみれば自分と歳のたいして違わぬ女を正妻として押しつけられ、老婆をよこされたわけだが、とりあえず全てを受け容れておけというユダに従って、信長に忍従していたときと同様に、心の底の薄笑い——真の思いを完全に狸顔で隠蔽して晩秋、大坂城に秀吉を訪ね、叩頭して臣従を誓ってみせた。

寒風吹きすさぶころに秀吉は家康を弟である羽柴秀長と並ぶ正三位に就け、協力体制をつくりあげ、秀吉政権の強化を狙った。家康を丸め込むためには、なりふり構わぬ秀吉であった。

その年の暮れに、前久の画策により関白秀吉は太政大臣に任じられ、藤原改め豊臣の姓を授けられた。

そして翌天正十五年、秀吉は姫を心底から怒らせることをしでかした。

いまや御大層な大政所という摂政(せっしょう)および関白の母に対する敬称を得た秀吉の母である仲(なか)だが、最下層の貧困のどん底で生き延びるために三度ほど結婚したばかりか夫以外の許多の男と交わったことにより、秀吉にはたくさんの異父兄弟がいた。そのほとんどは劣悪な衛生環境その他により子供のころに死んでしまったが、生き残った者もいた。

伊勢国より、秀吉の実の兄弟であると自称する若者が従者を引き連れ大坂城を訪れた。周囲の者たちは諸々を勘案して、間違いなく秀吉の血筋であると了解していた。

秀吉は自らの母＝大政所を呼び寄せ、この者、そなたが産んだのか？ と母を睨めつけつつ問いかけた。秀吉は蔑(さげす)みの貌も露わに大政所の目の色を読んだ。間違いなく我が子であると母の目は告げていた。

「――知りませぬ。このような者、我が子ではございませぬ。そのような者を産んだ覚えもございませぬ」

顫え声であった。若者を一目見た瞬間、自分が産んだ子であると悟ったが、いまや日本国における最高権力者に上り詰めた秀吉に、いまさら夫以外の男と番って産んだ子などと言えるはずもない。秀吉は大きく頷いた。

「その者、余に虚言を弄(ろう)し、取り入ろうとした。斬首(ざんしゅ)、晒(さら)し首(くび)に処す。なお、これらのこと、一切記録に残さぬよう」

若者は従者共々秀吉の面前で斬首され、生首はあえて様式に則(のっと)らぬ粗末な木の棒に刺され、罪状も顕かにされぬまま、都に向かう街道筋に曝された。

記録に残さぬよう秀吉は命じたのだが、耶蘇(イエズス)会宣教師であるルイス・フロイスは斟酌(しんしゃく)しなかった。細大洩らさず書き残してしまったのだ。

この唐突な弟出現の一件で、自分の知らぬところで血縁者を名乗る者がいることを秀吉は痛感した。秀吉は、己の血統が卑しいことを隠蔽するために異父兄弟姉妹を根絶やしにすることを決心した。ユダが雑種が一番と断言し、家康がそれを肯って、我が子たちにもきつく命じたのとは正反対の醜い感情であった。

さらにルイス・フロイスはその三箇月ほど後の惨事を記している。

間者（かんじゃ）を放ち、自分の系統につながる者を洗い出していくうちに、尾張で貧しい百姓をしている姉妹を発見した。彼女らは太閤様につながることなどおくびにもださずに生きていたのだが、秀吉は立派な衣装その他をもたせた使者を放った。

姉妹は気乗りしなかった。なによりも自分たちが百姓身分から大坂城にて豪奢な暮らしができるということを、信じなかった。いまさら——という気分であったのだ。されど使者は数々の甘言を弄した。

やがて姉妹は、夢を見てしまった。どうやら俄に運が開けたようである。もう土にまみれて食うや食わずの生活をせずにすむのだ。姉妹は幾人かの身内の婦人をともなって入京した。

姉妹、そして同行した女たちは即座に斬首され、伊勢よりやってきた若者と同様、罪状も顕かにされぬまま晒し首にされた。

伊勢よりやってきた弟の斬首を知ったときは、姫は無表情になっただけだった。が、頼みもしないのに京に誘（おび）きだして姉妹やその係累を斬首したことを前久から告げられた姫は一瞬、髪を逆立てた。

「おお、こわ〜。お気持ちはわかるでおじゃりまするけど、ほんま怖いわぁ」

姫は表情を柔らかなものにもどした。

「腹に据えかねておじゃるな」

「おぞましすぎます。惨めすぎます。まだ陰で一族狩りを続けているのでしょう？」

「はい。まっこと、惨めな御仁でおじゃりまする。時折、四条大橋を渡ったとこに得体の知れぬ生首が曝されておりまするう。本来ならば秘密裡に処理することでおじゃりましょう？」

「はい。自身の出自を知られたくないというのならば、誰にも知られずに行うことです」

「それが民草にとっては意味不明の晒し首。晒し首いうたら見せしめでっしゃろ。けど市井の者共、な〜にがなにやら」

「これぞ秀吉様の歪みでございますか？」

姫の問いかけに、いままで黙って話を聞いていた神名火が眼差しを伏せ加減で呟いた。

「虚勢の一種であろう。もはや、己の過去など怖くはないぞ——という。哀れな中途半端な虚勢だ」

「でっしゃろ、でっしゃろ。己が高貴の出であると強弁しはって、嘘で太々しく塗り固めるつもりならば、にたり笑って秘密裡に終えることとでっしゃろ。されどあえて晒し首。ところが罪状だけが秘密裡ですもの。痛々しいほどの中途半端、そこに秀吉殿のねじ曲がった心がよーあらわれておじゃる」

利兵衛は鼻をほじっていた。鼻屎を畳表になすりつける。ユダと親しく付き合っているうちに、このような行儀を真似するようになってしまったのである。

もっとも、誰もなんとも思わない。いや、前久だけが本能寺で死した信長に共通したものを利兵衛に見て、窃かに悦に入っていた。皆の視線が利兵衛に集中した。

いつだって最後を締めるのは利兵衛の言葉であった。皆の視線が擽る頬を節榑立った指にてボリボリ掻いて、にこりと笑った。

「秀吉はすべきことをしているだけだよ。眉を顰めるようなことではあるが、こうすることは端からわかっていたはず」

その目は、姫を射貫いていた。

「罰を与えるか？」

姫は俯いた。

「うん。これから先、彼奴は充分以上に罰を与えられ、七転八倒の苦しみのなかで死んでいく。そもそもとっくに姫は秀吉に罰の胤を仕込んであるではないか」

「罰の胤――」

皆は胤が子胤に通じることを悟った。

肩の子鼠がとんとんと利兵衛の太い腕を伝って畳に降り、鼻屎に向けて鼻をヒクヒクさせる。子鼠が純白の前歯をみせたとたんに、利兵衛は生欠伸を噛み殺し、畳になすりつけた鼻屎を口にもどした。

さすがに前久も呆れ顔である。――ほじった鼻屎をあらためて食う。そんなん信長様もせなんだわぁ〜。

結局、秀吉が信をおいた血族は異父弟ではあったが、日吉丸あらため藤吉郎のころから付き随っていた秀長と、そして秀長が面倒を見てやってくれと頼み込んだ唯一父親がおなじ実姉の智と異父妹の朝日、そして母の大政所こと仲のみであった。

秀長と智と朝日は秀吉が駆け出しのころから付かず離れずだった。だから首と胴が離れることもなかったわけだが、秀吉は自分の知らぬところで育った者たちを、どうしても許せなかったのだ。

しかも秀吉が常に側において厚く遇した秀長はともかく、姉や妹たちは単なる道具に過ぎなかった。朝日は仲睦まじかった夫と強引に別れさせられ、四十四歳で家康の正妻として輿入れさせられたことは前述した。

さらに哀れなのは実姉の智であった。

大坂城奥に二百人もの女を囲い、日夜励んだ秀吉であったが、誰も孕まぬ。囲っている女たちだが、意趣返しのように信長の近親や側に仕えていた女たちも多かった。が、誰も孕まぬ。劣等感を反転させるために権力にものをいわせて、ありとあらゆる貴種と称される一族から十二歳以上を基準に女を掻きあつめて励んだが、誰も孕まぬ。

いや、なぜか、側室の浅井長政の娘、淀君こと茶々だけが秀吉の子を宿した。鶴松と名付け、生後四箇月で後継者とし、大坂城に迎えいれた。

が、病弱で、数え三つで身罷った。秀吉の落胆は尋常でなく、その反動から囲った女たちを孕ませようとする執着は異様かつ際限のないものとなった。

けれど、誰も孕まぬ。秀吉は蟀谷に手を当て、唯一心情をあかせる忍びの者に問う。

「なあ、黒よ。やりすぎて、薄くなっちまって、そのせいで孕まぬのかなあ」

黒は折々に姫から事細かに指図を受けていた。秀吉の劣等感を読んで、その心に干渉することは控えたが、兎にも角にも姫は約束通り、ただし自尊心を傷つけぬよう細心の注意を払って周囲の状況を整えてやり、秀吉を天下人に仕立てあげるつもりだ。そこから先は『秀吉様が自らの才覚で好きになさること』と突き放す心積もりなのだが——。黒は姫からの助言を無表情に伝える。

「日秀様の御子、秀次殿を御養子に迎えなされ。弱年なれど道理と分別を弁え、謙虚にして思慮深い御方でございます。それに実姉の御子。秀吉様の血統が途切れぬための最良の策でございます」

鶴丸が実際に秀吉の子であったかどうか、怪しいものである、そう告げて秀吉の決心を促したい黒であるが、もちろん黙っている。黒の沈黙に、秀吉は貧弱な顎鬚を弄くりまわしながら呟く。

「智の倅か——。慥かによくできた奴よ」

煮え切らぬ秀吉であるが、死した鶴丸が蘇るはずもない。次善の策として実姉の子供を養子に迎えることにした。秀吉は秀次に関白職を譲り、自らは太閤と称した。

ところが――。

またもや、茶々が、孕んだのである。秀吉はその子を秀頼と名付けて溺愛し、掌返しで養子にして関白職まで与えた秀次を抹殺した。抹殺とは、こすってなくしてしまうこと――存在を消してしまうという意である。

謀反の廉にて切腹申しつける――唐突に秀次は高野山に送られ、切腹させられ、妻子や側室、子女三十余人は石川五右衛門が処刑された三条大橋下で全員、処刑された。得意の根絶やしである。

「妻子は西向きに据えられた秀次の首を拝まされたとのことでおじゃる。残暑厳しき折、秀次の首には無数の金蠅が飛び交って、腐臭著しく、皆、厭な唾が湧きあがったそうな。そして午より暮れ六つまで、女子供一人一人目録に合わせて引きだし、首を刎ねていったでおじゃる。赤子もおりました。鴨の水が朱に染まり、首の切断面を小袖で覆った屍体は、無造作に大穴に抛り込まれていったでおじゃる。その上に落とした首を蹴り入れたあげく、秀次殿の首級を最後に蹴り落として埋め、秀次悪逆塚という粗末な碑を建てましてな――」

言葉を呑んでしまった前久に、利兵衛が静かに先を促す。

「秀吉の宣撫でございますが、秀吉が撒き散らした虚言でございますが、秀次殿、母と娘をまとめて寵愛しておったと、下々に厭な噂を撒いたでおじゃる。ゆえにこれは畜生塚であると――。噂はすぐに広まり、下々は畜生塚と称しておりまするぅ」

めずらしく余裕のない前久の口調だった。利兵衛が姫を一瞥する。姫は俯いたまま動かない。神名火も翼を縮こめ、息を詰めて微動だにしない。利兵衛が呟いた。

「秀吉の野郎、ことごとく姫の気持ちを引っ繰り返しやがるなあ」

隅に控えていた五人の忍びが利兵衞の怒りと意を汲んで背筋を伸ばした。室内に殺気が充ち、一声かければ、いまにも忍びたちは聚楽第に向かいそうである。

利兵衞は静かに息を吐き、中空に視線を投げ、柔らかな眼差しでそれを制した。

「いかん、いかん。俺も未熟。ここで怒りにまかせて事を運べば、つまりここで秀吉が死すれば、またまた世は混乱混沌のルツボと化す。そうだろう？」

問いかけられた姫は、すっと顔をあげる。

「はい。父上の仰有るとおりでございます。それにしても秀吉様、あえて私の意の逆張りばかりなさります」

「それが彼奴の愛情表現よ」

「――愛情表現」

「よくも、ここまで拗くれるものよ」

利兵衞は忍びの者の赤こと宇兵衞に問う。

「で、茶々が産んだという秀頼だっけ？　胤は誰だ？」

「巷間、拾君こと秀頼の胤は石田三成や傾奇者として知られる名古屋山三郎とされておりますが、正しくは大野治長でございます」

前久がポンと手を叩く。

「合点がいったでおじゃる！　あのデカブツなら、やったら大っきな赤子の姿とぴたり重なりもうすわぁ。なにせ秀吉と茶々、ちびっ子同士が番って巨大なる赤子をこさえたと皆、大笑いを怺えておりましたでおじゃりまするからなぁ。大野治長――。言われれば貌もそっくりでおじゃる」

「誰だ、それは」

「淀君こと茶々の乳母である大蔵卿局(おおくらきょうのつぼね)の子でおじゃりまするぅ」

「なんだ、嬉しそうだな」

「だってぇ、茶々の乳母の倅でございまするぞぉ。幼き頃より仲良しこよし。あの偉丈夫に茶々もぞっこんでござりましょうぞ」

赤が眼差しを伏せたまま、抑揚を欠いた声で告げる。

「秀吉の実姉、智でございますが、我が子や孫を虐殺されたばかりか、夫である三好吉房(よしふさ)も連座させられて流罪(るざい)となり、秀吉によって我が子と番ったという根も葉もない噂を撒き散らされ、この世を嘆き儚み、出家致すそうでございます」

神名火がぼそりと呟く。

「畜生塚、秀吉にこそふさわしい」

＊

時系列もなにも混沌としてしまったが、それは秀吉という混迷のせいである。話をもどそう。わざわざ尾張から百姓女たちを誘きだして斬首したこの年は、係累を根絶やしにすることに勤(いそ)しむばかりでなく、服(まつろ)わぬ島津義久(しまづよしひさ)を征伐するために大軍にものをいわせて九州に侵攻し、義久は薙髪(ちはつ)＝頭を剃って降伏した。さらに勢いづいて薩摩に攻め入り、島津義弘(よしひろ)を降伏させて九州征伐を成し遂げた。

いよいよ最後に残った抵抗勢力は小田原(おだわら)の北条氏である。けれど丹念に兵站(へいたん)の準備をしつつ秀吉は小田原征伐の前には家康と連れだって鷹狩りなど愉しみ、いきなり垂涎(すいぜん)ものの茶器と、なぜか米二千俵を贈るなどして懐柔に励んだ。

さらには諸大名を服従屈服させる意図のもと、後陽成天皇をなかば脅して聚楽第への行幸を実現させた。相手は天皇である。本来ならば秀吉が御所に出向いて頭をさげるべきなのだ。が、己の力を誇示するために天皇を聚楽第へ呼びつけてみせたのである。

　小田原城は百年近い年月をかけてつくりあげられた東国最大最強の城である。が、だからこそ秀吉は焦らなかった。腰を据えてじっくり攻めあげた。持ちこたえられなかった北条氏直の降伏により、小田原城は無血開城した。さらに伊達政宗に案内させて奥州に対する巡察行軍を行い、抵抗する大名家を容赦なく取り潰した。

　後顧の憂いがなくなった秀吉は、小田原攻めの論功行賞という名目で家康の領地を関東に移し、存分に背丈を伸ばした青々しい薄が吹き曝しに茫々と揺れる江戸城に家康を入れた。

　秀吉は政の中心地である京、大坂から厄介者を遠ざけたのである。万が一家康が事を起こしたとしても、これだけ距離が離れていれば、迎撃するにせよ、なにをするにせよ、存分に対処できるというわけだ。

　もちろん秀吉の遣り口は織り込み済みで、ユダの『こんだけなんもねー平べったい地面ならば、おめえの思い通りの都がつくれるぞ』という言葉に苦笑いを泛べ、さて、この手に負えぬ湿地の拡がり、どうしようとあれこれ思い巡らせはじめた家康であった。

　もはや秀吉に刃向かう者はいない。木綿のように使い勝手が良く、頑丈でくたびれにくいことに加えて、貴種ではないということから、陰で木綿藤吉と揶揄気味に『郎』を省かれて称され、軽んじられてきた男は、ついに天正十八年八月の残暑厳しきころ、真の天下統一を成し遂げたのである。

＊

嗚呼――嘆息が洩れる。大坂城の金ぴかの寝所は、点々と配された無数の灯明の光が乱反射して揺れ、落ち着かぬ。されど金ぴかを貫徹する。

皺の寄った頰を燦めく金色に染め、窃かに身悶えする。誰かを抱き締めるかのように、両手を虚空で交差させている。完全に気配を消した黒が、宏大な寝所の彼方より傷ましげにその姿を見守っている。

秀吉は、日夜妄想していた。姫と交わったときの神懸った恍惚を。あのとき秀吉は姫を孕ませた。その腹が膨らんでいく。孕んだ姫の肌はいよいよ美しさと輝きが増し、やがて姫は珠のような子を産む。

姫の子ならば男でも女でもいいが、さしあたり豊臣家安泰のために『真の』跡継ぎがほしい。跡継ぎが生まれたら、あとはたくさんの女子を産ませる。姫が産む赤子ならば男女を問わず不死であるはず。男は数人でよい。これで豊臣の支配は永遠に保障される。

天下人であることが確定したとたんに、金ぴかな虚しさに襲われた。輝きだけは鮮やかだが、なにやらじつに軽率だ。これが本当に慾しいものだったのか。

もはや、なにもしたくない。これ以降の人生は、余生でよい。大坂城の奥底に籠もり、不老不死の姫とその娘たちだけに囲まれて静かに暮らす。姫とその娘たちに看取られて天下人は天上人となる。これほどの幸せがあろうか。

だが、現実は、者共が付き随っているのは領土などの恩賞目当てにすぎぬ。秀吉がいまの金ぴかな権威と立場を守るためには、ひたすら領土を拡げなければならない。そうしなければ与える領土などすぐ尽きてしまう。

山落は韓鍛冶部（からかぬちべ）の子孫であるという。遅れて日本に渡来したせいで、山奥に追いやられて閉鎖集落に棲み、里の者たちの要に応じて鍛冶仕事でかろうじて生きてきた。

領土――。

豊臣家を永遠に続かせるためには、唐天竺にまで戦を仕掛け、占拠し、領土を拡張していかなければ、貪慾（どんよく）な家臣たちの要求を充たすことなどできぬ。ならば、まずは朝鮮を攻めたてよう。

山落。閉じた集落。貴種と同じく近親婚。六本指で生まれ、胤がなかった秀吉。

こんな境遇をもたらしたのは、もともと秀吉の先祖たちを海を隔てた東の果てに追いやった朝鮮半島の者たちである。その因果を思い知らせてやる。

筋の通らぬ逆恨みであることくらい、わかっている。だが、逆恨みを完全に発散しなければ、永遠に救われない。どこかに憤（いきどお）りをぶつけなければ、秀吉自身が壊れてしまう。

その根底にあるのは、天下人にして子孫を残せぬという欠落である。もはや秀吉はその理由をこじつけでもよいから、どこかに求めなければ、正気を保てぬほどに追い詰められていたのだ。

俺に胤がないのは、俺の祖先を祖国から追い出した朝鮮半島の者たちのせいで、そのせいで俺は他の集落との交わりを避けられてしまう山落の一員として生まれてしまった――。

歪みきった自意識と劣等感が向かったところは朝鮮半島だった。朝鮮の民草が生贄（いけにえ）に必要だった。

秀吉の心を保つため、そして侵略による領土獲得。二つの実利があった。

「胤なしだからな」

独りで呟いて、滲んでしまった涙を雑に拭う。天下を物にしたというのに、この身を引き千切られるような孤独は、どういうことだ？　繰り返す。

「胤なし、だからな」

若かりしころより薄々自分には子孫を残す力がないと悟ってはいたが、正妻である寧々が孕まぬのは寧々のほうに問題があると決めつけ、気持ちをすり替えてきた。

秀吉が次から次に女を乗り替えるのは、好色よりも、さらに切実なものがあったのだ。天下は取った。だが子はできぬ。

二進も三進もいかなくなった秀吉は、黒の——おそらくは黒を通した姫の助言を入れ、実姉である智の倅、秀次を養子にとって跡継ぎとした。

「天下取り、胤なし猿が養子取り」

自分で呟いておいて、一瞬魂が抜け落ち、息が止まり、虚ろに笑う。秀次を養子にしたところ、狙い澄ましたように茶々が孕み、赤子を産んだ。なぜ、いま!?　心中烈しく狼狽えた秀吉は、常軌を逸した無体を秀次とその一族に押しつけた。

首を落とされた秀次と女たちが夜毎、夢にあらわれる。夥しい血で秀吉を汚し、見据えてくる。『胤なし』と女房が囁く。秀次の生首がにたりと笑う。『胤なし』『胤なし』と女たちの生首が秀吉の耳許で連呼する。

惑乱は、惑乱ゆえに前後が入り乱れて混沌の極みで秀吉をいたぶる。自分に胤がないことを真に悟ったときの追憶が、酸っぱい胃液とともに這いあがる。

今浜改め、長浜——。浅井朝倉征伐を成功裏に終え、伊香、東浅井、そして坂田の北近江三郡＝すなわち浅井長政旧領を信長より与えられ、初めて一国一城の主となったおり、信長に露骨に迎合して一文字もらい、今浜という地名を変えた。そこに長浜城を築き、まがりなりにも腰を落ち着けた。

ちなみに狙い澄ましたように秀吉の子を産む茶々は、秀吉が滅ぼした浅井長政の娘である。茶々の心の底に秘められた思い――怨みはいかようなものか。もちろん秀吉が考えたくないことの筆頭である。

この長浜の時代、正室の寧々が喝破した。『秀吉様の愛嬌は拵えもの』と。さらには俺には厭らしいところがあると呟いた秀吉に、『厭らしいと言うよりも猥り（みだり）がわしいからこそ、人が寄ってくるのでございます。蠅は熟れた甘い匂い（う）に集まるもの。ですから秀吉様は相手を恐れさせて従わせるのではなく、人誑しになりなさい』と言った。俺は蠅を惹きよせる腐ったなにかかと苦笑したところ、さらに笑みを隠さず、付け加えた。『いまでもどこでも人を誑しこんでばかりでございますが』――。

秀吉は愛妻の言葉を忠実に守って生きてきた。恐怖ではなく、愛嬌で支配する。

それは、姫を誑しこむほどであった。姫を誑しこんだのは、秀吉の猥りがわしさの集大成であった。

秀吉はぢんぢん痺れる飛び出し眼をぐいぐいこする。違う。あれは真心であった！

が、もはや姫と初めて逢ったときのことは明確な像を結ばない。柘榴と覆盆子の鮮やかな赤だけが泛ぶ。姫は薄もやの中に姿を隠してしまい、ふたたび、じわりと長浜での出来事が泛びあがった。

長浜で手をつけた女が、子を産んだ。実子かどうかは判然としなかった。いや実子ではないと言い切れるだけの理由があった。けれど産んだ女が、秀吉の子だと言い張った。

秀吉は呻吟（しんぎん）した。慥かにその女を抱いた。だが、精は放たなかった。はっきり覚えていた。抱いたら、好みではなかった。なぜか女に恥をかかせたくなく極めたふりをした。

女とは図々しいものである。いかようにも突っぱねることができ、その場で手討ちにもできたが、これが秀吉様の御子です――と、おくるみに包みこまれた真っ赤な猿のごとき肌の赤子を差しだされて、だいぶ皺が目立ちはじめた猿が恐るおそる抱いた。

そのとたんに、これは我が子である！　と秀吉は胸中で叫んだ。これは、まさしく俺の胤である！
と。

秀勝と名付けた。溺愛した。舞いあがった秀吉は、長浜城下の者たちに秀勝のために祭りを執り行えと砂金を下賜した。この砂金が元手となって長浜八幡宮にて三日間、十二台の山車にて稚児狂言が興行される盛大な祭りが始まった。いまだにそれは続いている。

信長から、中国経略を命じられたころだった。長浜で生まれた、秀吉の初めての子が死んだ。秀勝が、死んだ。三歳だった。茶々が最初に産んだ鶴丸も三歳で死んだ。

「茶々が産んだ？　俺の子供？」

金ぴかの虚空に向かって呟いて、はは――と力なく笑う。

突き詰めれば男というものは、その赤子がほんとうに自分の子であるかどうかを慥かめる術などないのだ。女が貴男の子であると言い張れば、そういえば十月十日ほど前にこの女といたしたなあ――と曖昧な笑いで頷くしかない。

それなのに秀吉は、ふたたび茶々が孕んだとたんに理知的な心をねじ曲げて、これは俺の子供であると確信、いや妄信して、養子にした秀次を、そしてその一族をいかにこの世から消すかを練った。

「秀次は俺の胤ではないからな。仕方なかったんだわ。仕方なかった――」

眠れば秀次とその女房たちの生首に苛まれる。ならば、眠らなければよい。金ぴかの天井を睨みつける。

「うふふ。次子、拾丸。茶々、でかしたぞ。またもや俺の胤で子を生んだ」

秀吉の頬が強ばる。

「俺の胤？」

烈しく身悶えする。哀れ、秀吉。思いはあちこちに飛び、ぐるぐる乱れて回転し、錯乱の輪は地獄の輪廻と化す。

「姫！」

胤なしなのは、わかりきっている。けれど超越的な力を持つ姫ならば、俺の心を子袋に受けて、そして俺の子供を宿すくらい、容易いことではないか。

「姫よ、貴方は人を超えた存在。俺の生き甲斐。なぜ、俺を見棄てたか――」

薄く脆い笑いがにじむ。

「見棄てたのではない。俺が遠ざけたのだ」

信長。そして姫。自分など、誰かの命に従って生きていくのが分相応というものだと自嘲していた。天下？　すべて姫の言うとおりにしただけである。俺は姫の操人形であることから抜けだしたかったのだ。

姫は俺の気持ちを汲んでくれ、俺に関わることをやめた。最後に、家康にだけは注意せよ――という言葉を与えてくれて。

いったい姫は、俺のことを好いてくれているのか。それとも見放したのか。

わかっている。解き放たれたと同時に、俺は姫の心を逆撫でするようなことばかりしでかしてきた。まるで駄々っ子だった。だが度の過ぎた駄々っ子であった。姫でなくとも、愛想を尽かすに決まっている。

「俺は、姫に嫌われてるんだよな」

それでも秀吉は、七転八倒しながら夢想する。明日にでも、姫が柘榴と覆盆子の赤を合わせたかのような緋色のおくるみにくるまれた俺の赤子を連れてくる。

拾丸のような、やたら大きく不細工な餓鬼ではなく、まさに珠のような赤子である。赤子は秀吉につぶらな瞳を投げ、満面の笑みで機嫌がよい。

柔らかな微笑を泛べた姫が囁き声で言う。秀吉様の御子でございます――。

「さすれば、茶々など拾丸共々獄門(ごくもん)磔だ。茶々を孕ませたであろう男共も、誰彼かまわず見境なく、まとめてぶっ殺してやる」

握りしめた拳が、厭な汗でじっとり濡れていた。秀吉は細く長く息を吐いた。一息に虚脱した。唇がわなないた。

姫、助けてくれ。俺の赤子を産んでくれ。貴女(あなた)なら、それができるだろう！　赤ん坊の一人くらい、俺に恵んでくれるだろう！　俺の赤ん坊――。

21

秀吉が朝鮮侵略に夢中になっているころ、姫の一行は九鬼嘉隆に頼んで船を出してもらい、のんびり北上していた。あいつ（家康）は細かいことにいちいち口だしせんでもだいじょうぶだ――ということで、家康の姿となったユダも同道していた。

「ちょい寂しそうな顔をしてたけどな」

「可愛らしいところがありますよね」

「が、それが真の表情かどうかが、いやあ、じつにいかがわしい」

「嬉しそうですね」

「そりゃあな。家康は最高さ」

ユダは考え深げに顎の先を翫ぶ。

「話変わってだな」

「はい」

「こないだの大地震、姫の仕業だろ？」

「はい」

「はい、ってな、おめえな、あんまりだぜ。ずれてんだよ」

「はい。いきなり怒りが迫りあがってきてしまい、抑えられませんでした」

俯いてしまった姫から視線をはずし、利兵衛に声をかける。

「親父よう」

「なんだ」

「ちったあ抑えるように見張っとけよ。姫が気分のままに振る舞っちまったら、えれえことになるぜ」

「だな。あれは、よくなかった」

「よくないもなにもよ、ありゃあ、人間の女のアレだぜ、アレ」

「まあ、許してやれ。姫は秀吉が大好きだったんだから」

さらりと言ってのけ、やさしく姫の頭を撫でてやる。姫は利兵衛にしがみついた。ユダは肩をすくめた。

「ったく、かわいぶってんじゃねえよ。姫が荒れればね、世界が壊れるの。いいこと、おわかり？おわかりなら、はいと御返事なさい」

「――はい」

「ユダよ、もう責めるな」

「だってよぉ、伏見城(ふしみ)がグシャッて、ぺちゃんこ熨斗(のし)烏賊になったの、五百人以上？　それが、ほとんど女どもだってんだからさ、見事な筋違いじゃん。民草なんぞ幾人死んだかわかりゃしない。やりすぎだよ〜」

「そりゃ、そうだな。姫よ、以後、怒りというのか？　絶望かな？　よくわからんが、気持ちが激したら、必ず俺に相談すること。いいな」

「はい。父上にすべてを御判断いただくことに致します」

「なーんだ、おめえ。ほんとにただの小娘に成りさがっちゃったね」

　ケッと蔑みの眼差しを投げたユダであったが、その目の奥には柔らかな包みこむ光が隠されていた。

　姫が発作的に起こしてしまった地震は、残暑というよりも真夏の暑さのさなかの文禄(ぶんろく)五年閏(うるう)七月十三日の慶長(けいちょう)伏見大地震であった。文禄に起きたのに慶長の大地震となったのは、この年の十月に改元されたからである。

　マグニチュード七・五超の激烈な内陸直下地震で、秀吉の居城である伏見から京三条あたりにかけて、壊滅的な大災害となった。秀吉の居城、伏見城は天守閣が大破し上臈(じょうろう)や中居(なかい)下女(げじょ)などが大量圧死し、京の下々の死者も尋常でなかった。やや離れた堺でも六百人あまりの死者がでたという。

　ユダに糾弾された姫は利兵衛に縋りついたまま、泣き疲れて放心している。利兵衛の肩の子鼠が、静かに姫を見おろしていた。

　船は太平洋上を凪にもかかわらず、すばらしい速さで北に向かう。まずは田沢湖に寄って竜子の様子を見ようと神名火が呟く。それから戸来は迷ヶ平の髑髏(ゴルゴタ)の丘の契利斯督(キリスト)を結界から解き放つ。灰として全世界に散った姫の一族が一堂に会することは叶わぬが、日本にいる家族のような全員が、姫の許に集まることとなる。

＊

儒僧(じゅそう)であり御伽衆(おとぎしゅう)である大村由己(おおむらゆうこ)から報告をうけた秀吉は、両手を組んで黙りこむ。大村由己も俯き加減で口をすぼめている。

「奴隷――。まこと、斯様なことが」

「おぞましきことでございます。そもそも彼奴ら、牛馬の皮を生きながら剝ぎ、葡萄牙(ポルトガル)の商人ばかりか、伴天連(バテレン)坊主までもが手で直に獣肉を貪り食い、弟子も親兄弟も無関係に口唇(こうしん)を血と脂で濡らして肉の取り合い、浅ましき獣のごとき食事の有様、無礼かつ野蛮な畜生道の輩。目の当たりにして呆然と致しました。偉そうに教え諭す前に、飯くらい人間らしく食え――と」

これは事実である。このころ欧羅巴(ヨーロッパ)諸国では洋式小刀(ナイフ)や肉叉(フォーク)を使って食事するという発想がなく、野獣のごとき物の食い方が当たり前だったのだ。手を使うということにおいては印度(インド)人も同様だが、西欧の人間に印度(インド)人のマナーや洗練はなかった。ルイス・フロイスも日本人が箸(はし)を使って美しく食事する姿に驚愕し、本国に伝えている。

大村由己は我に返ったような顔つきで、首を大きく左右に振った。

「いかん、いかん。あの肉を手摑みで唸り声をあげて貪り食う姿が心にこびりついてしまってござる」

秀吉を睨み据えるようにして訴える。

「お伝えしたいのは、長崎の港より若き日本人の奴隷が多数、拙僧が目の当たりにしたときは、およそ三百人もおりましたか。男女問わず獣のごとく手足を鎖でつながれて、南蛮船の船底に鞭で打たれつつ押し込められておりました。まともに座れぬほどの鮨詰めでございます。船内で死するのを織り込み済みで、死ねば海に棄てる。生き残った強い者が南蛮の地にて高価で取引される。これが南蛮船が入港するたびに繰り返されているとのことでございます」

いったん、息を継ぐ。

「その数、拙僧が調べたところ、少なく見積もっても五万余名」

「五万！」

「過日、九州征伐に御同行した折、噂を聞きつけ、それ以降調べ抜きましたので、拙僧の勘定では少なく見積もっても疾うに十万を超えておるのではないかと。もっとも彼奴らも薄笑いなど泛べて、なかなか本当のところを明かしませぬ。五万という数字は、確認の取れているものだけでございます」

「何故、そのような無体が――」

言葉が続かなくなった秀吉は腕組みして鎮まった。けれど、その額に徐々に稲光のような青筋が浮かびあがっていく。

「コエリョを呼べ」

じつに静かな口調だった。秀吉が心底から怒っているのを察した大村由己は、即座に耶蘇会（イエズス）で実務を取り仕切る宣教師コエリョを呼ぶ算段をした。

平伏したコエリョを秀吉は睨めまわした。面（おもて）をあげい――と秀吉はあくまで抑えた声をかける。

鈍いコエリョも、秀吉の様子が尋常でないことを悟り、はてさてと小首を傾げ、迎合の卑しい笑いを泛べた。

秀吉はあくまでも抑えた声で大村由己の報告を、脚色せずにそのまま告げた。ところがコエリョは、こんどは大きく首を傾げたのである。

「知らぬと言うか」

「いえいえ秀吉様。肌に色のついた人間の商取引は、葡萄牙（ポルトガル）の商人にとって、なんら恥じることのない正規の商いでございます」

「なんと申した？」

「ですから、肌に色のついた人間は、奴隷として扱われるのは当然のことでございます」

「ふむ。その理由は？」

「理由と申されますか。神の思し召しでございます。羅馬（ローマ）教皇ニコラウス五世からお墨付きを戴いておるのでございます。ロマヌス・ポンティフェクスという勅書が発されましてございます」

「そのロマヌスとやらが、肌に色のついた人間は奴隷にしてかまわぬ――と？」

「然様でございます。黒。黄色。赤。いろいろございますが、黄色はなかなか評判よろしく、引く手あまたでございます」

しれっとした顔つきのコエリョに、秀吉は薄笑いを向けた。コエリョは誘い込まれるように笑顔を返した。

「なあ、コエリョよ。なぜ、そのような酷（むご）たらしいことをする？」

笑みを絶やさぬ秀吉である。コエリョは得意げに言ってのけた。

「売る人がおりますがゆえ、でございます。売る人がおらなければ、葡萄牙（ポルトガル）の商人も購うことができませぬ」

「なるほどなあ」

「はい。一方的に攫っているということではございませぬがゆえ、これは正当なる商取引でございます」

「なるほどなあ」

「日本人の奴隷は、まずは澳門（マカオ）の白人に売られ、そこで選別にかけられ、欧州は当然のこととして印度（インド）や阿弗利加（アフリカ）、ときに亜爾然丁（アルゼンチン）や秘露（ペルー）にまで売られてゆきます」

「ふーん。御主人様は、すべて白人様か？」

「当然でございます。契利斯督（キリスト）の教えに従って、教皇様の勅書に従って、肌に色のついた人間を教化することこそが正しき白人の務めでございますがゆえ」

傍らで大村由己が歯を食いしばって顔を真っ赤にして耐えているが、傲岸不遜かつ小賢しい耶蘇（イエズス）会宣教師は気付かない。コエリョにとって秀吉も含めて黄色い人間——黄色に限らず肌に色のついた人間は教え諭し、契利斯督（キリスト）教に改宗させるべき野蛮人なのだ。態度こそ慇懃でも、黄色い猿を高みから見下していることは隠しようもない。

「コエリョ。おまえの言うことは、もっともだ。売る者がいなければ、商いは成り立たぬものなあ」

「はい。然様でございます」

「で、売る者とは切支丹（キリシタン）大名か」

「然様でございます。本音を申しましょう」

「うん。言ってくれ」

「切支丹（キリシタン）大名とはいえ、まだまだ真の信仰に目覚めておりませぬ」

「だから、平然と自分の国の人間を売る？」

「いえいえ、奴隷売買は当然の取引。ただ切支丹大名とて生臭い人間、我々がもたらす武器その他、大した魅力がございますがゆえに、領内の人間を差しだすのでございます。利害の一致でございます。

が、考え違いをしている切支丹（キリシタン）大名も多くございますな。契利斯督（キリスト）を信じておらぬのですよ。物慾で神を信じている振りをしている」

「なるほどなあ。よくない輩だ」

「然様。このコエリョ、常に心を痛めているのでございます。どうか秀吉様、お力を」

「うん。ところで」

「はい」

「俺の肌の色は何色だ？」

コエリョの眼前に、ぐいと痩せ細った腕を突きだす。

「それは――もちろん、その」

「白いか？」

「――いえ、はい、その、なんと申しましょうか」

「何色だ？」

コエリョは答えられない。秀吉は肚の奥底からの声で、問う。

「何色、だ？」

コエリョは答えられない。

「べらべら喋っていたが、急に目が見えなくなったか？　口がきけなくなったか？　この秀吉ごときの問いかけには答えられぬか？」

コエリョは刀の鯉口（こいぐち）が切られる音を背後に聞いて、掠れ声を振り絞った。

「――畏れ多くも、黄色がかった褐色でございます」

「うん。もとは、おまえたちの言う黄色い猿だったが、長いあいだ日に灼けてこんな色になった」

陰で黄色い猿と蔑んでいることが、なぜか伝わってしまっている。コエリョは顔をあげられなくなった。秀吉が畳みかける。

「俺も、コエリョ様ら生っ白い高貴な方々の奴隷になるべきか？」

コエリョは首をすくめて、動けない。

「おい、白豚」

コエリョは硬く握った拳をわななかせて、動けない。

「死んでみるか？」

コエリョは弾かれたように顔をあげたが、青褪めて俯いた。

「おまえたちは優雅にも手摑みで肉を貪り食う。餌の桶に顔を突っ込んで鼻を鳴らして喰う豚のごときであるそうな。そりゃあ、ナプキンなる布きれも必要だわな。ならば俺も高貴なる白豚を見倣おう。コエリョなる白豚を屠り、ナプキンなど傍らに置いて口許など優雅に拭いつつ、その肉を手摑みで食おう」

コエリョは青畳に脂汗をたらして、動けない。

「阿房め。コエリョよ、おまえは布教を餌に俺の掌の上で転がされていることに気付いていない。そうだよ。残念ながら硝石は我が国では産出しない。ならば必要なものは、手に入れる。人でなしの豚の跋扈を許すのは、その他諸々使い途があるからだ。泳がせてるんだよ。信仰？　そんなものは間に合っとる。おまえらの教えとやらは、この国には不要だわ。おい、南蛮人。いつでもおまえらを処刑できるんだぞ。西班牙（イスパニア）の宣教師が本国に報せたそうだな。日本国、鉄砲の数、我らが国よりも大量——と。我々は勤勉だからなあ。鉄砲だってせっせと拵えておるわ。で、火薬の原料の硝石だって、おまえらを煽（おだ）てあげて大量に備蓄しておるわ。戦の鍛錬も怠っておらぬぞ。その昔、最強といわれた元の帝国が攻めてきたとき、どうなったか？　知ってるだろ。意外に強いんだよ、我々の軍は。付け加えておくが、おまえらの神よりも、我々の神のほうが強いぞ。ここぞというとき大風を吹かして敵を蹴散らしてくれるからな。試しに一戦交えてみるか？　まったくもって、なにを舞いあがってお
る？　じつに間抜けだな、豚の分際で」

コエリョは黄色い猿から自尊心をずたずたにされて、全身を震わせながらも動けない。

「白豚の野望など、とっくにお見通しなんだわ。てめえら、勝手にこの国を葡萄牙領にしてやがるだろ。知ってんだよ。けど、もう少しばかり知らぬ振りして転がすよ。けれど今日のこと、野蛮な本国にも、おぞましい商人共にもちゃんと伝えておけよ。日本人奴隷の売買、即刻禁止——。いいな」

コエリョは自分の一存では決められぬ難題を突きつけられて、泣きそうな顔で一瞬秀吉を見やり、がくりと面を伏せて動けない。

「返事は？」

「で、ですから、その、な、なんとも——」

ふーんと秀吉は顎の先など弄び、大村由己に問いかける。

「白豚は美味いかな？」

「いかにも臭そうですからな。実際、軀の臭いはケダモノですからなあ。ひどい腋臭でございますし、まともに風呂にも入らぬ輩。拙僧は勘弁願いたい。が」

「が？」

「秀吉様が食えというならば、逆らえませぬなあ。食いましょうとも。あとで嘔吐すればすむことでございます」

「なんか、俺も吐きそうだけど」

「悪食(あくじき)も過ぎると、軀に差し支えますぞ」

「だなあ。でも、なんか、こいつ、生きたまま捌いて食ってやりたいんだわ」

「生きたまま捌く。それで留めおかれるほうがよろしいかと」

「俺に捌かれたら、この莫迦、契利斯督(キリスト)に祈って、殉教とか吐かすのかな」

「どうでしょう。だらしなく命乞いしそうでありますが」

「鬱陶しい獣だが、まだ使い途はある。コエリョ豚よ、せいぜい布教に励め。ただし」

ただし？　と蒼白の顔をあげる。秀吉は満面の笑みで言う。

「すでに売られてしまった日本人を連れもどせ」

「――全世界に散ってしまいましたがゆえ」

「無理か？」

「申し訳ございませぬ」

「ならば、業腹(ごうはら)だが無理を言うのはよそう。酸っぱい臭いのする豚でも、まだ使い途があるからな。できぬことを強いる気もない」

　コエリョの顔に安堵が拡がる。

「けどさ、俺はいわば日本国の王なんだわ。民を見棄てるわけにもいかぬ。ゆえに助けられる者だけでも買い戻す。まずは澳門(マカオ)に送ると吐かしてたな。ならば澳門(マカオ)に出向くなり、人をやるなりして出来うるかぎり消息を調べて、出来うるかぎり連れもどせ。買い戻す金は売り主の切支丹(キリシタン)大名より受けとれ」

　コエリョは平伏するしかない。

「適当な遣り口でお茶を濁すと、葡萄牙(ポルトガル)商人を含めておまえら全員、契利斯督(キリスト)とおなじ恰好で死ぬぞ。

磔にしてやる。どうだ？　光栄なことであろう」

　剃りあげたコエリョの河童（かっぱ）頭の天辺を、扇で加減せずに叩く。角が当たって血がにじんだ。

「どれだけ連れ戻せたか、しっかり報告せえよ」

　コエリョは途方に暮れた。中途半端な人数をもどしても秀吉は納得しないだろう。

「なあ、白豚。布教だなんだかだと、おまえたちのような腐った遣り口はな、独（ひと）り善（よ）がり――というんだわ。独善。聢と覚えておけ。おまえたち白豚のやっていることは、独善にすぎぬ。布教も奴隷売買以外の商いも許す。ま、目の黒いうちにせっせと布教に励め。折を見て、すべて引っ繰り返して差しあげる」

　日本耶蘇（イエズス）会実務責任者副管区長ガスパル・コエリョを退去させ、秀吉は大欠伸をし、大村由己をとろんとした目で見た。

「切支丹（キリシタン）大名な。やってることは布教を許可し、貿易を許可している俺と似たようなもんだわ。けど、きっちり締めないと示しがつかんよな」

「信心しているかのように振る舞って利を得る輩。先々害為すでしょう」

「人なんて、そんなもんだろ」

「そう仰有られてしまえば、返す言葉もございませぬが」

「真剣に信じてる大名のほうが難物だ」

「まさに」

「とにかく奴らには領主の資格なし。領民を連れもどすことに対して、全力を挙げよと命じておけ。骨折りを惜しむな。金銭を惜しむな。領主でいたいならば、恥を雪（そそ）げと」

　大村由己は深く肯って辞去した。その顔には秀吉に対する新たな思いがあった。いよいよ真に日本を統べる男になってきた――。

後に秀吉は西班牙(イスパニア)系の不乱資寿古(フランシスコ)会に対して、強烈な迫害を加えた。宣教師および修道士六名、日本人信者二十名を磔に処したのである。日本の加特力(カトリック)教徒にとっては特別な二十六聖人の殉教である。日本加特力(カトリック)はこれを高貴かつ神聖な殉教であるとしているが、日本国に対する西班牙(イスパニア)の無礼をきれいに失念している。

二十六聖人の殉教は、日本を植民地化する意図を秀吉の面前でも隠さなかった西班牙(イスパニア)に対する強烈な見せしめであった。不乱資寿古(フランシスコ)会は西班牙(イスパニア)本国の強引な遣り方をそのまま引きずって、禁教令が発されているにもかかわらず傍若無人(ぼうじゃくぶじん)な布教を続けた。秀吉にしてみれば、なんとかわいげのないことか――といったところであった。

西班牙(イスパニア)人宣教師らだけでなく日本人も磔にしたのは、禁教令を一気に、遍く行き渡らせるためでもあった。

この世で痛苦を耐え忍んで死んで天国に行き、安楽を得るという先送りの宗教は、信長を苦しめた徹底した他力による往生――浄土真宗(じょうどしんしゅう)の教義に通底する。

一向一揆における一揆衆の死をも畏れぬ、いや死ねば極楽に行けるという妄信と共に鎌や鉈(なた)など振りかざして迫りくる宗徒の恍惚とした半笑いの凄まじさを、信長に従軍して身をもって知っている秀吉にとって、頃合いをみて下した禁教は当然のことであった。

実際、徳川の治世になって島原(しまばら)の乱(らん)が勃発し、幕府は石垣だけの廃城にすぎぬ原城(はらじょう)に籠もった二万数千人の、死ねば天国に行けると信じ込んで命を棄てて迫りくる一揆勢に十数万もの兵力投入を余儀なくされ、四十万両余の戦費と数千の職業軍人＝武士を喪った。為政者にとって宗教とは諸刃(もろは)の剣(つるぎ)なのである。秀吉は、それをよく見抜いていた。

一方で日本における実務の責任者である日本耶蘇会副管区長コエリョを抑えきってしまったこともあり、秀吉は葡萄牙系の耶蘇会に対しては特に迫害を加えなかった。南蛮貿易の実利を取るだけよ——と嘯いたという。

さて、秀吉であるが、すべては強慾な権力者の御都合主義という但し書きがいるが、話がこれだけならば日本人にとってなかなかに痛快至極である。

けれど、秀吉は一人の寝所で身悶えする。このころ秀吉は、昼間は気を張ってそれなりの受け答えをしてはいたが、夜になるとまったく眠れなくなっていた。心の乱れも尋常でないが、なぜか太腿の内側がぴりぴり痺れて睡眠を妨げるのだ。口の端から涎を垂らしながら、姫姫姫姫姫姫と連呼する。

——姫よ。なぜ裏切ったか。

——姫よ。なぜ俺を裏切ったか。

——姫よ。なぜ俺を見棄てたか。

——姫よ。なぜ南蛮の味方をするのか。

——姫よ。俺よりも契利斯督が大切か！

秀吉の脳裏には、異形の者たちとの船旅を愉しむ姫の姿、その頬笑みがあった。どうやら姫の一行は迷ヶ平を目指しているようだ。おそらく契利斯督を解き放つのだろう。

「神名火とユダ。そこに契利斯督が加わったら、化け物の集まりだわい」

半身を起こし、吐き棄てる。

「あの者たち、我が国に害為す！」

腕組みして考え込む。

「そうだ。勢いづかせる前に、その芽を摘まねばならぬ」

唇が厭らしい笑みで歪む。

「そうだ。姫を救い出さねばならぬ。あの悍しき化け物の群れから、姫を救い出すのだ。姫は俺の傍らでなに不自由なく暮らすべきなのだ。俺の子を産み育てるべきなのだ」

うひうひひ……と奇妙な笑いが洩れる。口の端から涎が滴り落ちる。

このころ得体の知れない病が跋扈しはじめていた。秀吉は一人のとき、妙に恍惚として自身に都合のよい誇大妄想を抱くようになっていた。すべては己の思いどおりになるという皇帝病とでもいうべき精神的な病を思わせるが、それにしても薄気味悪い姿であった。

内股の痺れに耐えきれず、立ちあがる。宏大な寝所を、大きな楕円(だえん)を描いてぐるぐる歩きまわる。歩きまわっていると、内股の痺れが和らぐのだ。夜毎のことである。不寝番(ねずばん)の侍女たちが顔をそむける。

梅毒性髄膜炎(ばいどくせいずいまくえん)の症状であった。梅毒が、葡萄牙(ポルトガル)人や西班牙(イスパニア)人を介して我が国にも這入りこんできていたのだ。

哲学者ヴォルテールが自著〈Candide〉に記したコロンブスが南米から梅毒を持ち帰ったという説だが、否定的な考えもあった。けれどそれが裏付けられた。南米の風土病フランベジアが梅毒に酷似しているのだ。

コロンブスの船の乗員が南米でフランベジアに感染し、このスピロヘータは長い航海中に、完全に閉ざされた船中の環境に変異を重ねたあげく、欧州の冷涼かつ乾いた気候に適応し、梅毒を引きおこす強烈な病原菌として固定してしまったのだ。裏付けとしてコロンブス以前の欧州、および北アフリカでは梅毒による骨格損傷を受けた人の遺体がまったく発見されていないとのことだ。

「雲雲我気似金地他火無(くもくもがけにこんちたびなし)、雲雲我気似金地他火無、雲雲我気似金地他火無——」

息を潜める。何事も起きぬ。天を仰ぐ。涙ぐむ。切ない溜息をつく。慾しいものを手に入れたはずなのに、慾しいものはすべてこの手からすり抜けていった。

近頃は、異様な内股の痺れに悩まされ、ますます眠れない。横になっていると、叫び声をあげてしまうほどだ。立って歩けば多少はましなので、秀吉は、夜歩く。歩く、歩く。そして、昼は重要なことがなければ転(うた)た寝(ね)ばかりで舟を漕ぐ。

痺れは梅毒スピロヘータ・パリダに脊椎(せきつい)が、骨髄(こつずい)が侵蝕されているせいであるが、秀吉には知る由もない。姫の一行の誰かが呪っているせいであると邪推する始末である。

「雲雲我気似金地他火無——」

津軽(つがる)からの帰りの暴風雨の中の和気藹々(わきあいあい)とした船中で、秀吉は一生分の幸福を使い果たしてしまったような気がする。

「なーにが蟲の呪法だよ」

芝居がかった目つきで周囲を睥睨(へいげい)する。

「いよいよ棄ておけぬな。さて、どうしてくれよう」

どうしてくれようと呟いたとたんに、心を許せる相手が一人もいないことに気付く。

いや、一人だけいる。

「黒」

「ここに」

「ったく、間近にいるくせに気配の欠片もない。嫌な奴だ」

「申し訳ございません」

「ん。ま、いいよ。あのさ、阿片丸(あへんがん)をくれ」

「程々になさったほうが」

「わかってるって。でも、今宵はおまえにちょっと話したいことがあるんだわ」

黒が懐中からタールで防水した巾着袋（きんちゃくぶくろ）を取りだす。

「二粒？」

「充分でございます」

「おまえってば、愛嬌がないね」

「忍びの者でございますがゆえ」

「愛嬌はいらない？」

黒は笑んだ。じつは愛嬌たっぷりなのだ。ふとしたときに見せる笑顔がたまらない。秀吉は黒褐色の丸薬を服（の）みほした。

「黒。膝枕してくれよ」

「男ですぞ」

「いいんだよ。あ、安心して。俺はそっちは苦手だから」

「男に膝枕すること自体が、苦手でございますよ」

「頼むよ」

黒は金糸で縁取りされた京間の畳の上で秀吉を膝枕した。

「硬いなあ、干物（ひもの）か、おまえ」

「男の太腿が柔らかくては困りますな」

「この、突き放す感じがたまらん」

「太腿ですか？　態度ですか？」

「どっちも！」

取り留めのない時間が流れていき、阿片のおかげで内股の痺れもおさまってきた。黒は秀吉が梅毒を患っていることを悟っていた。放埒が過ぎたのだ。そんな黒の思いを悟ったかのように、秀吉が声をかけてきた。

「家康な、頭変だわ」

「そうですかな」

「変だよ。だってさ、家康ってば、正室も側室も、なぜか寡婦ばかり。寡婦じゃなくたって大年増ばかりじゃねえか。趣味は、後家ってか。凄い趣味だぜ。俺はなにを差し措いても若い女がいいなあ」

「秀吉様は、過ぎましたな」

「過ぎました？　なんで過去形？」

こういうところは、鋭いのである。けれど家康の女関係を嗤う前に、家康の恐ろしさを悟るべきである。黒は、そういうことではないのだ——と内心で呟きつつ、言う。

「家康殿、高位の御家臣に対し、遊女遊びを厳禁してございます」

「なんで？　自分が遊ばんからか？　まったく堅苦しく度し難い阿房だ」

朝鮮出兵は、悪手の極致だ。最悪だ。戦の勝ち負けと無関係に、豊臣政権が崩壊するやもしれぬ。家康は朝鮮出兵の真の危うさに気付いていて、家臣にまで禁慾を強いた。ところが秀吉は——。いまや終局の種子が完全に仕込まれてしまった。

だが、それを口にするのは酷だ。黒は朝鮮出兵云々だけでなく、政に関してよけいなことは口にしない。それが忍びである。

胸中で思う。家康が年増を選ぶのは、女が梅毒に罹っているかどうかを見極められるからだ。三年から六年ほども潜伏期間が長い場合がある病だ。若い女は、梅毒に罹っていても症状がでないことがままある。そこへいくと年増は、逆に経験を重ねているからこそ、身辺が潔癖である。また孕ませるということにおいて経産婦のほうが、確実だ。家康は徳川家のことを第一に慮って、この女からはこのような子が生まれるということまで推察して選択しているのだ。

阿片の眠気でうとうとしながら膝で安らいでいる秀吉を見おろす。すばらしい能力をもちながら、肝心のところで詰めが甘い。黒の唇に秘やかな笑みが泛ぶ。好ましい。黒の膝の上には秀吉の血と肉がある。痩せ細っていて、筋張っていて、切ない。

「おい、黒！」

「どうしました」

「おい、黒」

「ですから、いかが致しました」

「夢を見た」

「お聞かせください」

「あのな——姫がもどってくるんだ」

黒は黙って目で先を促す。

「俺が最強の兵を差しむけて、姫を奪還するんだわ」

「——最強の兵。言葉が過ぎたらお詫びいたしますが、姫お一人を取りもどすために秀吉様の最強の将兵を投入しますか」

「ちゃう、ちゃう。あのな」

「はい」

「おまえが大将」

「はあ」

「いいか。相手は少人数とはいえ化け物だ。だから、こっちも、それに相応しい陣容を整える。残念ながら俺の兵隊は使えない。俺の兵は人以外には役に立たぬ。だから日本全土から修験道や密教や呪術師や法力の持ち主を集める。朝鮮からも連れてこよう。で、おまえが率いる」

　姫に勝てるおつもりか――と問いかけたいが、黒はまったく表情を変えず、ちいさく頷いてやる。どうやら秀吉の頭の中では、姫が化け物たちの囚われの身であることになってしまったらしい。

　いたましや――。

　抑えのきかぬ恋慕と、梅毒による妄想。黒の膝で安堵する絶望的な孤独。

「なあ、よい発意であろう。黒よ。おまえは魔物の軍団を率いるのだ。おまえはいまでも蟲の呪法を使えるか？」

「はい。神名火様の心が直に這入りましたがゆえ、免許皆伝とでも申しましょうか」

「そうか――。俺はだめになっちゃったよ」

「かわりに天下を得たのです」

「そういうことか」

「合点がいかぬお顔」

「愉しかったな。みんなで船に乗って北の果て。利兵衛と青竜から逃げまわった。あんときはまいったよ。拳骨じみた雹が屋根まで突き抜けてボコボコ落ちてくるんだぜ。俺たち流血したからな。それで利兵衛ってのがさ、なんか飄々としてるように見えて、じつは剽軽なんだよな～。当人、真顔。けど、剽軽。まったくおかしな奴だ。たまらん」

「はい。黒にとっても人生最高の瞬間でございました」

「神名火か――」

「小さいけれども、なにやら得体の知れぬ大きな御方」

「意味なし、意味なし、意味なし――」

黒も合わせて口の中で意味なし意味なしと唱える。

「意味なしか。あのちびっ子、人が生きることのほんとのところを悟ってたな」

「はい。意味なし――でございます」

「すなわち無常だ。すなわち虚無だ」

「いえ。意味がないからこそ」

「ふーん。想到の相違ってやつだ」

「無常や虚無は秀吉様が慾しいものをすべて手に入れてしまったからです」

「きついなあ。それに、俺がいちばん慾しいものはこの手を離れてしまったぞ」

黒は頷く。秀吉がじっと見あげる。

「俺ってば強慾か？」

「然様。人並み外れて慾は強うございます。が、姫に関してはこの黒も痛ましく思っておりました」

秀吉が口をすぼめる。その双眸に涙があふれる。落涙する寸前で押し留め、甲でぐいぐい拭うと虚脱する。その目がとろんとしてきた。妄想に墜ちていくのが手にとるようにわかる。黒はそっと秀吉の頭の位置を変えてやる。秀吉はがばと黒の腰を抱いた。

「いくら金を遣ってもいい。だから姫を奪還するための最強の者共を揃えろ。大村由己も一応は坊主。修験道にも通じておる。金のことは奴に伝えておく。遠慮せずに遣って、必ずや姫を奪還せよ」

秀吉は甘えた眼差しを黒に注ぐ。

「おまえだけが頼りだから。姫を助けだしてやってくれ」

「疑と承りました」

安堵した秀吉は、黒の膝を涎で汚しながら不規則な鼾をかきはじめた。黒は身じろぎもせずに眠る秀吉をひたすら見守る。

22

姫たちを乗せた船は閉伊崎をまわって停泊した。そこから小舟で浄土ヶ浜に渡る。田沢の湖に寄っていくためだ。鳥獣を引き寄せる力があるのだろう、海猫の群れが控えめに姫の一行を追う。

早池峰山と火石山にはさまれた狭隘な岨道を行く。全山紅葉にはまだ早いが、ところどころ朱に染まって美しい。海側は風が冷たかったが、山々が衝立となってさしあたり風は弱まっている。

異形の集団であるという自覚があるから南部氏の杜陵は迂回し、真昼山地の羊腸のごとき獣道を抜けて西に向かう。神名火と忍びの緑こと顎門が同時に鼻をひくつかせた。陸奥国と出羽国の境だろうか、あきらかに温泉の強烈な硫黄臭である。

岩のあいだから目にも鮮やかな翡翠色の湯が迸っていた。烈しく湯気があがっている。湯溜まりができているが、熱い。とてもこのままでは入れない。神名火が唱える。

――雲雲我気似金地他火無。

指先から青白の光が射し、湯溜まりから続く岩盤を削っていく。いや熔かしていく。湯道をつくり、せせらぎの淵に誘導する。さらに程よいあたりで蟲の呪文を繰り返して、岩盤を念入りに熔かす。皆が入れる大きな浴槽を拵えた。流れ込んだ湯は、赤熱した熔岩にぶち当たって烈しく爆ぜ、それでも熔けた岩を固めていく。熱い湯はせせらぎの流れでうめられて湯気も程よいものとなった。

「凄い！」

姫が目を輝かせて感に堪えぬ声をあげた。利兵衛以外は目を剝いていた。利兵衛は平然と素っ裸になり、ふと気付いたように神名火に言う。

「剣呑だのぅ。絶対に人に向けるなよ」

「さて、どうしたものか。姫に仇なすものには遠慮なく向ける所存だが」

利兵衛は肩をすくめ、急造の、しかし見事に艶やかな浴槽にどぼんと飛び込んだ。しばし目を閉じ、極楽極楽と呟く。利兵衛が動くと透明な翡翠の湯は、そのまわりだけ湯ノ花が舞って鶯色になった。

「ええわあ、こないなお湯、贅沢すぎるでおじゃりまする。さっそくぅ〜」

「利兵衛の親父は別格だけどよ、一応、姫に先に入ってもらえよ」

と、めずらしくユダが窘めた。

「ほれ、ぼんやりしてねえで、入れってば」

姫は嬉しそうに頷き、着衣を足許に落としていく。ユダがニヤつきながら姫の裸体を舐めまわすように見つめる。

「なんやろ、その目つき。魂胆丸見えでおじゃる。色目なんてもんやおへんなあ」

「てめえだって股間膨らませて見入ってるじゃねえか」

「失礼な！　これは、もともとの大きさでおじゃりまする。しかも、この前久、姫の美しさは好ましくありますが、女子は苦手でおじゃる」

「はいはい。苦手なわりに御立派、御立派」

全裸の姫がユダと前久に割ってはいる。

「皆様が裸になる機を失しておられます。掛け合いは湯のなかでなさい」

姫が首まで浸かってしまうと、見守る理由もない。皆、一気に脱いで、一気に飛びこんだ。跳ねた湯が口の中に這入った利兵衛が顔を顰める。

「苦い――。苦いぞ。なにやら凄まじい効能がありそうだ」

含炭酸重曹土類硫化水素泉（がんたんさんじゅうそうどるいりゅうかすいそせん）である。行き止まりの山道に佇む秘湯、後の国見（くにみ）温泉だが、発見されたのは江戸時代とされている。けれど緑こと顎門と神名火が最初の発見者であることを附しておこう。

妄執と妄想と権力の重みと軀の異常でまともに眠れない秀吉をよそに、一行は翡翠の湯で湯治を愉しみ、初秋の山々を愛でながら濃青紫の深山竜胆（みやまりんどう）が控えめに揺れる駒ヶ岳（こまがたけ）の北側の道なき道を田沢湖に向かう。道中、神名火が問う。

「何故、姫は蝙蝠を付き随えておるのか？」

姫は笑んだ。

「蝙蝠。人でなく、人である私の象徴です」

「鼠は？」

「これは言ってよいものか。じつは、人の象徴です」

「なるほど。鼠＝人。わはは」

「人でない神名火様は笑えておじゃるけど、この前久は微妙でおじゃる」

「なんの。前久殿だって人と言えるかな？」

「まあ、非道い！　前久こそが人の中の人でおじゃりまする」

ユダが揶揄気味に吐き棄てる。

「自己申告するな、化け物」

「なんですと！　この前久を化け物と！」

「化け物は言いすぎた、めんご、めんご」

「謝罪を受け容れぬほど固陋ではございませぬ。が、再度あれこれ吐かすと許さんでおじゃりまするぞ」

「へいへい。物の怪に言いなおします」

「物の怪！　それはユダ殿でおじゃります」

利兵衛が肩の子鼠をちょんちょんつつきながら、割り込む。

「似たもの同士で遣り合うんじゃねえ」

忍びたちが笑いを怺えている。笹森山から谷間を避けて熊ノ台の尾根筋をいく。まだ色づいていない栃の実がところどころに落ちている。熊ノ台というくらいで、月の輪熊の生息地である。けれど出くわした熊は、地面に横たわり、姫に向けて腹を差しだした。姫は膝をつくと、愛おしげに撫でてやる。やがて眼下に田沢の湖が拡がった。ほぼ楕円に見える燦めくばかりに美しい湖である。

姫が田沢湖に視線を投げたとたんに、湖底の溶岩ドームに横たわっていた竜子が目覚めた。竜子は白い沈殿物で覆われた湖底で静かに眠っていたのである。

このころは田沢の潟と称されていたが田沢湖でいく。日本で一番、世界では十七番目に深く、その圧倒的な透明度を誇る湖水は最深部の湧水からもたらされている。半身を起こした竜子の傍らを無数の淡水魚が行き交う。

竜子の頬に恐怖が疾る。喚ばれている。逆らいようがない。強圧的な竜の姿ではなく、人のかたちで恭しく頭をさげるしかない。

「死にたくなくば、軍には加わらぬよう」

「と、申されますと？」

小首をかしげた竜子だけでなく、皆、怪訝な顔だ。姫は、ただ、念を押した。

「よいな。この湖に寄らず迷ヶ平に行くこともできたのです。けれどせっかく知りおうたのです。湖底で微睡んでいたのでしょう。ならば、そのまま眠りなさい」

竜子は深く頭をさげた。異性に、人に気に入られたいという強迫観念的な思いはきれいに霧散していて、ひたすら湖底の柔らかな純白の沈殿物の上で夢を見ていたのだ。姫が柔らかな笑顔を見せた。

「夢。夢を見ていると、どちらが現実かわからなくなりますね。生きる上において、夢が現実でも一向にかまわない。貴女はそんな境地にあります」

「はい。この有り様を大切にしとうございます」

「それがよい。誘いに乗らぬよう。それなりの意志が必要ですよ」

理解できぬまま竜子は頷いた。いまの境地を逃したくない。とことん打ちのめされたあげく、得た境地だ。

「人であり、竜である貴女は、世俗と関わりあわぬほうが幸せに生き存えることができます。永久(とわ)に」

「永久に」

「はい。永久に」

姫は真っ直ぐ竜子を見つめて問う。

「夢に生きることは、不幸ですか？」

「いえ。夢こそがすべて。永遠に夢に遊んでいられると知り、この身が歓喜で震えております」

「よかった。また、いつか逢いましょう。ゆっくりお話し致しましょう」

気付くと竜子は、湖底の純白の寝台に横たわっていた。いまだかつてない平安に充ちていた。いつか姫に逢える日を泛べ、静かに微睡みはじめる。

＊

迷ヶ平は秋だった。

茸狩りの戸来の村人が姫の一行に気付き、歓喜の声をあげた。熏(イブ)様の御一行がおもどりになられた！　と大声で叫ぶ。婀娜夢(アダム)様がいらっしゃりませぬ！　と悲痛な声があがり、家康のユダはニヤリとした。

無数の髑髏や骨片を踏まぬよう気配りして髑髏(ゴルゴタ)の丘にあがる。黒漆塗りの椅子に座して黙考していた契利斯督(キリスト)が、目をひらく。

「姫！」

「好いお顔です。好いお顔になられた」

契利斯督(キリスト)のために日陰をつくっていた巨木に下がっていた蝙蝠たちがいっせいに舞い、姫が右手を差しあげると巨木が真っ二つに裂けた。契利斯督(キリスト)は結界を解かれていた。


なにゃーどやら～

なにゃどなされぃのなにゃーどやら～

なにゃーどやら～

なにゃどなされぃのなにゃーどやら〜
なにゃーどやら〜
なにゃどなされぃのなにゃーどやら〜

御前に聖名を誉め讃えん――集まった戸来の人々が唱える希伯来（ヘブライ）の民の言葉をまとうかのように、契利斯督（キリスト）は立ちあがった。

「姫よ、いまもユダを斃すおつもりか？」

「斃す必要もなくなりました」

「それは、よかった」

「よかった、と？」

「はい。沈思黙考を続けたあげく、ユダが愛おしくてならなくなりました」

「愛おしくなった。それは」

「それは？」

「契利斯督（キリスト）よ。貴方はユダの上に立ったということです」

「ユダの上に立った」

「そうです。赤子が母を愛おしいと思いますか」

「なるほど。されど能力においては、この契利斯督（キリスト）、ユダの足許にも及びませぬ」

当のユダは黒目を天に向けて頬をボリボリ掻いている。契利斯督（キリスト）もまさかこの小太りの狸がユダであるとは思ってもいない。

「姫は、ユダのことを抛っておけばこの世界を滅ぼす最強最悪の害悪と化す――と申されておりました。ですから、この契利斯督（キリスト）、姫に従ってユダを退治することを念じてきたのでありますが、どうしたことか、ユダが愛おしくて、愛おしくて」

「では、愛してあげなさい」

「よろしいのですか？」

「契利斯督（キリスト）よ。ある境地に達したようです」

「いえ、まだまだでございます」

　ユダが小さく咳払いをした。とたんに契利斯督（キリスト）が目を剝いた。気付いたのだ。姫は委細かまわず言う。

「ユダの鼻から派生したもう一人のユダ。くる途中で完全に葬っておきました」

「この御方は、ユダであろう！」

「わかりますか。さすが契利斯督（キリスト）」

「この野郎。なーにが愛おしいだよ。ったく図々しい。てめえに愛されるのは迷惑だってんだよ」

「――何故、そのようなお姿に」

「あのね、姫がね、無理やり僕をねじ曲げたの」

　頰のたるみを揺らし、両手を切なげに組んでユダが訴える。利兵衛が嘲る。

「なーにが僕だよ。可愛いぶりやがって」

　とたんに笑いが弾けた。戸来の人々も狸顔がユダであることを悟った。さらに『なにゃーどやら〜』の声が高まった。

　さて、どうしたものか――と神名火は顎の先を翫びながら思案する。ユダが問う。

「黒か」

神名火は、忍びたちに気配りして答えなかった。ユダも名を口にしてしまったことを悔いて無表情をつくる。

「我々は忍び。黒殿は秀吉様にお仕え申したのですから、秀吉様のために働くのみ」

ユダが舌打ちして、姫を睨む。

「おめえが黒をあんなカス野郎にあてがったから、こんなことになっちまったんだぞ」

そう仰有らず、と赤が息むユダをなだめる。姫は俯いて囁くように言った。

「――秀吉様のあまりの孤独に、せめて裏切らぬ男を与えてあげたくて」

「女でなく、男か」

「はい。女だと、あの御方は飽き果て棄てかねませぬから」

「ま、さんざん女から飽きられてきた俺が言うのもなんだけどさ、女はヤらぬうちが花。交わっちゃうと慥かに飽きちゃうけど、そこまで言うんなら、そこまでしてやろうってんなら、黒じゃなくて、おめえが秀吉んとこに侍ってやればよかったのによ」

「ユダ。言いすぎだ」

契利斯督(キリスト)に窘められて口を尖らせたユダの頭を前久がポカリと叩く。凄い勢いで目を剝いたユダだったが、前久の視線の先の姫に気付いて、小さく溜息をついた。

「私は本当に浅はかです。自分が嫌になりました。赤、青、黄、緑、紫、御免なさい」

「なんの。我々は忍びと申したはず。黒殿は我々と同じく己の仕事を全うするのみでございます」

忍びたちの貌には屈託がないとさえいえる笑みが泛んでいた。

「お前たち、本当に恰好いいな。男だな」

利兵衛が言うと、忍びたちは照れた。利兵衛は秀吉と姫の関係などまったく意に介していない。一方で姫は利兵衞一筋なのだ。秀吉に好意をもっているからといって、侍るはずもない。

「しかし黒のことはともかく、秀吉は姫に勝てると思っているのかな」

利兵衞の呟きに、黒につぐ立場にある赤が応える。

「どうやら秀吉様は、姫が我々に攫われ、幽閉されていると思い込んでいて、矢も楯もたまらぬといったところ。救いだし、奪還することこそが正義と思い詰めてございます」

ユダが呆れる。

「どこをどー解釈すれば、そんな都合のいい話が出てくんだよ。あの莫迦、次々と近親の首を刎ねて姫を怒らせたことを忘れちまったのか」

「――唐瘡にて心を病んでおられます」

「なに？　あの莫迦、梅毒か」

「然様。好色放埒が過ぎました」

「で、妄想の世界に生きていると」

「然様でございます。哀れといえば、哀れ」

「哀れなもんか。莫迦丸出しだ。やりまくったあげくに、てめえに都合のいい妄想を抱いて迷走してやがる。俺に好色をあれこれ言われたくねえだろうが、家康の爪の垢でも煎じて飲みやがれ！」

「まったく。家康殿、御家臣に遊女遊びを厳禁してございますからな。また朝鮮に向かった御家臣は当然のこととして、雑兵たちに至るまで女を犯すことを禁じております。すべては唐瘡をもらわぬための処置でございます。やるなら、ちゃんと見極めろ――と申されたそうな」

「ほんと、狸ってばよく見てやがるからな。ちゃんと俯瞰できるから最近は俺の出番なんてほとんどねーもんな。まかせてしまって安心至極。ま、物の見方を教えてやって、永続する支配の仕組みを教えてやったのは俺様って自負はあるけどさ、あいつ、堅物だけど人の心がわかってるんだよね。やるなら見極めろ。いやあ、金言ですな」

「どこが」

「また、この親父ってば、いちいち俺様に楯突きやがる。面白がって俺につっかかるのって、やめてくんないかな。おちょくる理由がないでしょ」

利兵衛はニヤリと笑うと、ユダの肩を抱いた。くっついてくるんじゃねえよ——などと吐き棄てはするが、ユダはこれであっさり籠絡されてしまう。利兵衛は腕のなかで膨れっ面をしているユダを見やってしみじみ思う。雛島にいたときとはまったく別の人間、まったく別の男になれた。あの島にいたときは、じつに陰鬱な男だった。自分のことしか考えなかった。支倉という寒村を統べる立場にあったが、無理やり己を奮い立たせて義務感のみで動いてきた。余裕がなかった。感情のほとんどを占めていたのは怨みであり、呪いであった。思いに耽る利兵衛を、じっと姫が見つめていた。

秀吉の重臣たち——加藤清正、浅野幸長、結城秀康、前田利長らは、秀吉の好色に倣ったあげく梅毒で死んだ。朝鮮における無体が祟ったのだが、主立った者だけをあげてもこの様である。

秀吉亡きあと豊臣家が家康からとことん追い詰められたとき、これらの有力武将はこの世にいなかった。豊臣家に忠誠を誓った武将の多くは梅毒で死んでしまっていたのだ。

極論してしまえば、残っているのは戦国武士の気風気概を喪った覇気に欠ける雑魚ばかりだった。それを見切った家康が豊臣家を崩壊させることなど容易いことだったのだ。

このころの凄まじい梅毒感染拡大は、前述の通り、秀吉による朝鮮出兵がきっかけである。大陸で跋扈する梅毒を、朝鮮半島における暴虐のあげく直臣から雑兵に至るまで島国日本に持ち帰ったのだ。

それまでは葡萄牙や西班牙から梅毒が広まりはしていたが、南蛮人と接する日本人は微々たるものであった。ところが南蛮人と接した遊女が感染源となって遊郭を中心に鼠算式に梅毒が増えているのを悟った家康は、遊女遊びを禁じたのである。

それが朝鮮出兵で一気に日本中に——下々にまで梅毒が拡散蔓延した。江戸時代に至ると人口の五割以上が梅毒に罹患していたという恐るべきデータが残っている。性の交わりを避けることのできぬ男と女の宿命の病であった。

なおかつ秀吉は自身の出自を隠すために、静かに暮らしていた係累を次々に斬首してしまったのである。いまや秀吉と血のつながりのある者はほとんどいないのだ。

「なあ、親父」

「うん」

「黒、どうする？」

ユダの問いかけに、飄々と返す。

「どうもこうも、襲ってきたら斃す。それだけだろう」

「親父ってば冷たいね」

「そうかなあ。おまえ、鮫を飼っているとしよう。とても可愛い鮫だ」

「なんだ、そりゃ」

「可愛い鮫が、おまえを喰おうとしたら、黙って喰われるか？」

「また、そーいう爺臭い屁理屈を言う」

「ははは。なにせ、だいぶ老いたからなあ」

「なにが老いただよ。ぜんぜん変わらねえじゃねえか」

「そこはそれ、おまえと一緒だ」

「なあ、親父」

「うん」

「やっぱ、愛しい鮫の腹を裂いて、喉仏にとどめを刺すしかねえのかな」

「悩むようなことか。それが嫌なら、ここから離れればいい」

「あ、それ、いいね」

「だろう」

「って、親父、俺がいなくなってもいいのかよ」

「いいよ。あれこれ終わったら、どぉだったたですかぁ〜とか吐かして、ニヤニヤしながら揉み手でもどってくればいい」

「なるほど——。じゃねえよ！」

　ユダは悟っていた。実際にこの戦いに加わらずに逃げても、利兵衛は一切気にせずにふたたび迎えいれてくれることを。べつにユダが臆して逃げたわけではないことをちゃんとわかってくれているからだ。

　だからこそ、始末に負えぬ。自分だけ黒と対峙するという試練から逃れられるはずもない。こっから離れられるわけねーじゃん、とユダは胸中で呟く。

　利兵衛はしょんぼりしている姫を手招きして、胡坐をかいたそのくぼみに、横抱きに安置した。おまえは悪くないよ——と囁きかける。姫が見やると、誰も悪くないんだと付け加えた。

　説得力がないねとユダが茶々を入れたが、当の姫は利兵衛の膝でうっとりしている。利兵衛の肩の子鼠が、ユダをちら見する。子鼠はユダが嫌いではないのだ。ごく稀だが利兵衛の肩から離れて、ユダから木の実などもらっている。ユダが子鼠に囁く。

「しかしさ、おまえってば育たないねえ」

「こいつか？　こいつは俺たちといっしょだよ。姫の力で老いることがない」

「利兵衞殿。この前久も老残を晒さずにすむでおじゃろうか？」

「うん。でも、前久は顔が広くて皆に知られてるからな。折を見て死んだことにすればいい。そして気儘放題に生きる」

「なんで親父が決めるんだよ。こういうことは姫にちゃんと諮ってだな」

「なんの。姫はここに集う我らを蔑ろにせんよ。これ即ち、好きにやれということだ」

ユダは利兵衞の姫に対する圧倒的な信頼に大仰に肩をすくめ、あれこれ口をはさみはするが、結局は姫が中心であると認めている己に気付き、話を変えた。

「姫よ。灰になった我らの同胞は、どうなった？」

「それは俺も訊きたかった。全世界に散ったのであろう。この国にもたくさんのおまえの家臣共がいるはずだ」

「ほとんどの灰が、いや皆は、灰のまま静かに眠ることを選びました」

「なんでよ、なんで？　面倒臭いから、みんなを叩き起こして人間に戦争しかけて滅ぼしちまえよ。あ、除く利兵衞の親父と前久な」

「おい」

「なんだよ、ちびっ子」

「一応、拙僧も人なのだがな」

「目が三つあって嘴が生えてて、薄汚ねえ翼が生えた人間がいてたまるか。神名火様は鶏みてえなもんだよ」

「雲雲我」

「すんません！　神名火様は鶏じゃなくて鷲鷹鳶、ピーヒョロロの類いでごぜえます」

「雲雲我気似金地他火無」

「ひっぇえええええ」

「おい、剽軽者。なにも起きておらんぞ」

利兵衛の指摘に胸を撫でおろすユダであった。途方もない戦い、いや大殺戮の予感からくる重い気配の中、姫の一行は迷ヶ平で和気藹々とした遣り取りを続け、黒が率いる秀吉の軍勢を待つ。

迷ヶ平の戦い

陸奥は小隼、早道、堀口。羽前は羽黒。陸前は黒脛巾。越後は軒猿、上杉、加治。下野は福智、松元。信濃は突破、真田、飯綱、戸隠、青木、芥川、伊藤。甲斐はすっぱ抜くの語源となった透波、アルキ巫女、三ッ者、甲州は武田、甲陽、天幻、忍甲。近畿に至れば伊賀、甲賀。忍びの宝庫である。いちいち記しているとキリがない。一気に南に下る。肥後は関破、大江、八幡。薩摩は山潜、兵道、塩田楊心――。

斯様に列挙されても迷惑であろうが、秀吉が日本全国から集めた忍びの者たちの数は莫大なものであった。そこに無数の山伏、修験者、乞士、薦僧、隔夜道心、役優婆塞一門、印地、そして呪術者――と異形異能の者たちが加わっていた。

青龍権現を拝む熊野派山伏たちは竜子を口説くことができなかったようだ。神名火に率いられて姫を襲ったはいいが、鼠に喰われ、骨にされてしまった英彦山からも同胞の怨みを晴らすべしと、たくさんの修験者が参集していた。

忍びと修験者、その数ざっと一万超。

迎える姫の一行は利兵衞、ユダ、前久、神名火、そして忍びの五人、あわせて十人。もっとも前久は策略に長けていても、戦いに関してはからっきしのお公家様である。

対峙した。

一天にわかに掻き曇り、黒雲でも湧けばいよいよ戦いといったところだが、見事な秋晴れで、北の空に仄かな絹雲が流れている。

忍びの者たちが前面に立ち、修験者たちはその背後である。黒が諄々と説いたらしく、忍びも修験者もたった五人の忍びと五人の姫の一行を侮る気配は一切ない。武威は忍びが担当し、その背後から修験者が呪術を仕掛ける。順当な作戦だし、それ以外の方策もないだろう。

「あいつらさ、鼠に喰わしちゃえば？」

「黒の率いる兵たちです。ちゃんと戦いましょう」

「だからさ、鼠に喰わせて蝙蝠に血を吸わせて熊や狼を操って黒以外の全員をアレしちゃえば、丸く収まるじゃん。黒、御苦労様でした、秀吉に仕えるという貴男の任を解きますとか言っちゃってさ、それでいいじゃん。女の忍びもいるから、あの子たちは生かしといてもいいけどね～」

「ユダ」

「なんだよ」

「なんとしても黒を助けたいのですね。貴男はじつに善い人です」

「やな女だなあ。その見透かした態度。最低だぜ。苛つく。もう、いいよ。無理なのはわかってるわい」

「はい。無理です。黒は一人になっても、最後まで戦うでしょう」

彼方の十和利山は全山紅葉、そのなだらかな頂点を初雪にて淡く化粧し、薄の穂が北風に揺れ、点在する欅(けやき)の幹から伸びた枝々が複雑に踊る。湿地で丈を伸ばしている草々は、黄や朱の実をつけている。

このあたりは熊の大繁殖地だ。冬眠前に餌の——いや人の匂いを嗅いで集まった熊が、山側に整列して成り行きを見守っている。迷ヶ平は秋たけなわであった。

姫を囲むかたちで利兵衛たちは楔(くさび)形に拡がる。ユダが見咎める。

「親父、素手じゃん」

「武器は相手を斃して手に入れる」

「なーるほど。合理的で御座いますな」

「なんでおまえが刀を持ってる？」

「剣戟(けんげき)やってみたくてさ、青から借りたんだよ。斬るんじゃなくて、突くんだってさ」

「真っ直ぐだもんな、刀身」

言葉を交わしていると、赤、青、黄、緑、紫の五人の忍びが楔形をくずしてすっと前に並んだ。利兵衛の目ではよくわからないが、一万の軍勢の先頭に立っているのは、黒らしい。黒が真っ先にくるなら、我らが斃す——五人の忍びたちの強い意志が利兵衛たちに伝わった。

双方異形ではあるが、異形が一万を超えると圧倒的な不条理感と非現実感がある。夢魔の塊だ。大気の隅々にまで一万の体臭のようなものが溶けこみ漂い、地が裂けて黄泉(よみ)の国より屍が蘇ったかのようである。

じわじわと一万の異形が前進してくる。利兵衛の目にも黒が見分けられるようになってきた。利兵衛に視線を投げた黒の頬には親愛と懐かしさがにじんでいた。

さらに黒は赤、青、黄、緑、紫と配下だった者たちに視線を投げ、表情を消した。黒を父親代わりに育った若輩の紫が一瞬、落涙しそうになった。けれど忍びの矜持にかけて泣かなかった。唇を真一文字に結んで、黒と同様、無表情となった。

「下がりなさい」

姫が楔の中から真正面にでた。じっと黒を見つめる。無表情のまま黒は姫を凝視する。姫は深々と頭をさげた。黒の心の中に『御免なさい』――という声が響いた。

黒は頬笑んだ。一人だけさらに薄の原を断ち割って前に進むと、姫に声をかけた。

「惑乱なさる気か。残念ながらこの黒には通用しませんな」

言葉と裏腹に、黒の瞳には親愛が充ちていた。姫は必死に感情の表出を怺え、やがて能面のごとき透明な面持ちとなった。艶やかな磁器めいたその貌は大層美しく、黒は姫をじっくり見やり、満足げに頷き、背後にむけて手招きして、異形一万を前進させた。

赤、青、黄、緑、紫を制して、利兵衞が姫の前に出た。ぐいぐい屈託なく進み、黒に近づき、きつく抱き締めた。黒の耳朶に唇を寄せ、囁き声で頼む。

「なあ、黒よ。刀、くれよ」

「何故丸腰かと不審な気持ちでしたが、敵から刀をもらうと」

「うん。誰か斃して手に入れようと思ってたんだけれどな、おまえに頼めば手っ取り早いじゃないか」

黒の頬に苦笑いが泛ぶ。敵に武器を所望する男がここにいる。背後に付き随っているアルキ巫女に声をかける。

「この方に、刀を」

「――よいのですか?」

「かまわぬ」

アルキ巫女は盲目であった。けれどすべてが見えている。一切躊躇うことなく利兵衛の前に出て、背の忍刀を手渡した。

利兵衛は鞘から抜き、煤で真っ黒に染めた直刀を一瞥し、振りかぶり、黒の頭頂部を断ち割った。真っ二つにしたように見えたが、そこに黒の姿はなかった。利兵衛は肩をすくめた。

「さすが、黒。俺ごときの刃は受け付けぬよな。残念無念」

アルキ巫女の眉間に険悪な深い縦皺が刻まれた。大層な美人なので怖さもひとしお、利兵衛が逃げだそうとすると、携えている外法箱から弓をもった案山子――ククノチ神を取りだした。

ククノチ神は木の枝でつくられた粗末で小さな人形だが、手にした弓を引き絞り、利兵衛に向けて連射した。いて、いてて――当人は切迫しているのだが、他人からは戯けているようにしか見えない声をあげ、鞘を投げ棄て刀身を肩に担いで必死に自陣に駆けた。背中に小さな矢が無数に刺さっていた。

「なんだよ親父。逃げ腰じゃん」

「当たり前だろう。おめえ、案山子に射られたことがあるか!」

ユダは利兵衛の背に刺さった無数の矢を雑に払ってやりながら、案山子に視線をやる。

「小さいだけに遅いけど、じわじわ近づいてくるぞ」

「ユダ。まかせた!」

「なんなんだよ、恰好付けて出てったくせによ。うざっ!」

「そういうなよ。あれは苦手だ。ほら、笑ってるじゃねえか」

案山子は布を丸めた顔に書かれたへのへのもへじの『へ』の字の口を『∨』に逆転させて迫りくる。

「気持ち悪いね」

「だろ。頼む、ユダ」

　ユダは直刀を風車のごとく回転させて案山子が射る矢を払いつつ、直前までいくと加減せずに踏み潰した。

「こんなのが怖いんだからさ、親父もてーしたことがねーよね」

「莫迦野郎。案山子の背後に控えてるのは一万だぞ。案山子に気を取られている隙に一気に襲いかかられたら細切れだ」

「一度、細かくしてもらえば？」

「うるせえよ。見ろ、この掌の汗」

「親父でも緊張するんだな」

「当たり前だろ。クソ。仕留め損なった」

　契利斯督（キリスト）が囁いた。

「真っ先に黒殿を斃す。戦を終わらせたかったのですね。慈愛の心です」

「あのね、契利（キリ）ちゃん。鬱陶しいんだわ。親父はな、自分の手で黒を殺したかっただけだよ。理由はな、黒が好きだからだよ」

「おまえら雁首（がんくび）揃えて鬱陶しいんだよ。俺はな、姫の心を悩ませている存在を消してやりたかっただけなんだよ」

「やはり、愛ですな」

「はいはい、愛ですなあ。すっげー薄気味悪いっていう但し書きがいりますがな」

真顔の契利斯督(キリスト)とニヤニヤしているユダを交互に見やって、利兵衛は派手に舌打ちし、アルキ巫女から手に入れた刀の把に鼻を近づけた。

「さすが美女。じつによい匂いがするぞ。白檀(びゃくだん)かなにかを焚きこめてあるんだな。いや、待てよ。血の匂いもする。把に血が染みこんでしまって、なかば腐っている」

「芳香に腐臭。まるで人の一生でおじゃる。芳(かぐわ)しき春のころを過ぎ、痩せ衰えて皺だらけ。やがて腐り果て、朽ち果てる」

神名火が頷く。前久と神名火、神妙な顔つきである。ユダと利兵衛は揶揄する目つきで二人を眺めやる。

そのとき、利兵衛の一撃を避けた黒が、天から降ってきた。信じ難き滞空時間である。赤と黄が気付き、抜刀して跳躍し、宙に刃毀(はこぼ)れの朱の火花が散った。幾度か打ち合ったあげく、黒の激烈な打撃に赤と黄は翻弄され、地に落ちた。黒は一気に落下すると、姫の頭頂部を直刀で刺し貫いた。

刀身は姫の頭部に七割ほども刺さり、その鍔(つば)の上に爪先立ちした黒は、一気に体重をかけた。忍刀は鍔まで姫の軀の中に没した。頭蓋を断ち割り、不定形な脳を破壊して頸椎(けいつい)から脊椎に刀身が抜けていく硬質な引っかかりを黒は足裏に感じて、姫を破壊したことを確信した。

姫はがくりと膝をつき、大きく痙攣した。けれど倒れなかった。掠れ声で言う。

「なにやら滑稽な姿です」

「この黒が、ですか？」

「もちろん私です。頭のうえに黒を載せて、いったいなにをしているのでしょう」

「――そもそも、なぜ、喋れる？」

「御免なさい」

「謝罪している場合ではありませぬ。どういう仕掛けです？」

「さあ。私にはわかりかねます」

「わかりかねますか」

「わかりかねます」

「まいった。この黒には」

「私は斃せませぬか？」

「はい。秀吉様の情けない未練を断つためにも、姫は死したとお伝えするつもりでした」

「御免なさい。謝ってばかりですけれど、御免なさい。秀吉様はとても好い人で、最悪な人です」

「そこに最低を加えてもよろしいかと。悲しき退行と衰微。ただし」

「ただし？」

「得も言われぬ愛嬌がございます。それが秀吉様の全てでございます」

「そうですね。そのとおりです」

「——どうやら黒は幻を見せられているようです。いったん引きましょう」

「幻ではないのです。慥かに黒は私の頭から腹まで刺し貫きましたから」

「ならば、なぜ？」

「さあ。とにかく黒は私の頭の上に立っておりますでしょう」

「——御無礼をお詫び致します」

「いいのです。黒が秀吉様のために本気で私を殺しにきてくれたこと、秀吉様に代わって感謝致します」

短く頷くと黒は姫の頭上から跳躍しつつ刀を引き抜き、その姿を消した。

利兵衛が駆け寄った。姫の頭頂部には菱形の穴が開いていた。苦痛に歪みきった顔を利兵衛に見せはしたが、すぐに平静な呼吸にもどった。死にませぬ――と頰笑んだ。

安堵の息をついたとき、大気が哭った。凄まじい勢いで大量の石礫が襲う。投擲具を用いて石を投げることに特化した技巧を誇る印地の仕事である。拳大の石が顔に当たれば顔面は消失する。

「やばい。奴ら雨霰の石礫のあいだから鉄砲を撃ちまくってやがる！」

利兵衛と前久は頭を抱えて地に伏せたが、神名火は大儀そうに羽ばたくとぐんぐん上昇した。姫とユダはなにごともないかのように立っている。その二人を忍びたちが囲み、石礫や銃弾を叩き落としていく。その手の動きは、千手観音のごとくであった。

「利兵衛殿、前久は怖いでおじゃる」

「俺だって怖いよ。なんだよ、あの石の威力は。鉄砲の弾よりも怖い」

「いやらしいでおじゃる。石に注意を向けてると、鉄砲の弾でデコに穴が開きまするぅ」

「しがみつくんじゃねえ！　気持ち悪い！」

「あ、わざとじゃおへんえ。たまたまどす」

「たまたまで、タマタマすりつけてくるんじゃねえ！」

ユダと姫が振り返って、呆れた顔で見おろしていた。

「愉しそうですね」

姫の問いかけに、利兵衛は勢いよく立ちあがった。頰を銃弾が掠めて、肉が抉れた。利兵衛は指先を汚した血と脂を見やって苦笑した。

「まいったな」

「戦いが終わったら、治しましょう」

ユダが呟く。

「忍びたちが頑張ってくれてるけど、いい加減避けきれんだろ。なんとかしろよ」

「はい」

姫が右手を掲げると、印地打たちは至近からお互いを打ちはじめた。肉が剝がれ、眼球を垂れさがらせ、骨を覗かせた。だが、やめられない。鉄砲の射手たちはいっせいに口に銃口を挿しいれ、足指で引き金を引いた。

ようやく薄れてきた石礫と弾幕を透かし見ると、印地打や忍びの背後から次々と背に羽を生やした天狗装束の修験者が舞いあがっていく。浮力を上げ、方向を定めるため、手にした巨大な羽団扇(はうちわ)を操っている。指揮をしている天狗はもっとも鼻が長く、腰の帯に固定した棒で支えている。どうやら鼻の長さで位が決まっているらしい。

待ちうけていたのは神名火である。天狗たちは赭(あか)ら顔(がお)に紺の装束、神名火は黄の装束なので、目に痛いほどの対比である。

「金地教(こんちきょう)の主(あるじ)、神名火よ、我ら貴様に一目置いていた。超越した呪者として遇してきた」

「外法の者たちよ。この神名火にもいろいろあってな。が、すべては意味なし。おまえたちは今日ここに完全に滅びる。即ち天狗という実在が終わり、ただの伝説となる日。これまた意味なし。蟲の呪法、受けてみよ」

雲雲我気似金地他火無。

神名火の十本の指から幽かに青みがかった白色光が放たれた。天狗の呪術者は中空にて灼かれ、真っ先に作り物の赤鼻が消滅していく。翼が派手に焔をあげ、やがてその焔が肌に移り、肉が焼け焦げ熔け落ちて、地に脂が滴る。骨が地面に落ちるカラカラとやたら軽い音だけが響き、天狗は消滅した。

前久と利兵衛が鼻をクンクン蠢かす。

「うっわぁ！　まるで鮭を焼いた匂いでおじゃりまするぅ」

「鮭。名しか知らぬ。が、斯様によい匂いがするのか」

「漁師なのに知らんのですかぁ？」

「儺島の海には、鮭はおらなんだなあ」

「これで茶漬けなどさらさらと」

「うーむ。腹が鳴る」

「けど、これ、天狗の焼けた匂いでおじゃります」

「そういえば」

「なんどす？」

「儺島の大火で人が焼けたときも、こんなよい匂いがしたものよ」

「が、塩鮭は知らなかったのでおますなぁ」

「うん。こんど、喰ってみよう」

　ユダが咳払いした。目で敵方を示す。印地打と根来の鉄砲衆は自滅し、呪術者のなかでも外法様と尊ばれてきた天狗は、焼き鮭の匂いと骨だけ残して消えた。山伏、修験者、乞士、薦僧、隔夜道心、役優婆塞、そして呪術者といった本来は争い事と無縁であった者たちのあいだには烈しい動揺が疾り、完全に戦意喪失していた。

「姫よ。逃がしてやれ」

　利兵衛が囁くと、姫は頷き、忍び以外の者たちの頭の中に直接語りかけた。

――あなた方はもともと修行の身。争いは馴染みませぬ。さあ、引き返しなさい。静かに立ち去るならば、見て見ぬふりをします。それとも、とことん戦いますか。

　忍びの背後の修行の身の者たちは、申し合わせたように姫に向けて一礼した。姫が一礼し返すと、くるりと背を向け、天元行躰神変神通力（てんげんぎょうたいしんぺんじんつうりき）　阿耨多羅（あのくたら）　三藐三菩提（さんみゃくさんぼだい）　令百由旬内（りょうひゃくゆじゅんない）　無諸衰患（むしょすいげん）……と低い声音で唱和しながら迷ヶ平から去っていった。契利斯督（キリスト）が地に落ちた天狗の骨に深く頭を垂れ、なにやら祈りの言葉を唱えはじめた。天狗の骨は黒焦げで、無数に細片化されていた。

　ふわりと神名火が地にもどった。ムチャしやがるなあ——とユダが笑顔で言った。ユダと姫以外は皆、硬い表情だった。

「神名火様の御蔭で修行の者たち、最低限の犠牲ですみました」

　深々と頭をさげる姫に、神名火は小さく頷いた。以前は殺戮が好みだった。意味なしと連呼して、身近の気に食わぬ者たちを気儘（きまま）に弑してきた。意味なし。意味なし。

「はい。意味はありませぬ。宇宙に、世界に意味を求めるのは愚か」

「だが、なぜか、胸が傷む。鞍馬（くらま）の山で外法様と尊ばれ、宙を舞うほどの法力を身につけたあの者たちの怯えきった眼差しが、この第三の目にこびりついておる」

「神名火様」

「なんじゃ」

「それが、人間の取り柄です」

　神名火は小さく肩をすくめ、笑んだ。

「意味なし。意味なし。意味なし」

　ユダが割り込む。

「ちびっ子は金地教とやらの主だったのか」

神名火は答えない。

「こんちきょう、ね。まったくちびっ子ときたら、ちんこが大好きなのね。劣等感のたっぷり詰まった開き直りですかぁ？」

神名火の口が雲雲我――と動いた。ひっええええええ――と大仰にユダが仰け反った。神名火がそっとユダに軀を寄せた。

「ありがとう」

「――なにが」

「なんでもない」

「ひょっとして、ちびっ子ってば、俺のことが好き？」

「おまえを嫌う者は、おらぬよ」

真顔で返されて、ユダの眼差しが狼狽え気味に揺れる。姫が呟く。

「さあ、愚直なまでに戦いに殉じる者たちとの戦いを貫徹致しましょう」

印地打や根来の鉄砲衆、外法様たちの滅びゆくさまを目の当たりにした忍びの中には、この争いを無益なものと捉える者もいる。たかだか十名に対して、万を超える者共を用意した理由が身に沁みている。だが立ち去ろうとする者はいない。戦士の性だ。研鑽を重ねてきた己の伎倆がどこまで通じるか、命を賭して試そうというのである。

前久も一応は刀を構えてはいるが、その巨体はじつに屁っ放り腰である。前久を守るために青がぴたりと寄り添い、手裏剣などの投擲から前久を守るために窪地に誘う。ユダがからかう。

「おじゃる様よ。その白塗り、戦のために怒髪天を衝く阿修羅のごとき真っ赤っかに塗って、御叮嚀に抜いた眉を厳めしい鍾馗様みてえなのに描き変えるといいよ」

「この前久、臆してなどおらぬでおじゃる。されど足手まといになることもわかっておるでおじゃる」

「おるでおじゃるときたか。わかってるよ。おじゃる様は、男の中の男だ」

感激の面持ちの前久にユダが器用に片目を瞑る。あわせて利兵衛も前久にぎこちなく片目を瞑り、ユダと契利斯督(キリスト)に目で合図する。即座に赤、黄、緑、紫も利兵衛に従う。利兵衛は別段、剣技に優れているわけではない。素人(しろうと)と言ってよい。だが戦士たちは利兵衛を中心に一糸乱れぬ隊形で忍びの大軍の中心に飛びこんでいく。

紫が、若さにまかせて跳躍する。利兵衛の頭上をはるかに越える、惚れぼれする高さである。そのまま最前面にあって利兵衛を狙っていた体術に優れた薩摩は塩田楊心流の巨漢の忍びに全体重をかけて斬りかかる。見事な脳天幹竹割りで紫は全身に血の化粧をする。

赤が、勇みすぎるな——と紫を窘め、力まずに次から次に湧き出る忍びの喉を突き抜いていく。素早いので紫のように血濡れになることもない。悔しまぎれに、年寄りは楽がしたいのでしょう——と紫が呟く。

「聞こえておるぞ」

赤が直刀の把で紫の頭をコツンと叩く。紫は大げさに顔を顰める。

黄と緑は背中合わせになって連携し、そのまま地を這うように回転しつつ委細かまわず忍びの群れの膕(ひかがみ)を断ち割っていく。膝裏を斬り裂かれた忍びたちは尻餅をついてしまう。とどめを刺すつもりはない。要は戦闘不能にしてしまえばよいだけのことだ。

契利斯督(キリスト)は素手だが、竜巻を自在に操って忍びたちを蹴ちらし、中空にまで捲きあげ、受け身もとれぬ速さで地べたに叩きつけ、さらに刺すような突風にて念入りにその軀を破壊し、あたりに細片化された肉の霧を立ちこめさせる。

「契利ちゃん、ぐるぐる渦巻き、ずいぶん上手になったな」

「なんだ、ユダ殿の御教授の御蔭です」

「まさか。その口調。てめえ、なんかさ、より厭味な奴に成り下がった？」

「契利ちゃんてば、ユダ殿は神の次に尊敬してやまぬ御方でございます」

「信じておりませぬ。ゆえにユダ殿が私の敬愛する人物の第一ということになりますか」

「うーん。褒められてるというよりさ、小莫迦にされてるような」

契利斯督がニヤリと笑う。相変わらず腹黒いね――とユダが返す。

「それにしてもユダ殿は変わられた」

「まあね。神に愛される善い人を目指してるよ」

「実際、そうかもしれませぬな」

ユダは大きく顔を歪めた。近ごろ、皆が自分に対して優しい。一番最初に優しく接してくれたのは利兵衛だったが、どうやらそれが皆に乗り移ったようだ。くすぐったいような嬉しさがある反面、己の鋭さが削がれたような忸怩たるものがある。

忍びを真似てユダは摺り足で踏み込む。直刀で躊躇わずに喉を貫いてゆく。対になって忍びの腸を切開していく黄と緑が一瞬手を止めて凝視する。忍びの目をもってしてもユダの切先を捉えることはできない。人の速さではない。凄まじいものだ。

敵とはいえ、犠牲は最小限にとどめたいというのが黄と緑の考えだ。この勢いだと途方もない数の者が死す。要は動けなくして戦闘不能にすればよいので、喉を突くのはやめてください――と黄が念じたとたん、ユダは迫りくる忍び衆の四肢を委細かまわず切断しはじめた。

達磨（だるま）と化した忍びの者たちが中途半端な長さになった両腕両脚から血飛沫をあげて地面に転がり、呻き、喘ぐ。これならば喉を突かれて即死したほうがよほどましである。

黄は全身を血で染めあげて修羅と化したユダに畏れのこもった視線を投げ、気持ちを切り替え、緑と連携して膕切りを再開する。

窪地に青と身を潜めている前久が申し訳なさそうに謝る。

「この前久、なんの役にも立たぬばかりか、青殿をこうして縛りつけてしまっておりまする。まこと歯がゆいでおじゃる」

「なんの。天空を御覧くだされ」

前久が目をあげると、蒼穹の彼方に姫と神名火が浮かんでいた。

「あのお二人で幾万の軍勢さえも滅ぼすことができます」

「恐ろしや、恐ろしや」

「然様。なによりも優しく、恐ろしい御方たちです」

「そうじゃ。優しく恐ろしい」

「本来、いかに腕が立とうと我ら忍びはあくまでも人。万人相手では、とうに死しております」

前久は天を仰ぎ、青に視線を据えた。

「然様。あのお二人が我らを完璧に守ってくださっております。本来ならばこの青など、不要でございます」

「そないなこと言うたらあかんえ！　前久を一人にせんといて」

青は柔らかく頷く。前久はぐいぐい軀を寄せ、密着する。接触の度合いが烈しすぎる。青は微妙な笑みを泛べて前久を許容する。

天空にある姫と神名火は、芥子粒のごとき人々の争いを俯瞰し、適時介入する。赤と紫と黄と緑、利兵衞、そしてユダ。凄まじい働きであるが、もちろん危ういときは即座に姫がその身を守る。神名火の雷が薙ぎ払うように大軍を消滅させる。

利兵衞は黒を追い求めていた。されど武芸の心得もなければ忍びの技もない。黒を見出すことはできない。あきらめかけたとき、いきなり周囲が静まった。

眼前に黒が立っていた。お互いに笑んだ。

「まいりましたな。忍びの者七千余、消え去ってしまいました。この黒も、誰も斃せず、ゆえに刀は一切血濡れておりませぬ」

「その靄った朱は、姫の血ではないのか」

黒は己の直刀を凝視した。

「慥かにこれは──」

「姫の血だよ」

「どういうことですか」

「たぶん」

「たぶん？」

「姫は黒のために一度死んでやったのではないか」

「そんな──」

「ま、死ねないのだがな。頭蓋から腹の奥まで突き抜かれる痛みは、人とおなじ。姫の家臣たちは姫が切断した小指から生まれた。ユダもそうだ。そのたびに烈しい痛みを感じていたと打ち明けられた」

「つまり、姫は、黒の刀で死の痛みを」

「そういうことだ。姫の心遣いだ。いや、心遣いというのもなにやらおかしいが」

黒はきつく目を閉じ、奥歯を噛み締めた。目尻から一筋、涙を流す。

「好い女だろう」

「――はい」

「さ、戦おう」

「――利兵衞殿が相手ですか」

「不足か」

「不足もなにも、勝てるとお思いか」

「勝てぬ」

「でしょう。およしなさい。大将は実際に刀を振りまわすものではございませぬ」

「俺がおまえに手出しすると」

「はい」

「当然ながら俺がやられちまう。だが、その前に俺を助けるために、天におる奴らがおまえを焼きかねぬ」

黒は、ゆるやかに浮かんで成り行きを見守っている姫と神名火を見あげた。

「でしょうな」

「黒よ。元にもどらぬよな」

「はい。黒は秀吉様の臣であります」

「それを命じたのは姫だぞ」

「だからこそ、全う致します」

利兵衞は控えめな溜息を洩らすと、背後の赤、青、黄、緑、紫に声をかけた。

「お前たちが黒と戦え。それが筋だ」

赤、青、黄、緑、紫は無言で頷いた。即座に黒を囲み、刀を突きだして綺麗な五角形を描いた。

動かない。

動けない。

動かない。

北風ばかりが抜けていく。あとに死臭ばかりが残る。薄が侘しげに頭を垂れる。騒がしかった鴉共も鎮まった。日輪がじわじわと天球を移動していき、湿地の水面が黄金色に照り映えた。

その瞬間、赤、青、黄、緑、紫は貫いた。黒の全身を刺し貫いた。切先が整然と放射状に拡がった。切先をつなげば、寸分の狂いもない五角形を描くことができた。黒の軀は、直刀によって飾られた幾何学であった。

黒は斃れない。ゆっくり赤、青、黄、緑、紫を見まわす。赤が声をあげる。

「何故、黙って刺し貫かれたか！」

青も迫る。

「何故、戦わなかったか！」

「――お前たちを傷つけるわけにはいかぬ」

「このように自死して、我らが喜ぶとでも思うか！」

「死ぬしかないのだ」

「死ぬしかない――」

「そうだ。秀吉様に対してできる唯一の申し開きだ」

「あのような戯け、筋を通す必要もなかろうに！」

「いやいや、姫に命じられたからな。秀吉様に仕えよ――と。なによりも」

「なによりも？」

「この黒、姫を殺してしまった。頭頂から腹まで真っ直ぐ刺し貫いて」

「だが、姫は生きておるではないか！」

「そうだな。そうだ」

「誰が黒殿を咎めようか！」

「いやいや、幾人死んだ？　この黒だけがおめおめ生き延びる？　それはできぬ相談だ」

黒は血の泡を吐き、息を整える。

「赤よ。皆を頼む。赤よ。挫けそうになったとき、いつだって俺はおまえと過ごした餓鬼のころ、修行時代を思い返して、耐えたものよ。しんどかったなあ」

「然様。黒殿が泣いているとき、この赤も陰で泣いておりました」

「お互い、あのころはまだ涙が出たなあ」

「はい。いつのころからか、まったく泣けなくなりました」

そう言いながら、赤は双眸から涙を流し、深く俯いた。

「青よ。おまえの優しさは別格。忍びに向いておらぬが、そんなおまえの技の切れは我らの中で最上にして最強」

「――残念ながら、今回はそれを発揮する機会がございませんでした」

「よい。そんな機会なんて、ないほうが、いい」

「はい。できうるならば、私も己の技を封印しとうございます」

黒は、この優しすぎる男を頼みまする——と万感の思いを込めて姫を見つめ、その視線を青に据えた。

「できる。封印できるよ、青」

その優しい声に、青は手放しで泣きはじめた。貰い泣きしはじめた紫を、黒は慈愛のこもった苦笑で一瞥し、黄に言った。

「すまぬが、この迷ヶ平の戦いの顚末、秀吉様に伝えてくれ」

「畏まりました」

「俺にはおまえがなにを考えているのか、いっさいわからなかった」

「それこそが忍びの本分でございます」

「そうだな。けれど」

「けれど?」

「腹を割って話したかったなあ。忍びには叶わぬことか」

「黄の胸の裡を御存じか」

「わからん。わからんよ」

「張り裂けんばかりでございます」

「だが、これぞ忍びの死に様だろう」

「はい。黒殿は忍びを全うされました」

黒は嬉しそうに頷き、緑の瞳の奥を覗きこんだ。

「もう、解き放たれたからな。好きな女子がいたであろう」

「いえ。この緑、永遠に黒殿の手下でございます」

「なんで、そんなに好いてくれる？」

「黒殿が我らを好いてくれたからです。もちろん無理難題に舌打ちしたことも多々ございましたが」

「さんざんふっかけたよな、無理難題」

「はい。幾度も死にかけました」

「だが生きている」

「はい」

「死ぬな。絶対に、死ぬな」

ゆっくり紫に向きなおる。膝が崩れそうになった黒を、涙を流しつつも即座に紫が支える。血の匂いにまじって幽かに漂う渋くヤニ臭い黒の体臭を胸一杯に吸いこむ。

「まだ若輩だからよいが、明日から泣くな」

「明日はおろか、日々人知れず涙を流すことでしょう」

「紫よ。曲舞（くせまい）の稽古をしている幼いおまえの動きに目を瞠り、目を付け、唱門師村（しょもんじむら）から攫ったのは、なにを隠そう、この黒だ」

「黒殿からは、さんざん殴られました。打ち据えられて、血反吐を吐きました」

「すまん」

「いえ。忍びとして生き抜くためには、必要なことでした」

「物わかりがよすぎるのも考え物だぞ」

「だいじょうぶです。黒殿を怨み、憎んでおりますから」

「それでよい。憎め。怨め。蔑め。怒れ。さすればおまえは生きる力を得る。さて——憎まれ者は、そろそろ貴様らの面前から消えるとするか」

いよいよ嗚咽が止まらず声をあげて泣きだした紫に支えられながら、神名火に頼む。

「神名火様。この黒を、この世から完全に消し去ってくだされ」

「それが忍びの道か？」

「然様でございます。これぞ忍びの道、忍びの本道でございます」

紫に下がるように命じ、五本の刀で刺し貫かれたまま黒は仁王立ちし、神名火に黙礼した。神名火は頷き、片手を差しあげた。

一瞬の静寂ののち、迷ヶ平の戦いは終局を迎えた。誰もなにも言わない。屍骸に覆いつくされた世界に佇んでいる。

見守っていた熊のなかでも図々しいものが屍体を、あるいはまだ息のある忍びに牙を立て、引きずっていく。餌はいくらでもあるので肉には見向きもせず腸を堪能する。

欅の幹には無数の鴉が折り重なるように群れ、ゲエゲエ鳴き騒ぎつつ熊が食い散らした屍体のおこぼれを狙っている。もちろん蠅や虻、蝶や蛾、埋葬虫の類いの昆虫たちも思わぬ大量の御馳走に群がっている。

迷ヶ平の秋は、紅葉よりも鮮やかな血と脂の匂いに覆いつくされていく。

＊

「秀吉の阿房、どうしてくれよう」

男泣きに泣いたあげく、ようやく涙も涸れた利兵衞が憤懣やるかたない声をあげた。姫がそっと寄り添った。

「父上。秀吉様は天下と引き替えに得た永遠の孤独に堕ち、七転八倒しながら死にます。誰も悲しむ者がいない凍えるような死です」

「たった独り。それは罰か？」

「秀吉様は、独りに耐えられぬ御方。愚かにもたった一人寄り添ってくれた黒を自ら殺してしまいました」

「黒を殺したのは、秀吉か」

「父上もそう悟られているはず」

利兵衞は大きく息を吸い、静かに吐いて、手の甲で濡れた頰をごしごしこすった。紫はまだ手放しで泣いている。そっと肩を抱いてやると、紫は顫え声で訴えた。

「黒殿ですが、いや黒殿の肉ですが、なんの引っかかりもなく一切の抵抗なしに我らの刃を呑みこんだのです。幾人も斬ってまいりましたが、このようなことは初めてです」

「それは、おまえたちに殺されることを従容として受け容れたからだ」

「そうでしょうか」

「そうに決まっている。死に際して力む必要がなかったのだ。黒は果報者だ」

利兵衞は紫の背を加減せずに叩いた。それは自身に気合いを入れるためでもあった。その口から、じつに軽みのある調子の言葉が放たれた。

「で、どこへ行こうか」

「どこって、もう少し辛抱しろよ。家康に天下取らせたら、みんながのんびりできる大奥を用意してやるからよ。男の天国だぜえ」

「よいな。じつによい」

「だろ。助兵衛な親父のために拵えるようなもんだぜ。期待してるだろ？」

「強く否定できぬところが、いやはや」

姫が小声で躊躇いがちに利兵衛の袖を引いて、言う。

「父上。私は島に、儺島に帰りとうございます。父上といっしょにあの島へ」

一瞬、間があった。

利兵衛の顔が見るみるうちに輝いた。

「そうだ。俺には儺島があった！」

急に息が乱れた利兵衛であった。

「肥前守隆信に、儺島は支倉網元利兵衛の島である——と一筆書かせた。俺の島だ。俺は漁師だ」

「はい。あの島は父上の島です。私が結界を張りましょう。誰も這入ることのできない結界を。私は父上がお魚を捕るのをお手伝い致しますから、ぜひ——」

利兵衛は大きく頷く。頬が紅潮している。ユダが不服そうに割り込む。

「大奥はどーなったんだよ、大奥！」

利兵衛が茶目っ気たっぷりに返す。

「もちろんときにはお訪ね致そう」

「ときどきかよ〜」

姫が声がけする。

「ユダ」

「なんだよ。親父を奪いやがって」

「御免なさい。でも、大奥はまだ先のこと。おまえも一緒に儺島にいらっしゃい。家康様には徳川家永続の仕組みまで全てお伝えしてあるのでしょう？」

「まあな。うまくすれば戦のない時代が三百年くらいもつかな。も少し短いか」

「ならば大奥ができるまで、儺島で過ごしなさい。お魚を捕るのは愉しいですよ」

「やなこった。お魚でヌけるかってんだ。俺は女がいねえところは、やなんだよ！」

神名火が訊く。

「拙僧も御一緒できるか？」

「もちろんですとも」

「皆も連れていけるか？」

「当たり前です。ユダは居残るそうですが」

前久が身をくねらせる。

「うふふ。男衆と島にこもってうふふふふ。最高でおじゃる」

「赤、青、黄、緑、紫、いっしょに来ていただけますか」

「我らもよろしいのですか！」

「もはや島では上下の区別もございませぬ。ただ漁を生業にするならば、海の上では父上の言うことには従っていただきます。それが最良でしょう。漁をしないのならば畑仕事でも怠け暮らすのでも自由です。誰も咎めは致しませぬ。島は私たちにとってそれなりに広い。そもそも儺島に貴方たちを閉じこめるつもりもありません。飽きたら出ていって、気が向いたらもどるもよし。お好きに生きなさい。いずれ」

「いずれ？」

「前久様はともかく、赤、青、黄、緑、紫を好いてくれる女子がいたならば、島で子供をつくるとよいですね。もちろん神名火様も好いた女子がおるならば、その方がよいと言うならば、ぜひお連れくださいませ」

「拙僧は、女犯（にょぼん）は、ときどきしかせぬ」

「ときどき。充分でございましょう」

「うむ。まあ、充分ですな」

「契利斯督（キリスト）は、どうなさいます？」

「超然としていられればよいのだが、この国の女性はじつに魅力的であります。じつは戸来の村に私を好いてくれて、常に力づけてくれた娘がおりました」

「ああ、よかったです。御一緒なさい」

「こんな晴れやかな気持ちになるなんて。この契利斯督（キリスト）、まだまだ修行が足りませぬが、お許しください」

「誰に許しを請うているのです？」

「天にまします御父です」

「許してくださると仰有っていますよ」

「うふふ」

「あら、凄い笑いです」

「いやいや、修行が足りませぬ」

「おい！　俺はどーなるんだよ！　独りぼっちかよ。秀吉じゃねえんだからな」

「ユダには大奥があるでしょう」

「やな女だな、ったく。本当はいっしょに来てほしくてたまらねえくせに」

「はい。ユダには是非ともいっしょに来てほしい。されど縛る気はございませぬ」

「わかったよ。しばらく付き合ってやるよ。島でのんびり日向ぼっこだ」

「ユダ。いつのころか陽の光が平気になりましたね」

「てめえがやったんだろ、てめえが」

姫は捉えどころのない頰笑みを返す。

「いいか、みんな。この姫って奴は煮ても焼いても食えねえ女だ。最低だ」

「はい。その通りです」

「な！　背われちまえば、返しようがねえだろう。ほんと、たちが悪い」

ユダは首をねじまげ、利兵衞に視線を据えて、片目を瞑る。利兵衞も目顔で応える。利兵衞の頭の中に『大奥、ときどき遊びにいこうな』という声が響いたのだ。

二人の遣り取りなど、姫はお見通しだ。小さく肩をすくめて柔らかな笑みを泛べただけで、前久に声をかける。

「好いた男の方は、おられますか？」

「もちろんでおじゃる！　おります、おります、おじゃります。幾らでも」

「幾らでも？」

「——いや、あきまへんなあ、あきまへん。慾かいてはあきまへんでおじゃります。よいか。心しておくんなまし。ユダ殿も神名火殿も利兵衞殿も、忍びの衆も、女遊びは程々にせなあきまへんでぇ」

もっともだと利兵衞は深く頷き、謹厳実直な真顔のまま加減せずに前久の頭に拳を叩き込んだ。前久は頭を抱えてうずくまる。

皆は戸来村を訪れた。別れの挨拶をし、村人たちの『なにゃーどやら～』の声を背に、戸来の集落を離れた。契利斯督(キリスト)は頬を紅潮させたふくよかな娘を連れている。前久はけろりとした顔で一緒に暮らす稚児をあれこれ頭に描いてニヤついている。

真っ直ぐ八戸(はちのへ)に向かった。小舟で沖で待っている船に移る。錨が上げられ、海の香が一段と増した。

ここに黒がいたら——との思いを胸に、誰もが秘やかな息をつく。風待ちで東にわずかに流され、蕪島(かぶしま)や種差(たねさし)の浜に海猫が群れて白灰色に染まっているのが望見できた。帆が風を孕み、船首が北を向いた。津軽の海峡を抜けて日本海側から壱岐に向かう。舳先が白波を蹴立てる。利兵衛がそっと姫の肩を抱く。

「船出ですね」

「船出だ」

姫と利兵衛は潮風に目を細め、静かに寄り添う。永遠に——。

初出　「小説宝石」二〇二〇年五月～二〇二一年十一月連載

花村萬月（はなむら・まんげつ）

1955年、東京都生まれ。'89年『ゴッド・ブレイス物語』で第2回小説すばる新人賞を受賞し、デビュー。'98年『皆月』で第19回吉川英治文学新人賞、「ゲルマニウムの夜」で第119回芥川賞、2017年『日蝕えつきる』で第30回柴田錬三郎賞を受賞。『二進法の犬』『弾正星』『心中旅行』『ニードルス』『花折』『帝国』『ヒカリ』『夜半獣』『ハイドロサルファイト・コンク』など著書多数。

ひめ
姫

2022年6月30日　初版1刷発行

著　者　花村萬月（はなむらまんげつ）
発行者　鈴木広和
発行所　株式会社 光文社
〒112-8011　東京都文京区音羽1-16-6
電話　編 集 部　03-5395-8254
書籍販売部　03-5395-8116
業 務 部　03-5395-8125
URL　光 文 社　https://www.kobunsha.com/

組　版　萩原印刷
印刷所　堀内印刷
製本所　ナショナル製本

ISBN978-4-334-91471-4